LA COLLINE DES SOLITUDES

ŒUVRES DU MÊME AUTEUR

Le Cheval d'Orgueil, éd. Plon, coll. Terre Humaine.
Les Autres et les Miens, éd. Plon.
Au Pays du Cheval d'Orgueil, avec les images d'Edouard Boubat, éd. Plon.
L'Herbe d'Or, roman, éd. Plon.

Théâtre, éd. Galilée, Paris.
Tome I : Le Grand Valet — La Femme de Paille — Le Tracteur.
Tome II : Yseult Seconde — Le Roi Kado — Le Jeu de Gradlon.
Tome III : Compère Jakou et autres contes.

Poésie (éd. bilingues breton-français).
Manoir Secret (éd. Silvaire, Paris).
La Pierre Noire (Emgleo Breiz, Brest).
Le Passe-Vie (Emgleo Breiz, Brest).
Les Devis d'un Temps Perdu (Emgleo Breiz) bilingue/breton-français, Brest.

La sagesse de la terre, entretiens radiophoniques avec Jean Markale, éd. Payot.
L'Esprit du Rivage, légendes de la mer, éd. Gallimard, folio-Junior.
Pierre Péron, peintre de la Marine, Editions de la Cité, Brest.

PIERRE JAKEZ HELIAS

LA COLLINE DES SOLITUDES

roman

JULLIARD
8, rue Garancière
PARIS

ISBN 2-260-00352-4.

I

LA RECONQUÊTE

Qui vit sans folie n'est pas si sage qu'il croit.

LA ROCHEFOUCAULD

I

Quand le dernier jeune homme quitta le village, ceux qui restaient là-haut savaient déjà qu'il ne reviendrait plus que pour rendre visite à sa parenté, de loin en loin, si sa bourse était assez forte pour supporter les frais du voyage et lui permettre de faire bonne figure aux lieux de son berceau. Bonne figure, mais pas plus.

Lui le savait aussi. Arrêté à la barrière de la Noire Epine, son baluchon sous le bras, il promenait son regard sur son héritage, cette colline pierreuse où s'accrochaient, à mi-pente, quelques masures de schiste et de paille hantées par des vivants en passe de devenir fantômes. Un héritage qui n'avait de valeur qu'à condition de le tenir tous les jours sous le regard et de le cultiver comme l'on fait d'un champ. Et il se doutait déjà qu'il lui serait plus essentiel de conserver le souvenir des lieux que celui des êtres qui les animaient pour encore un peu de temps. Lui-même, à partir de ce jour, disparaîtrait lentement de la mémoire du village, celui qu'il avait été serait gagné de plus en plus par le néant à chaque fois que viendrait à mourir là-haut quelqu'un qui, l'ayant connu, pourrait encore l'évoquer par surprise, ne serait-ce qu'une fois par an, à la date d'aujourd'hui. De son côté, s'il apprenait ces morts successives dans le nouveau monde qui serait le sien, il épuiserait petit à petit la provision d'images qu'il emportait dans sa tête en s'en allant, si bien qu'il finirait, au bout du compte, par se retrouver un homme neuf, nettoyé de tout un passé qui n'aurait eu de réalité que tant qu'il en serait resté des témoins vivants. Peut-être vaudrait-il mieux qu'il s'attache désormais à oublier tout net ses jeunes années, à se persuader qu'il était né tout juste le jour où il était parti de quelque part, il ne saurait plus d'où, avec un baluchon sous le bras ou peut-être un sac en bandoulière qui contenait il ne saurait plus quoi, et levant un bras en signe d'impuissance pour prendre congé d'il ne saurait plus qui. Sinon l'exilé nourrirait des nostalgies à longueur de songes, il rebâtirait sur son écran intérieur un idéal village dont il se plairait à croire qu'il était immuable à travers les avatars du monde. Ce serait une illusion tenace qui remplacerait à elle seule toutes celles qu'il aurait perdues. Car l'illusion, à condition de l'entretenir avec soin, l'emporte sans peine sur la vérité qui ne dure jamais autant qu'elle, étant tributaire du temps qui passe. Il lui faudrait seulement se garder de revenir au lieu d'où il était parti. Et le village, là-haut, deviendrait pour ses petits-enfants une sorte de Paradis Terrestre ou de repaire de l'Age des Cavernes, cela dépendrait de l'heur ou du malheur qui leur serait promis.

Mais auparavant, pour ceux qui achevaient leur destin entre ces murs, il irait jusqu'à perdre son nom à mesure qu'eux-mêmes verraient se vider autour d'eux les demeures, s'effacer les chemins et s'ensauvager les champs. Ses ruines, sous le ciel, mettraient plus de temps à disparaître que les os de ses derniers habitants à se dessécher au tombeau. Une fois sous terre le plus entêté à vivre, il n'y aurait plus personne pour savoir comment avaient pu durer des générations de pauvres diables établis à mi-pente sur la colline aride, dénudée à l'exception de quelques arbres rabougris, trop rares et trop espacés pour former un semblant de bois qui valût la peine de lui donner un nom.

Dans le village, il n'y avait jamais eu ni roi ni prince ni même sergent-major de Napoléon le Vieux. Les obscurs hobereaux, possesseurs de la vieille tour et du grand logis qui achevaient de s'écrouler tout là-haut n'avaient laissé aucun nom dans l'Histoire. La plus orgueilleuse des masures ne valait pas trente écus. L'unique richesse accordée par les siècles avait été des couvées d'enfants qui désertaient aussitôt qu'ils pouvaient voler de leurs propres ailes. Un seul d'entre eux, qui n'était pas toujours l'aîné, restait dans chaque nid parce qu'il n'y avait de becquée que pour lui. Et celui-là s'obstinait à produire des enfants, à défaut de récoltes grasses que la pierraille lui refusait pour le salaire de son crève-corps. Les enfants s'en allaient peupler le monde inconnu au-delà de la barrière du bas, celle du champ de la Noire Epine, que l'on ouvrait seulement pour se livrer au grand chemin d'exil qui passait derrière. Si l'un d'entre eux avait fait fortune quelque part, le village n'en avait jamais eu nouvelle. Les naissances ne manquèrent pas jusqu'à la Grande Guerre qui prit tous les hommes valides. Ces derniers ne moururent pas tous sur les champs de bataille, mais les survivants ne revinrent que pour emmener leurs familles vers d'autres horizons où ils avaient trouvé meilleure provende. Il ne resta que quelques orphelins à grandir autour des veuves. Et ceux-là, les uns après les autres, se mirent à loucher vers le grand chemin dès qu'ils eurent perdu l'espoir de trouver une épouse, les jeunes filles étant parties les premières et souvent de nuit pour cacher leur vergogne. Maintenant que partait le dernier d'entre eux après une autre guerre dont seulement quelques échos étaient parvenus jusqu'à ces lieux d'indifférence, il restait dans le pli de la colline, à mi-pente, onze vieillards, ni plus ni moins, autant que de disciples du Christ lorsque Judas se fut pendu.

Les onze, amis et ennemis, étaient là pour le suivre attentivement de tout le corps pendant qu'il descendait vers la Noire Epine. Au moment de la refermer derrière lui, il se retourna pour les compter, mais son compte n'était jamais juste. Il devait y avoir six femmes et cinq hommes. Il y avait sa mère, Anna Dréo, devant sa maison, à la sortie du village, une main en auvent au-dessus des yeux, pour mieux le voir jusqu'au moment où il n'en resterait plus la moindre couleur. Un peu à l'écart, dans un petit verger en forte déclivité, tout enclos de murs en pierres sèches, trois vieilles femmes, trois sœurs. Celles-là lui avaient toujours donné en cachette des fruits de leur verger, le seul du village. En cachette parce qu'elles étaient brouillées avec sa famille depuis le temps du grand-père, personne ne savait plus très bien pourquoi, mais il fallait faire semblant de respecter les griefs ancestraux. Les sept autres humains se tenaient chacun de son côté parce qu'ils ne s'adressaient quelques paroles de pluie et de beau temps, depuis nombre d'années, qu'à l'occasion des enterrements. Ils n'étaient fâchés contre personne d'autre qu'eux-mêmes et peut-être leurs propres enfants qu'ils n'avaient pas su retenir au village. Et pour expier ce qu'ils croyaient leur faute, ils ne trouvaient rien de mieux que de se frapper tous de pénitence en évitant toute fréquentation, allant jusqu'à suivre, pour vaquer à leurs travaux obligés, toujours les mêmes pistes qui ne croisaient jamais aucune autre par convention tacite. L'une des femmes, quand elle sortait de chez elle, prenait même soin de se mettre autour du cou un collier de grelots qui avait orné naguère son défunt cheval. C'était pour avertir qu'elle était en chemin et que l'on s'écartât le mieux possible de son itinéraire de malade en rupture de léproserie.

Celle-là se croyait la plus coupable. Sa fille avait été sur le point d'épouser le jeune homme qui s'en allait aujourd'hui. Incapable de dire carrément un seul oui, la fille en question avait dit plusieurs fois peut-être ou plus tard. Les gens du village avaient bien cru qu'il y aurait encore des enfants à rire et à pleurer quelque part autour d'eux. Chacun pourrait les entendre, les voir de loin, les approcher même, leur effleurer la joue d'une main quand les parents auraient le dos tourné. Il n'y aurait ni jalousie ni fâcherie puisqu'ils seraient les seuls. Et il n'était pas interdit d'espérer qu'avec leur entremise on en arriverait à se parler à nouveau, à se rassembler les uns chez les autres puisque, après tout, la solitude volontaire de chacun d'eux n'était due qu'à l'absence d'enfants. Mais la péronnelle, à bout de résistance, était partie au diable, comme les autres auparavant, séduite par quelque miroir aux alouettes qui avait brillé au-delà de la Noire Epine. Il y avait plus d'un an qu'elle avait franchi la barrière, et de jour encore, comme pour mieux défier les survivants de l'ancienne compagnie. Peut-être le jeune homme voulait-il la retrouver quelque part. Peut-être non. Le savait-il lui-même, tout désemparé qu'il était ? Mais il avait l'impression que la colline pierreuse s'éloignait de lui, comme un navire qui rompt ses amarres, avec son équipage de fantômes au garde-à-vous. Et non lui d'elle. Il ne prenait ses distances que dans le lieu alors que le village était largué dans le temps, ses habitants libérés de tout lien, livrés à l'immobile dérive de la vieillesse. Ce n'était pas lui qui partait, mais eux. Il se voyait dépouillé de la chair de ses os. Il eut si froid qu'il manqua de laisser tomber son baluchon.

Mais où donc était passé le plus ancien du village ? Il dut fouiller longtemps des yeux avant de le découvrir. Il ne doutait pas qu'il ne fût là quelque part, à fixer la Noire Epine de ses yeux délavés pour essayer d'entrevoir au moins l'ombre du dernier fugitif qui aurait tant voulu ne pas fuir. Un vieil homme encore plus solitaire que les autres et depuis plus longtemps, qui ne faisait jamais de bruit avec sa langue que pour manger sa soupe. Celui-là lui avait appris à tresser des cages de joncs pour y faire chanter des grillons et ensuite à se taire pour conserver ses forces. Comment disparaître sans lui jeter un dernier regard de gratitude ? Mais sa chaumière était la plus basse. On n'en voyait que le toit. Et c'est précisément sur le toit qu'il finit par le découvrir, bien qu'il se confondît presque avec le chaume aux couleurs de ses hardes. Le vieux y était monté par une échelle au risque de briser son corps de quatre-vingts ans. Allons ! Il pourrait voir s'ouvrir et se refermer la Noire Epine si ses yeux portaient encore jusque-là. C'est alors que le jeune homme, ayant passé son monde en revue, leva le bras pour dire adieu et le garda levé pendant tout le temps qu'il lui fallut pour emplir sa poitrine de l'air natal. Là-haut, sur le front des masures, les onze gardiens restèrent figés comme autant de statues. Il se jeta dans le grand chemin, la rage au cœur, en se jurant de revenir.

Il ne revint pas. Trois semaines plus tard, pas une de plus, le câble d'une grue se rompit au-dessus de sa tête pendant qu'il aidait à décharger un navire sur le port de Nantes. Pour les gens du village, y compris sa mère et son père, Henri Morvan, cela ne fit guère de différence quand ils apprirent sa mort. Tout juste une certitude pour ceux qui auraient pu douter de sa disparition définitive depuis le jour où il avait passé la Noire Epine en les laissant porter son deuil, chacun à sa façon et avec le peu de forces qui lui restait encore pour s'endeuiller. Ce n'était guère, ce n'était presque rien.

Et le temps désormais passa sur eux sans leur infliger aucune des marques qu'il ne ménage pas au commun des mortels. Ils semblaient s'être figés une fois pour toutes dans l'état où ils étaient le jour où la Noire Epine s'était refermée sur le dernier être vivant qui les rattachait vraiment à ce bas-monde. La mort elle-même les avait oubliés, à moins qu'elle ne fût intimidée par cet énorme détachement dont ils s'étaient fait une seconde nature et qui aurait rendu son intervention dérisoire. Le fait est qu'aucun des onze ne voulut descendre en terre et ce fut grand dommage car s'ils avaient dû ensevelir un ou plusieurs d'entre eux, le respect des usages les aurait fait s'assembler autour des cadavres, toute réserve abolie. Alors peut-être se seraient-ils pardonné mutuellement des fautes qui étaient les mêmes pour tous et dont chacun ne voulait reconnaître que les siennes. Peut-être auraient-ils retrouvé le sens des liens qui s'étaient noués entre eux, de génération en génération, depuis l'origine du village jusqu'aux dernières décennies où la communauté s'était trouvée progressivement défaite par l'abandon des enfants. Mais le village entier, les hommes, les animaux et les choses, continuaient à fonctionner dans un éternel présent, à croire que quelque fée les avait touchés de sa baguette pour les ensorceler définitivement entre la veille et le lendemain. Mais en châtiment de quoi et pour attendre quel nouvel avatar de la destinée ?

Ils n'avaient jamais su, ils ne sauraient jamais que leur vie d'autrefois passait pour très rude au jugement de ceux d'en bas et de plus loin. Jusqu'à ces derniers temps, ils s'accommodaient fort bien de leur colline pierreuse. Ils avaient même toujours quelque projet en tête pour mieux la mettre en valeur, mais par leurs propres moyens et sans rien demander à personne. Ils connaissaient par le menu l'histoire du moindre arpent, ce qu'il avait donné jadis et ce qu'il pourrait donner encore si on le laissait quelques années au repos ; la raison du tracé capricieux des muretins qui ne servaient pas seulement à délimiter les parcelles ; le régime des vents et des pluies, les dates favorables aux semailles, les ressources des quatre saisons et les mille signes subtils par lesquels la nature vous invite à intervenir ou à laisser faire, à attendre que tout soit au point. Ils ne savaient pas lire sur le papier, mais ils lisaient parfaitement le grand livre de leur colline, ils pénétraient toutes les délicatesses de son langage mieux que les savants n'ont jamais su évaluer le contenu d'un écrit. Et puis quoi ! De mémoire d'ancien, personne n'était mort de faim ni de froid là-haut. Dans leurs maisons, ils avaient toujours une réserve de nourriture et ils savaient trouver, outre le bois qui était rare, toutes sortes de combustibles pour la faire cuire au feu et se chauffer eux-mêmes sous leur toit de chaume. Pour les maladies, ils avaient les herbes, les racines, les jus et les emplâtres, les formules qu'il fallait pour en venir à bout avec l'aide de quelque guérisseur de père en fils qui en connaissait finement la pratique, tant pour les animaux que pour les hommes. Les enfants venaient au monde par le travail de la mère et l'assistance d'une sage-femme qui ne manquait pas de livrer ses secrets à la suivante. Malgré tout cela, lorsque quelqu'un venait à mourir, c'est que son terme était venu, il n'y avait pas à chercher plus loin. Ils avaient des meubles luisants qui renfermaient des piles de chemises de chanvre et des vêtements propres pour les occasions où ils devaient se présenter devant le monde qui vivait en bas. Et quant à la religion, bien que les prêtres de la lointaine paroisse fussent portés à vitupérer en chaire contre leur tiédeur et leur absence aux offices, ils conservaient assez de révérence à l'égard du Seigneur pour espérer de lui la consolation des maux auxquels ils ne pouvaient rien, en attendant le salut final. Mais surtout ils ne boudaient jamais leur joie, ils savaient la provoquer au moindre prétexte, la colline retentissait de sifflements, de chansons et de propos gaillards. L'hiver, ils se réunissaient les uns chez les autres pour veiller autour du feu en écoutant les contes exemplaires et les rimailleries sans queue ni tête. Il y avait toujours quelqu'un parmi eux qui savait en inventer de nouveaux. Et ils célébraient la fin des moissons par des danses de leur cru, des danses hautes et durement talonnées qu'ils menaient eux-mêmes à « son de gueule » parce qu'ils n'avaient pas de sonneurs et ne désiraient pas en avoir. Ainsi avaient-ils vécu dans l'allégresse de la pauvreté jusqu'à la dernière génération, quand leurs enfants se mirent à franchir, l'un après l'autre, la barrière de la Noire Epine sans espoir de retour. Qui donc pouvait prétendre qu'ils avaient eu la vie dure ?

C'étaient les gens du bourg de Villechant qui faisaient courir ce bruit depuis que bourg il y avait. Ces gens-là se croient toujours plus civilisés que ceux des hameaux de campagne profonde. Ainsi se revanchent-ils de passer eux-mêmes, aux yeux des citadins, pour d'irrémédiables culs-terreux. Les uns et les autres sont loin du compte parce qu'ils ne connaissent qu'eux-mêmes et encore si mal qu'ils se font illusion. Le bourg était à moins d'une lieue, mais les bourgeois ne s'aventuraient sur la colline qu'avec appréhension à cause de la réputation de rustres qu'ils avaient faite eux-mêmes aux villageois et d'un certain pouvoir de diablerie qu'ils leur prêtaient sans l'ombre d'une preuve. Et jamais, au grand jamais, aucun d'entre eux n'aurait accepté de conclure mariage pour aller habiter à l'intérieur de la Noire Epine, car tel était le nom qu'ils donnaient au village perdu à cause de cette frontière qui séparait deux mondes. On ne sera pas trop surpris d'apprendre que le vrai nom, celui qui figurait sur le cadastre, était Goueznac'h, La Sauvagerie.

Il n'avait pas fallu plus de trente ans pour rejeter le village dans les ténèbres extérieures après des siècles où il était demeuré à l'écart du reste, dans un isolement qui n'empêchait pas le goût de vivre ni les devoirs d'hospitalité. Les choses avaient commencé à se gâter après la Grande Guerre, mais auparavant il ne manquait pas de jeunes gens, garçons ou filles, dans les hameaux et même les bourgs environnants, pour désirer tenir ménage sur la colline où l'on disait que la fortune n'était pas si mauvaise qu'il y paraissait. Ce n'étaient pas des riches, certes, mais pas des misérables non plus. Ils avaient assez prospéré pour doubler la superficie de leurs terres, à chaque génération, avec un seul héritier, en rachetant à beaux écus sonnants les parcelles qu'ils tenaient seulement à ferme. Encore un peu de temps et ils établiraient leurs enfants dans les commerces du bourg. Mais pour cela il leur fallait les mettre à l'école, cette école où eux-mêmes n'avaient jamais hasardé les pieds. Et ce fut par l'école que le village fut détruit.

Elle était au centre du bourg de Villechant, à une lieue de la colline et de sa mi-pente. Les enfants y allèrent tous les jours pendant autant d'années qu'il fallait pour obtenir le certificat d'études. Leurs parents ne s'y faisaient voir que de loin en loin, par expresse nécessité, et ils se hâtaient d'en revenir au plus vite, n'ayant aucune envie de s'enquérir des nouveautés dont ils ne voyaient pas à quoi elles pouvaient servir sinon à entamer leur bourse. Et puis ils se sentaient humiliés, à la fin, d'être les derniers à ne savoir ni lire ni écrire et incapables d'articuler plus de trois mots de français alors que les autres, autour d'eux, lisaient le journal sans trop de peine, pouvaient salir au besoin du papier avec de l'encre et se servir de mieux en mieux du langage des villes, le seul permis à l'école et que leurs propres enfants commençaient à utiliser entre eux quand ils étaient hors de leur vue. Et ces enfants, à force de fréquenter leurs camarades du bourg, se persuadaient de plus en plus que la vie de leurs parents était rude et qu'il était peut-être temps pour eux de se préparer un meilleur destin puisqu'ils avaient maintenant assez d'instruction pour y prétendre. Déjà leurs camarades du bourg, riches ou pauvres, menaient une autre existence. Ils étaient ménagers de leur peine, portés sur les divertissements nouveaux qu'ils allaient chercher jusqu'en ville au lieu de les tirer de leur propre fonds, et d'autant plus soucieux de se procurer de l'argent qu'ils n'hésitaient pas à le dilapider à mesure. Ils voulaient bien dégrossir les sauvageons du village à mi-pente tout en faisant des gorges chaudes de leurs traits de naïveté, mais ils s'inquiétaient d'être surpassés par eux à l'école et de cette sombre énergie qui les animait. C'est pourquoi ils les engageaient sournoisement à partir, pour leur bien disaient-ils, en réalité pour éloigner de jeunes loups qui étaient de taille à les supplanter dans le pays. Et les jeunes loups ne se firent pas prier pour nouer leur baluchon. Ils disparurent, non plus par nécessité comme leurs prédécesseurs, mais par une sorte d'ambition qui supposait d'abord le reniement de la colline pierreuse. Même les héritiers uniques des meilleurs terrains n'hésitèrent pas à tout laisser derrière eux. Les vieux avaient trop d'orgueil pour les retenir puisque leur exemple n'y avait pas suffi, puisque la très ancienne alliance avec la colline semblait être venue à son terme. D'autres villages, en pareils lieux, avaient déjà connu même destin depuis qu'avaient paru les nouveaux temps. Et à travers le monde, ils le savaient, des capitales de grand renom, sans guerres ni destructions, simplement à cause de l'éternelle inquiétude des hommes, étaient entrées dans le néant des sables quand elles n'avaient pas succombé à la marche des arbres, aux silencieux assauts des végétations sauvages dont ils avaient eux-mêmes triomphé pendant longtemps.

Alors ils avaient décidé de précipiter les choses, d'entrer volontairement dans l'oubli. A ceux qui allaient déserter par la Noire Epine, ils avaient recommandé de ne jamais donner de leurs nouvelles par des messages de papier. Ils n'ouvriraient pas les lettres s'il en arrivait. Ils les mettraient dans un tiroir du vaisselier sans demander à l'homme de la poste de leur en traduire le contenu en breton. Rien ne les empêcherait donc d'imaginer que leur descendance était heureuse dans son nouveau séjour. Et si elle connaissait des malheurs, on aimait mieux rester sans le savoir. L'égoïsme était désormais la seule vertu à pratiquer, les choses étant ce qu'elles étaient. Mais les déserteurs pourraient revenir quand ils le pourraient ou le voudraient, ils seraient reçus comme des enfants prodigues, même s'il n'y avait plus de veau gras à tuer sur la colline. On aurait le temps de les écouter raconter par le menu leur vie dont les événements majeurs n'avaient pas à être connus en dehors de la famille. Peu importerait que ces événements fussent passés depuis longtemps. Cela valait même mieux parce que l'émotion serait beaucoup moins forte — si émotion il pouvait y avoir encore — que si on les apprenait sur le chaud. Et le narrateur serait présent pour répondre à toutes les questions s'il leur plairait d'en poser, on ne sait jamais. Pour ces gens-là, rien ne valait la présence physique et la parole, une lettre n'aurait été qu'un chiffon de papier impuissant à les convaincre et toujours inquiétant à cause de certains mots, bien ou mal traduits, qui changeraient de signification quand on les retournerait dans la tête, ce que l'on ne manquerait pas de faire dès que le corps serait au repos. Et adieu, fils ou fille, allez en paix !

A vrai dire, tous les deux ou trois ans, vers le creux de l'été, on voyait revenir pour quelques jours l'un ou l'autre de ceux qui avaient cogné leurs semelles contre la barrière de la Noire Epine pour ne pas emporter la moindre parcelle d'un sol maigre avec lequel ils en avaient fini. Par quel miracle les onze solitaires connaissaient-ils le jour de leur arrivée ? Mais il n'y avait jamais à les accueillir que leur parent le plus proche. Tous les autres avaient disparu et demeuraient invisibles pendant tout le séjour des visiteurs, une semaine au plus. Les visiteurs se faisaient une règle d'agir, en tout et pour tout, exactement comme ceux qui leur donnaient l'hospitalité. Et leurs hôtes, les retrouvailles à peine faites, leur expliquaient posément qu'ils n'avaient pas à entrer dans d'autres maisons ni à tenter d'adresser la parole à d'autres habitants qu'ils avaient connus avant leur départ. Il ne fallait pas déranger les habitudes prises d'un commun accord ni troubler la paix que chacun avait gagnée à se détacher de son prochain et qui était la meilleure récompense du renoncement. Après tout, il y a bien des monastères où la règle interdit aux moines de s'adresser la parole. La différence était qu'au village ce sacrifice ne profitait à aucun dieu. Et encore allez savoir ! C'était peut-être la colline pierreuse qui avait fini par devenir pour ces âmes simples un lieu sacré. Mais ces âmes simples ajoutaient charitablement qu'il valait mieux pour les visiteurs ne pas trop se montrer pour ne pas causer de crève-cœur à ceux qui ne revoyaient jamais personne de leur clan. Et puis il ne fallait pas revenir en arrière puisqu'il n'y avait plus rien devant. L'ancienne communauté était morte, qui ne devait sa permanence qu'à l'intime consentement, à la complicité des générations. Chacun des survivants avait repris sa liberté à grand mal. Il fallait la lui laisser tout entière. En raison de quoi, quand apparaissait à la barrière de la Noire Epine un enfant évadé du village qui voulait revoir le décor et les gens de ses jeunes années, il y avait onze formes immobiles, là-haut, qui le regardaient venir. Et toutes, sauf une, disparaissaient dès qu'il avait été reconnu. Sauf une et une quand il s'agissait de deux époux dont on pouvait seulement dire qu'ils vivaient ensemble nuit et jour sans jamais la moindre parole. Parler de quoi ?

Quelquefois un fils — jamais une fille, pourquoi donc ? — amenait avec lui sa femme et ses enfants pour leur faire connaître l'endroit d'où il était parti et les êtres dont il était issu. A leur demande, peut-être bien. Alors on savait qu'il ne resterait pas longtemps. Les vieux s'étaient retranchés derrière un fossé trop profond pour qu'ils fussent encore capables de jouer au grand-père ou à la grand-mère malgré tous les efforts qu'ils faisaient pour sourire aux petits et retrouver pour eux l'usage de la voix. Quant à la femme étrangère, elle ne pouvait pas supporter plus de deux ou trois jours le tête-à-tête avec des beaux-parents si enfermés en eux-mêmes qu'ils avaient l'air, malgré la générosité de leur accueil, de la mettre elle-même en prison. Les enfants ne trouvaient pas la force de rire ni l'audace de faire du bruit dehors, dans ce labyrinthe de chemins qui ne menaient pas d'une maison à l'autre, mais sinuaient sans se rencontrer pour revenir chacun au seuil où il avait commencé. Le nez écrasé contre une vitre, pendant que leur père racontait sa vie d'une voix faussement enjouée à des vieillards dont il ne savait tirer que quelques mots indifférents entre de longs silences, ils regardaient passer, chacun sur sa piste inviolable, des êtres aux visages sans expression, des sortes d'automates un peu inquiétants et pourtant misérables. Pas un chien ni un chat, dans le village, avec qui jouer à passer le temps. Il y en avait pourtant quelques-uns, mais sans abois ni miaulements, encore plus résolus que leurs maîtres à ne pas se laisser approcher. Avant la fin du troisième jour, l'homme, la femme et les enfants redescendaient à pas pressés vers la barrière de la Noire Epine. Là-haut, les onze personnages, redevenus égaux, les regardaient s'enfuir.

Les ajoncs et les bruyères, les orties et les ronces, les tristes herbes de la Vierge prospéraient de nouveau sur les flancs de la colline. Les muretins de pierres sèches s'écrêtaient sous les vents, plus personne n'ayant souci de les tenir en état. On ne cultivait plus des champs que ce qu'il fallait pour subsister. On n'élevait de bétail que quelques têtes à vendre au boucher contre des écus aussitôt restitués au même personnage qui faisait aussi l'épicier et se chargeait, en outre, de procurer aux villageois tout ce qui leur était nécessaire, à part le pain. Le pain, ils s'obstinaient à le cuire eux-mêmes dans l'un ou l'autre des deux fours qui demeuraient intacts au pignon de deux maisons abandonnées. Il faut dire qu'ils ne cuisaient pas souvent, préférant le rassis au frais, et qu'ils n'avaient jamais pu s'habituer au pain blanc, fade et sans force pour eux, qui faisait le régal des gens du bourg. Le leur était de seigle ou de méteil en tourtes de dix livres. Chacun d'entre eux en brassait la pâte dans sa table à ventre et le temps n'était pas loin où l'on pouvait, sans faute, reconnaître au goût le pain de telle ou telle famille. Or, quand l'un des onze avait cuit sa fournée, il laissait derrière lui, sur le côté du four, un petit pain de deux ou trois livres. C'était pour que les autres pussent y goûter s'ils le désiraient et ils ne manquaient jamais de le faire. Cette communion du pain, toute clandestine qu'elle fût, signifiait que l'ancienne solidarité n'était pas tout à fait morte. Ces petits pains laissés dans le fournil devinrent de plus en plus la part de ceux qui étaient trop vieux ou trop empêchés de leur corps pour assumer le dur travail de boulangerie. Et ceux-là, quand ils mâchaient très lentement, dans leur solitude, l'offrande qui leur était faite, savaient que malgré le malheur des temps, ils pouvaient compter sur les autres, sur tous les autres tant qu'il en resterait un seul de vaillant. D'ailleurs les onze se surveillaient mutuellement, mine de rien. Lorsque l'un d'entre eux n'était pas vu faisant sa tournée journalière sur son circuit privé, lorsque sa porte restait close parce qu'il devait garder le lit, il n'avait qu'à ouvrir sa fenêtre le lendemain pour trouver sur le rebord une bouteille de lait, quelques œufs, une tranche de pain, de quoi se remettre d'aplomb. S'il lui fallait plusieurs jours pour se rétablir — c'était rare, ils avaient tous la santé chevillée au corps — matin et soir il entendait toquer à sa porte. C'était pour l'avertir qu'il y avait sur son seuil une écuellée de soupe chaude. Et il savait que tous les autres, dissimulés quelque part, attendaient qu'il donnât signe de vie. Que serait-il arrivé s'il n'avait pas ouvert sa porte ou sa fenêtre, le temps de prendre ses provisions, s'il avait agonisé longtemps dans son lit ou s'il y était mort tranquillement ? On ne sait pas. Sans doute le destin du village aurait-il pris une autre face. Mais, encore une fois, aucun d'entre eux ne voulut disparaître, n'était prêt à le faire. On aurait dit qu'ils s'étaient tous mis en veilleuse pour attendre on ne sait qui ou quoi. Et il arriva quelqu'un.

II

Un jour de fin d'hiver, la paix de la colline fut troublée par un bruit insolite. Un camion chargé d'hommes, d'outils et de matériaux arrivait de la direction du bourg cantonal de Villejoie. Il peinait à monter vers le village par une ancienne voie charretière. C'était seulement par là que les lourds charrois pouvaient accéder en douceur au village car la pente était trop forte du côté de la Noire Epine. Mais il y avait beau temps que cette voie ne servait plus qu'aux promenades quotidiennes des trois sœurs, et encore sur à peine un tiers de son parcours. Elles devaient ménager leurs vieilles jambes, ne pas descendre trop bas de peur de manquer d'haleine pour la remontée. Elles trottinaient à la queue-leu-leu, sans jamais se retourner l'une sur l'autre, n'ayant plus rien à se dire. L'aînée allait toujours devant, suivie de près par la seconde qui lui soufflait dans le cou, la plus jeune prenant soin de rester à vingt pas derrière, allez donc savoir pourquoi! Attentives à ne pas dévier d'un travers de sabot, elles suivaient l'étroite piste centrale que ne battaient plus les fers des chevaux, mais qui n'avait pas encore été mangée par les herbes comme le reste. Au retour, la plus jeune marchait d'un pas vif loin devant ses deux sœurs. C'était à elle de faire chauffer la soupe.

Ce jour-là, quand elles entendirent le camion, elles avaient à peine entrepris leur marche. Elles remontèrent en hâte pour se mettre aux aguets. Le conducteur du camion, lui aussi, se réglait sur la piste des chevaux, mais il ne pouvait empêcher son véhicule de tanguer dans les ornières invisibles à droite et à gauche. De temps en temps, il jurait un bon coup tandis que ses compagnons, secoués derrière comme paille au battage, n'arrêtaient pas de plaisanter. Par-dessus le bruit sourd du moteur, toute la colline retentissait de leurs éclats de voix. Là-haut, les onze étaient en alerte. Les trois sœurs, le nez au ras du mur de leur enclos, se sentaient partagées entre l'inquiétude et l'indignation. Qui étaient ces intrus et que venaient-ils faire ?

Le camion s'arrêta au centre du village, si l'on peut ainsi appeler l'endroit où une demi-douzaine de maisons inhabitées, aux pignons envahis par le lierre, laissaient entre elles un semblant de place. Quand les gars descendirent avec leurs outils, onze regards étaient sur eux, mais ils ne virent personne. Le conducteur, sans doute le chef de l'équipe ou le patron lui-même, leur dit d'attendre pour décharger les briques, les sacs de chaux et de ciment sur lesquels ils étaient perchés pour venir là. Il tira de sa poche un papier qu'il tourna dans tous les sens comme pour s'orienter. Puis il désigna du doigt une grande chaumière à étage, au toit pourri, la porte et les fenêtres béantes, bâtie en pierres appareillées qui n'avaient pas gauchi d'une ligne. Rapportée sur elle à angle droit, une autre bâtisse avec une haute porte charretière pour toute ouverture surprenait au milieu de cette désolation. Sa couverture, également de chaume, avait été récemment remise en état, rapiécée de paille fraîche par un homme de métier.

C'était là le chantier qui les attendait.

Le premier qui entra sous le toit refait en ressortit aussitôt pour appeler ses camarades. Ils le suivirent à l'intérieur où ils eurent la surprise de trouver une forge. Il y avait encore un lit de braise qui achevait de fumer dans le foyer. Quelqu'un tira sur la corde du soufflet et la braise rougeoya de plus belle. Tous les outils du forgeron étaient disposés autour de la grande enclume. Il était facile de voir, à leur état, qu'ils servaient toujours. Ce qui étonnait, cependant, et mettait un peu mal à l'aise, c'étaient les fers à chevaux, accrochés par séries à des clous du mur et mangés d'une rouille qui ne datait pas seulement des dernières années. Mais qui donc jouait encore au forgeron dans ce village où il n'y avait plus ni cheval ni charrue ?

Il aurait fallu savoir que cette forge, comme les deux fours à pain, était devenue le bien commun des survivants. Ainsi se donnaient-ils l'illusion — qui sait ? — d'avoir encore un boulanger et un maréchal-ferrant. Seulement c'étaient eux-mêmes, à tour de rôle, qui en tenaient lieu. Ils se servaient de la forge pour redresser le fer de leur bêche ou la pointe de leur pioche, refaire le fil de leurs outils à main, les seuls dont ils se servaient encore. Les femmes y laissaient leurs faucilles, assurées qu'elles étaient de les retrouver, le lendemain, martelées à petits coups et tranchantes comme des rasoirs. Assez souvent on entendait sonner le fer sur le fer comme autrefois et les trois petits coups caractéristiques du marteau retombant sur l'enclume. Quelqu'un des onze était en train de s'affairer dans la forge. Et les dix autres, en marche sur leurs chemins ou s'activant dans les quelques champs qu'ils cultivaient encore avec leurs faibles forces, se trouvaient sans doute réconfortés par ces bruits clairs comme par des sonneries de cloches appelant à des fastes communs.

Mais qui donc avait si bien rapiécé le toit pour mettre l'attirail du forgeron à l'abri des intempéries et protéger du même coup ceux qui en feraient usage ? Qui donc faisait encore pousser « la paille de septembre » sur la colline, qui en avait choisi et apprêté les tiges avec tant de soin que pas une goutte de pluie ne tomberait sur l'enclume avant un quart de siècle, le moindre temps qu'il faut, dit-on, pour que le chaume cesse de faire son office ? Or, c'était l'ancien du village et personne d'autre, celui qui avait fait monter son corps de quatre-vingts ans sur le toit de sa maison pour voir disparaître le dernier jeune homme à la barrière de la Noire Epine. C'était lui qui faisait office de chaumier après avoir été forgeron. Et il s'était donné, pour sa dernière tâche, de tenir la maréchalerie hors d'eau puisqu'elle servait encore et puisqu'il était encore capable de se hisser sur une échelle en prenant son temps. Cela, les ouvriers du camion ne pouvaient pas le savoir. Ils venaient du chef-lieu de canton qui était à deux lieues. Ils étaient jeunes, ils parlaient le français plus volontiers que le breton. Ils ne connaissaient personne sur la colline. D'ailleurs, des villages abandonnés, il y en avait d'autres au bout des chemins de terre. S'il fallait toujours se poser des questions... Mais quand ils ressortirent de la forge, le verbe moins haut qu'à leur arrivée, quand ils virent un vieil homme debout, immobile, dans la grande cour, le plus argileux d'entre eux n'eut pas à s'interroger longtemps. Ils surent tous aussitôt que cet être-là était le couvreur de paille. Et malgré l'insolence de la jeunesse, les gars du bâtiment sentirent monter en eux une bouffée d'humilité car ils se savaient tous incapables de travailler le chaume.

Il était là, le vieux, dans ses vêtements de panne grisâtre, usés jusqu'à la corde et rapiécés par lui-même beaucoup moins bien qu'il n'avait fait du toit. Une aiguille est plus difficile à tenir et à faire aller qu'une éclisse. Il avait un visage qui semblait sévère et n'était qu'impassible, un corps maigre et noueux, non point tendu mais au repos, toute sa personne était étrangère à ce qui se passait. Il était là, c'était tout.

Le chef de l'équipe s'avança vers lui.

— Salut, grand-père, dit-il en breton. Nous venons pour réparer la maison de Yann Strullu, l'ancien forgeron. C'est bien celle-ci, n'est-ce pas ?

Si le vieux fut étonné, il n'en laissa rien paraître. Il ne répondit pas non plus. Lentement, il leva un bras et, d'un geste circulaire, il désigna les deux bâtiments et la cour. C'était bien là.

— Quel travail ! continua l'autre en examinant le chantier. Nous en aurons pour un bon bout de temps. Mais d'abord il nous faudrait de l'eau. Y a-t-il un puits pas trop loin ?

On vit remuer les gencives sans dents du vieillard. Il semblait sur le point de parler. Puis il y renonça. C'était trop difficile sans doute. Il se mit en marche vers la chaumière en ruine, il y entra, se tourna vers la cheminée du pignon gauche, mais il y avait tant de décombres à l'intérieur des murs qu'il n'était pas facile d'atteindre le foyer, surtout avec les rhumatismes du grand âge. Il fit signe au chef de l'équipe de s'approcher et lui désigna, dans l'encoignure de droite, une sorte de grande auge ventrue engagée dans le mur et recouverte d'un couvercle de bois. Quand l'autre y fut allé et qu'il eut soulevé le couvercle qui se démantibula du coup, il vit que c'était le puits et que l'eau brillait faiblement à quatre ou cinq mètres au fond. Alors le vieux, resté près du seuil, frappa dans ses mains pour attirer son attention et lui montra une grande poulie de fer accrochée à une poutre au-dessus du puits. Après quoi, des deux bras, il fit le geste de tirer sur une corde.

— Très bien, dit le chef d'équipe en revenant vers la porte. Je pourrai me débrouiller. Grand merci à vous. Excusez ma question, mais vous êtes peut-être muet ?

De la tête, énergiquement, le vieillard signifia que non.

— Vous ne voulez pas parler ? Vous ne parlez jamais ?

Les vieilles mâchoires frémirent de nouveau. Sous la broussaille des sourcils, les yeux prirent un peu d'éclat sous l'effort et l'on entendit la voix de l'homme, rocailleuse et appliquée.

— Parler à qui ? Parler de quoi ?

— Vous n'êtes pas seul dans le village. En montant ici, j'ai vu d'autres personnes par les chemins, des hommes et des femmes. Combien êtes-vous encore ?

Le vieux tendit vers le chef d'équipe ses deux mains ouvertes, les doigts écartés. Puis il les referma et présenta le pouce de la main droite.

— Onze, dit-il. Nous sommes onze fois un.

Là-dessus il se retourna et entreprit de traverser la cour pour reprendre son train quotidien que l'intrusion des ouvriers avait troublé pour un moment sans éveiller chez lui un semblant de curiosité, du moins à ce qu'il paraissait. L'autre le suivit jusqu'au bord du chemin. Les ouvriers avaient déjà commencé à déblayer les ruines.

— C'est le petit-fils de Yann Strullu qui veut revenir au pays, dit le chef. On dit qu'il a tenu de grands emplois dans le monde.

Le vieillard s'arrêta net et resta immobile, le dos tourné. Puis il écarta les deux bras comme pour s'abandonner à quelque fatalité. Il reprit sa marche sur le trajet qui était le sien, mais il avait déjà une petite graine qui germait dans sa tête. Il était encore fertile.

Le plus jeune des ouvriers reçut l'ordre de monter sur le rampant du pignon ouest jusqu'à la haute cheminée de granit gris en arrachant, au fur et à mesure de son ascension, ce qui restait des perches traversières du toit auxquelles adhéraient encore des lambeaux de chaume moisi. Quand il fut arrivé au sommet, et avant de redescendre de l'autre côté en faisant le même travail, il s'assit sur le couronnement pour se détendre un peu et promener son regard autour de lui. De là où il était, il pouvait voir tout le flanc de la colline pierreuse et, tout en bas, l'étendue de la plaine bocagère où trois ou quatre clochers signalaient les bourgs. Et il émit entre ses dents un sifflement prolongé. Les autres, occupés à sortir les déblais et à sonder les murs, levèrent les yeux vers lui.

— Qu'y a-t-il, Louis Péron ? Que vois-tu de ton perchoir à fumée ?

— Il y a que je les vois tous les onze, cria-t-il. Ils vont par les chemins tout autour du village. Ils ne font qu'aller, à peu près de la même allure. Ils ne se parlent pas de loin ni de près. Il n'y en a pas deux qui marchent côte à côte. On dirait bien qu'ils jouent à ne pas se rencontrer. Auraient-ils fait vœu de silence, mais pourquoi ? Ce n'est pourtant pas un monastère ni un couvent, cette colline. Venez donc voir !

Les uns après les autres, ils montèrent sur la cheminée de l'ouest ou celle de l'est. Ils virent le ballet tournant des solitaires. Ils en furent si frappés qu'ils baissèrent le ton pendant tout le temps qu'allait durer leur travail et ce serait long. Ils s'abstinrent de plaisanter et de se faire des niches comme c'était leur habitude sur les chantiers. Le chef d'équipe, volontiers porté à secouer son monde, devenait taciturne. Et cependant, curieusement, ils s'entendaient entre eux comme ils ne l'avaient jamais fait. Mieux encore, chacun se sentait gagné par la sérénité, comme si ce détachement auquel semblaient être parvenus les derniers habitants de la colline pierreuse à l'égard des êtres et des choses autour d'eux s'était communiqué aux ouvriers, non point pour les décourager le moindrement, les faire tomber dans l'à-quoi-bon, mais au contraire pour susciter en eux une sorte d'allégresse intérieure. Ils auraient été en peine d'expliquer pourquoi et comment. Mais le travail avançait ferme. Tous les matins, ils arrivaient de Villejoie sur leur camion, conduit par le chef d'équipe et qui s'accommodait de mieux en mieux du chemin de terre au flanc de la colline. Ils apportaient leur nourriture de midi qu'ils faisaient cuire ou réchauffer dans la forge. Et pendant qu'ils mangeaient, ils n'avaient d'autre sujet de conversation que cette ancienne chaumière du maréchal-ferrant Yann Strullu qu'ils remettaient en état avec un toit d'ardoises bleues et qu'ils voulaient faire la plus belle possible en l'honneur des survivants du village.

Chaque jour, la plupart des onze passaient un par un devant le chantier, chacun à son heure exacte, si bien que l'un ou l'autre ouvrier pouvait tirer sa montre et annoncer : nous allons voir apparaître la première des trois sœurs. A peine avait-il fini de parler que l'aînée se montrait, suivie de près par la seconde qui lui soufflait dans le cou, la plus jeune à vingt pas derrière, allez donc savoir pourquoi ! Il en était de même pour tous les autres. Ils passaient devant la cour du maréchal avec un regard furtif vers les gars juchés sur leurs échafaudages, mais sans ralentir leur marche ni témoigner, en apparence, le moindre intérêt pour ce qui se passait là. Tous sauf un, le plus ancien. Celui-là faisait halte, regardait l'état des travaux — le toit surtout l'intéressait à cause des ardoises bleues — mais sans jamais entrer dans la cour. Puis il reprenait sa marche en levant un bras pour saluer les travailleurs qui lui répondaient de même. Tous, sans exception. Mais quelquefois le chef d'équipe guettait l'arrivée du vieux, allait le trouver pour lui demander quelque renseignement dont il avait besoin. Et le vieux, quand les gestes ne suffisaient pas, répondait par des phrases entières, allait voir l'endroit qui était en cause. Quelquefois aussi, l'un ou l'autre des onze, ou même plusieurs, ne passaient pas à leur heure, ni dans la journée, ni pendant plusieurs jours. Etaient-ils trahis momentanément par leurs jambes ou cloués sur leur lit par un mauvais rhume ? Le chef d'équipe n'osait pas le demander au vieux patriarche. Mais tous les ouvriers nourrissaient une petite inquiétude jusqu'au moment où réapparaissaient les absents. Ils finissaient toujours par réapparaître au grand soulagement de tous. Chaque soir, quand les gars remontaient dans le camion pour redescendre vers Villejoie, on aurait dit qu'ils ne quittaient le chantier qu'à regret. Et au moment d'arriver dans la plaine, ils ne manquaient pas de se retourner pour jeter un regard sur la colline pierreuse, sachant bien que là-haut, visibles ou cachés, les onze leur souhaitaient silencieusement la bonne nuit.

Quand tout fut terminé, la maison du maréchal-ferrant Yann Strullu se dressait au milieu du village comme un manoir de petite noblesse derrière son muret de pierres appareillées qui s'ouvrait sur une cour redevenue aussi nette qu'au temps où elle servait d'aire à battre. Sous le toit d'ardoises bleues, la façade entièrement repiquée à la pointe du marteau pétillait aux couleurs du miel dès que le soleil faisait mine de se montrer. La porte et les fenêtres neuves avaient été peintes en ce rouge sombre qui était la couleur des vieilles huisseries du village. Le nouveau maître, le petit-fils du maréchal, n'avait pas encore paru. Il donnait ses ordres de loin. Il avait expressément recommandé de ne pas toucher à la forge de son grand-père et il n'avait pas voulu que l'on mît la lumière électrique dans la maison. Au téléphone, disait-on, sa voix sévère s'était adoucie quand le chef d'équipe lui avait annoncé qu'on avait retrouvé, intacte dans une niche du mur, une lampe à pétrole avec son verre.

Maintenant il ne se passait guère de dimanche sans que l'on vît plusieurs personnes monter vers le vieux village à pied ou en poussant des bicyclettes. Quelquefois des familles entières. D'abord, ce furent les ouvriers qui avaient remis en état la maison de Yann Strullu. Ils étaient justement fiers de leur travail, ils voulaient le montrer à leurs enfants, à leurs amis. Mais surtout ils avaient du mal à se détacher de la colline pierreuse et des onze solitaires qui continuaient imperturbablement à circuler par ses chemins sans prêter apparemment plus d'attention aux intrus que s'ils avaient été des souches mortes. Il n'y avait que le plus vieux qui soulevait un peu le bras pour saluer un ouvrier qu'il avait reconnu. Et l'ouvrier en ressentait une bouffée de joie. Au chef d'équipe il semblait même — était-ce illusion — que tous les autres, sans faire semblant de rien, ralentissaient un peu la marche et mollissaient un peu du corps pour signifier que ces visiteurs n'étaient pas tout à fait des malvenus.

Il vint des gens de tout le canton, mais pas n'importe quels curieux. Des gens qui voulaient voir de leurs yeux ce village condamné à disparaître, qui tombait lentement en ruine, qui n'était plus habité que par quelques êtres en fin de vie, détachés de tout, et au beau milieu duquel avait surgi superbement cette demeure vide, ancienne et nouvelle à la fois, qui attendait on ne savait quoi d'on ne savait qui. Un barde paysan, quelque part là-bas, sur le plateau, composa une chanson sur le « retour du vieux Strullu ». Une chanson sur un air de passepied.

Et puis arrivèrent en automobile des bourgeois à fourrures et à chapeaux mous qui n'hésitèrent pas à interpeller l'un ou l'autre des onze : dites-moi, mon brave homme, ma brave femme... Ils en furent pour leurs frais de salive. Pas de réponse. Quelques-uns s'en furent chez le notaire du canton pour se porter acquéreurs d'un clos sur la colline pierreuse avec des pans de murs dedans. En vain. Tout ce qui était à vendre avait été acheté par le petit-fils du maréchal-ferrant. Mais qui diable était cet homme ? Et les légendes de courir à son sujet. Il était gros banquier dans une capitale étrangère, on ne savait rien de plus, secret d'Etat. Il avait fait fortune dans les phosphates ou dans le cuivre, peut-être dans les deux. Il était ministre quelque part en Orient, il tirait les ficelles de trois continents. N'importe quoi. Le notaire, qui savait à quoi s'en tenir, se gardait bien de souffler mot, mais il avait soin de masquer ses lèvres avec sa paume pour dissimuler son sourire.

Les travaux sur la maison s'étaient achevés au début du printemps, mais il fallut attendre le milieu de l'été pour voir arriver un camion de déménagement qui se rendit d'abord dans le gros bourg où résidait le chef d'équipe. Celui-ci avait été prévenu. Il conduisit les déménageurs jusqu'au village, les fit s'arrêter devant la cour du forgeron. Ils avaient un plan détaillé du bas et du haut de la bâtisse, sur lequel était indiqué avec précision l'emplacement des meubles. Quand ils les sortirent du camion, les uns après les autres, le chef d'équipe s'aperçut qu'ils étaient en tout point semblables à ceux qui lui venaient de sa propre grand-mère et qui avaient été sculptés dans le pays, près de cent ans auparavant, par un nommé Alain Goyat, homme de grande réputation dont la marque était reconnaissable entre toutes. De son côté, l'ancien du village, qui vint à passer devant la cour au moment où l'on déchargeait du camion la grande armoire à quatre portes, n'eut pas une hésitation devant elle : c'était celle de Yann Strullu qu'il avait vu vendre, il y avait trente ans, après la mort du maréchal, son maître et son ami. Elle retrouva la place qu'elle avait toujours occupée dans l'ancienne chaumière. Quant aux autres meubles, grands et petits, les déménageurs déclarèrent que, même sans le moindre plan, ils auraient su où les mettre, tant la maison semblait faite pour eux. Avant de s'en aller, et selon leurs instructions, ils fixèrent aux fenêtres des demi-rideaux de crochet juste à la hauteur qu'il fallait. Quand l'aînée des trois sœurs les vit, elle s'arrêta pour se frotter les yeux. La seconde, surprise, vint donner du nez dans son dos et la troisième fut sur le point de les rattraper malgré elle. Si la porte n'avait pas été fermée, elles auraient été capables d'entrer pour boire le café avec la maréchale comme autrefois. Ce jour-là, il y eut tant d'émotion dans les vieux cœurs qui se croyaient à l'abri de tout bouleversement que les vieilles jambes en perdirent leur chemin et qu'elles durent s'arrêter plusieurs fois avant de le retrouver. Dès le lendemain, les onze se mirent à surveiller la barrière de la Noire Epine vers laquelle ils ne tournaient plus les yeux depuis le départ du dernier jeune homme qui s'en était allé mourir d'accident sur le port de Nantes. Ils savaient que le petit-fils du maréchal ne pouvait revenir que par là.

III

Passèrent encore quelques jours vides, mais que fait le vide des jours quand le temps ne compte pas ! Et puis, un beau matin, on entendit le bruit d'une voiture à moteur qui tournait autour de la colline. Indécise, peut-être, sur le chemin à prendre pour la gravir ou redoutant de s'engager dans une voie qui ne mènerait nulle part. Sans doute son conducteur finit-il par repérer les traces du camion des ouvriers, profondément marquées dans la terre depuis les allées et venues de l'hiver. Et c'est par là qu'il arriva, cahin-caha, jusqu'au village.

Ce ne fut pas long. Il descendit du véhicule sans arrêter le moteur, il sortit une grosse valise, une mallette et un sac qu'il alla déposer devant la porte de la maison du maréchal et il repartit tambour battant, sans un regard autour de lui. Il n'avait vu personne. Mais à peine avait-il entamé la descente que les onze, demeurés invisibles pendant le temps de son passage, se mirent en marche vers l'endroit d'où chacun pouvait voir la Noire Epine sans être vu des autres. Et ils aperçurent un homme, vêtu en bourgeois, accoudé à la barrière, qui faisait connaissance avec la colline. Ils ne s'étaient donc pas trompés, les onze, en pensant qu'un fils de bonne mère ne pouvait pas arriver là dans un carrosse à quatre roues. Bon pour les bagages, le carrosse, à défaut d'un char-à-bancs. Et l'ancien du village put confier à son chapeau : nous voilà une douzaine maintenant. Il n'aurait pas su dire pourquoi, mais il se sentait tout ragaillardi.

Avant de passer la barrière, le petit-fils du maréchal faisait un retour sur lui-même. Pourquoi diable voulait-il jouer à l'enfant prodigue alors qu'il n'en était pas un ? N'allait-il pas offenser les pauvres gens restés là par le spectacle de sa prospérité ? Et lui, serait-il capable de vivre sept semaines au milieu d'eux alors qu'il n'avait connu que les villes, pratiqué que des sociétés de grande bourgeoisie depuis qu'il avait gagné sa réputation ? Serait-il seulement toléré dans ce village à l'agonie qui était celui de ses ancêtres maternels, mais non pas le sien ? Fallait-il, à cinquante ans passés, s'exposer aux plus vaines, aux plus amères désillusions ? Sur la colline pierreuse qui se dressait devant lui, combien de temps pourrait-il durer ?

Autant le dire tout de suite, il n'avait rien à voir avec la banque, le cuivre, les phosphates ni la politique internationale, bien qu'il eût tenu sous ses précieuses mains quelques-uns des plus importants personnages qui s'occupaient de ces choses-là. C'était seulement un grand chirurgien que l'on appelait en consultation dans toutes les capitales du monde et qui n'y allait que lorsqu'il voulait bien ou que la nature du mal le mettait au défi d'en venir à bout. Il avait ouvert des rois de naissance et des rois d'argent. On le réputait de caractère difficile et peu porté à s'émouvoir. Travailleur infatigable, homme d'une froide courtoisie et si jaloux de son indépendance que ses plus proches collaborateurs ignoraient presque tout de sa vie privée sinon que, demeuré célibataire, il vivait avec sa mère et un couple de domestiques dans une propriété près de Paris dont les grilles ne s'ouvraient jamais pour personne. On savait pourtant qu'à l'intérieur il n'était parlé que breton, sauf au téléphone. Mais pourquoi aurait-on cherché à savoir qui était sa mère. C'était la fille du maréchal-ferrant Yann Strullu.

Il était né dans une ville du Nord. Son père, ancien mineur devenu petit employé aux écritures chez un marchand drapier, au reste un brave homme insignifiant, était mort quand le petit avait trois ou quatre ans. La veuve s'était mise à faire des ménages pour élever son enfant et n'avait plus cessé d'en faire jusqu'à ce qu'il eût gagné son parchemin de docteur. Ce ne fut pas facile, mais avec le caractère qu'elle avait, la facilité lui aurait déplu. Après quoi, elle avait bien voulu se reposer de temps en temps. Son fils, quand il rentrait sans prévenir, la surprenait encore à frotter les planchers tandis que sa servante tricotait sur une chaise rembourrée. Il n'y avait rien à faire, il se gardait bien d'intervenir dans la vie de la vieille femme. De son côté, elle le laissait libre de ses actions sans jamais avancer le moindre conseil. Ces deux-là ne se posaient jamais de questions, mais on les sentait prêts à se jeter au feu l'un pour l'autre sans que l'on pût parler véritablement d'affection. Il s'agissait plutôt d'une identité de nature qui les faisait dépendre étroitement l'un de l'autre. Le docteur savait seulement que sa mère venait d'un petit village de la Bretagne des monts. Rien de plus jusqu'au jour où, ayant acheté la propriété au milieu d'un grand jardin clos, il dut engager un couple pour en faire le service. Or, quand elle entendit l'homme et la femme parler breton entre eux, sa mère parut s'éveiller d'un songe ou rentrer d'un exil. En peu de temps elle eut retrouvé l'usage de sa langue maternelle dont son fils n'avait jamais entendu le moindre mot dans sa bouche.

Dès lors, elle ne cessa plus de bavarder avec ses domestiques dans leur idiome commun. Il ne lui suffisait pas de tenir la femme toujours à portée de sa voix, elle allait trouver l'homme au fond du jardin et, pour faire pleine mesure, elle emmenait la servante avec elle. A eux trois ils faisaient revivre leurs premières années, ne s'arrêtant de parler que lorsque leur conversation, par inadvertance, déviait sur le présent. Elle abandonna sa chambre de maîtresse, elle transporta ses affaires dans l'aile du pavillon où logeaient les deux autres. Ainsi les avait-elle à sa disposition nuit et jour. Eux ne se plaignaient pas de cette mainmise qui aurait paru un esclavage à beaucoup. D'abord parce qu'ils se plaisaient autant qu'elle à parler ce breton qu'ils avaient dû délaisser dans leurs précédentes places et parce que, du fait de cette langue, toute distance était abolie entre les trois complices. D'ailleurs, la mère du docteur les aidait spontanément dans leur travail avec une tendance, tant qu'elle en eut la force, à prendre le plus gros pour elle. Le docteur avait donc trois personnes à son service, mais lui-même, malgré tous les égards que l'on avait pour lui, se sentait presque étranger dans sa propre maison, gêné de s'apercevoir que les trois autres devaient faire de plus en plus d'efforts pour lui parler en français. Il lui apparut que la meilleure solution était qu'il apprît lui-même le breton. Et pour mieux y parvenir, il leur demanda de ne plus s'adresser à lui que dans cette langue sous peine de fâcherie. Après avoir tergiversé quelque temps, ils finirent par y consentir. Moins d'un an plus tard, en franchissant sa grille, l'éminent praticien laissait son français dehors et, avec lui, toute sa science. Et il était d'autant plus heureux de le faire que sa mère, désormais, se racontait à lui sans la moindre réticence. Avec elle, il reprenait ses études en deçà et au-delà de toute école.

C'est ainsi qu'il apprit d'abord l'existence et le nom de la colline pierreuse, avec ce village dans un repli de la pente au centre duquel s'élevaient la maison et la forge du maréchal-ferrant, son grand-père. Cette maison et cette forge, du moins ce qu'il en pouvait rester, avec deux ou trois petits champs maigres, appartenaient encore à sa mère, la fille unique de Yann Strullu. Mais elle n'avait jamais revu le village depuis qu'elle en était partie près de cinquante ans plus tôt. Elle n'avait jamais écrit au maréchal, jamais donné le moindre signe de vie. Il était mort sans savoir où elle était. Et si elle avait appris qu'il n'était plus de ce monde, c'était parce que le notaire du canton, ami de Yann Strullu, avait fini par retrouver sa trace. Ainsi étaient allées les choses. Elle n'en avait plus éprouvé ni regret ni remords après les quelques années qu'il lui avait fallu pour les endormir à force de s'échiner aux ménages des autres sans aucune autre ambition que de servir son fils. Et le grand chirurgien devait s'avouer qu'il se serait aussi bien contenté d'être mineur comme son grand-père paternel polonais si ses maîtres d'école et ses professeurs n'avaient pas décelé chez lui certaines formes d'intelligence qui pouvaient lui permettre une grande destinée. C'était à croire que le détachement total de sa mère, sa parfaite indifférence à l'égard de tout ce qui n'était pas la besogne du jour, avaient déteint sur lui. A cette froideur il devait sans doute une part de sa sûreté professionnelle. Si sa mère, au contact du couple de serviteurs bretonnants, ne s'était pas laissée ressaisir par sa civilisation première au village de la colline pierreuse, tout portait à croire que son fils, comme elle-même, aurait achevé son existence sans se remettre en question. Faut-il imaginer que la puissante incantation du vieux langage, aussi humble qu'il fût, avait agi comme un sésame-ouvre-toi pour permettre à tous les deux de retrouver leur essentielle vérité qu'ils avaient tenue si longtemps sous le boisseau ?

La mère ne dit jamais pourquoi, jeune fille de vingt ans, elle était partie de son village à la faveur de la nuit par la barrière de la Noire Epine, laissant derrière elle son héritage et un père qui faisait ses quatre volontés. En ce temps-là, pourtant, la nouvelle génération n'avait pas encore commencé à déserter la colline. Il restait assez de jeunes gens sur place et dans les environs pour qu'elle pût choisir parmi eux un conjoint à sa mesure, d'autant plus qu'elle avait du bien et un agréable visage dont quelques traits séduisants se retrouvaient encore aux approches de la vieillesse. Mais, à ce que croyait son fils, elle n'avait jamais dû être fille à rêver du Prince Charmant ni à se laisser prendre aux beaux discours des enjôleurs villageois. Peut-être était-ce précisément ce manque de passion — il en faut plus pour rester que pour partir — qui lui avait permis de quitter sans arrachement le lieu de son berceau pour assumer, d'une ville à l'autre, le plus médiocre destin. Plus tard, son fils apprendra par les onze qu'elle fut la première à ouvrir le chemin de l'abandon par cette Noire Epine qu'emprunteraient plus tard, à son exemple, tant d'autres qui avaient de meilleures raisons pour partir. Si faute il y avait eu, elle était la première coupable.

Et voilà qu'elle était reprise de pied en cap par ses vingt premières années. Voilà que remontait en elle une masse de souvenirs d'une étonnante précision. Dès lors, elle ne cessa plus de raconter le village et ses habitants. Tous les soirs, elle ne pouvait se retenir d'évoquer abondamment tel personnage ou tel trait de mœurs qu'elle avait ruminés dans la journée, de décrire par le menu les paysages, les habitations, les objets qu'elle revoyait dans sa tête sans qu'elle eût à faire le moindre effort pour les retrouver. C'est ainsi que le docteur put se représenter son grand-père Yann Strullu mieux que s'il l'avait connu lui-même. Et autour de Yann Strullu se recomposèrent soir après soir, touche après touche, tous les personnages qui fréquentaient la forge ou qui menaient leur train quotidien par les ruelles et dans les champs. Elle lui restitua la maison du maréchal, du dehors et du dedans, depuis la grande cheminée du bas jusqu'au dernier galetas du haut, y replaçant tous les meubles et leur contenu. Quelle bonne ménagère elle avait dû être avant de mettre la clé sous la porte !

Plus elle parlait et plus il se sentait envahi par le désir de voir ce qui restait de ce monde évoqué devant lui, de ces humains ressuscités par sa mère. Plusieurs fois il s'entendit lui proposer de retourner au village pour une heure, un jour ou tout le temps qu'il lui plairait d'y rester. Mais elle était comme saisie d'effroi, elle se mettait à trembler, elle disait non et de trois ou quatre soirées on n'entendait plus sa voix. De quoi donc avait-elle peur ? Et puis elle dut recommencer à débiter ses souvenirs parce qu'ils étaient plus forts qu'elle. Lui revinrent à la mémoire les proverbes, les chansons et les contes qu'elle écoutait aux veillées de la forge, pendant les hivers interminables. Ses trois auditeurs, son fils le premier, l'encourageaient à faire entendre ces échos d'un autrefois qu'elle s'étonnait toujours de retrouver en elle après toute une vie passée à les oublier.

Cela dura des années. Quand elle tomba malade sur son lit pour ne plus se relever — que lui passa-t-il par la tête ? — elle fit promettre à son fils d'aller faire connaissance avec la colline pierreuse et d'habiter pendant au moins sept semaines la maison du grand-père si elle était encore debout. Sept semaines ! Etait-ce le temps exact de quelque mise à l'épreuve ? Il promit. D'ailleurs, ne lui aurait-elle rien demandé qu'il se savait déjà condamné à y aller voir s'il voulait retrouver la paix.

Il se mit en rapport avec le notaire qui avait été l'ami de Yann Strullu. Le notaire avait laissé l'étude à son gendre, mais il se mit à la disposition du docteur pour tout ce que celui-ci voudrait entreprendre et sans lui demander ses raisons que l'autre aurait été bien en peine d'exposer clairement. Il commença par analyser la situation actuelle du village et la vie de ses derniers habitants avant de décrire avec précision l'état où se trouvaient la maison et la forge. Par retour, il fut prié de faire établir le meilleur devis pour restaurer le tout le plus fidèlement possible. Sachant qu'il avait bien connu les aîtres au temps de Yann Strullu et qu'il avait procédé à la vente du mobilier, le petit-fils le chargea ensuite de racheter à n'importe quel prix les pièces qui pouvaient encore se trouver dans le pays. On retrouva la grande armoire et deux lits clos. Rien ne manquait dans la forge, comme il a été dit. A force de fureter à travers le pays — ce n'était pas encore le temps des brocanteurs par là — le vieux notaire put mettre la main sur un coffre et un banc qui portaient la célèbre marque d'Alain Goyat. Le reste de l'ameublement fut commandé à un menuisier du pays qui connaissait encore les anciennes règles. Tout cela prit assez de temps pour que la mère se vît forcée de dire adieu avant d'entendre son fils lui apprendre que la maison était de nouveau dans l'état où elle l'avait laissée. Cela n'avait plus guère d'importance. Elle emportait tout dans sa tête. Heureuse de mourir. A lui de s'arranger avec les fausses vérités de la matière.

Maintenant il était accoudé à la barrière de la Noire Epine. C'était seulement une grosse branche posée horizontalement sur deux fourches de bois plantées de part et d'autre d'une saignée dans le talus assez large pour laisser passer une charrette. Autrefois on y suspendait en un rang serré des bouquets d'ajonc pour empêcher les vaches de s'évader de l'étroite pâture qui était derrière. Aujourd'hui elle était nue. De la noire épine qui lui avait donné son nom il ne restait plus trace. Peut-être l'avait-on déracinée et vouée au feu pour conjurer quelque mauvais sort. Devant lui s'élevait le flanc le plus abrupt de la colline, celui qu'avaient dévalé les déserteurs pour s'enfuir par le plus court. Il devinait assez bien le chemin-de-loup qui permettait d'arriver jusqu'aux premières maisons du village. D'abord, il ne vit que des murailles grises coiffées de chaume et percées de petites ouvertures sombres. Et puis, en regardant mieux, il distingua des formes humaines, immobiles, encore plus grises que les pierres. On l'attendait donc, là-haut. Le taxi qui avait monté ses bagages jusqu'à la maison du maréchal et dont il était descendu à la hauteur de la barrière repassa derrière son dos. Allons ! C'était à lui, maintenant, de remonter ce sentier que sa mère avait dévalé jadis.

Il passa sous la barrière. Une dizaine d'enjambées lui suffirent pour traverser la pâture où ne paissait plus depuis longtemps nul animal. Et il se mit à gravir la pente par la piste rocailleuse qui, à certains endroits, n'était guère plus large que son pied. Il prenait son temps, sachant du reste qu'il était chez lui. Par le notaire, il avait fait racheter tout le flanc de la colline à des héritiers dispersés aux quatre vents. Pour une bouchée de pain, personne n'en aurait donné un liard à trou. Pourquoi l'avait-il fait ? Il n'éprouvait qu'indifférence pour tous les biens de la terre, mais il sentait obscurément qu'il ne devait pas marcher sans autorisation sur un territoire qui n'était pas à lui s'il voulait se faire accepter en ces lieux. Ils étaient encore onze là-haut, avait écrit le notaire, non pas une communauté de onze personnes, mais onze solitaires. Il savait qu'il aurait du mal à les apprivoiser un par un et que sept semaines n'y suffiraient pas.

De temps en temps il s'arrêtait pour souffler. La montée était rude. A travers la végétation sauvage, il épiait les maisons du village qui se rapprochaient de lui, cherchant à repérer les formes humaines qu'il avait vues d'en bas. Mais elles avaient disparu ou s'étaient si bien dissimulées qu'il n'en voyait plus la couleur. Et pourtant il sentait que les onze gardaient les yeux sur lui.

Enfin il prit pied sur un chemin plat, une sorte de ruelle étroite entre deux rangées de chaumières aux toits effondrés, ouvertes à tous vents à l'exception d'une seule, bien close et presque coquette, qui montrait trois pots de géraniums sur l'appui de son unique fenêtre masquée d'un rideau. Il passa devant elle sans tourner la tête. Encore quelques pas et il se trouva dans une sorte de carrefour qui était le centre du village. Devant lui, il y avait la maison de Yann Strullu avec son appareillage de granit en façade, ses huisseries rouges et ce toit d'ardoises bleues qui en faisait presque un manoir. Autour d'elle croulaient des logis désertés, mais le vent rabattait sur la petite cour une fumée en provenance d'une cheminée proche bien qu'invisible. Cette fumée, après les trois géraniums en pot, réconforta le docteur que la vue du bâtiment remis à neuf sur son ordre avait étrangement déçu tant il apparaissait insolite et même incongru au milieu de ces ruines qui semblaient le narguer, le défier de jamais pouvoir reprendre vie dans une pareille désolation. Mais les ardoises, c'était lui qui les avait voulues parce que sa mère lui avait répété bien des fois que l'ambition du maréchal était d'avoir la bourse assez forte pour en mettre un jour sur son toit. Le notaire avait écrit au petit-fils qu'il était encore possible de trouver dans le pays un chaumier capable de couvrir la maison en paille comme du vivant de Yann Strullu. Mais ce n'était pas là ce que désirait le docteur. Il n'avait aucun goût pour les musées. Il avait compris que sa mère avait connu une sorte de mort depuis le jour où elle avait quitté son village, inconsciente qu'elle était de l'emprise que ce village avait sur elle. C'était comme si ses vingt premières années avaient semé en elle un grain qui n'avait germé que le jour où, longtemps après son exil, elle avait entendu les accents de sa langue maternelle dans la bouche de ses domestiques. Alors elle était sortie de son hibernation, mais trop tard. Et si lui-même ne s'intéressait à rien en dehors de sa science avant d'entendre la vieille femme essayer désespérément de retrouver ses racines, c'était bien à cause de cette ignorance où elle l'avait tenu de ce monde qui aurait pu être le sien. Qui aurait dû l'être. Il lui fallait donc tout reprendre, patiemment, depuis le temps où elle avait rompu le cours de sa destinée. Ainsi espérait-il découvrir un domaine autrement riche que celui de la recherche médicale qui avait froidement dévoré ses années. Mais il n'était pas question de revenir à plus d'un demi-siècle en arrière. Il fallait faire comme si sa mère et lui-même n'avaient jamais quitté la colline pierreuse. Et s'ils ne l'avaient jamais quittée, ils auraient fait mettre des ardoises bleues sur le toit et peut-être l'électricité à l'intérieur. Mais pourquoi auraient-ils changé les meubles ? Leur serait-il venu à l'idée d'abattre la maison pour en faire bâtir une autre ? On garde bien les cathédrales et les châteaux, les chapelles et les manoirs séculaires. Pourquoi pas le logis du maréchal-ferrant ! Celui-ci allait précisément lui permettre de reprendre pied dans un village pour lequel cet homme « désintéressé », plus solitaire que jamais, éprouvait une chaleur de cœur qui l'étonnait lui-même. Et ce que le notaire lui avait écrit touchant la vie des onze survivants l'avait persuadé que ces personnages encore plus relégués que lui pourraient l'aider à courir l'aventure de sa propre reconquête en même temps qu'il leur apporterait quelque soulagement non pas de corps, mais d'âme. Cela serait plus difficile que d'opérer sur des nerfs ou des vaisseaux, peut-être se laissait-il aller à de vaines spéculations d'intellectuel, mais il avait résolu de tenter l'expérience, même si l'échec était au bout. S'il échouait, du moins saurait-il pourquoi.

Il entra dans la cour et se dirigea vers la forge qui n'avait toujours pas de porte, qui n'en aurait pas tant qu'il habiterait la maison. La forge était un piège ouvert pour attirer quelques-uns des onze qui y avaient leurs habitudes. Entré à l'intérieur, il sentit une odeur de bois brûlé. Il s'approcha du foyer pour disperser de la main un tas de cendres rassemblées en forme de taupinière. Les cendres étaient encore chaudes et même, tout au fond, rougeoyaient des braises. Un sourire de contentement. Quand il regarda autour de lui, il vit les outils de son grand-père bellement accrochés au mur ou disposés autour de la grande enclume toute luisante. De toute évidence, ils n'avaient pas cessé de servir. Au fond de la forge, dissimulant en partie une stalle vide et son râtelier à foin, il y avait un tas de bois cassé, un tas de fagots et un grand panier rempli de pommes de pin. Sur les pommes de pin, deux vieux sabots qui ne faisaient pas la paire. Les sabots à feu.

Sa mère lui avait souvent raconté comment, dans sa jeunesse, les plus pauvres s'en allaient chercher, dans ces sabots usés, des braises pour allumer leur feu. Les allumettes coûtaient trop cher pour leur bourse de misérables. Ils se rendaient chez le boulanger, le forgeron, dans toutes les maisons dont ils voyaient fumer la cheminée. Et les assez riches se devaient d'aller, de temps en temps, quémander de la braise aux pauvres par égard pour eux, les pauvres étant fort satisfaits de leur faire, à titre de revanche, la charité du feu. Ainsi s'établissent et durent les communautés.

Sans hésitation, le docteur s'empara de l'un des sabots. Il revint vers le foyer et actionna le soufflet. La taupinière éclata en nuage de cendres et la braise rougit à blanc. Il en chargea le sabot à demi, prit un fagot sous le bras et s'en fut tout droit vers la porte de sa maison. D'un revers de pied il en écarta le sac et les deux valises que le chauffeur de taxi avait déposés contre elle. Il n'y avait pas de clé. Seulement une barre à l'intérieur que l'on poussait dans un trou du mur pour s'enfermer pendant la nuit. Il entra, reconnut la disposition des lieux telle qu'il l'avait fait établir d'après la description de sa mère. Et une provision de petit et de gros bois dans un vaste panier d'osier tressé en carré qui ne datait pas d'hier. Le notaire, son correspondant, avait pensé à tout. Un peu plus tard le feu flambait dans la cheminée et le maître des lieux, ayant rentré ses bagages, s'installait dans une chaise à bras pour manger quelques provisions qu'il avait tirées de son sac. Il était sous l'emprise d'une excitation qui céda peu à peu pour faire place à une merveilleuse sérénité. C'était le commencement du monde. Et c'est ainsi qu'il entra dans un sommeil sans rêves. La nuit était tombée d'un seul coup.

Il fut réveillé par un vacarme qu'il prit d'abord pour une sonnerie de cloches. Mais c'était le fer qui sonnait sur le fer dans la forge avec un déchaînement qui faisait penser à quelque diablerie. Il se leva de la chaise à bras où il avait dormi comme une souche, tout habillé. Le corps perclus, la tête vide, il s'approcha lentement de la fenêtre... Ses yeux au ras du rideau, il attendit la fin de ce tocsin matinal. Pas un instant ne lui vint l'idée de sortir de chez lui pour demander des comptes au batteur intempestif. D'ailleurs, ce ne fut pas très long. Le bruit éclatant de fer sur fer cessa et, après un silence, fut suivi de quelques chocs sourds. Enfin une brouette sortit de la forge, poussée par un très vieil homme. Dans la brouette, il y avait des fers de pioches et de houes démanchées. C'était sur eux que l'ancien du village frappait avec acharnement et peut-être sans nécessité. Avant de sortir de la cour, il posa la brouette, se redressa de toute sa taille et jeta sur la façade de la maison un long regard de défi. Il savait que le propriétaire était à l'intérieur et sans doute aux aguets après l'aubade qu'il lui avait donnée. Sans doute voulait-il lui signifier que son retour ne changerait rien au précédent état des choses. La forge de Yann Strullu demeurait disponible pour les onze, un par un.

Et le vieux reprit sa brouette pour sortir de la cour à son pas. Derrière sa fenêtre, le petit-fils du maréchal eut un sourire heureux. Il se mit à tourner autour de la salle en balançant les bras pour les dégourdir, cognant des talons contre la terre battue qui rendait un bruit sourd sous les coups, manipulant distraitement au passage quelque objet qui se trouvait à portée de ses mains ou restant à considérer quelque pièce de meuble sans la voir. Et il souriait toujours en se traitant intérieurement d'idiot. Là-dessus s'éleva le couplet d'une chanson bretonne que sa mère avait accoutumé de pousser d'une voix grêle à son réveil dans les derniers temps de sa vie.

Quand j'étais, ce matin, allant chercher de l'eau,
J'ouïs le rossignol au bois qui chantait beau.

Et elle n'allait jamais plus loin que le deuxième couplet car elle avait oublié le reste. Il fallut un temps au docteur pour s'apercevoir que c'était lui-même qui chantait. Il éclata de rire en pensant à la tête de ses assistants et de ses infirmières s'il s'était laissé à fredonner ainsi, derrière son masque, dans une salle d'opération. Ils se seraient sûrement crus victimes d'une forme particulière de la berlue. Mais le supposer capable de chanter, lui, jamais.

Puis soudain il se sentit l'estomac creux, il eut envie de tremper du pain dans du café. Quand il s'approcha de la cheminée pour allumer du feu, il vit qu'avant de s'endormir la veille dans sa chaise à bras, il avait ramené soigneusement la cendre sur la braise dès qu'elle avait cessé de flamber. Il l'avait fait à l'aide d'un petit balai de genêt mis en évidence au coin du foyer. Ce notaire, décidément, n'était pas n'importe qui. Le docteur eut envie d'aller lui rendre visite de toute urgence comme on va consulter un homme de l'art dont vous sentez obscurément qu'il est seul capable de vous tirer d'affaire quand votre mal ou vos soucis échappent aux communes mesures, quand vous savez que tous les autres ne seront pas à la hauteur de vos confidences. Mais auparavant le café, le pain et le beurre. Avec le bout du soufflet il écarta la cendre et l'œil du feu apparut au fond de la taupinière, rétréci dans sa gangue morte mais encore vif. Un peu de fagot sec, le soufflet fit son office et bientôt les flammes se remirent au travail en toute hâte comme si elles voulaient se faire pardonner un trop long assoupissement. Les crépitements du bois ponctuaient avec allégresse le craquement continu du moulin à café que le maître des lieux manœuvrait à toute poigne en le serrant entre ses genoux comme on doit le faire quand on connaît la juste destination des choses. La plus belle symphonie du monde.

IV

Son petit déjeuner dans l'estomac — et jamais, se disait-il, meilleure nourriture n'était descendue en lui — il se mit en devoir de s'accoutrer pour rendre visite au notaire avant d'entrer dans sa nouvelle vie. Il ne doutait pas que les conseils du tabellion lui faciliteraient beaucoup son intégration à la colline pierreuse où il devrait organiser désormais son existence de tous les jours sans attenter à la liberté des autres solitaires. Mais il était surtout impatient de rencontrer en personne humaine cet homme qui l'avait si bien servi de loin, dont il avait lu et relu, avec une étrange soif de les assimiler tout entières, une douzaine de longues lettres rédigées dans un style qui sentait encore le notariat. Rédigées à la plume, s'il vous plaît, avec des coquetteries dans les majuscules qui relevaient moins de la tradition que d'une évidente distinction d'esprit émanant du texte lui-même. Elles étaient d'une précision extrême, mais tournées de telle manière que l'on devinait sans peine, chez leur auteur, une finesse d'observation qui allait beaucoup plus loin que les simples devoirs d'un notaire cantonal, si bon connaisseur qu'il fût des mentalités de ses clients habituels. Et le docteur, même sans lire entre les lignes, sentait bien que l'autre, sous couleur de répondre simplement à des questions pratiques, se plaisait à le prendre pour confident de certaines découvertes touchant les êtres et les choses dont le commun des mortels n'avait rien à faire. C'était même, parfois, comme s'il sollicitait un avis de sa part, bien qu'avec de curieuses réticences qui marquaient son appréhension de se faire rabrouer. Et le docteur s'obligeait à faire mille efforts pour échapper aux banalités dans ses propres lettres, tâcher de se mettre à la hauteur de son correspondant. A plusieurs reprises, il s'était trouvé mortifié en méditant sur les aperçus nouveaux à propos de la nature humaine que lui dispensait l'autre sans jamais excéder les limites de leurs rapports. En somme, il s'était établi entre eux, insensiblement, une sorte de complicité que n'avouaient ni l'un ni l'autre. Il n'avait jamais eu d'ami, le docteur. Fugitivement, il lui arrivait de rêver d'en avoir, encore qu'il ne sût pas exactement de quoi l'amitié pouvait être faite. Maintenant, il commençait à s'en douter. Et il nourrissait une immense curiosité à l'égard de la personne du vieux philosophe dont il ne connaissait même pas le son de la voix. Il lui aurait pourtant suffi de décrocher le téléphone pour l'entendre. Il n'avait jamais osé. L'autre non plus.

Le notaire habitait à la sortie du gros bourg cantonal de Villejoie, à moins de deux lieues du bas de la colline, vers l'ouest. C'est de ce bourg qu'étaient venus les ouvriers pour remettre en état la maison du maréchal. Pour y aller, il suffisait donc de suivre les ornières creusées par le va-et-vient de leur camion au flanc de la colline. Une fois dévalé en bas, il n'y avait qu'une route. Impossible de se tromper. A l'arrivée dans le bourg, on se trouvait devant l'église entourée de son cimetière. Devant le Porche du Baptême, au sud, s'ouvrait une longue allée de chênes qui menait à la maison notariale. Elle était entourée de hauts murs, mais la grille restait ouverte jour et nuit. On s'avançait jusqu'à la porte centrale du bâtiment, on toussait fortement deux ou trois fois et quelqu'un venait vous ouvrir. Il n'y avait pas de chien. Depuis que le notaire avait laissé sa charge à son gendre, celui-ci avait fait bâtir, au fond de la propriété, une étude à sa convenance qui donnait directement sur la grand-route. Mais les vieilles gens continuaient à passer par la grande maison pour saluer l'ancien maître avant d'aller traiter leurs affaires avec le nouveau.

Tous ces détails se trouvaient dans les lettres du notaire, mais dispersés de l'une à l'autre, et sans ordre, à la fortune du sujet traité, sans qu'on pût y trouver la moindre invitation à lui rendre visite ni le moindre souhait de se voir un jour. Au docteur de savoir ce qu'il convenait de faire. Aucune obligation pour l'un ni l'autre. L'entière liberté ! Il était même nettement précisé, en réponse à une question du petit-fils du maréchal, que le notaire n'étant plus en fonctions, il ne pouvait être question d'honoraires ni de dédommagement sous quelque forme que ce fût, les services qu'il voulait bien rendre ne relevant que du plaisir qu'il avait à occuper sa retraite et à entretenir, même au nom d'un autre, ses relations avec les gens du pays. Voilà qui était clair, ou du moins qui semblait l'être. Mais le docteur ne comprenait pas bien pourquoi, dans ces conditions, le notaire lui écrivait de si longues lettres où les dispositions pratiques pour la restauration de la maison du maréchal et les comptes rendus de travaux semblaient être de simples prétextes au travers desquels il racontait par le menu la vie de la colline et de ses derniers habitants. Sans jamais faire la moindre allusion au retour du petit-fils, il le rappelait insidieusement à ses racines, faisait naître progressivement en lui, d'une lettre à l'autre, la nécessité de les reprendre. Et le piège avait bien fonctionné. Le petit-fils était là.

Il ouvrit la grosse valise. La mallette attendrait, peut-être même ne serait-elle jamais plus ouverte. Elle était à moitié pleine de revues médicales qu'il avait apportées par habitude, comme à chaque fois qu'il partait pour quelque congrès international avec l'espoir de rattraper un retard de lecture qu'il n'arrivait jamais à combler. Le restant de la place avait été occupé jusqu'à l'avant-veille par un manuscrit où il avait consigné les résultats de ses recherches et de son expérience touchant la chirurgie du cerveau. Au moment de partir, il l'avait déposé chez un éditeur qui le lui réclamait depuis des années sans pouvoir l'obtenir car le docteur estimait qu'il n'était pas au point. Mais maintenant il en avait fini avec la médecine. Il espérait fermement que l'expérience qu'il allait entreprendre ne lui laisserait pas le moindre désir de retourner à une vocation qu'il avait servie jusque-là. Quelle expérience ? Il n'en savait trop rien, mais il était sûr de ne pas être revenu sur la colline pierreuse seulement pour obéir à un souhait de sa mère sur ses derniers jours. Une force obscure s'exerçait en lui, gagnait sur lui de jour en jour depuis qu'il avait adopté la langue de ses pères pour sa vie privée. Les lettres du notaire avaient fait le reste. Au diable la médecine ! Il était prêt à se faire une âme de rebouteux.

Dans la valise, il y avait une paire de brodequins comme en ont les marcheurs de fortes randonnées et un costume de velours brun à côtes, le veston boutonné jusqu'au ras du col plat. Les brodequins avaient déjà servi au docteur dans ses pérégrinations solitaires sur des montagnes à vaches quand il s'accordait — c'était rare — quelques jours de liberté. Le costume était tout neuf, dégageait encore la forte odeur de la panne. Il l'avait fait acheter par son jardinier, de la même taille que lui, sur un marché forain de la grande banlieue où l'autre aimait se pourvoir de cet habillement qu'il proclamait le plus commode pour ses occupations. Il assurait aussi, et sa femme renchérissait avec force, que c'était là ce qui convenait le mieux pour aller vivre sur la colline pierreuse telle que leur maîtresse l'avait abondamment décrite en toute saison. Certes, le docteur n'était pas assez naïf pour vouloir jouer au paysan ni mimer en velours à côtes le retour à la terre. Mais pourquoi ne pas mettre toutes les chances de son côté ? N'est-il pas reconnu que l'habit fait quelquefois le moine ? D'ailleurs, il avait toujours remarqué que son jardinier se trouvait plus à l'aise dans sa tenue que lui dans la sienne. Trois ou quatre fois, dans sa chambre, il avait essayé le costume de velours pour s'habituer à lui. Dès qu'il l'avait sur le corps, chose curieuse, les traits de son visage, reflétés dans la glace, revêtaient une autre sévérité que celle du grand chirurgien. Comment dire ? Une sévérité qui ne devait rien aux tourments de la science ni aux responsabilités du métier, mais traduisait plutôt une sorte d'acceptation rageuse du destin qui laissait place, par instants, à des éclairs d'ironie. Et tout cela devenait encore plus flagrant quand il se mettait sur la tête ce chapeau noir à fond rond qui allait avec le reste. Le chapeau, avec un gros chandail de laine pour les temps de froidure, était aussi dans la valise. Il n'aurait eu garde de l'oublier. On lui avait assez répété que les paysans n'allaient jamais tête nue, qu'ils tenaient toujours leur garde haute contre les gens sans coiffure. Désormais, il allait devoir jouer un autre rôle que celui qu'il avait tenu jusque-là. Combien de temps lui faudrait-il pour entrer dans sa nouvelle peau ? Mais le costume du comédien n'aide-t-il pas à la comédie ? A la comédie du monde plus encore qu'à celle des tréteaux ?

Il se prit à sourire. Maladroitement parce qu'il n'avait jamais su.

Il vida son sac de montagne où il avait entassé du petit linge et de menus objets. Il en aurait besoin pour faire ses provisions dans le gros bourg où il devait se rendre. Le sac à l'épaule, il allait sortir quand il entendit hennir au-delà de sa cour. Jetant un coup d'œil par la fenêtre, il vit apparaître au pas un cheval rouan qui ne lui sembla pas de la première jeunesse. Le cheval portait un cavalier dont le visage était ombragé par un chapeau à larges bords ramené sur le front. Il avait une veste de chasse et des houseaux de toile. Qui était-il ? Que venait-il faire là ? Ce n'était sûrement pas l'un des onze. Dans les lettres du notaire, il n'était pas question de cavalier. Le docteur se retira de la fenêtre. Mieux valait ne pas se montrer avant de savoir à qui l'on avait affaire.

Devant l'entrée de la cour, le cavalier ouvrit une rêne. S'ébrouant à pleins naseaux, le cheval se dirigea vers la forge et, de son pas égal, franchit la porte charretière pour disparaître à l'intérieur. Le cavalier s'était seulement penché sur son encolure. Alors le docteur se souvint d'une remarque qu'il avait faite, la veille, sans trop y accorder d'attention, attiré qu'il était vers l'âtre par les sabots à feu. La terre battue de la forge portait des traces de fers et de grattements de sabots chevalins qui ne dataient pas de longtemps. Le cavalier et sa monture étaient des habitués du lieu. Qu'avaient-ils donc à y faire, le maréchal étant mort depuis tant d'années que le docteur n'en savait pas bien le compte ?

A peine s'était-il posé cette question qu'ils reparurent et se dirigèrent vers la sortie pour reprendre le chemin. Là, le cavalier manœuvra sa bête pour la mettre face à la maison et s'immobilisa, une main sur la cuisse, l'autre sur le pommeau. On devinait qu'à l'abri de son chapeau il regardait fixement devant lui. Une inspiration subite s'empara du docteur. Il empoigna l'espagnolette et voulut ouvrir la fenêtre. Pour quoi faire ? Interpeller l'inconnu, lui dire de mettre pied à terre et d'entrer sans façon ? Annoncer au moins sa propre présence ? Mais le bois de la fenêtre était neuf, un peu gonflé sans doute. Quand, à force de secouer à grand bruit, il parvint à ouvrir, l'animal et son maître avaient disparu. Il aurait cru avoir été victime d'une hallucination s'il ne les avait pas entendus s'éloigner au petit trot.

Il haussa les épaules. Il aurait le temps de voir et de savoir. Il sortit, ferma sa porte et le voilà lui-même en route pour gagner Villejoie où il avait fort à faire. La matinée était claire, exaltée par des chants d'oiseaux, mais sur les chemins-de-loups qui serpentaient autour du village, il n'y avait personne, semblait-il. Et cependant il se sentait observé de toutes parts. Ce furent les trois sœurs qui se trahirent. S'étant retourné brusquement à un moment où il se trouva particulièrement mal à l'aise, il vit palpiter leurs trois coiffes blanches au ras d'un talus. Elles disparurent aussitôt. Il reprit sa marche, mais toujours tenu par une gêne indéfinissable. Ce n'est qu'arrivé au bas de la colline qu'il put respirer à l'aise.

Il couvrit d'un bon pas le trajet qui le séparait du bourg. Peut-être aurait-il fait encore plus vite, bon marcheur qu'il était, s'il n'avait aperçu à deux reprises, au flanc d'une barre rocheuse qui s'étendait à sa droite, le cavalier de tout à l'heure, fort attentif à mener son cheval par une piste à peine tracée, difficultueuse en diable. Et le docteur, bon cavalier lui-même, s'était arrêté deux fois pour observer son manège pendant tout le temps qu'il était demeuré en vue. Quel jeu jouait-il, celui-là ?

Et maintenant, voilà qu'il avait l'homme devant lui, assis dans un fauteuil derrière une table nue, dans un petit bureau sombre dont l'embrasure de la fenêtre était masquée aux trois quarts par une glycine. Les murs de la pièce étaient également nus, mais la tapisserie terne montrait en plus clair le dessin des meubles disparus, bibliothèques ou fichiers. Le maître des lieux avait gardé son chapeau en tête. Il avait les coudes posés sur la table, les mains croisées à la hauteur de la bouche. Gantées, les mains. Le cavalier n'était autre que le notaire lui-même.

— Prenez la chaise qui est derrière vous, dit-il d'une voix sans relief. Il ne faut pas se fier aux deux autres.

Et puis, comme pour s'excuser.

— J'en ai fini avec le notariat.

Et moi, j'en ai fini avec la médecine, pensa le docteur qui prit la place du consultant.

Il avait abordé le gros bourg avec la crainte de soulever la curiosité des gens, de provoquer des questions auxquelles il n'était pas préparé. Il possédait bien le breton de sa mère, mais la fréquentation des gens lui manquait. Chez lui, ils n'étaient que quatre et les trois autres avaient perdu depuis trop longtemps le contact avec leur société d'origine. Une réponse un peu insolite de sa part aurait suffi à le faire reconnaître pour un étranger. On saurait très vite qui il était, mais il préférait que l'on apprît son arrivée par la rumeur publique. Et puis, il avait horreur de toute maladresse. Venant de sa part, il l'aurait ressentie comme une humiliation.

Mais il avait tort de se faire du souci. C'était la foire aux bestiaux sur la grand-place. Beaucoup de gens venus des communes environnantes pour des affaires de vaches et de cochons. Certains hommes étaient vêtus à peu près comme lui, sauf qu'ils ne portaient pas de sac de montagne à l'épaule. S'il ne passa pas complètement inaperçu — son chapeau n'était pas tout à fait celui qu'il aurait fallu — du moins ne fit-il se retourner personne, n'attira-t-il sur lui aucun regard appuyé. Il en fut tout ragaillardi. L'épreuve ne commençait pas trop mal.

Arrivé devant l'église, il franchit l'échalier du cimetière et chercha le Porche du Baptême au sud. Et là il vit devant lui l'allée de chênes qui descendait assez fortement vers un vallon boisé. Il apercevait le grand toit à quatre pans de la maison notariale, sommé de deux girouettes, et une partie du mur d'enceinte. Il remarqua que les deux girouettes étaient orientées dans deux directions différentes. Rouillées, sans doute, bloquées sur leur axe. Quelques minutes plus tard, il se trouvait devant la grille ouverte et qu'il eût été impossible de fermer en raison de son état de délabrement. Au fond de la cour, à gauche, il y avait une écurie dont la porte ouverte laissait voir le train arrière d'un cheval rouan. Entre ses dents, le docteur émit le sifflement chuinté que faisait entendre son jardinier quand il était pris de court par une révélation qu'il s'en voulait de n'avoir pas prévue. Mais il n'eut pas le temps de s'étonner, encore moins de tousser pour avertir de sa présence. Devant lui, la porte centrale de la maison s'ouvrit et le cavalier apparut dans le couloir. Mais il ne fit pas mine de s'avancer sur le seuil.

— Bonjour, dit le visiteur en s'avançant. Je suis...

— Le petit-fils du maréchal, acheva l'autre. Entrez donc puisque vous êtes là.

Et il tourna le dos pour précéder le docteur dans ce bureau où ils se trouvaient maintenant l'un en face de l'autre.

— Je suis là seulement depuis hier soir et...

— Si vous m'aviez prévenu du jour de votre arrivée, je ne vous aurais pas dérangé ce matin dans votre maison, dit le notaire de sa voix égale.

— Si je ne vous ai pas écrit, c'est que je ne voulais pas moi-même vous déranger.

— Je fais toujours ce qu'il me plaît de faire. Et rien d'autre.

Il y eut un silence. Les mains toujours croisées devant la bouche, le notaire mordillait lentement l'articulation de son pouce ganté. Le docteur prit une longue inspiration avant de débiter la phrase dont il avait médité les termes pendant sa marche.

— Je tenais pourtant à vous remercier de tous les services que vous m'avez rendus, de tous les tracas que je vous ai occasionnés et qui furent considérables, je le sais, ainsi que de vos lettres dont le contenu me permet de me présenter dans ce pays avec quelque chance de le comprendre et peut-être, comment dirais-je, de m'intégrer à lui.

— Si nous parlions breton, dit le notaire qui avait détourné la tête pendant le compliment. Cela nous éviterait des politesses inutiles. Il me semble vous avoir écrit que je n'en voulais pas.

— Comme il vous plaira, répondit le docteur en changeant immédiatement de langue. Mais vous m'excuserez de m'exprimer assez mal sur certains sujets. Il y a bien des mots qui me manquent.

— A moi aussi. Les dernières générations en ont emporté des provisions avec elles dans la tombe. Ils n'avaient peut-être pas confiance en nous pour les garder vivants. Ceux qui restent nous suffiront pour ce que nous avons à dire.

— Ce que j'avais à dire, je l'ai dit. Et je vais vivre désormais avec des gens qui ne parlent pas.

— Ils ne se parlent pas entre eux. Mais peut-être se décideront-ils à vous parler si vous savez vous y prendre. Et ils agissent. Vous n'allez pas me croire si je vous affirme que leurs actes ne peuvent se traduire qu'en breton.

— Je vous fais confiance. Est-ce qu'ils vous parlent, à vous ?

Le notaire appuya son front contre ses mains croisées.

— Non.

— Vous y allez souvent, sur la colline ?

La réponse se fit attendre. Le docteur se reprochait déjà d'avoir commis une indiscrétion quand l'autre se leva brusquement et alla se planter devant la fenêtre, le dos tourné à son visiteur.

— J'y vais quand je ne peux pas me retenir d'y aller. J'y vais tôt le matin ou tard le soir, quand ils ne sont pas dans leurs chemins. Pour ne pas les troubler par une rencontre qu'ils ne souhaitent pas. Et j'y vais à cheval comme y allait mon père. La vue d'un cheval leur fait toujours plaisir. Ils ne voient pas l'homme qui est sur son dos.

— Vous croyez que si j'achetais un cheval...

— Vous feriez bien. Ils n'accepteraient pas le bruit d'un moteur de votre part. Mon cheval ne me sert que pour monter là-haut. J'ai une automobile pour le reste, qui est sans importance. La colline pierreuse, j'y allais déjà en croupe derrière mon père quand j'étais enfant.

— Vous aviez une raison pour y aller. Et peut-être l'avez-vous toujours ?

Le notaire revint vers son fauteuil, mais demeura debout. D'un geste qui semblait machinal, il avait encore rabattu son chapeau sur ses yeux.

— Les raisons s'enchaînent les unes aux autres. Elles s'estompent avec le temps pour faire naître les suivantes. La première de toutes, et qui me tiendra jusqu'à la mort, c'était votre grand-père, le maréchal. La colline, c'était lui, c'est toujours lui. Sa forge est le seul endroit où les survivants se rendent tous à leurs heures, mais sans jamais s'y rencontrer comme autrefois. Une sorte de pèlerinage, si vous voulez, en souvenir du temps où il était vivant, où le village lui-même éclatait de vie. S'il n'y avait pas cette forge, je suis persuadé qu'ils seraient tous morts à l'heure qu'il est.

— Et l'un des pèlerins, c'est vous ?

— C'est toujours moi. Mais je demeure à l'écart des autres bien qu'ils ne fassent rien pour m'empêcher de retourner sur leur colline et d'entrer dans la forge. Mais je n'ai jamais été des leurs. J'ai pourtant tout fait pour en être. Peine perdue. Un notaire sur la colline, rendez-vous compte !

— Et un médecin ?

— Vous, c'est différent. Vous êtes des leurs par droit de naissance. Le petit-fils du maréchal, ce n'est pas rien. Moi, je n'ai aucun parent, aucun allié là-haut. D'ailleurs, le village fait partie d'une autre commune que celle-ci, où mon père est venu de cinquante lieues pour tenir cette étude. Il lui a fallu peu d'années pour parler le breton aussi bien qu'eux. Il me l'a fait apprendre dès ma naissance. Oh ! On nous aimait bien, on nous honorait même, mais on n'a jamais fait franchement alliance avec nous. Votre grand-père était pourtant le meilleur ami de mon père à moi.

Il avait jeté cela d'une voix presque rageuse, en malmenant son fauteuil et martelant la table à petits coups, la tête baissée. Il finit par s'asseoir et se prendre le front dans les mains.

— Excusez-moi, murmura-t-il. Cela me tient depuis si longtemps.

— Et d'où venait à mon grand-père cet ascendant qu'il exerçait sur vous tous ?

La voix du notaire était redevenue égale quand il répondit.

— Il était maréchal-ferrant et forgeron. Vous savez l'importance d'un tel métier dans nos campagnes jusqu'au début du siècle. Mais Yann Strullu était bien plus qu'un batteur et poseur de fers. On le réputait un peu sorcier. On racontait à voix basse, et non sans crainte, qu'il détenait ce fameux livre appelé l'Agrippa dans lequel sont exposées toutes les recettes des tours de magie. Il l'aurait trouvé dans les ruines d'un vieux manoir dont vous pourrez encore voir les assises au point le plus élevé de la colline. Mais tout le monde convenait que si cela était vrai, il ne se servait de l'Agrippa que pour le plus grand bien de tous, Yann Strullu. Il savait guérir les chevaux et les vaches mieux que le meilleur vétérinaire d'aujourd'hui. Et il guérissait même les maux des hommes quand ils étaient guérissables. Rebouteux, bien entendu, et manipulateur de première force, mais il y en avait d'autres en ce temps-là. Lui, il connaissait les vertus de toutes les herbes et de toutes les baies sauvages de la colline. Il prétendait qu'elle faisait pousser, dans ses pierrailles et ses taillis, les remèdes à toutes les maladies dont on pouvait souffrir. Vous voyez que vous avez de qui tenir, docteur. Mais ce n'est pas tout. Il tenait en mémoire des centaines de proverbes, dictons, raccourcis de sagesse accumulés par les générations antérieures. Il en avait un pour chaque heure du jour, chaque jour du mois, chaque variation du temps qu'il savait prévoir sans jamais faillir que de très peu et ce peu-là il en rendait compte aussitôt qu'il s'était produit. On venait lui demander conseil pour les semailles, les moissons et tout ce qu'il convient de faire entre les deux. Un vrai calendrier de la colline, Yann Strullu. Mais surtout, l'hiver, quand tombait la nuit, il y avait dans sa forge autant de gens qu'elle pouvait contenir, et de tous âges, pour l'entendre débiter les contes et chanter les complaintes, les couplets de guerre et d'amour, les rimailleries satiriques qu'il composait parfois lui-même. Il était inépuisable, cet homme-là. Je me demande encore comment il a pu faire pour engranger tout ce qui sortait de lui. Je doute que le plus grand savant du monde en sache autant qu'il en savait. Je n'avais pas encore six ans lorsque mon père m'emmena là-haut sur son cheval. Yann Strullu m'a fait asseoir sur un tabouret à côté de lui. Seulement la première fois. Ensuite, je me suis glissé où j'ai pu, avec les autres enfants. La meilleure place de la première fois, c'était pour me souhaiter la bienvenue. Mon père lui-même, un des plus grands notables du canton en ce temps-là, n'était pas traité par lui autrement que les autres. C'était un homme juste, Yann Strullu. Les rois et les mendiants de la terre étaient égaux à ses yeux. Comme dans les contes. Et tous les habitants de la colline essayaient de se régler sur lui, sans trop d'espoir de l'approcher jamais. Je suis retourné dans sa forge aussi souvent que j'ai pu jusqu'au moment où il a cessé de parler.

— Il a cessé de parler ? Mais pourquoi ?

L'autre eut une hésitation, un geste fataliste. Il quitta son fauteuil et retourna se planter devant la fenêtre.

— Quand votre mère est partie.

— Eh bien, dit le docteur, en se levant à son tour, je vais vous laisser, maître. Je vous ai déjà trop fait parler. Tous ces retours sur le passé vous fatiguent. Nous aurons sans doute l'occasion de nous revoir. Sachez, en tout cas, que la maison du maréchal et sa forge vous sont ouvertes. Quand il vous plaira.

Le notaire respirait très fort.

— Savez-vous pourquoi j'ai fait tout mon possible pour vous faire revenir ? Pourquoi je me suis chargé de remettre votre maison dans son état d'autrefois ? Pourquoi je vous ai écrit de si longues lettres, moi qui n'ai jamais plus touché une plume depuis que j'ai laissé mes actes ? Voulez-vous le savoir ?

— C'était donc cela. Quand je vous ai écrit pour la première fois, je n'étais pas tellement décidé à revenir. C'est vous qui m'avez convaincu, insensiblement tiré vers la colline pierreuse et les fantômes qui la hantent. Vers vous-même aussi. Vos lettres étaient autant de pièges que vous m'avez tendus. Maintenant, me voilà. Il me reste à savoir pourquoi j'y suis.

— La colline où régnait Yann Strullu est en train de mourir. On dira que c'est la faute des nouveaux temps que nous vivons et qui font que les jeunes gens ne peuvent plus s'y satisfaire. Facile à dire. Aux hommes de science qui allégueront des tas de bonnes raisons, il manquera d'avoir été personnellement impliqués dans ce drame, car c'en est un. Qu'ils aillent au diable ! Les choses auraient pu tourner autrement, là-haut, mais à quoi sert de nourrir des regrets ? A quoi sert de chercher les coupables au nombre desquels je me compte pour n'avoir pas su agir comme il aurait fallu quand il en était temps. Que la colline retourne au désert, c'est navrant pour ceux qui l'ont connue dans sa gloire, mais bien des capitales du monde ont subi pareil destin. C'est une façon de disparaître qui fera philosopher à vide nos descendants. Ce qui m'importe à moi est ceci : il y a là-haut onze vieillards qui auraient pu achever leur vie ensemble au lieu de leur naissance. Ensemble, vous comprenez, en bonne entente de tous les instants, avec la forge du maréchal pour salle de réunion. Au lieu de cela, chacun vit de son côté, ils ne se parlent pas, ils évitent de se rencontrer, ils se rendent malheureux à force de se couper les uns des autres. C'est parce que chacun d'eux se croit responsable du délaissement où ils se trouvent. Ils souffrent d'orgueil et de honte à la fois. Et pourtant, il faudrait peu de chose pour les faire se réconcilier avec eux-mêmes. Que revienne seulement parmi eux le petit-fils du maréchal qui était l'âme du village avant les malheurs. Qu'il leur prouve, en vivant parmi eux, qu'il ne leur tient pas la moindre rancune. Qu'il leur demande, au contraire, de se rassembler autour de lui comme ils le faisaient autrefois autour de son grand-père. Je crois sincèrement, docteur, que vous pouvez y arriver.

— Mais comment ferai-je ? Je n'ai aucune des vertus du maréchal.

— Croyez-vous ! On ignore souvent de quoi l'on est capable. Il suffira de vous laisser faire. Ou je me trompe fort ou ils feront les premiers pas. Alors, si vous savez les prendre, ils retrouveront pour vous l'héritage de Yann Strullu, celui de sa tête, dont ils ont gardé l'essentiel en mémoire. L'héritage de Yann Strullu, c'est-à-dire le secret de leur ancienne communauté. Faites surtout attention à Josias, l'ancien du village. Il a été l'apprenti de votre grand-père, le disciple que le maréchal avait choisi pour en faire son successeur dans toutes ses charges. Il n'y a pas eu de succession, mais c'est lui qui en sait le plus. Je crois que c'est par lui que vous aurez les autres.

— Je veux bien essayer. Mais j'aurai grand besoin de vous.

— Ne vous faites pas d'illusions sur mon pouvoir. J'ai tout essayé pour n'aboutir à rien. Mais je n'avais aucun des atouts qui sont les vôtres. Et puis, je souffre du même mal que ces gens-là. Moi aussi je me suis retiré en moi-même. Regardez cette maison vide, bientôt croulante. Mes enfants sont partis au loin à l'exception d'une fille, mariée à mon successeur. Ils ont des enfants, ils habitent au fond du parc et je ne les vois presque jamais. Ce n'est pas leur faute, mais la mienne. Moi aussi, je suis coupable.

— C'est une rude tâche que vous me proposez là.

— Je puis vous promettre que j'arriverai à point quand je vous saurai en difficulté. Vous n'aurez pas besoin de m'appeler. Inutile de revenir ici. Ici, ce n'est nulle part. Maintenant, laissez-moi.

Le docteur ouvrit la porte du bureau, lentement. Il passa dans le couloir et sortit dans le soleil avec un soupir de soulagement. Il sentait le notaire derrière lui, mais l'autre demeura dans l'ombre.

— Vous êtes à peu près de l'âge de ma mère, maître. Vous ne m'en avez rien dit. L'avez-vous bien connue, autrefois ?

Il entendit une voix rauque, au fond du couloir.

— Personne ici n'a bien connu votre mère, docteur. Il aurait fallu plus d'une vie pour cela.

V

Dans les semaines qui suivirent, mis à part un orage d'apocalypse dont il sera question, une exceptionnelle chaleur du jour, de douces pluies nocturnes tombant pendant des heures à petit bruit et des brumes matinales qui se dissipaient tard, mais d'un seul coup, firent connaître à la colline pierreuse le plus étrange été du monde. Si les habitants s'étaient encore parlé, nul doute qu'ils n'eussent proclamé, à la cantonade comme autrefois, qu'il n'y avait plus de saisons, qu'elles avaient coulé les unes dans les autres, quittes à s'inquiéter en secret d'une telle maladie du temps qui ne pouvait présager autre chose qu'un événement d'importance, bon ou mauvais, concernant les hommes et les choses. Pour des gens qui avaient passé leur vie à observer la terre et le ciel, il y avait de quoi s'interroger.

Au bas de la pente, là où les champs étaient en friche depuis des lustres, avaient jailli des masses de digitales qui s'élevaient à hauteur d'homme. Elles s'arrêtaient net avant le village, vert, roux et doré, au milieu duquel faisait tache, insolite, le toit d'ardoises bleues de la maison du maréchal. Dans les jardinets et les petits champs autour des constructions encore habitées, les hommes et les femmes procédaient à leurs maigres moissons avec des gestes ralentis dont la vieillesse n'était pas la seule cause. La chaleur était si forte, au milieu du jour, qu'ils devaient se mettre tous en bras de chemise sous des chapeaux de joncs dépenaillés, pour récolter ce qui avait mûri. Au-delà du village, jusqu'au sommet marqué par un chaos de roches noirâtres, il n'y avait plus que des étendues d'herbes sèches et graciles, de folles graminées avec des semblants d'épis sans le moindre grain dedans. Si bien que, du plateau en bas, la colline entière semblait un énorme abcès surgi du sol par l'inflammation rosâtre des digitales pour évacuer son pus mort là-haut tandis que le village, entre les deux, figurait une purulence en travail où perdurait la source du mal et qu'il était donc urgent d'assainir.

Telle était, du moins, l'illusion que procurait au docteur la colline pierreuse, instable et floue dans un air vibrant, quand il rentrait à cheval, aux heures chaudes, de ses randonnées sans but précis et que le bruit de sa chevauchée lui retentissait dans la tête comme quatre fers sonnant sur une seule enclume. Et il s'étonnait toujours, lui, l'homme de science, d'évoquer de telles images, médicales sans doute, mais dont il ne se serait pas cru capable devant un autre spectacle que celui d'un corps sur une table d'opération.

Désormais, il laissait au notaire les brumes du matin, du sein desquelles émergeait de temps à autre son fantôme sur l'ombre indécise du cheval rouan. Derrière sa fenêtre, le petit-fils du maréchal ne ratait jamais aucune de ses apparitions, espérant que l'autre mettrait pied à terre pour venir frapper à sa porte. Mais c'était en vain. Le notaire, sans démonter, allait rendre ses devoirs à la forge et s'évanouissait de nouveau. Le temps n'était pas encore venu où il estimerait que le docteur aurait besoin de lui.

Le docteur avait organisé son existence avec toute la précision dont il était capable, mais avec le souci de déranger le moins possible la vie quotidienne des onze. Il ne voulait pas leur faire la moindre avance. Il sentait qu'un échec eût été quasi irrémédiable. A eux de venir à lui si bon leur semblait. Cependant, à défaut de vouloir l'approcher, ils le reconnaissaient comme l'un des leurs, une unité nouvelle dans le village, sans plus de rapport avec les autres que chacun d'eux n'en avait lui-même, mais le douzième ou le treizième puisqu'il y avait le notaire dont il ne savait pas très bien dans quelle mesure il était accepté. Or, il ne pouvait s'empêcher de penser qu'il constituait une pièce du jeu et non pas la moindre. Il était encore trop tôt pour en être sûr. Patience.

Quand il était sorti de la maison notariale, il s'était rendu à la poste où il avait retrouvé sa voix de grand patron, une voix mince et coupante comme une lanière de fouet dont il ne faisait usage que lorsqu'il n'admettait pas de réplique, pour téléphoner dans diverses directions. Il avait commandé qu'on le laissât en paix sans chercher à savoir où il s'était retiré pour un temps dont il était seul comptable. Cela fait, qui intéressait son ancienne vie professionnelle, il changea de ton pour bavarder en breton avec le couple qui tenait sa propriété banlieusarde. A la femme, il demanda des précisions sur quelques recettes de cuisine simples, à l'homme divers conseils pour élever des lapins et des poules. C'était un peu tard, il aurait pu s'en informer quand il voyait ses employés tous les jours, mais il n'avait pas bien réalisé, alors, ce que serait sa vie quotidienne, n'ayant jamais attaché d'importance à tout ce qui était résolu par d'autres pour lui, mais en dehors de toute intervention de sa part. Sur la question des poules et des œufs, il eut bien du mal à éclairer sa religion car les époux, qui parlaient tous les deux en même temps, n'étaient même pas d'accord sur la façon de battre l'omelette. Il décida de tirer pratiquement au clair les points litigieux. Les ayant fait taire l'un et l'autre par un juron bien senti qui fit sursauter la postière, il leur donna ses instructions. Ils devaient lui renvoyer, une fois par quinzaine, son courrier et des hebdomadaires dont il donna les titres, mais se garder de divulguer son adresse à qui que ce soit. Pour plus de précaution, ils posteraient l'envoi dans une boîte au centre de Paris. Lui-même les appellerait de temps en temps au téléphone. Comme ils brûlaient de l'interroger sur son installation dans la maison du maréchal et ses intentions pour l'avenir, il mit fin à la communication en citant plaisamment un proverbe breton selon lequel

Secret connu de trois idiots
Le monde entier le sait bientôt

Et il raccrocha.

Les poules et les lapins, c'était pour être en mesure de pourvoir lui-même à l'essentiel de sa subsistance. Il voulait vivre la même vie que les onze. Il ne doutait pas d'y parvenir, s'étant toujours fait une règle de la frugalité jusqu'à l'imposer aux grands de ce monde quand ils désiraient le recevoir à leur table et quand il acceptait rarement d'y aller pour des raisons absolument étrangères à la gastronomie. Tant qu'à résider dans le village, à s'habiller en campagnard, autant valait aller jusqu'au bout en s'assurant la même nourriture et s'occupant des mêmes travaux. Car il était même décidé à remettre en culture le potager en friche derrière la maison forgeronne. Un pareil mimétisme, pour enfantin qu'il lui parût quelquefois à la réflexion, n'en était pas moins reconnu, dans certaines sciences humaines, comme une approche qui obtenait des résultats importants et quelquefois définitifs là où les méthodes habituelles d'analyse avaient échoué ! En tout cas, c'était la seule chance qu'il avait d'entrer dans cet archipel de solitudes. Il se doutait bien que sa qualité de petit-fils de Yann Strullu n'y suffirait pas. Peut-être même lui vaudrait-elle un plus sévère examen qu'à tout autre. Mais il était bien décidé à les laisser libres de suivre la discipline qu'ils s'étaient imposée. Si les solitaires changeaient de résolution, ils le feraient d'eux-mêmes, sans autre pression de sa part que sa présence et son exemple qui pourraient peut-être suffire à les faire se remettre en question puisqu'il était encore assez jeune pour être le fils de l'un d'entre eux. Et l'épreuve qu'ils étaient en train de vivre, celle qu'ils avaient aggravée de leur propre volonté, n'était-elle pas due à une rupture entre les générations !

Cependant, il lui fallait s'approvisionner pour un premier temps. Il se rendit à l'épicerie-boulangerie de la place et chargea son sac de tout le nécessaire pour la semaine d'un homme seul. Ensuite, il se présenta chez le boucher qui faisait régulièrement sa tournée sur la colline. Et là, il s'aperçut que l'on était déjà au courant de son arrivée dans la maison du maréchal, son grand-père. Le bruit en avait couru très vite, il s'en étonnait un peu. C'était pourtant simple.

Depuis que les ouvriers avaient fini de remettre en état cette maison, il n'était plus question que de sa venue prochaine. Les langues étaient allées bon train à travers le canton. Dans le gros bourg où tout le monde se connaissait, où les rares étrangers étaient aussitôt repérés par quelque détail de leur mise ou quelque trait de leur comportement qui jurait avec les usages, il s'était trahi lui-même dès son entrée dans la boulangerie-épicerie. Simplement en ôtant son chapeau de la tête, ce qui suffisait à le désigner comme un homme de ville. On avait vu sa chevelure grise et soignée au-dessus d'un visage trop fin pour appartenir à un paysan. La première commère qui était sortie de la boutique pendant qu'il faisait ses provisions s'était empressée de répandre la nouvelle : il est là !

Un peu plus tôt ou un peu plus tard, quelle importance ! Avec le boucher, il s'arrangea pour que l'autre lui apporte du pain à chacun de ses passages, outre les marchandises qu'il fournissait habituellement aux onze, la viande fraîche en plus, qu'ils n'achetaient que rarement. L'homme lui indiqua, sur la place même, une maison tenue par son cousin, où il pourrait se procurer quelques outils indispensables, bêche, houe, pelle, scie et faucille, promettant de les lui apporter lui-même lors de sa prochaine tournée dans deux ou trois jours. Le docteur y alla aussitôt.

Une demi-heure plus tard, quand il sortit de la boutique, ayant fait ses achats, il était attendu, devant la porte, par un grand escogriffe auquel il n'aurait su donner un âge à une dizaine d'années près, mais il n'était sûrement pas jeune et une barbe d'au moins huit jours lui assombrissait encore la physionomie. Il avait une grosse moustache rousse et des sourcils presque aussi fournis, derrière lesquels on avait bien du mal à trouver le regard, tant les orbites étaient profondes. Sur ses épaules était jetée cette peau de chèvre accommodée en manteau sans manches que les bergers des collines avaient définitivement abandonnée depuis la Seconde Guerre. Et il portait, autour du cou, un fouet dont il serrait le manche d'une main et la mèche de l'autre. On voyait briller les poils de ses phalanges, d'un roux plus clair que sa moustache. Ses longues jambes d'échassier étaient prises dans une culotte à grosses côtes, toute brillante sur le plat des cuisses et gainée, au-dessous des genoux, par des houseaux de cuir qui devaient provenir de l'armée ainsi que les gros souliers entretenus à la graisse. Tel qu'il était, le personnage inspirait, on n'aurait su dire pourquoi, une étrange sympathie. Quand on ne sait pourquoi, le mieux est de se laisser aller, du moins dans un premier temps. Il souleva sa vieille casquette à visière sur une tête chauve, le temps de se gratter la tempe du petit doigt. Les cheveux roux qui lui restaient frisottaient autour des oreilles. Et pas un fil blanc. Il n'était peut-être pas aussi vieux qu'il y paraissait.

Les deux hommes s'observèrent un instant. Le docteur vit enfin briller le regard derrière les sourcils. Il entendit une voix rauque.

— Vous êtes bien le petit-fils du maréchal Yann Strullu ?

— C'est moi. Que me voulez-vous ?

— Mon nom est René Scanff, dit Le Roux. J'ai bien connu votre grand-père en son temps. Tout ce que je sais des chevaux, depuis la façon de bien poser les fers jusqu'aux meilleurs remèdes pour la guérison de leurs maux, c'est de lui que je le tiens. Chaque fois que j'ai à juger une bête, c'est lui qui me souffle à l'oreille ce qu'il faut en penser. Chaque fois que je soulève un pied pour voir où il en est, j'entends le son de son marteau sur l'enclume. Vous ne me croyez pas, hein !

Le docteur fut tout surpris de s'entendre répondre, sans réfléchir.

— Je vous crois. Vous serez le bienvenu dans la maison du maréchal quand il vous plaira d'y venir.

René Scanff, dit Le Roux, souleva de nouveau sa casquette, peut-être pour remercier. Il la reposa sur son crâne de buis, mais la visière beaucoup plus sur les yeux.

— Si vous êtes venu pour rester, vous devriez prendre un cheval. Depuis qu'il n'y a plus de cheval dans la forge de Yann Strullu, elle me fait pitié. Pas seulement à moi. Le vieux notaire y mène le sien aussi souvent qu'il peut. Et quand il a besoin de referrer, c'est moi qui vais le faire là-haut. Je ne le fais pour personne d'autre, mais je le ferai pour vous.

— C'est à voir, dit le docteur. Je ne suis pas mauvais cavalier.

— J'ai votre affaire. Un postier alezan, deux balzanes couplées sur les antérieurs. Au meilleur âge, sept ans. Je sais d'où il vient, comment il a été mené jusqu'ici. La bouche un peu délicate, peut-être, mais le pied d'autant plus sûr. Pour les pistes des collines, c'est la monture qu'il faut. Le vieux notaire l'aurait bien pris à la place de son rouan qui se fait vieux, mais lui-même n'est plus assez jeune. Enfin ce sera comme vous voudrez.

— Je viens seulement d'arriver. Vous êtes marchand de chevaux, René Le Roux ?

— Toujours à cause de votre grand-père. Et je mourrai marchand de chevaux. Marchand de chevaux tant qu'il restera un cheval dans le canton et maréchal-ferrant pour mes amis bien que je sois indigne de l'être après Yann Strullu. Mais n'allez surtout pas croire que je cherche à gagner de l'argent avec vous. Il y a longtemps que je ne travaille plus que pour mon plaisir. Si vous voulez ce cheval, j'irai vous le chercher là où il est. Et vous le paierez au juste prix, ni plus ni moins, faites-moi confiance. Quel est votre nom à vous ?

— J'ai un nom qui n'est pas d'ici. Appelez-moi Strullu. Nous verrons plus tard.

— Si vous permettez, je vous appellerai Strullu-Fils en attendant. Votre mère était la petite Strullu, la Strulluette, je n'ai jamais su son nom de baptême. Et le maréchal n'a pas eu de fils. Avec tout mon respect pour votre père, naturellement.

— Cela me va très bien. Pour le cheval, je suis d'accord. Quand pourrai-je l'avoir ?

— Avant huitaine. J'irai vous le mener moi-même. Son nom est Lug. Il vaudrait mieux ne pas le changer.

— C'est un très beau nom. Vous savez d'où il vient ?

— Un dieu, m'a-t-on dit, un dieu de nos ancêtres. Celui qui est aujourd'hui le maître du cheval a trouvé ce nom-là dans ses livres. Le pauvre homme a déjà vendu ses terres et son manoir, il lui faut vendre maintenant ses livres et son cheval. D'ailleurs, son âge et les maux dont il souffre ne lui permettent plus de monter Lug. Il aura moins de peine. C'était un fameux cavalier. Il ne veut pas savoir qui aura son cheval. Je lui ai seulement promis de ne le mettre qu'en bonnes mains.

— Ainsi tourne le monde, René Le Roux. Allons boire une goutte ensemble pour sceller le marché.

Il venait de se rappeler que l'habitude était de trinquer quand on avait fait affaire en foire. Lui-même ne buvait que rarement du vin et jamais d'alcool. Il ne mangeait pas beaucoup non plus. Il se devait de garder la tête claire et la main sûre quand la vie de son prochain pouvait dépendre de lui à toute heure. Mais cela c'était hier.

René Le Roux souleva de nouveau sa casquette pour se gratter la tempe avec le petit doigt. Le docteur voyait briller ses yeux derrière ses sourcils.

— Ce sera pour une autre fois, s'il vous plaît, dit-il en hésitant. Aujourd'hui, j'ai eu ma part de contentement, il ne m'en faut pas plus. Tapez-moi dans la main, je taperai dans la vôtre. C'est toujours ainsi que j'ai fait assurance avec mes clients et jamais aucun de nous ne s'est dédit. Le coup à boire, c'est pour la politesse, non pas pour le marché. Attendez-moi sous quelques jours. Et sans faute.

Il s'éloigna rapidement, les reins souples, le torse droit et la démarche assurée. A le voir de dos, on lui aurait donné dix ans de moins que l'âge qu'il accusait devant la porte du boucher. Et pourquoi pas de face, après tout ! En un quart d'heure, il avait rajeuni de dix ans.

Pendant qu'il le regardait traverser la place, le docteur remarqua que beaucoup de passants s'arrêtaient pour le suivre des yeux. Sans aucun doute, l'apparition de René Le Roux faisait sensation. Pendant qu'ils parlaient tous les deux, il était si attentif aux paroles du maquignon qu'il avait à peine remarqué que les gens s'attroupaient autour d'eux, mais à distance respectueuse. La rencontre entre lui, le nouveau venu, et l'autre, une des figures apparemment les plus connues du canton, allait faire marcher les langues bon train.

Que dirait-on ? Jusqu'où se répandrait la nouvelle ? Quoi qu'il pût en arriver, les choses iraient plus vite qu'il n'aurait cru. C'était tant mieux.

Il rentra dans la boutique pour faire ajouter à sa commande une caisse de vin, moitié rouge, moitié blanc, ainsi qu'une bouteille de rhum. Il devait prévoir ses politesses. Voilà ! Il avait pris ses premières dispositions pour sa nouvelle vie, il ne pouvait plus désormais revenir en arrière. C'était comme si la forte main du maréchal le tenait par le collet. Vous resterez ici, Strullu-Fils ! Il ne doutait plus que son grand-père n'eût été un personnage de grande envergure dans son canton. Lui-même avait connu et fréquenté des savants réputés à travers le monde, mais seulement auprès de ceux qui s'intéressaient aux sciences. La grande masse ignorait leurs noms, n'avait cure de leurs travaux dont elle profiterait sans vaine reconnaissance, tandis que le maréchal Yann Strullu, par-delà sa disparition physique, continuait à régner sur six ou sept communes avant de passer dans la légende. Il n'aurait pas de nom dans l'Histoire, pas de statues sur les places publiques, mais quelques milliers d'êtres vivants ne cesseraient de faire référence à lui comme à un ancêtre commun. Et le fils de sa fille aurait le bénéfice de son nom. Par privilège de naissance, il l'avait déjà. Ainsi se font les dynasties. Dans le proche avenir, le docteur apprendrait à le mieux connaître, sans poser de questions, rien qu'en écoutant parler les gens, une phrase par-ci, une phrase par-là. Tout ce qui concernait son grand-père, les gens finiraient bien par le laisser échapper, surtout s'il se gardait de solliciter leurs confidences. Ensuite, et peut-être en même temps, remonteraient du passé les vingt premières années de sa mère, la Strulluette, et il saurait lui-même de quoi il était composé. Ce serait difficile, la moindre maladresse pouvait tout compromettre. De toute façon, il n'arriverait pas au bout de sa quête si les onze de la colline se refusaient à rompre leur solitude. Ils étaient le point vif de l'opération qu'il avait entreprise, plus délicate que la chirurgie du cerveau.

Une fameuse journée quand même. En remontant vers son

village, le souffle un peu court à cause du sac bourré de provisions qui lui sciait les épaules, il se disait qu'il avait maintenant deux bons atouts dans son jeu, le notaire et le maquignon roux. Ces deux-là, d'autres sans doute qu'il trouverait plus tard, l'aideraient à réduire les onze à merci. Eux-mêmes, bien qu'étant d'anciens amis du maréchal, se trouvaient presque indésirables sur la colline depuis sa mort. Il n'avait pas eu de mal à comprendre qu'ils avaient grande envie d'y reprendre pied comme les hôtes qu'ils avaient été et qu'ils avaient cessé d'être à cause du malheur des temps. Il les sentait prêts à investir la colline par l'extérieur tandis que lui-même exercerait son action au centre. Les onze pourraient-ils résister longtemps à cette double offensive qui ne dirait jamais son nom !

Le soleil se couchait quand il parvint aux abords du village. Il ne vit personne, mais à certains signes il reconnut qu'il était épié : une ombre fugitive sur une façade, un reflet sur la vitre d'une fenêtre que l'on fermait en douceur, le grincement d'une porte, le bruit d'un caillou dévalant sur un chemin en pente où il n'y avait pas apparence d'âme vivante. On n'espérait sûrement pas qu'il était reparti à peine arrivé. Pourquoi aurait-il reconstitué avec si grand soin et si grosses dépenses la maison de Yann Strullu s'il n'avait pas la ferme intention d'en faire sa demeure ? Mais l'observait-on comme un nostalgique à la recherche de ses racines ou comme un ennemi déclaré de cette paix sans illusion que les survivants avaient acquise au prix de tant de renoncements ? A moins que l'on ne fût seulement curieux de le suivre dans ses faits et gestes dont le spectacle rompait la morne uniformité de leurs jours. Cela prouverait que l'indifférence des solitaires n'était pas totale. Il n'osait pas espérer plus, par exemple qu'ils le couvaient des yeux comme le porteur d'une fragile espérance. Ainsi les fidèles d'une dynastie déchue s'obstinent-ils à croire au retour d'un dernier prétendant.

Cette nuit-là, Strullu-Fils, plus harassé qu'il ne croyait l'être après son expédition au bourg cantonal, dormit plus de dix heures d'une seule traite. Il occupa la journée suivante à tourner en rond dans la salle, à entretenir le feu, à ouvrir et fermer les armoires, à monter à l'étage et au grenier, à traverser la cour pour aller à la forge où il aimait prendre en main, avec une curieuse délectation, les outils du maréchal. C'était comme s'il mesurait de ses pas son domaine pour mieux s'en rendre maître, y amorcer des habitudes, y essayer des gestes qu'il aurait à répéter indéfiniment par la suite. Et il fut satisfait de s'apercevoir qu'il se mouvait dans cet espace mieux qu'il ne l'avait jamais fait dans sa maison de banlieue. Ses justes mesures, il fallait le croire, étaient là.

Après deux jours de ces exercices dont il ne se lassait pas, trois nuits de ce sommeil intense où il s'ensevelissait à peine étendu dans son lit pour en resurgir d'un seul coup et se remettre en marche à travers ses lieux domestiques sans s'inquiéter de l'heure qu'il pouvait être, mangeant et buvant chaud ou froid quand il avait faim ou soif, il vit arriver dans la cour, vers dix heures du matin, la camionnette du boucher. La portière fut ouverte, un corniaud sauta dehors et disparut aussitôt en aboyant par le village malgré les rappels de son maître. Foulig, allons ! Foulig, viens ici ! Foulig ! Peine perdue. Le corniaud avait sa tête à lui.

Le docteur sortit pour aider le boucher à décharger son véhicule. Il y avait là tous les outils commandés, pas un seul ne manquait. L'homme avait apporté deux grosses flûtes de pain blanc pour la semaine et une boule de pain de seigle. Pour le reste du ravitaillement, il pria le docteur de regarder à l'intérieur de la voiture, fort bien équipée pour la vente ambulante, et de prendre ce qu'il lui fallait, viande, beurre, œufs, café, sucre, sel, conserves et légumes frais. Il y avait même un peu de mercerie.

— Excusez mon chien pour tout ce bruit, dit le boucher. Il n'aboie presque jamais ici. Pourquoi le ferait-il ? Il connaît tout le monde, il n'y a ni chien ni chat qui pourrait lui chercher noise. Il y en a quelques-uns mais ils sont invisibles, encore plus sauvages que leurs maîtres. Mais d'habitude je fais mon tour dans le village en m'arrêtant devant toutes les maisons habitées et toujours dans le même ordre. Dans les autres endroits où je vais, il me suffit de m'arrêter sur la place, de donner un coup de trompe et tous les clients arrivent. Ici, chacun veut être servi à domicile, à part des autres. Ils sont comme ça, c'est leur droit. Mais tous de braves gens, jamais de récriminations. Si tous les clients étaient de la même farine... Aujourd'hui, je suis venu d'abord chez vous à cause de ces outils à manche qui étaient encombrants pour mon installation. Alors, Foulig est allé dire bonjour aux gens, vous comprenez, et chercher des caresses qu'ils ne manquent pas de lui faire, les pauvres vieux.

Le boucher se laissait aller facilement à parler. Quand ils eurent descendu la caisse de boisson qui se trouvait sur la galerie de la camionnette, le docteur le fit entrer dans la maison pour lui payer sa marchandise. L'autre n'avait pas assez de ses yeux pour regarder autour de lui. Il en aurait pour quelque temps avant d'avoir fini de raconter cette visite en faisant remarquer qu'il avait été le premier admis à l'intérieur du logis par le maître lui-même. Celui-ci le fit même asseoir d'autorité et déboucha une bouteille de vin blanc.

— Pour savoir s'il est bon, dit-il. Et si vous n'êtes pas trop pressé.

— Pas pressé du tout, se hâta d'assurer l'autre. Ils savent que je suis là, ils ont le chien pour m'attendre et plus longtemps je reste au village plus ils sont contents.

Ils burent leur vin blanc à petits coups. Ils n'en avaient l'habitude ni l'un ni l'autre. Le boucher, sans insister, fit savoir qu'il était souvent en délicatesse avec son estomac. Le docteur prit une mine de connaisseur pour lui affirmer que son vin blanc était assez « souple » pour ne pas offenser l'intérieur de sa personne. Le commerçant n'eut garde de le contredire. Il n'avait d'ailleurs aucun mal à nourrir la conversation que son client se contentait de relancer par quelques phrases brèves, calculées pour amener une réponse.

Des propos du boucher, Strullu-Fils en vint à soupçonner qu'il devait servir d'agent de liaison entre les onze, mais sans jamais être chargé par eux de la moindre mission. Il se contentait de parler, eux d'ouvrir les oreilles. Par lui, ils apprenaient ce qu'il y avait à savoir les uns des autres. Ils devaient s'arranger aussi pour faire circuler sur sa langue quelques réflexions qui feraient jouer la solidarité ou l'émulation. Tel ou telle a bien mal à la gorge. Et, dans la nuit, une main déposerait un pot de miel sur l'appui de la fenêtre. Telle ou tel a cassé le manche de sa fourche. Et la fourche, laissée dans la forge, se trouverait emmanchée de neuf. Ou bien celle-ci a acheté telle chicorée nouvelle et s'en est bien trouvée si on la croit et on n'a aucune raison de ne pas la croire, celui-là prend de quoi faire un pot-au-feu pour le dimanche et une viande douce pour le jeudi, avant la pénitence du jour suivant. Et il y avait toujours quelques-uns des autres qui essayaient la nouvelle chicorée, quelques-uns qui se mettaient à la côtelette ou l'escalope. Tout profit pour le marchand, avouait-il volontiers, et de quoi occuper la tête de ses chalands avec, de temps en temps, la part de l'inattendu. Il y en avait un, une fois, qui avait commandé une tête de veau en souvenir d'on ne savait quelles agapes de jeunesse qui lui avaient laissé un souvenir impérissable. Et le boucher, dans la quinzaine, avait dû s'en procurer cinq pour permettre à d'autres de communier sous les mêmes espèces alimentaires. D'ailleurs, ils étaient bons clients, payeurs sans défaillance, ces gens-là, relativement à leur aise. Outre quelques menues pensions, équivalant presque à la richesse pour eux qui avaient vécu de peu pendant toute leur vie, ils avaient à vendre les produits de leurs champs, de leurs étables et de leurs basses-cours que le boucher leur prenait à juste prix. Il y trouvait son compte.

Quand il prit congé, une heure plus tard, le docteur en avait beaucoup appris. Mieux encore, il disposerait d'un informateur qui le tiendrait régulièrement au courant de la chronique du village et rapporterait aux onze, en retour, ce qu'il aurait vu et entendu dans la maison du maréchal. Sans avoir l'air d'y toucher, Strullu-Fils ne se ferait pas faute d'avancer quelques suggestions, de faire devant lui quelques remarques de nature à influer sur le comportement des solitaires. Il se mit à y réfléchir sans plus tarder, en réprimant de son mieux ses aigreurs d'estomac. Le vin blanc n'était pas aussi « souple » qu'il l'avait prétendu.

Le lendemain, à peu près à la même heure, René Le Roux arriva devant la cour, monté sur le postier alezan aux deux balzanes couplées sur les antérieurs. Le docteur se reposait dans la salle de trois heures à manier la faucille dans le potager rendu à la sauvagerie derrière la maison. Dès qu'il eut engagé Lug dans l'entrée charretière, le maquignon piqua au galop court vers Strullu-Fils, apparu en hâte à la porte, ouvrit une rêne à gauche sous son nez et mit sa monture au trot, pour faire le tour de la cour. Belle bête et qui n'avait jamais dû manquer de soins depuis qu'elle était au monde. Le docteur se dit qu'il devrait envisager bien des heures de palefrenier autour d'elle et ce ne fut pas pour lui déplaire. Il évaluait ses proportions, regardait jouer les muscles sous la robe, les tenues de la tête et de l'encolure, l'accord des jambes. Rien, vraiment rien à reprendre. Il est vrai que le vieux René savait mettre le quadrupède en valeur depuis les oreilles jusqu'à la queue. Il faisait un vrai numéro de manège dans la cour du maréchal. C'est à regret qu'il finit par mettre pied à terre après une dernière volte qui amena le chanfrein de Lug à portée de la main du docteur. Cette main se posa juste au-dessus des naseaux.

René Le Roux tendit les rênes au nouveau propriétaire et fit le tour de l'animal pour une dernière inspection. Aucun des deux hommes n'avait dit un seul mot. Ni l'un ni l'autre n'avaient envie de parler. Le maquignon était encore sous l'excitation de l'étape qu'il venait de fournir et un peu ému par la passation de pouvoirs. Le docteur avait monté pas mal de chevaux de rencontre, mais d'en avoir un pour lui seul, d'en être responsable, le remplissait d'une sorte d'allégresse tempérée par l'appréhension. Saurait-il utiliser Lug comme il fallait dans la partie qu'il avait engagée, dont il ne savait pas encore lui-même comment il allait la mener ? Le praticien distant qu'il s'était efforcé d'être pendant tant d'années trouverait-il en lui assez de chaleur pour s'attirer sans faillir la sympathie des onze ? Il n'aimait pas perdre ses paris.

— Je vais le mener à l'écurie, dit Le Roux en reprenant les rênes, et tâcher de lui mettre une couverture s'il y en a une quelque part. Il s'est un peu mouillé le cuir en montant ce raidillon qui n'en finit pas de tourner. Et à chaque tournant on dérape sur un lit de cailloux en liberté. Il faut avoir des reins solides. Ensuite, j'irai chercher du foin. J'en ai vu par là.

— Vous croyez qu'on vous le donnera ?

— Je n'aurai qu'à dire qu'il y a de nouveau un cheval dans la forge de Yann Strullu.

Il tira Lug à bout de rênes vers la forge en question. En entrant, il tourna du côté opposé à la cheminée au grand soufflet. Dans le fond, accroché au mur au-dessus de la stalle pavée, le râtelier attendait le foin. Le cheval se rangea de lui-même devant. Contre le mur opposé, dans l'ombre, une sorte de banc-coffre. René Le Roux en souleva le couvercle et siffla de surprise. Il en tira une selle, un bridon, une bricole entière et deux couvertures soigneusement pliées. Tout le harnachement de cuir, qui n'avait pas servi depuis la mort du maréchal, était souple et brillant.

— Je me doutais bien qu'ils avaient fait ce qu'il faut, dit-il. Têtus, fermés sur eux-mêmes, impossibles à raisonner, mais fidèles à Yann Strullu au-delà de toute imagination. Occupez-vous de votre cheval. Je vais voir.

Un quart d'heure ne s'était pas écoulé qu'il était de retour, une botte de foin sur l'épaule.

— Où l'avez-vous trouvé ?

— Là où il était. Ne vous inquiétez pas. C'est leur affaire. Le cheval est à eux autant qu'à vous.

Il garnit le râtelier, se frotta les mains sur les cuisses, sortit de sa poche un papier plié en quatre.

— Le prix est dessus, la quittance de la main du vendeur. Donnez-moi le chèque tout de suite, s'il vous plaît, j'ai promis de le lui remettre ce soir. Il en a grand besoin.

Les deux hommes regagnèrent la maison. Ils burent un verre de vin en prenant leur temps et sans trop de paroles.

Tout juste ce qu'il fallait. L'un et l'autre sentaient qu'il s'était passé quelque chose de grave. Puis Le roux se leva. Il eut son geste familier de soulever sa casquette pour se gratter la tempe avec le petit doigt.

— Est-ce que je pourrai revenir de temps en temps ?

— Aussi souvent qu'il vous plaira. Le plus souvent sera le mieux.

— Je dois vous avouer que je suis revenu plusieurs fois dans la forge depuis... Il y en a d'autres qui sont revenus. Cette forge, voyez-vous — ne vous scandalisez pas si vous êtes porté sur la religion — c'est un peu notre église à nous.

— Vous avez eu raison d'y venir. Elle est à vous et aux autres autant qu'à moi.

— Un autre jour, je vous demanderai de me prêter Lug pour faire le tour de la colline sur son dos. Il faut être à cheval pour découvrir ce pays. Cela aide à comprendre les gens qui vivent dessus. Bien souvent j'ai chevauché avec votre grand-père par les pistes caillouteuses. En vérité, à chaque fois que j'avais acheté un autre cheval, je venais le lui présenter. Et Yann Strullu me faisait confiance en retour, à moi, un étranger, qui suis né de l'autre côté de la vallée, de l'autre côté de la rivière qui sépare mon pays du sien. Et vous savez ce qu'il me disait avant de monter à cheval ?

Il se mit à rire.

— Allons passer l'inspection du Royaume, René Le Roux.

Le Royaume. Le docteur s'occupait de rédiger le chèque pour l'achat de Lug. Il resta un moment la plume levée. Le maquignon se caressait pensivement la cuisse. Le Royaume. Une fois seulement, vers la fin de sa vie, quand elle s'était laissée à évoquer trop longuement son village, la fille du maréchal s'était excusée avec un petit rire. Après tout, avait-elle dit à son fils, c'est votre royaume. Il n'avait pas osé lui poser de question. N'était-elle pas une reine à sa manière ! Combien de fois, enfant, n'était-il pas allé la chercher dans les maisons bourgeoises où elle faisait le ménage. Il attendait, sagement assis sur une chaise, qu'elle eût fini. Quand elle avait longuement frotté le parquet à genoux sous le regard critique de la maîtresse, elle se remettait debout, redressant sa haute taille. Et alors, son fils béait d'admiration devant elle. Il était visible que la femme de ménage avait plus de prestance que la patronne des lieux, une dignité de tenue et une noblesse de traits qui en imposaient avec une telle évidence que l'autre femme, intimidée, s'empressait de disparaître.

Il tendit le chèque au maquignon après l'avoir signé. Le chèque fut soigneusement plié en quatre comme on doit le faire pour tout papier d'importance.

— Vous ne voulez pas rester déjeuner avec moi ?

— Pas aujourd'hui, sans offense. J'ai plus de quatre lieues à faire pour rendre compte à l'ancien maître de Lug. Et deux autres lieues pour rentrer chez moi par le plus court. Mais je vous prendrais bien un morceau de pain. J'ai toujours des oignons dans ma poche.

— Le pain est sur le vaisselier. Coupez-en ce qu'il vous faut. Mais six lieues à pied, cela fait une bonne étape.

— Un cavalier qui ne sait pas marcher longtemps à pied, il ne tiendra pas longtemps à cheval non plus.

Quand Le Roux sortit de la cour du maréchal, il leva le bras et le tint levé au-dessus de sa tête. Presque aussitôt, trois autres bras, dont un de femme, se levèrent derrière les vieux murs. On entendit un bruit de sonnailles. Les bras ne s'abaissèrent lentement que lorsqu'il eut disparu. Il était probable que plus loin, à mesure qu'il traverserait le village, d'autres bras se lèveraient pour le saluer un par un.

VI

Une bonne heure avant l'aube du lendemain, le docteur était déjà prêt à passer l'inspection du Royaume, selon la formule de Yann Strullu. Cependant, il lui fallait prendre ses dispositions pour ne pas gêner les habitants dans leur fréquentation de la forge. Il jugea que le mieux était de s'établir un emploi du temps invariable et de le respecter sans faute. Ainsi, on saurait qu'il serait absent à telles heures du jour et qu'on ne risquerait pas de se trouver en sa présence si l'on avait à se servir des instruments du maréchal ou même, simplement, si l'on désirait faire visite à ce lieu que René Le Roux avait appelé « l'église ». Quant à se rencontrer entre eux, il n'en était pas question. Ils se tenaient à l'œil les uns les autres depuis tant d'années qu'ils s'arrangeraient à leur manière pour se partager le temps où la voie serait libre.

Quel temps ? Allait-il enfourcher Lug dès le lever du jour et leur laisser la place pendant une heure ou deux ? C'était un lève-tôt, le docteur. Naguère encore, quand ses obligations lui permettaient quelque répit, il n'aimait rien tant que se rendre, dès potron-minet, dans un cercle hippique où il était bien connu. Il sellait lui-même un cheval, le premier venu, pour gagner les pistes cavalières encore désertes et passer d'une allure à l'autre selon son humeur. Sa meilleure récréation. Il était déjà rentré en ville quand la vie commençait seulement à y battre son plein. Donc, rien de plus aisé pour lui, de plus agréable aussi, que d'aller courir les collines sur le dos de Lug, son Lug, pendant que ceux du village vaqueraient à leurs premières occupations au nombre desquelles il y avait, pour les uns ou les autres, le passage à la forge. Le notaire lui-même s'y présentait de bon matin.

Mais justement, s'il s'absentait à ces mêmes heures, il perdrait l'occasion de revoir cet homme qui lui avait tant appris et continuait à l'intéresser au premier chef. Il ne retournerait pas à la maison notariale à moins d'y être expressément convié. Mais le notaire, à l'un de ses passages, pourrait frapper à la porte de la maison forgeronne s'il savait que le docteur était là. Il fallait aider l'occasion, au besoin la provoquer un peu. D'autre part, et c'était peut-être plus important, il avait besoin d'observer les divers manèges des onze, de les voir agir, simplement se tenir debout, se régler en marche, bouger la tête et les bras, jouer du regard, pour en dégager tout ce qui pouvait trahir leur mutisme obstiné. Il se proposait de les épier comme fait un entomologiste des insectes. Ils représentaient onze variétés d'hommes et de femmes doués de traits communs. Un de ces traits au moins lui était connu : cette sorte de culte qu'ils professaient tous à l'égard du maréchal disparu et qui les poussait à entretenir sa forge dans l'état où elle était de son vivant. Ils la faisaient même fonctionner à sa place, en son nom, certains d'entre eux s'improvisant maréchaux. En cela, ils allaient plus loin que ces dévots d'un grand écrivain ou d'un grand artiste qui vont pèleriner dans la maison de leur idole, devenue musée, où un manuscrit inachevé, des croquis préparatoires, attendent sur une table le retour du maître absent pour cause d'outre-tombe. Le maître ne reviendrait pas, le maréchal non plus, mais son petit-fils était déjà là, son cheval venait d'arriver. Le renforcement de l'illusion serait-il assez fort pour déterminer les onze à aller plus loin, c'est-à-dire à reconstituer la communauté dont il avait été le lien ? Strullu-Fils comprenait bien que chacun d'eux ne voulait plus rien partager avec les autres. Savoir pourquoi ne devait pas être facile. La seule façon d'y arriver était de faire revivre la maréchalerie de l'intérieur. Et le maréchal ne pouvait être que lui.

Le maquignon n'avait-il pas le même projet en tête quand il lui avait presque imposé l'achat d'un cheval ? Et le vieux notaire en le faisant revenir à force de l'appâter par lettres ? Pourquoi ce dernier, malgré son âge, aurait-il conservé son cheval sinon pour le ramener vers la forge le plus souvent possible, le faire voir aux survivants alertés par le claquement des sabots ferrés sur les cailloux de leurs chemins : il suffit d'attendre, mes gens, tout n'est pas terminé, il se prépare un Nouveau Testament ! Est-ce que le docteur ressemblait physiquement à son grand-père ? Sa mère ne le lui avait jamais dit. Il n'existait aucun portrait de Yann Strullu. Le notaire ou le maquignon le lui dirait bien, un jour.

Le ciel s'éclairait à peine. Il en était là de ses réflexions, debout derrière sa fenêtre à l'étage et regardant sa cour qui émergeait lentement de l'ombre, quand il vit venir sans bruit une charrette à bras chargée de foin. Dans les brancards, il y avait un homme habillé de coton bleu sous un grand chapeau sans couleur et qui avançait à pas comptés pour ne pas faire de bruit avec ses gros sabots de bois. Et derrière, poussant la charrette, le même homme, exactement le même autant qu'il pouvait voir, car les chapeaux dissimulaient entièrement les visages. Cet équipage clandestin disparut dans la forge pour en ressortir une dizaine de minutes plus tard, la charrette vide. Le foin était pour Lug. Le docteur attendit encore. Il avait eu raison d'attendre. Une femme se montra devant l'entrée de la cour, regarda autour d'elle et fit un signe. Elle fut rejointe par un homme portant sur l'échine un sac qui devait contenir du grain. De l'avoine pour Lug ? Comment s'étaient-ils arrangés, les irréductibles ? L'homme et la femme disparurent dans la forge, on entendit hennir le cheval et aussitôt ils ressortirent tous les deux à pas pressés. Après eux, il ne vit plus personne. Il attendait vaguement le notaire ou l'ancien du village, mais ce n'était pas leur jour. Plus tard, les trois sœurs passèrent dans le chemin devant la cour sans ralentir leur marche ni tourner la tête. Après leur passage, il entendit un bruit de sonnailles, mais la femme au collier de cheval ne se montra pas ni personne d'autre.

Le soleil était déjà haut quand le docteur sortit de la maison pour aller seller Lug. Il avait décidé de faire ses chevauchées dans le creux du jour, persuadé maintenant qu'il ne se passait rien aux heures où les autres étaient occupés dans leurs petits champs. Il verrait bien, ce soir, s'il revenait quelqu'un pour d'autres dévotions. En tout cas, sa présence ne paraissait pas les troubler dans leurs habitudes du moment qu'il se gardait d'intervenir. Naturellement, ils devaient savoir qu'il les observait derrière ses rideaux à mi-fenêtre. Cela ne pouvait pas les gêner puisque eux-mêmes s'observaient mutuellement. Au contraire, cette attention qu'il leur portait était la preuve qu'il désirait savoir exactement comment se conduire. De quoi lui faire confiance, en somme. Quant à eux, ils n'avaient rien à lui cacher comme ils n'avaient rien à se cacher les uns aux autres. Simplement, chacun d'eux voulait vivre pour soi. Et quoi donc ! Dans cet immeuble des beaux quartiers, à Paris, où il avait habité un appartement, les locataires huppés s'ignoraient superbement les uns les autres et ce n'est pas lui, le docteur, qui aurait fait des avances à son voisin de palier.

C'était bien de l'avoine que les visiteurs du matin avaient apportée pour Lug. Elle remplissait à moitié, tout contre le banc-coffre, un cuveau de bois dont on ne pouvait douter qu'il ne fût destiné à cet usage. Le foin avait été simplement déchargé contre le mur qui faisait face à la porte de façon à bénéficier de l'air et de la lumière. Il dégageait une franche odeur qui flattait les narines dès qu'on s'en approchait. Il avait bien de la chance, ce Lug. Le docteur alla vers lui avec un appel d'avertissement. Il lui flatta la croupe et remonta vers sa tête. L'animal demeura impassible, ce qui ne laissa pas de plaire à son nouveau maître, lui-même fort peu démonstratif. Celui-ci avait à choisir entre la selle anglaise que le maquignon lui avait remise en cadeau du vendeur et la curieuse selle cloutée de Yann Strullu. Il se décida pour la première, moins parce qu'il en avait l'habitude que par souci d'éprouver l'animal avant de lui imposer le moindre changement de harnais. On verrait plus tard.

Dès qu'il fut à cheval, il se sentit à l'aise. C'était de bon augure. S'il avait dû travailler à s'accorder avec Lug, non seulement son plaisir d'inspecter le Royaume en eût été gâché, mais sans doute la vanité de son entreprise lui serait-elle apparue. Or, tout allait très bien, tout était à ses mesures cavalières et le cheval lui-même semblait gagner rapidement en alacrité. Ils traversèrent le village vide et attaquèrent la montée vers la crête de la colline par un chemin capricieux entre les murs de pierres sèches et les pans de talus couronnés d'ajoncs. Le docteur ne fut pas long à saisir la véritable signification de la phrase du maréchal rapportée par le maquignon. Pour un marcheur, en effet, la colline n'était pas — comment dire ? — lisible. Canalisé, en quelque sorte, entre deux lignes de remparts sinueux et en raison de la pente elle-même, il ne pouvait voir qu'une portion de chemin creux devant et derrière lui, à moins d'escalader les défenses à droite ou à gauche. L'accès aux pièces de terre s'ouvrait au fond de culs-de-sac imprévisibles. Un vrai labyrinthe patiemment élaboré comme un système de brise-vent pour protéger les maigres cultures, mais qui avait en outre l'avantage de dérober les terres de chacun à la curiosité des autres, vaine ou intéressée. Le docteur comprenait maintenant comment et pourquoi les derniers habitants du village disposaient de parcours réservés sur lesquels, sauf aux rares croisements obligés, ne circulaient que les possesseurs des champs situés au bout. Mais du haut d'un cheval on pouvait découvrir presque tout le flanc de la colline, s'orienter sûrement dans ce dédale de voies charretières abandonnées, de sentiers rocailleux, de chemins casse-cou, à peine assez larges pour y passer sans heurter des étriers l'une ou l'autre des barrières de pierres qui les enserraient. Il fut surpris de l'étroitesse des champs encore cultivés, du peu d'étendue des parcelles en général. Les murs, à eux seuls, devaient occuper plus de surface que les terres labourables. Il avait l'impression d'avoir devant lui une de ces villes millénaires comme on en met au jour dans certains pays de civilisations très anciennes et qui surprennent d'abord par leur pierreuse nudité puisqu'il n'en reste, concentrées sur un petit espace, que des fondations carrées ou rectangulaires à gros blocs soutenant quelques vestiges à hauteur d'homme.

Il n'y avait personne au travail dans ces lieux, semblait-il. Pourtant, certaines parcelles à légumes étaient soigneusement entretenues bien qu'il fût difficile de savoir par où l'on y pouvait entrer. L'une d'elles était en cours de bêchage, il voyait l'outil fiché en terre, le manche luisant. Vingt pas plus loin, il eut soudain l'idée de se retourner. Et alors, il vit qu'une femme avait repris la bêche et continuait son travail. En le voyant ou l'entendant venir, elle avait dû se retirer en hâte contre le talus, s'accroupir pour mieux demeurer inaperçue. Il était passé à moins de deux mètres d'elle et sans les ajoncs...

Le dernier sentier qu'il prit allait s'élargissant pour déboucher sur une sorte de désert de pierrailles en forte pente, couronné à une centaine de mètres plus haut par des roches noirâtres, chaotiques, aux angles vifs, énormes socs de schiste plantés à tort et à travers. En regardant mieux, il reconnut une succession de pans de murs en gros appareil, probablement les débris d'une ancienne enceinte fortifiée. A l'endroit le plus escarpé s'élevaient encore les ruines d'une tour ronde dont il ne restait debout qu'une moitié menacée d'écroulement. On aurait dit qu'elle avait été tranchée de haut en bas par le coup d'épée d'un géant furieux. Accolée à la tour se devinait une façade à quatre fenêtres béantes et sans rien derrière. Là s'érigeait sans doute le vieux manoir de l'Agrippa mentionné par le notaire. La forteresse du Royaume à son point culminant. Autour, c'était l'aridité totale à l'exception de quelques traînées de bruyères et d'un réseau clairsemé de maigres herbes sauvages, peignées ou dépeignées par des souffles de vents instables. Et cependant des chapelets de pierres blanchâtres, à défaut de murs, délimitaient cet espace totalement stérile en propriétés privées. Le plus petit lot mesurait bien dix fois plus que la contenance des champs qu'il avait vus plus bas. Le docteur fit volter sa monture pour regarder le panorama qu'il avait sous lui.

C'était impressionnant. Si impressionnant qu'il fut envahi par des réminiscences de cette mythologie qui n'avait jamais été pour lui que le prolongement des contes de nourrices à l'usage des adolescents. N'était-il pas sorti d'un labyrinthe mystérieusement cloisonné avec l'aide, en place de fil d'Ariane, d'un cheval qui portait un nom de dieu! Et maintenant, tout juste s'il ne s'attendait pas à lui sentir pousser des ailes, à ce nouveau Pégase, ou mieux encore, à en développer lui-même pour s'élever, nouvel Icare, à la conquête de l'empyrée. Sous ses yeux s'étendait à l'infini, d'un bout à l'autre de l'horizon, une terre basse, comme écrasée sous le poids d'un ciel vertigineux. Elle commençait au bas de la colline pierreuse, exactement à cet endroit fatidique nommé la Noire Epine qui en était la porte. Elle avait des modulations délicates, des reliefs rendus sensibles par une lumière de fin d'été qui affirmait les couleurs fortes sans sacrifier les nuances ni se priver d'attendrir les plus dures opacités. C'était une symphonie de tous les verts végétaux, les uns tirant sur le jaune, d'autres sur le violet, les masses d'arbres reconnaissables aux premières touches de rousseurs. On pouvait deviner les rubans pâles de quelques routes empierrées qui s'évanouissaient dans des accidents du bocage pour reparaître plus loin. Sans aucun souci de la ligne droite, elles reliaient entre elles des bourgades signalées seulement par des clochers d'églises au centre d'un petit troupeau de toits désordonnés. Bourgades étrangères pour les gens du village mais que le maréchal Yann Strullu, en les embrassant du regard, devait annexer à son Royaume comme les vieux chefs de la Celtie dont les conquêtes leur échappaient dès l'instant qu'ils en détournaient les yeux. Toute médiocre que fût sa hauteur, la colline avait bien l'air de commander un vaste territoire, d'en être le camp retranché, la forteresse, le donjon. Devait-on dire aujourd'hui le Montségur ? La puissance et la gloire de la terre qui s'étalaient autour de ce mont, n'étaient-ce pas celles que Satan avait promises au Christ s'il se prosternait devant lui ? Dans l'esprit du docteur, faisant bon ménage, se bousculaient les mythes et les testaments. Depuis au moins un quart de siècle, il avait relégué tout cela dans le recoin le plus obscur de sa mémoire sans pressentir qu'il aurait à l'évoquer un jour, malgré lui, à l'occasion d'une banale chevauchée sur un flanc de colline.

Ainsi captivé par la contemplation des lointains, il avait pris une telle distance que le premier plan cessa d'exister jusqu'au moment où Lug, sans doute impatient, se mit à gratter la terre du sabot. Alors, le cavalier revint à lui. A dix pas devant et dessous finissait cette imbrication de petits champs d'où il venait de sortir. Ils n'excédaient guère les dimensions des jardinets légumiers de certaines banlieues ouvrières. Au coin de quelques-uns d'entre eux, il pouvait apercevoir ces cagibis de poutres et planches recouverts de tôle ondulée, rouillée, lestée de grosses pierres pour résister aux vents, cabanes à outils et refuges provisoires pour les jardiniers en cas de pluie. Dans les ruines du village ne manquaient pas les matériaux pour élever ces misérables architectures. Les possesseurs actuels du Royaume étaient de bien petites gens si l'on mesurait l'importance de leurs seigneuries à l'étendue des lopins de terre. Mais les fortifications de murs et de talus qui protégeaient chacun d'eux rappelaient à Strullu-Fils la vérité de leur destin et du sien propre désormais puisqu'il avait résolu de remettre en train l'ancienne communauté en y tenant sa place. Etait-ce bien cela ? De la remettre en train pendant le temps qu'il lui faudrait pour savoir exactement de quoi elle avait été faite et s'il était possible de la promouvoir de nouveau comme il avait souvent relancé dans l'existence, par son art de chirurgien, des patients promis à une fin prochaine sans ce dernier recours. Là était sa nécessité à lui. Mais les autres ? En regardant mieux, il en découvrit cinq ou six, hommes et femmes, appuyés sur la bêche et la houe, difficiles à distinguer du paysage à cause de leur immobilité dans leurs vêtements couleur de terre. Tant qu'il serait visible, ils n'auraient d'attention que pour lui. Crainte ou espoir ? Méfiance ou vague supplication ? Il ne savait pas.

Il remit à plus tard de monter jusqu'à la crête. De là, il découvrirait l'autre moitié du Royaume, le côté nord. Ce côté-là, le notaire, dans une de ses lettres, l'avait appelé la « face bleue » en expliquant que la barrière de la colline séparait deux climats de nature et d'humidité, participant de l'un et de l'autre mais les récusant tous les deux. Les fondateurs du village, disait-on, tenaient à n'être de nulle part pour mieux affirmer leur suzeraineté sur le nord et le sud. Si le village lui-même donnait sur le sud, la « face vive », c'était parce que là seulement se trouvaient assez de terres fertiles pour en tirer la nourriture des vivants. Les jardinets fortifiés en étaient la preuve encore à ce jour.

Mais c'était assez pour une première reconnaissance des lieux. Il décida de suivre la mi-pente et de rentrer au village par le côté opposé à celui par où il était parti. Alors qu'il avançait au pas, les rênes serrées, dans un petit désert de cailloux, il en vint à surplomber un trou de verdure assez inattendu dans un pareil endroit. Il y avait là, au cœur de la végétation, une longue chaumière basse précédée d'une cour. Le chaume avait été refait par morceaux, c'était un vrai manteau d'Arlequin. Une échelle était dressée contre la façade. Le haut de ses montants était entré profondément dans la paille au bord du toit. Elle devait se trouver là à demeure. Quand il fut descendu à la hauteur de la cour en contournant un petit verger très en pente, il se trouva devant une barrière délimitée par deux figuiers de belle taille. La barrière était faite d'une grosse branche non écorcée qui reposait, de part et d'autre, sur deux fourches de bois plantées en terre. Une sorte de passage à niveau fermé. Le docteur prit un temps d'arrêt pour jeter un coup d'œil sur l'habitation. Dans l'épaisseur du mur de façade était aménagé un puits à margelle ronde, une sorte d'énorme bénitier. Assis en tailleur par terre au pied de ce monument, il y avait l'ancien du village, occupé à tresser un panier. Aussitôt qu'il aperçut le cavalier, le vieillard se figea comme il était, une main en l'air serrant un brin d'osier. Les deux hommes se regardèrent un moment, puis le docteur rendit les rênes et poursuivit sa route.

Rentré dans la maison, il entreprit, pour la première fois, de se faire une soupe aux légumes et n'y réussit pas trop mal. En attendant qu'elle fût cuite, il dévora une tranche de pain avec du lard et, pendant qu'il y était, fit un sort à une grosse pomme. La soupe vint par là-dessus. La belle vie. Après quoi, il prit sa bêche neuve et sortit par la porte de derrière, donnant sur le potager. A vrai dire, il lui fallut beaucoup de temps pour retourner un petit carré de terre, mais il n'en fut nullement découragé. C'était le temps qui lui manquait le moins, alors qu'il n'en avait jamais assez quand il sarclait la chair humaine jusqu'à s'écrouler de fatigue en sortant de la salle d'opération. Pour changer un peu, il fit quelques menus aménagements dans le poulailler et le clapier qui occupaient la plus grande part d'un appentis demeuré en bon état malgré un long délaissement. Le boucher, décidément d'accord pour fournir n'importe quoi, avait promis de lui procurer de quoi peupler l'un et l'autre endroit. Ces basses besognes, après l'exaltation de la chevauchée à travers le Royaume, le mirent d'excellente humeur. Il regarda ses mains où s'annonçaient déjà des ampoules, ces mains dont il avait pris tant de soin pour pouvoir les sentir depuis le poignet jusqu'à l'extrême bout des doigts. Et il se mit à rire. Elles étaient plus à lui qu'elles ne l'avaient jamais été. Il se promit de tirer le même contentement du ménage qu'il aurait à faire dans la maison sans tarder. Enfant et adolescent, sage comme une image, il avait si souvent attendu sa mère dans des maisons bourgeoises où elle s'activait aux travaux domestiques qu'à force de l'avoir regardée faire, il ne doutait pas de savoir s'y prendre lui-même. Quand elle était devenue maîtresse de maison à son tour, elle avait continué à laver, essuyer, cirer, remettre en ordre, parce que cette activité avait sur elle un effet bénéfique dont il pouvait témoigner. A qui prétendait que c'étaient là des tâches dévolues aux seules femmes, il pourrait rire au nez.

La nuit allait tomber quand il revint dans la salle. Il se sentait un peu fourbu après une journée si pleine d'émotions diverses. Il fit repartir le feu pour réchauffer ce qui lui restait de soupe. Quand elle fut prête, l'écuelle en main, il alla se planter devant la fenêtre, voulant manger debout par crainte de s'endormir s'il se laissait aller dans la chaise à bras. Dehors, il faisait clair de lune, la lampe à pétrole était inutile dedans. Il en était aux dernières cuillerées quand il vit apparaître une haute silhouette noire au-dessus de laquelle passait par intermittence un éclair d'argent, la lame d'une faux. Avant qu'elle n'eût traversé la moitié de la cour, il avait reconnu la femme. C'était la plus vieille des trois sœurs. Elle entra dans la forge et en ressortit presque aussitôt sans l'instrument sur l'épaule. Le docteur lui laissa le temps de s'éloigner, ce qu'elle fit d'un pas égal comme quelqu'un qui suit ses habitudes. Il alluma une lanterne-tempête pour aller s'occuper de Lug. Dans la forge, il vit la faux, appuyée contre l'enclume, la pointe en bas. Regardant le fil de près, il vit qu'il était émoussé en plusieurs endroits. Son jardinier pestait toujours contre les maudits cailloux, invisibles sous l'herbe sauvage au fond de la propriété, qui lui réservaient toujours de mauvaises surprises quand il devait la faucher plusieurs fois par an. L'homme avait beau, disait-il, épouiller cette herbe à la main après la tonte, les cailloux revenaient toujours, à croire qu'ils poussaient dans le sol d'une saison à l'autre. Et il montrait au docteur sa faux édentée, inutilisable selon lui. On savait qu'il allait se retirer dans son petit atelier pour la remettre en état et qu'il ne fallait le déranger sous aucun prétexte si on ne voulait pas lui aigrir l'humeur. Pendant une heure ou deux, on l'entendrait marteler l'acier à petits coups. Il prétendait que la faux était le plus délicat de tous les outils à main et il avait sans doute raison parce que la mère du docteur, la fille du maréchal elle-même, montait la garde autour de lui pendant qu'il refaisait son fil. Au nombre de leurs complicités, c'était celle qui n'admettait pas de tiers.

Ainsi l'aînée des trois sœurs savait faucher. Bien ou mal, ce serait à voir. En tout cas, elle n'était pas capable, apparemment, d'affiler l'instrument. La colline pierreuse devait le mettre à mal chaque fois qu'elle en faisait usage. Alors, la femme avait recours à la forge du maréchal, sachant que l'un des hommes se chargerait du travail le plus tôt possible et sans faute. Les onze avaient dû élaborer tout un code de signaux, d'avertissements, peut-être de symboles, valable pour tout ce que chacun d'eux ne pouvait résoudre par ses propres moyens. Farouchement libres, mais solidaires au-delà de la liberté, comparables à ces religieux libérés par l'interdiction de la parole, mais strictement tenus par d'autres règles et qui n'en forment pas moins un monastère.

Le sommeil du docteur fut rythmé, cette nuit-là, par un martèlement de petits coups. Ils ne cessèrent pas quand il fut réveillé. Le bruit, bien réel depuis combien de temps, venait de la forge. Quelqu'un mettait toute sa patience à refaire le tranchant de la faux. Strullu-Fils déjeuna de bon appétit, alla tirer de l'eau au puits intérieur — quelle aubaine, ce puits ! — en fit chauffer une casserolée pour la vaisselle, se lava dans le reste, en toute fraîcheur, la figure et les mains. Telle fut, comme tous les matins depuis qu'il était là, la vertu de l'eau froide qu'il se mit à chanter à mi-voix, en se frictionnant avec énergie, la chanson du rossignol.

En son jargon disait, caché dans les rameaux,
Quand approche l'hiver, les fleurs se fanent tôt.

Il se moquait de l'hiver, le docteur, et le crève-cœur l'avait toujours épargné. Son unique souci était de mesurer sa chanson sur le marteau de la forge qui poursuivait son office avec régularité. Cela dura longtemps, plus longtemps qu'il ne l'aurait cru. Planté derrière sa fenêtre, les yeux au ras du rideau, il vit passer dans le chemin les trois sœurs, suivies à bonne distance par la femme au collier de grelots. Après un temps défilèrent les visiteurs de l'avant-dernière nuit, le couple qui avait fait don de l'avoine et les deux hommes à grands chapeaux, les pourvoyeurs de foin. Il connaissait maintenant neuf des onze, les deux derniers demeuraient invisibles. Mais il savait, par les lettres du notaire, qu'il s'agissait d'un ancien cordonnier et de sa sœur couturière, revenus aux lieux de leur naissance depuis une dizaine d'années après avoir exercé leurs métiers au chef-lieu du canton, ce qui leur valait d'être assez à leur aise dans leurs vieux jours. Ils boitaient assez bas tous les deux, ne connaissaient que peu de chose aux travaux de la terre. L'affileur de la faux ne pouvait donc être que l'ancien du village, le bruit du marteau qu'un signal du code secret sur lequel chacun des autres réglait sa conduite.

Le marteau s'arrêta, fut relayé par le crissement d'une pierre à aiguiser. Puis l'homme sortit de la forge en balançant les bras pour se les dégourdir. Il traversait la cour sans jeter un regard sur la maison quand soudain Lug émit un long hennissement. Le vieux s'arrêta, eut un moment d'hésitation et reprit sa marche. Un moment après, il avait disparu. C'était fini pour ce matin-là.

Et les semaines passèrent, si l'on peut appeler semaines des successions de jours que rien ne distingue les uns des autres, dont le nom même n'est jamais prononcé. L'été tirant sur sa fin redoublait exceptionnellement de chaleur jusqu'à incommoder le cavalier et sa monture autour des heures de midi. Strullu-Fils tenait la promesse qu'il s'était faite de ne déserter la maison du maréchal que pendant ces heures-là. En observation dès la première aube, il ne fut pas long à remarquer que l'ancien du village et l'un ou l'autre des deux frères aux grands chapeaux étaient les seuls à venir travailler dans la forge. Encore n'y venaient-ils que lorsque quelqu'un y avait apporté, la veille ou l'avant-veille au soir, un ou plusieurs instruments à réparer qui requéraient l'outillage du maréchal. Mais presque tous défilaient de bonne heure, et dans les deux sens, sur le chemin devant sa cour. Toute irrévérence à part, ces automates en marche évoquaient pour lui les casse-pipes des foires pour tireurs de petite élite ou, mieux encore, ces silhouettes grotesques et bariolées, entraînées sur un rail, et qu'il s'agit d'abattre avec des boules de chiffons pour gagner des gros lots de pacotille. C'est que le chemin était la grande voie desservant le village. Il était presque nécessaire de passer par lui pour atteindre sans difficulté le labyrinthe des jardinets. Il y avait autre chose. Certains jours, il les voyait déboucher, chacun à son tour, par une sente en contrebas qui aboutissait juste en face de sa cour. Les femmes portaient une grosse tourte de pain sous le bras ou contre le ventre, les hommes l'avaient en équilibre sur la tête. L'un des deux fours était donc par là. Les deux peut-être.

Il descendit la sente, un matin, après s'être assuré qu'ils étaient tous aux champs. Il n'eut aucun mal à trouver le fournil, sachant qu'il ne pouvait être que dans une construction remarquable par son toit en bon état. A l'intérieur, il vit que cette boulangerie de fortune était aussi bien tenue que la forge. Le pétrin sentait bon, le four ouvert et vide était encore chaud. Des sacs de farine s'entassaient dans le coin le plus sec. Le seul étonnement était de voir des hardes d'hommes et de femmes étalées sur une longue table devant un fenestron défendu — contre qui ou quoi ? — par deux barreaux. Tous avaient des trous ou des accrocs. A certaines étaient épinglés des morceaux de tissus pas toujours de la même couleur d'origine. De quoi mettre des pièces, probablement. Il n'y avait qu'une explication. Les solitaires déposaient là leurs vêtements à rapetasser, la vieille couturière boiteuse les emportait chez elle, s'activait dessus avec ses aiguilles et sa machine à coudre, les rapportait raccommodés ou rapiécés en venant chercher son pain. Une inspiration le fit regarder sous la table. Il y avait là deux paires de grosses chaussures en assez piteux état. Le lot du frère cordonnier. Il commençait à y voir clair.

Cependant, il poursuivait à cheval sa reconnaissance de la colline. Il monta sur la crête, laissa Lug pour escalader le chaos des rochers. De là-haut, il pouvait examiner à loisir la « face bleue ». Tout de suite, il fut convaincu qu'elle ne jouait plus aucun rôle dans la vie des onze. Ce pan nord du Royaume avait été abandonné par eux comme un peuple se retire d'un territoire conquis lorsque le déclin de sa puissance l'oblige à se retrancher dans son premier fief. L'épine dorsale de la colline était bien une frontière. Il perdrait son temps à patrouiller de l'autre côté.

Quand il eut bien inventorié la pente sur la « face vive », reconnu en détail la topographie du village, il établit quelques itinéraires qu'il pourrait suivre, à cheval ou à pied, sans gêner les évolutions des habitants. Il avait bien étudié les documents du tabellion, exactement situé les terres qui étaient à lui avec leurs voies d'accès privées. Désormais, avant même d'être reconnu, il avait déjà pris possession de sa part entière et il entendait s'y tenir. Il lui restait à explorer les marches les plus proches du Royaume, le plateau qui s'étendait au-delà de la Noire Epine. Dans le canton et même plus loin, on parlait de lui, c'était sûr, on fabulait sur son compte. C'était tant mieux, les fables servaient son dessein plus efficacement que la vérité. Mais il était indispensable qu'il se montrât dans les bourgs et les hameaux, sur les routes, cavalier insolite, impassible et muet, pour que personne ne pût douter de sa présence là-haut... Les imaginations se chargeraient du reste. Lui-même avait besoin de voir la colline de l'extérieur, de prendre ses distances par rapport à elle, pour calculer l'effet qu'elle pouvait produire sur les populations environnantes. La nuit, dans son lit, écoutant tomber interminablement les pluies douces, les pluies étranges en cette saison, il la voyait surgir graduellement sur son écran intérieur sans jamais chercher à savoir si elle émergeait de ses rêves ou de ses insomnies.

Le notaire n'avait pas reparu dans la cour. Il n'avait plus baissé la tête pour entrer dans la forge depuis que Lug y avait son écurie. Mais on entendait souvent, entre l'aube et l'aurore, le bruit du trot de son cheval. Cela voulait-il dire que, sans vouloir se montrer, il suivait de près les agissements du docteur ? Un soir, ce fut un galop qui retentit dans le chemin et le maquignon René Le Roux passa en trombe sur une superbe bête à trois poils. A la bonne heure ! Ces deux-là le laissaient mener sa partie à sa guise. S'ils n'entraient pas dans le jeu, c'était donc qu'il ne jouait pas si mal. Mais il pouvait compter sur eux. Un jour, pour éprouver Lug, il s'aventura sur la « face bleue » dans un vrai décor de western. Il dut s'arrêter pour s'orienter au milieu d'un passage difficile. En levant les yeux, il vit Le Roux se détacher à cheval, immobile, sur l'horizon. Il se prit à sourire, chercha l'autre ange gardien. Il le découvrit beaucoup plus bas, à l'arrêt lui aussi sur son vieux bourrin. Quand il se fut tiré de sa mauvaise passe, ils disparurent tous les deux. Par le boucher, revenu pour ravitailler le village, sa camionnette sommée de deux cages à poules et à lapins, il apprit que les deux hommes ne se quittaient plus, ce qui étonnait beaucoup les gens, l'un et l'autre étant connus pour ne pas rechercher la compagnie plus qu'il ne fallait. Il est vrai, ajouta l'homme, qu'il n'y a plus que trois cavaliers dans le pays. Le troisième, c'est vous, docteur.

Allons donc ! C'était sa faute. Il aurait dû recommander à son jardinier de ne mentionner aucun titre sur les grandes enveloppes contenant le courrier à lui transmettre. Mais, après tout, cela n'aurait pas servi à grand-chose puisque les journaux et les revues à son adresse mentionnaient tous ce titre-là. L'ennui était que le titre attirait l'attention sur le nom. Et le nom était fort connu de tous ceux qui s'intéressaient aux progrès de la médecine, à commencer par les médecins de campagne. Il se passerait peu de temps avant que sa retraite ne soit découverte. A lui de prendre ses dispositions.

VII

A peine s'était-il écoulé une quinzaine depuis son arrivée qu'il avait un allié de plus. Le facteur justement. Il le trouva au retour d'une de ses reconnaissances à cheval, assis sur la pierre du seuil et adossé contre la porte, dormant du sommeil du juste à l'abri de sa visière, son grand sac de cuir à côté de lui, sa bicyclette appuyée au mur. A en juger par la hauteur du soleil, il devait être deux heures de l'après-midi, le docteur ne pouvait mieux dire, dès le premier jour il avait jeté sa montre au fond d'un tiroir de la salle. Il fit caracoler Lug autour de la cour pour réveiller cet homme aux lettres que sa mère n'appelait jamais que le postillon. L'autre ouvrit les yeux, se mit debout sans se presser. Il paraissait la cinquantaine bien sonnée. Avec un sourire sous sa moustache, il leva deux doigts pour repousser sa visière et saluer en même temps.

— Vous voilà, docteur ! Comme vous voyez, je vous attendais tranquillement.

— Il ne fallait pas, dit le docteur en sautant à terre. Vous auriez pu entrer et déposer le courrier sur la table. Il n'y a pas de clé sur la porte. Excusez-moi, j'étais en promenade.

— Vous excuser de quoi ? Je vous ai attendu parce que je voulais bien. C'est samedi et je finis par vous ma tournée. J'aime voir les gens, leur donner de la main à la main ce qui est à eux, surtout quand c'est la première fois. Beau cheval que vous avez là. Avant vous, il était au comte de S...

— Oui, dit machinalement le docteur qui n'en savait rien. Laissez-moi le conduire à l'écurie, je reviens tout de suite. Entrez toujours et mettez-vous à l'aise.

— Prenez tout votre temps. Voulez-vous un coup de main ?

— Il n'y a pas de quoi. Si cette bête voyait deux hommes s'empresser autour d'elle, cela pourrait lui donner des idées de grandeur. Entrez donc !

Quelques instants plus tard, il retrouva le facteur dans la salle. Sur la table, il y avait deux grandes enveloppes de papier fort et un gros paquet de revues et de journaux médicaux. L'homme était resté debout, le sac de cuir à ses pieds, et il inspectait les lieux autour de lui. Ce n'était pas de la curiosité de sa part, mais une admiration sans réserve.

— Vous êtes bien, ici. On raconte que c'était déjà une belle maison du temps de votre grand-père, mais j'ai eu l'occasion de voir le tas de ruines qu'elle était devenue il y a cinq ou six ans. Qui aurait pu croire qu'on allait la relever !

— Asseyez-vous, dit le docteur. Vous devez avoir soif. Avez-vous mangé seulement ?

— Pas encore. J'allais le faire quand je me suis endormi sur votre seuil. La chaleur, vous savez, et ce raidillon défoncé par les camions que j'ai dû monter en poussant mon vélo. Dans ma tournée ordinaire, je n'ai pas à me soucier de ma nourriture. On m'oblige toujours à manger un morceau, ici et là, même quand je n'ai pas faim. Impossible de refuser sans offenser les uns ou les autres, n'est-ce pas ! Mais j'ai là un casse-croûte préparé par ma femme quand elle a su que je devais monter à la Noire Epine. Il y a si longtemps que je n'y suis pas venu pour mon métier. Jamais de lettres ni rien d'autre pour les gens d'ici. Qu'est-ce que vous trouverez là-haut ? m'a-t-elle dit, ma femme. On raconte que ceux qui vivent encore au hameau sont devenus presque sauvages, sauf respect. Et cet homme-là, le docteur, il n'est peut-être pas chez lui.

Le docteur avait mis deux couverts, sorti ses provisions du buffet. Il débouchait une bouteille de vin rouge.

— Je suis content de vous voir là, dit-il. D'habitude, je n'ai que le mur devant moi et le mur ne dit jamais rien. J'ai tout ce qu'il faut, comme vous voyez, pour un convive qui n'est pas trop difficile. Rien de chaud, malheureusement.

Mais par cette chaleur, comme vous dites... D'ailleurs, je ne sais pas bien faire la cuisine. Je suis en train d'apprendre.

— Alors, nous allons partager mon casse-croûte aussi, dit le facteur en sortant de son sac un paquet enveloppé d'un linge blanc. C'est de la viande froide avec des cornichons. Est-ce que je peux me servir de mon propre couteau ? Je suis assez maladroit avec tous les autres, j'aime mieux vous prévenir.

— Comme il vous plaira. Et à votre santé ! Mais je suis ennuyé de vous faire venir si loin et par de si mauvais chemins pour moi seul. Je n'aurai de courrier qu'une fois par quinzaine. Jamais rien de pressé. Je pourrai très bien le prendre à la poste quand je passerai à cheval par le bourg de Villechant.

Le facteur demeura un moment silencieux. Il mâchait lentement sa nourriture, l'air préoccupé. A la fin, il posa son couteau et se décida.

— Faites comme vous voulez, monsieur. Le plus commode serait de vous faire adresser votre correspondance, poste restante, au chef-lieu de canton. Il est un peu plus loin d'ici que la commune dont vous dépendez. Question d'arrangement. On sait bien que c'est le boucher de Villejoie qui se donne le mal de vous ravitailler toutes les semaines, tandis que, de notre côté... Et là-bas vous aurez plus de facilités que chez nous. C'est plus grand, il y a la gendarmerie, le percepteur, le notaire et qui et quoi ! Seulement...

— Seulement ?

— Voilà. La Noire Epine fait partie de Villechant. Autrefois, votre grand-père Yann Strullu a été le plus important personnage que nous ayons jamais connu chez nous. Si important que l'instituteur est obligé d'en parler à l'école. Nos parents l'appelaient le Roi Yann. Moi-même, je l'ai vu passer à cheval sur la place quand j'étais gamin. Sans couronne sur la tête ni personne autour de lui, c'était un roi, que voulez-vous que je vous dise ! D'abord, il était maréchal. Et un maréchal, au temps des chevaux, c'était quelqu'un. Mais, en plus, les jours de foire et de marché, il venait s'installer dans une arrière-salle d'auberge et là il remettait en place les os, les muscles, les nerfs des hommes et des animaux. Il paraît qu'il guérissait aussi des maladies de la tête rien qu'en parlant aux malades. Jamais de remèdes ni de patenôtres ni de formules de sorcellerie avec lui. Il ne travaillait qu'avec les mains et la langue. On a pourtant trouvé le moyen de le faire passer devant le tribunal, au chef-lieu du département. Il n'avait pas les papiers qu'il faut pour guérir les gens. Il y est allé à cheval, la moitié de la commune derrière lui en charrettes et en chars-à-bancs. Le soir même il était de retour, vous avez compris.

Ici même, à la Noire Epine, la forge ne désemplissait pas. Toute la journée il travaillait le fer, il chaussait les chevaux. Mais le soir, quand il posait le marteau, c'était une autre affaire. Il y avait autour de lui, apportés par les sept vents de la rose, tous ceux qui avaient quelque chose à dire, les conteurs de merveilles, les inventeurs de calembredaines, les langues bien pendues, les bons garçons, les sages et les fous. J'ai connu quelques-uns de ceux qui ont pris part aux veillées de la Noire Epine. Ils avaient une mémoire extraordinaire. Ne sachant pas lire, ils devaient tout garder en tête, n'est-ce pas ! Et quand ils oubliaient quelque chose, le Roi Yann les aidait à se souvenir.

Mais le Roi Yann, sa vie durant, est resté fidèle à Villechant. C'est le bourg qui s'est désintéressé de la Noire Epine après sa mort. Ce fut une grande faute, il n'y a pas de quoi être fier. Ceux du conseil municipal disent que si leurs pères avaient mieux compris les intérêts de la commune, ce village ne serait pas devenu un désert. Aujourd'hui, vous êtes là pour notre honte. On dit un peu partout, sans trop savoir, que vous êtes encore un plus grand personnage que votre grand-père. Comment allez-vous nous punir de notre ingratitude ? Si vous refusez de fréquenter notre bourg, d'être lié à lui comme le fut le maréchal, ce sera bien fait pour nous. Mais plus grande sera encore notre vergogne si vous n'avez de relations qu'avec le canton. Il commence au bas de la colline vers l'ouest. C'est déjà l'étranger. Peut-être ne savez-vous pas qu'entre Villejoie et nous, les choses ne vont pas très bien depuis longtemps. Ils sont trop riches, là-bas.

— Je ne savais pas tout cela. Je m'explique mieux ce qui s'est passé ici. Mais je suis incapable de rancune, je ne suis pas venu pour vous faire honte. Justement, si je vais chercher mon courrier à votre poste, on me verra souvent par le bourg, je pourrai y faire mes provisions en passant.

— C'est vrai, mais ils n'en seraient pas moins humiliés. Ils voudraient faire quelque chose pour vous, racheter un peu les torts qu'ils ont eus à l'égard de la Noire Epine. Et c'est vrai qu'ils n'ont rien fait pour aider le village à vivre. Au contraire. A la mort du Roi Yann, les grosses têtes de la commune ont été soulagées. Il aurait pu devenir maître du bourg s'il l'avait voulu. Il avait ses idées qui n'étaient pas les leurs, il n'allait pas à l'église, par exemple. Alors, ils ont fait passer les habitants de la colline pour des demeurés. A l'école, mes petits camarades et moi-même, nous ne cessions pas de nous moquer de leurs enfants. Et les enfants de la Noire Epine sont allés chercher fortune ailleurs puisqu'ils ne pouvaient attendre de nous que dérision.

— Il y a bien d'autres raisons à leur départ, vous le savez bien.

— Peut-être. Je vois qu'il me faut parler pour moi. Si vous venez chercher vous-même votre courrier à la poste, on dira que ce fainéant d'Hervé Lucas n'a pas le courage de pousser sa bicyclette jusqu'ici. Hervé Lucas, c'est mon nom.

— Eh bien, dit le docteur, je vous attendrai donc deux fois par mois, Hervé Lucas. Et entre-temps j'irai me faire voir à Villechant. Cela vous suffit-il ?

Cette assurance fit retrouver au facteur son appétit. Débarrassé du poids qu'il avait sur la conscience, il se mit à travailler ferme des mâchoires et du couteau.

— Tout à fait. Je n'avais pas trop d'espoir en arrivant. Hervé Lucas, me disais-je, cet homme-là est un grand monsieur de Paris, un *mondain* comme nous disons : Pourquoi irait-il se tracasser pour des gens qui n'en valent pas la peine ? J'ai été réconforté quand vous m'avez dit qu'il n'y avait pas de clé sur votre porte.

Le docteur éclata de rire. Le facteur fit si bien chorus qu'il finit par s'étrangler. Il dut sortir son mouchoir pour s'éclaircir la gorge dedans et ensuite pour s'essuyer les yeux.

— Vous m'avez fait avaler de travers, dit-il. Pourquoi riez-vous, docteur ?

— Je ne sais pas trop. Et vous ?

Et ils recommencèrent à rire tous les deux, mais moins fort, en retenant leur joie. Puis Hervé Lucas referma son couteau, plia soigneusement le linge qui avait enveloppé son casse-croûte. Le docteur resservit du vin pour conclure le repas improvisé. Ils burent en silence, à petits coups. Le postillon devint songeur.

— Quand même, c'est triste par ici. Toutes ces ruines. Ni chien ni chat ou alors ils se cachent bien. J'ai vu des poules dans les cours. Elles ne caquettent même pas. J'ai vu des gens debout, immobiles, dans leurs petits champs, de part et d'autre de la montée. Je leur ai fait signe du bras comme je fais toujours quand je suis en campagne. Et les paysans ne manquent jamais de lever le bras en retour. Ceux-ci sont restés raides comme ils étaient. J'ai compté cinq femmes et trois hommes.

— Ils sont onze en tout, dit le docteur.

— J'ai cru en reconnaître quelques-uns. Ils viennent quelquefois à la poste ou à la mairie. On leur arrange leurs petites affaires car ils ne savent pas. Ils ont quand même appris à signer. Ils ne parlent presque pas. Croyez-vous qu'ils sont malheureux ?

— Je ne sais pas.

— Je pensais que vous étiez revenu à cause d'eux.

— Peut-être bien à cause d'eux aussi. Mais d'abord à cause de moi.

— Je n'ai pas à savoir vos raisons. Vous n'avez sûrement pas besoin de compagnie, ni de bavardages, ni de questions pour être venu vivre seul dans ce manoir du Roi Yann que vous avez fait refaire à grande dépense.

— La solitude est comme la liberté. Il faut payer cher pour l'avoir. Ou croire en un dieu qui remplace avantageusement toute compagnie. Souvenez-vous quand même que je suis le petit-fils. Mon héritage est ici.

— Très bien. Mais le maréchal avait beaucoup de monde autour de lui. Quand il était là, le village bourdonnait comme une ruche. Je répète ce qu'on m'a dit. D'en bas on entendait les appels, les rires, les chansons, les claquements de fouets, les sifflements des charretiers. Là était la meilleure partie de votre héritage et vous l'avez perdue.

Le docteur ne sut que répondre. Il était stupéfait du tour qu'avait pris la conversation avec le facteur. Cet homme comprenait tout à demi-mot, il disait tout sans avoir l'air d'y toucher. Et pour parler comme il faisait, il fallait bien qu'il eût l'habitude, non seulement de tirer enseignement de ce qu'il pouvait voir et entendre, mais encore de démêler tout ce qui ne passait pas en actes ni en paroles. Ce bavard occasionnel était un traducteur des silences.

— Maintenant, je vais m'en aller, dit Hervé Lucas.

Il se mit debout, il empoigna le sac de cuir pour se le mettre en bandoulière. Arrivé à la porte, il se retourna.

— Ces gens-là sont malades, docteur. Le mal les tient dans la tête, mais ce sont eux qui ne veulent pas le lâcher. Maintenant que vous êtes là, il faudrait essayer de les guérir malgré eux. Comptez sur moi pour vous aider.

Quand le facteur enfourcha son vélo, quelque sixième sens avertit le docteur que les solitaires — au moins quelques-uns, sinon tous — invisibles dans les ruines du village, guettaient son départ. Mais aucun bras ne se leva pour le saluer. Il est vrai qu'il ne leva pas le sien non plus. A le voir appuyer sur ses pédales avec rage, on pouvait augurer qu'il était décidé à mettre la colline en révolution.

Un soir, les vents passèrent brusquement de galerne en suroît. L'orage se déchaîna au cours de la nuit. La maison du maréchal devint une caisse de résonance pour un concert sauvage. Strullu-Fils ne put tenir dans son lit. Il alluma sa lanterne-tempête et entreprit de vérifier soigneusement les fermetures des portes et des fenêtres. Il n'y avait rien à craindre, elles étaient neuves et solidement faites pour résister aux plus fortes tourmentes. Mais, dans la grande salle, par moments, les cheminées se mettaient à mugir, un grondement humain sortait du puits de la salle. Il s'avisa qu'il avait oublié de replacer sur la margelle le lourd couvercle de bois. Quand il l'eut fait, le grondement cessa, les conduits se bornèrent à répercuter quelques échos du dehors. Il prit le parti de s'asseoir dans sa chaise à bras, une couverture sur les jambes, mais il n'osa pas allumer du feu.

L'orage tournait autour de la Noire Epine, comme cherchant le meilleur angle pour la foudroyer. Les éclairs illuminaient la salle aux couleurs du sépulcre, les coups de tonnerre faisaient longuement grelotter de petits objets instables. Le docteur évaluait les intervalles qui séparaient les traits de lumière des fracas suivants. Lui revenaient à la mémoire les vieux contes où l'on parle de corps mis en pièces chutant dans les âtres éteints pour s'y recomposer, d'êtres extraordinaires surgissant des puits à l'évocation d'étranges talismans. Et il ne s'étonnait plus que de pareils fantasmes eussent pu naître dans les imaginations à la faveur de ces violences élémentaires. Mais les revenants et les démons étaient sans doute occupés ailleurs. C'était seulement le ciel qui faisait son ménage en grand. A moins qu'il ne voulût intimer au petit-fils du forgeron l'ordre que répétaient les oiseaux de mer autour des péninsules extrêmes : Kerz Kuit ! Kerz Kuit ! Allez-vous-en ! Allez-vous-en ! Il n'avait pas du tout envie de s'en aller. Il se trouvait mieux que jamais dans sa peau. Un coup plus violent que les autres fit tomber à terre, d'une trousse ouverte sur une chaise, de menus instruments de chirurgie. Il eut du mal à reconnaître ces objets incongrus.

Vers le matin, il y eut une accalmie. Il sortit dans la cour, se rendit à la forge pour donner un coup d'œil à Lug. Le cheval tourna la tête vers lui, négligemment, l'air de dire de quoi vous inquiétez-vous ? Tout est dans l'ordre, retournez donc vous coucher ! Mais Strullu-Fils traversa la cour et remonta le chemin jusqu'à se trouver sur une petite esplanade d'où il pouvait voir tout le versant qui aboutissait en bas à la barrière de la Noire Epine. Sous lui, cette partie de la colline, saturée de pluie, fumait dans la pâleur d'un petit jour hésitant. On entendait de toutes parts dévaler sur la pente des ruisselets cascadeurs. Au-delà, le plateau était noyé dans une sorte de brume étale, en dérive sous les vents de suroît. Mais il avait l'impression que c'était la colline déracinée qui s'en allait lentement à vau-l'eau. Avant de céder au vertige, il revint se mettre à l'abri dans sa maison. Il était temps. Du côté de l'ouest, une nouvelle tempête montait à l'assaut du bastion.

Pendant quatre ou cinq jours, les pluies et les vents ne connurent pas de trêve. A plusieurs reprises, le docteur s'aventura dans le village et sur ses abords immédiats, mais il dut reconnaître que ce n'était pas prudent. Des pans de ruines s'étaient écroulés, barrant les ruelles. Des restes de toits démembrés se décrochaient d'un seul coup sous les bourrasques pour aller s'abattre à dix pas plus loin. Il devait rentrer au plus vite en se protégeant la tête des deux bras. A part lui, pas une âme vivante en dehors des murs. Derrière les fenêtres des maisons habitées, en plein jour, brillaient de faibles lumières. Il aurait juré que, de l'intérieur, des regards étaient sur lui et ne manquaient aucun de ses passages. Il finit par renoncer à sortir.

Pas question, bien entendu, de monter à cheval. La bête aurait risqué à tout moment de s'abattre, malgré la sûreté de son pied, dans les chemins ravinés, chapelets de cailloux déchaussés par les ruissellements. Quant aux étroites pistes à flanc de coteau, des éboulements les avaient coupées par endroits. La voie charretière qui descendait en direction du bourg cantonal, déjà défoncée par les camionnages des derniers mois, n'était plus maintenant qu'un lacis de grosses rigoles par où s'évacuaient les eaux de pluie. Le village serait bel et bien séparé du monde tant que dureraient les tempêtes de l'extrême fin d'été. Il était encore plus difficile d'y monter que d'en descendre. Inutile d'attendre la venue du boucher, du facteur, du notaire ou du maquignon René Le Roux.

Mais ce fut cette révolte des éléments qui fit avancer les choses. Presque tous les matins, en entrant dans la forge pour soigner Lug, le docteur trouvait les traces d'une ou plusieurs visites. Les onze, imperturbablement, continuaient à mener leur train habituel. Malgré la pluie et les coups de vent, il entendait les bruits du marteau, de la lime, de la scie, de la hache, de la pierre à aiguiser. Seulement, les visiteurs arrivaient maintenant à toutes les heures du jour, si l'on pouvait appeler jour cette grisaille qui permettait à peine de voir venir par le chemin des ombres indécises. Les femmes se couvraient la tête et les épaules avec leur tablier, les hommes se faisaient des capuchons avec des sacs à pommes de terre. La provision de foin et d'avoine avait été renouvelée et largement. On avait même amené un tas de bûches pour le feu. Le feu s'allumait dans la forge dès que quelqu'un y était entré et le quelqu'un en question le couvrait soigneusement avec les cendres avant de s'en aller, si bien que le suivant n'avait aucune peine à le faire repartir. Il servait à éclairer autant qu'à chauffer. Le docteur allait être à court de bois pour sa propre cheminée. Pourtant, il n'avait pas d'autre moyen de cuire ses aliments et de dissiper l'humidité qui gagnait déjà ses murs. Il s'interrogea pour savoir s'il pouvait prélever quelques bûches pour son propre usage, mais ne put s'y résoudre car il savait bien que le bois était rare sur la colline pierreuse. Et d'autre part, il se demandait comment et par quoi il pourrait compenser cet emprunt.

Il n'eut plus de doute quand il trouva, posé en évidence sur l'enclume, un panier contenant un grand pain rond et un bol rempli de saindoux. C'était pour lui. Comme le ravitaillement n'arrivait plus d'en bas, on le savait privé de pain, on y avait pourvu. Il était donc reconnu, accepté, habitant de la Noire Epine au même titre que les autres, engagé dans la même communauté au-delà de la jalouse liberté qui était celle de chacun d'eux. On lui savait gré de n'avoir pas cherché à s'imposer d'aucune manière. Il fut envahi d'une joie presque enfantine. Jamais il n'avait mangé de meilleur pain bien qu'il eût été incapable de dire s'il était fait de seigle ou de méteil.

Et puis un matin, vers les dix heures, l'orage cessa d'un seul coup comme si les vents et les pluies s'étaient donné le mot pour mettre fin à une offensive qui s'avérait inutile. Il était temps. Le docteur comptait avec inquiétude les bûches qui lui restaient. Encore un ou deux jours et il en aurait été réduit à prélever du bois dans la réserve de la forge, ce qu'il voulait éviter de faire avant de sentir, comme disait sa mère par temps humide, pousser des champignons sous sa peau. Les solitaires, à qui rien n'échappait, n'auraient pas manqué de constater qu'il s'était servi dans le tas. Et que serait-il arrivé ? Ou bien cette initiative de Strullu-Fils, malgré la nécessité où il se trouvait, l'aurait diminué à leurs yeux, ou bien, plus vraisemblablement, ils auraient été humiliés eux-mêmes de n'avoir pas su lui apporter à temps de quoi faire flamber sa propre cheminée. Ombrageux comme ils l'étaient, dans l'un et l'autre cas, la distance se serait accrue entre eux et lui et sans doute entre chacun d'eux. Il aurait dû recommencer à les amadouer sur nouveaux frais. Il fallait tenir bon jusqu'à ce qu'ils viennent eux-mêmes à résipiscence. Il tiendrait, c'était juré, maréchal !

Le plus étonnant était que, pendant ces jours de claustration presque totale, il n'avait pas ressenti la moindre envie de lire quoi que ce fût, ni même d'occuper son esprit à des sujets en dehors de la vie matérielle. Les revues apportées par le facteur étaient toujours sous bande, jetées sur un appui de fenêtre dans la salle. Il avait parcouru distraitement les quelques lettres émanant d'illustres confrères français et étrangers avec lesquels il entretenait des rapports professionnels. Ils le croyaient encore en activité et en recherche, lui soumettaient quelques cas de malades qu'ils avaient eu récemment à traiter et qui les laissaient perplexes.

En d'autres temps, il aurait mobilisé toute sa science et toute son expérience pour éclairer de son mieux ses confrères et suggérer des solutions. Il aurait pris sa plume et, dans son style sec et nerveux, il aurait rédigé une réponse brève mais précise autant que faire se pouvait. Or, ne s'étant fait aucun ami parmi eux, par leur faute ou la sienne, il n'avait aucune envie de répondre d'autant plus qu'il n'avait rien de mieux à dire que ce qu'il avait exposé dans le manuscrit remis à son éditeur. Quand il paraîtrait, ils sauraient exactement où il en était. Ils se passeraient désormais de lui comme lui-même se désintéressait d'eux. Certes, sa soudaine retraite, inexplicable pour ses pairs, allait faire quelque bruit dans le petit monde de la haute médecine. Avant de se réfugier sur la colline pierreuse — était-ce bien de refuge qu'il s'agissait ou d'une autre recherche au-delà des corps vivants ? — il s'était contenté de faire mettre, dans tous les endroits où il exerçait son art, un avis définitif : LE DOCTEUR K... N'OPERE PLUS. Mais il ne se faisait pas d'illusions. On voudrait savoir ce qu'il était devenu. Le manuscrit de ses thèses, de ses expériences, de ses modes opératoires, était trop révolutionnaire pour qu'on ne lui demandât pas des comptes. On irait jusqu'à évoquer, à son sujet, toutes choses inégales d'ailleurs, un nommé Arthur Rimbaud rompant avec la poésie pour aller se livrer à d'obscures besognes hors de toute saison et de tout château. Arriveraient-ils à comprendre, comme il avait eu du mal à le faire, que sa retraite actuelle n'était que l'aboutissement fatal de ses travaux antérieurs sur le siège de la pensée ? Mais ils ne tarderaient pas à le retrouver. D'ailleurs, ils n'auraient pas beaucoup de mal à se donner. A travers tout le canton il n'était question que de lui, de bouche à oreille. Encore un peu de temps et les journaux s'y mettraient, les milieux officiels du département enquêteraient discrètement sur son identité et la province le vendrait à la capitale. Alors, il serait temps d'aviser. En tout cas, ce serait peine perdue pour ses poursuivants. L'homme qu'ils retrouveraient n'aurait plus rien de commun avec celui qui leur avait dit adieu.

Pendant que l'orage menait son train autour de la maison du maréchal, il s'était occupé de Lug, des poules et des lapins, il avait patiemment étudié le comportement de sa cheminée, l'envahissement progressif du bois par le feu et les meilleures façons de faire durer plus longtemps la combustion sans perte de chaleur, il s'était confectionné des potées dans la marmite sur trépied, il avait revu et mis au point les fermetures des vieux meubles qui laissaient à désirer, il avait même raccourci des jambes de pantalon trop longues pour être pratiques dans son actuelle condition, il avait lavé le linge et la vaisselle, il s'était employé au ménage, heureux de découvrir vraiment, pour la première fois, les objets les plus usuels dont il ne soupçonnait pas l'importance. Et à tout cela il s'était appliqué avec la même minutie qu'il apportait naguère à ses travaux de laboratoire. Si l'on pouvait découvrir l'intérieur de ma tête, se disait-il, par moments, on me conduirait tout droit à l'asile.

Dans les premiers jours de son installation, il avait continué, par habitude, à se nettoyer longuement les mains dans une sorte d'auge plate, accolée à la margelle du puits intérieur, et qui servait d'évier et de lavabo à la fois. Il avait toujours été très soigneux de ses mains et surtout de ses doigts. A leur extrême sensibilité il devait une bonne part de son habileté opératoire. Maintenant, il avait déjà un peu de mal à les ouvrir. Les écorchures aux phalanges et les cals dans la paume produisaient une sorte de rétractation constante, aggravée peut-être par l'intime conviction qu'il serait désormais inutile de les mettre à plat ou de s'en servir pour conduire sans erreur de petits instruments d'acier. Et il n'avait pas tardé à s'apercevoir qu'avec tous les travaux qui lui incombaient dans son nouvel état, il n'en finirait pas de se laver les mains. Il ne le faisait plus, encore était-ce distraitement, que pour prendre sa nourriture et aller au lit. Quand il devint conscient de cette négligence, et ce ne fut pas tout de suite, il ne fit rien pour y remédier. Quelques semaines avaient suffi pour faire de lui un homme neuf.

Cependant, il décida de réagir quand il dut s'avouer qu'il n'avait plus la moindre envie de parler à personne. Le mal de la colline pierreuse le gagnait sournoisement. Il était en passe de devenir le douzième solitaire. Or, ce n'était pas là ce qu'il souhaitait. Il était venu pour agir, non pour se laisser faire. Il lui fallait se reprendre. Tout débat intérieur se révélant inutile, il alla se plonger la tête dans l'eau froide tirée de son puits. Après quoi, il se sentit mieux.

Au cours de l'après-midi qui suivit la fin de l'orage, il ne cessa d'être tenaillé par l'envie d'aller voir ce qui se passait dehors. Dans quel état pouvait bien se trouver le Royaume après ces brutales offensives du temps ? La colline, pour lui, était devenue comme un corps vivant, fragile, exposé à tous les maux. Et les onze ? Pouvaient-ils encore être touchés par les dérèglements du ciel ? Il décida que non. Mais chacun de son côté devait se demander comment le petit-fils du maréchal avait supporté l'épreuve. Pour les rassurer, il lui aurait suffi d'aller patrouiller à travers le village, il était sûr qu'ils seraient quelque part à l'observer sans se faire voir. Mais n'allaient-ils pas interpréter sa sortie comme une avance, l'attribuer à un désir de se mettre en rapport avec eux ? Il jugea préférable de les inquiéter. Difficilement, il se força à rester à l'affût derrière sa fenêtre et son calcul était juste car il les vit passer tous dans le chemin, mais plus lentement que d'habitude et avec des coups d'œil furtifs vers la maison. Les deux boiteux, le frère et la sœur, s'arrêtèrent même contre le muretin de la cour, à dix pas l'un de l'autre, pour faire semblant de se reposer. La couturière fit quelques pas en direction de la forge, s'immobilisa net et, sans doute effrayée de son audace, fit demi-tour et s'en alla d'un pas pressé sans se soucier de son cordonnier de frère.

Le docteur avait passé un excellent après-midi. Il voulut pousser plus loin l'expérience. Le soir venu, il laissa tomber le feu, il n'alluma pas sa lampe et il ne sortit pas pour s'occuper de son cheval. De l'extérieur, on ne pouvait déceler aucun signe de vie. Assis dans sa chaise à bras, une couverture sur les genoux, une autre sur les épaules, il attendait. Et soudain des coups insistants furent frappés sur une vitre. Il se précipita vers la fenêtre à temps pour voir disparaître dans la nuit claire une coiffe sous laquelle il lui sembla reconnaître la plus jeune des trois sœurs. Il ouvrit sa porte. Sur le seuil, il trouva un petit panier de jonc. Dedans, il y avait une bouteille de lait et un pain doux, exactement semblable à ceux que sa mère lui faisait cuire tous les ans pour les Jours Gras et c'était là, disait-elle, le seul gâteau connu dans le village. Sans aucun doute, on le croyait malade, incapable de mettre le nez dehors, et on l'aidait à se réconforter.

Il ne sut quelle inspiration lui dicta d'attendre encore. Il se coupa une tranche de pain doux, s'en régala lentement, à petites bouchées, ayant regagné sa chaise à bras et remis ses deux couvertures. C'était délicieux. Il se passa peut-être une demi-heure et la même vitre retentit sous les coups. Un bond vers la fenêtre et il vit s'en aller tranquillement la seule femme qui avait un mari. Sur le seuil, cette fois, il y avait un petit pot de grès contenant un miel brun, presque noir. A cela il reconnut qu'on le croyait atteint du mal dc gorge. Quand il était enfant et qu'il souffrait d'angine, sa mère lui mettait dans la bouche une cuillerée de miel en lui recommandant de la déglutir le plus lentement possible. Le mal ne résistait pas au miel, encore qu'il ne fût pas assez noir, selon la fille de Yann Strullu. Il lui manquait d'avoir été butiné sur la bruyère grise et le trèfle rouge.

Il se souvint d'avoir vu des ruches bien rangées contre le mur du fond d'un petit, tout petit verger, bien exposé dans le haut du village. Au milieu du verger était plantée une maisonnette aussi bien tenue que celle de la femme au collier de grelots avec ses pots de fleurs sur le rebord des fenêtres. C'était donc là qu'habitaient les deux époux abandonnés par leur fils. Il se coupa une autre tranche de gâteau sous le prétexte qu'il se donna d'y étendre du miel pour le goûter et il savoura de nouveau le plaisir d'être un malade bien portant. Il n'y eut pas d'autres coups frappés à la vitre.

Le docteur fut réveillé dans sa chaise à bras par un éblouissant soleil du matin. Sans plus réfléchir, il alla ouvrir la porte et les fenêtres de la salle. Ainsi saurait-on qu'il était parfaitement gaillard et comprendrait-on sans doute, qu'à défaut de pouvoir remercier puisqu'on n'avait que faire de merci, Strullu-Fils voulait au moins manifester sa bonne volonté. Puis il lava soigneusement la bouteille et le pot de grès après les avoir vidés de leur contenu et il alla les déposer dans la forge, bien en vue sur le foyer, avec le panier de jonc. Il était sûr que les donateurs viendraient les reprendre, non pas tant parce qu'ils en avaient besoin — et ils en avaient sûrement besoin — que pour la satisfaction de constater que leur cadeau avait été bienvenu. Toutes les règles du savoir-vivre paysan lui revenaient en mémoire. Sa mère y attachait beaucoup d'importance puisqu'elle ne cessait pas d'y revenir à chaque occasion. Il venait seulement de comprendre que, sans avoir l'air d'y toucher, elle l'avait éduqué en prévision d'un retour à la Noire Epine.

Il passa une partie de la matinée à faire la toilette de son cheval avec l'étrille et la brosse douce, à lui peigner la crinière et la queue, à lui curer les sabots. L'animal se laissait faire d'assez bonne grâce, mais on le sentait impatient de sortir après ces longs jours passés à ronger son frein en piétinant le pavage de la stalle. Le docteur se promit de le seller l'après-midi même. Il devait bien rester des pistes praticables sur le versant et peut-être pourrait-on descendre sur le plateau où les chemins avaient moins souffert. Quand il en eut fini avec Lug, et comme il sortait de la forge pour aller préparer son déjeuner, il vit entrer dans la cour, solennellement juché sur son vélo qui n'avait jamais autant mérité son appellation bretonne de « cheval de fer », le facteur Hervé Lucas. Le digne homme sauta lestement à terre avant d'avoir arrêté sa machine. Il était d'excellente humeur. On le sentait même en proie à une certaine excitation qu'il avait de la peine à refréner.

— Bonjour ! Quel temps déplorable il a fait par chez vous ! On n'avait pas vu pareil phénomène depuis l'année où le Roi Yann est mort. J'étais bien jeune à l'époque, mais je me souviens que le ciel s'est dérangé de la même façon et pendant à peu près la même durée. Alors, vous savez ce qu'ils disent, les vieux radoteurs ? Que vous êtes un peu sorcier comme votre grand-père.

— Allons donc ! Vous plaisantez.

— Je ne plaisante jamais quand il s'agit du temps qu'il fait. C'est que je suis dessous, moi, avec mon sac à papiers et mon vélo. Et je dois faire rouler mon vélo tant que le sac n'est pas vide. Qu'il pleuve, qu'il vente ou que la grande chaleur me mouille le cuir en me desséchant si bien que je n'arrive plus à cracher jusqu'à terre. Heureusement, il y a tous les autres jours, les jours d'entre-deux, ni trop froids, ni trop chauds, ni trop secs, ni trop humides, avec une petite brise pour vous mettre les trous du nez à l'aise. Savez-vous que je ne peux jamais entrer dans une maison sans qu'il soit question du temps ! Et c'est à moi que les paysans, plus connaisseurs pourtant que quiconque, demandent mes prévisions pour les heures qui viennent. D'ailleurs, ils n'ont pas tort. Ils sont tenus dans leurs champs tandis que moi, j'ai des kilomètres de campagne pour apprendre à connaître les signes des prochains caprices quand il s'en prépare. Un jour, peut-être, je vous conterai par le menu l'histoire du temps qu'il fait sur le territoire de ma tournée. Au-delà, je ne suis pas plus malin qu'un autre.

Là-dessus, il baissa la voix.

— Est-ce que je peux entrer chez vous, docteur ?

— J'allais vous en prier. J'ai justement quelques petites choses à vous demander.

Hervé Lucas posa son vélo contre la façade et demeura un moment à le regarder, les bras écartés, les mains ouvertes. Puis il reprit l'engin pour engager la poignée du guidon dans l'un des anneaux qui servaient autrefois à attacher les chevaux en attente de ferrage.

— Voilà que je fais comme le maître du Graneg, dit-il. On dirait que j'ai peur de voir mon vélo s'en aller tout seul. En vérité, c'est pour l'empêcher de tomber s'il venait un coup de vent. Vous ne connaissez peut-être pas le maître du Graneg ?

— Non. Qui est-ce ?

— La plus belle ferme de la commune est à lui. Pas grande, mais exploitée comme on n'en voit pas beaucoup. Il y a près d'un an, il a vendu son cheval pour acheter une de ces nouvelles machines, vous savez, un tracteur. Et depuis, quand il doit s'arrêter devant une auberge ou une maison de commerce, il ne manque jamais d'attacher son tracteur à un anneau par une corde comme il faisait avec son cheval.

Les deux hommes se permirent un court accès de rire. Puis le postillon reprit son sérieux pendant qu'il entrait dans la salle sur les pas du docteur.

— C'est peut-être qu'il regrette son cheval, cet homme.

D'un mouvement d'épaule secondé par le bras, il ramena son sac du dos sur le ventre. Il en sortit une grande enveloppe, un rouleau de journaux et un paquet de revues.

— J'ai deux jours de retard, excusez-moi. Il n'y avait vraiment pas moyen d'arriver chez vous. Même aujourd'hui j'ai eu bien du mal à grimper ce chemin charretier en poussant ma machine au lieu de me faire tirer par elle. Un vrai lit de torrent au sec. On ne reconnaît même plus les ornières. Quand j'y pense, mon cheval de fer, j'aurais mieux fait de le laisser en bas dans quelque buisson. Mais un facteur de campagne sans son vélo, hein, de quoi aurait-il l'air ?

— Bien sûr, dit le docteur qui sortait deux verres et la bouteille de vin blanc « souple ». Asseyez-vous donc. Et pourquoi, s'il vous plaît, trouve-t-on que je suis un peu sorcier ?

— Pourquoi ? Ne vous l'ai-je pas dit ? Pareille tempête ne s'est pas vue depuis la mort du maréchal, le Roi Yann. Les tempêtes, nous savons ce que c'est. Mais celle-ci ne faisait rage que sur la Noire Epine. Nous autres, sur tout le plateau, nous étions presque au calme pendant ce temps-là. Petite pluie qui abat grand vent. Nous regardions vers la barre de votre colline devenue invisible, complètement enveloppée dans un tourbillon épais avec des éclats de foudre et des explosions de tonnerre à vous nouer l'estomac. Le professeur qui habite au bourg, un homme très savant, m'a dit que le grand dieu des Grecs — il m'a donné son nom , je l'ai oublié — habitait sur une montagne de là-bas. Et quand il se mettait en colère, la montagne tout entière craquait sous les orages comme ici. C'est vrai, ça ?

— C'est vrai. Mais je ne suis pas dieu, ni grand ni petit. Mon grand-père ne l'était pas non plus, soyez-en sûr. Je ne suis pour rien dans ce qui se passe là-haut.

Le facteur eut un sourire indéfinissable.

— Qu'en savez-vous ? Et les gens du pays, qu'en savent-ils ? Moi-même je n'en sais rien. Et ce n'est pas moi qui les détromperai s'ils vous prêtent des pouvoirs que vous avez ou que vous n'avez pas. En tout cas, je vais me servir de ce bruit pour les réveiller un peu, les onze d'ici.

— Il faudrait d'abord les approcher. Et qu'ils vous écoutent.

— C'est fait depuis ce matin. Je les ai tous vus, les uns après les autres.

— Mais comment avez-vous fait, Hervé Lucas ? C'est vous, le sorcier.

— Très facile pour un facteur. Je m'étais pourvu d'une douzaine de catalogues distribués pour sa publicité par une grande maison de quincaillerie. Ils ne savent pas lire, mais j'avais pensé qu'ils seraient intéressés par les images qui représentaient des machines et des outils agricoles. Le facteur qui était avant moi m'a souvent répété que les illettrés — il y en avait encore beaucoup de son temps — n'aimaient rien tant que regarder les images de près. D'après lui, cela leur donnait l'impression de savoir lire ou presque. Alors, je me suis approché de chacun d'eux, un catalogue à la main, en disant seulement : « J'ai ceci pour vous. Prenez-le. Il y a de belles images dessus. » Et je m'en allais aussitôt comme un homme pressé : « Au revoir ! Le temps s'arrange, vous ne trouvez pas ? » Je n'ai pas eu de réponse, mais aucun ne m'a refusé.

— Hervé Lucas, dit le docteur, sincèrement admiratif, vous êtes un fin renard.

— Et attendez ! Vous ne savez pas le plus beau. J'ai trouvé les trois sœurs dans leur courtil. J'ai pris soin de leur donner un catalogue à chacune. Et chacune l'a aussitôt enfoui dans sa poche, comme jalouse de son bien propre. Mais à peine avais-je tourné le dos que j'ai entendu la voix de l'aînée. Et que disait-elle ? « Hervé Lucas, venez donc manger avec nous à midi puisque vous êtes par là. Sans faute, n'est-ce pas ? » J'ai été si surpris que j'ai failli lâcher mon vélo.

— Et vous irez ?

— Sûrement que j'irai. D'abord parce que je ne peux pas faire injure à quelqu'un qui m'appelle par mon nom. Ensuite parce que ce sont des femmes. Elles auront donc beaucoup de mal à empêcher leur langue de battre devant moi. Et enfin parce qu'elles sont trois. Si j'arrive à les faire se parler entre elles, ce sera un meilleur commencement que si j'allais chez quelqu'un qui est tout seul, vous ne croyez pas ?

— Puissamment raisonné, approuva le docteur en français, retrouvant une expression narquoise du temps où il était étudiant en médecine. Elle lui avait échappé, mais il n'entrait aucune ironie dans son emploi. Pour éviter au facteur de se méprendre — avec un homme si fin il fallait des précautions — il déclara en breton que c'était bien trouvé, qu'on ne pouvait mieux faire autrement. Et il leva son verre pour souhaiter bonne chance et bonne chère au diplomate.

Ils burent le vin blanc « souple » jusqu'à la dernière goutte. Le postillon se mit debout, repoussant le sac de cuir sur ses reins.

— Je ne serais pas étonné que les trois vieilles filles aient fait les frais d'une bouteille de vin rouge pour me régaler, dit-il. On a vu la plus jeune dans le bourg avant la tempête. Mais s'il n'y a que de l'eau à boire, ce sera quand même très bien. Ce sera très bien s'il n'y a que des queues de grenouilles à manger. Seulement, ne vous attendez pas à me revoir aujourd'hui. J'aurais l'air de venir vous rapporter ce que j'aurai vu et entendu chez elles. Comme il y a toujours onze regards sur nous deux, cela risquerait de les faire rentrer dans leur coquille et tout serait à recommencer. Portez-vous bien !

Au moment d'enfourcher son vélo, il dit encore :

— Si les choses ne vont pas de travers aujourd'hui, je crois pouvoir vous dire que dans quinze jours, quand je reviendrai, je serai invité à déjeuner dans une autre maison. Laquelle ? Je ne sais pas. Chez la femme au collier de grelots peut-être. Celle-là me semble la plus prête à capituler. Nous verrons bien. Mais je n'ai aucun doute. Les uns après les autres, ils m'inviteront tous.

Il regarda Strullu-Fils avec des yeux rieurs.

— Ou alors, je ne sais pas raisonner puissamment, dit-il en français.

VIII

C'était au tour du soleil de frapper durement la colline harassée par les orages successifs des jours précédents. Partout régnait le silence. Les ruissellements s'étaient taris après avoir nettoyé les pentes caillouteuses jusqu'à en faire des ossements blanchis, y allumer par endroits des brillances qui blessaient les yeux. Plus un souffle de vent, mais un tremblement léger dans les couches basses d'un air épuré par les coups de balai des bourrasques. Au-dessus, le ciel de midi n'était plus qu'une immensité vide, vertigineuse et blême qui virait lentement au violet d'ardoise vers le sud, sans la moindre queue-de-chat, la plus petite boutonnière pour le déchirer. C'était vraiment la saison des excès. Sans vouloir interpréter ces phénomènes comme les présages d'une révolution dans le Royaume, les gens du pays ne pouvaient que rester interdits devant ces humeurs d'un climat qui, pour être parfois sévère, n'atteignait jamais de tels paroxysmes.

Le docteur chevauchait avec précaution, les rênes courtes, attentif à éviter la traîtrise des éboulis. Plus d'une fois, au prix de délicates manœuvres, il préféra engager sa monture hors des sentiers tracés, mais rendus périlleux par des avalanches de pierrailles. Si pierre qui roule n'amasse pas mousse, elle sait fort bien se dérober sous un pied de cheval. Et Lug, l'encolure capricieuse malgré le double mors, avait envie de se dérober. Son maître prit le parti de lui faire gagner la crête, plus sûre parce que franchement dénudée. Quand il lui fallut redescendre vers le village, il ne trouva d'accessible qu'une piste ravinée qui le ramena vers la chaumière de l'ancien. Longeant celle-ci et passant devant la barrière, il ne put s'empêcher de jeter un coup d'œil dans la cour. Il y avait là un vieux cheval rouan, les rênes à terre sous la barbe, qui se désaltérait dans un seau près de la margelle du puits-bénitier. Le cheval du notaire.

Ainsi les deux hommes devaient tenir conciliabule à l'intérieur. Et sans doute en secret. Pourtant, il avait cru comprendre que le notaire n'avait de relation avec aucun des onze, qu'il était même indésirable ou presque dans le village, qu'il n'avait d'autre but à sa chevauchée que la forge du maréchal. En somme, qu'il faisait tout son possible pour ne gêner personne. Et voilà qu'il avait forcé la porte de l'ancien — à moins qu'il n'eût été appelé par lui, mais comment ? — alors qu'il ne s'était jamais présenté dans la maison du Roi Yann. Il savait pourtant devoir y être le bienvenu. Quelque chose avait dû bouger quelque part. Ou quelqu'un avait sauté le pas. Le plus clair était que le jeu s'ordonnait autour de lui sans qu'il eût, pour le moment, à s'y engager. Il lui avait suffi de relever la maison de Yann Strullu et d'y revenir lui-même pour troubler les esprits résolument fermés, semblait-il, à toute sollicitation, décidés à s'en tenir à leur parti pris. Là se bornait son rôle pour le présent. Le notaire avait bien promis d'arriver à point quand il le saurait en difficulté. Donc, il n'y était pas encore, mais la présence de l'autre dans la chaumière de l'ancien était la preuve qu'il manœuvrait pour se rapprocher. Il devait suivre un plan longuement mûri. Apparemment, il était parvenu à convaincre le vieux solitaire de s'y associer. Et il y avait le facteur Hervé Lucas qui attaquait sur d'autres fronts. En vérité, les onze n'avaient qu'à bien se tenir. Leur camp retranché était assiégé de toutes parts. Mais que c'était difficile de s'y prendre avec ces gens-là !

Tout à ses réflexions, il avait arrêté son cheval sous un figuier, à quelques pas de cette barrière qui évoquait un passage à niveau. Il fit s'écarter Lug du chemin qui ramenait au centre du village, descendit un raidillon où se voyaient encore des marches grossièrement taillées. Il ne voulait pas passer à découvert devant les fenêtres de la chaumière, sachant fort bien qu'il n'aurait eu aucune chance d'échapper aux regards des deux hommes. Par l'expérience de ses propres fenêtres, il avait appris qu'en de tels lieux et avec de telles gens, même un nuage fugitif dans le ciel attire un œil à la vitre comme à l'oculaire d'une longue-vue. On ne sait quel sixième ou septième sens alerte ceux qui vivent à l'intérieur, les avertit qu'il se passe quelque chose dehors. A se faire voir, il risquait de déranger quelque chose, il ne savait quoi.

Cet écart lui fit retrouver le sentier abrupt qu'il avait pris à son arrivée depuis la barrière de la Noire Epine. Il dut mettre pied à terre pour remonter difficilement vers sa maison, tirant Lug derrière lui. Pour reposer sa bête qui bronchait tous les six pas, il s'arrêta devant l'entrée de la bâtisse où se trouvait le four à pain et il lui vint l'idée d'y entrer. Le four était ouvert et devant sa gueule était posé un gros pain rond, un seul. Comment comprit-il que ce pain était pour lui ? Toujours est-il qu'il n'hésita pas un instant à le prendre. Et ce fut avec le pain sous le bras qu'il acheva son escalade. Lorsqu'il arriva sur la petite place devant la maison du maréchal, il crut entendre un rire de femme assez loin sur sa gauche. Un tel bruit était si insolite, presque scandaleux sur la colline, qu'il accusa ses oreilles de lui jouer des tours.

Le boucher-épicier-ravitailleur en tout genre attendit encore quelques jours avant de se montrer. A l'en croire, il avait fait une tentative pour monter au village dès que la tempête s'était calmée, mais l'état de la voie charretière était tel que sa camionnette menaçait de s'enliser dans la boue. Il ne mentait sûrement pas, cet homme. En arrivant devant la maison du maréchal, il était d'autant plus navré qu'il ne lui restait plus grand-chose à proposer à part les miches de pain, la commande personnelle du docteur. Le chien Foulig était enfermé à l'avant de la voiture.

— Je ne sais pas ce qu'ils ont au village, dit l'homme, mais ils m'ont pris presque tout ce que j'avais apporté pour ma tournée. Voyez vous-même ! Et pourtant j'avais calculé très large puisque je n'ai pas pu venir la semaine dernière. Mais je remonterai sans faute après-demain. Ils m'ont commandé des marchandises qu'ils ne prennent pour ainsi dire jamais. Si je ne connaissais pas toutes ces vieilles gens, je pourrais croire qu'il y a de la noce dans l'air. Qu'est-ce qui se passe ? On m'a changé mes clients.

— Je ne peux rien vous dire. Je ne suis pas ici depuis assez longtemps et je vis en tête à tête avec moi-même. Vous savez qu'ils ne parlent pas.

— Ils ne se parlent toujours pas, c'est vrai, mais aujourd'hui, avec moi, chacun d'eux devenait presque bavard. Je n'y comprends rien. Et vous avez dû remarquer quelque chose qui m'a laissé la bouche ouverte quand j'ai fini par m'en rendre compte.

— Quoi donc ?

— Les chiens aboient de nouveau. Ils aboient comme n'importe quel chien. Je n'ai pas vu de chat, mais si j'en voyais un, je suis sûr qu'il viendrait me miauler sous le nez.

— Cette tempête a été si forte, elle a duré si longtemps qu'elle a pu déranger les hommes et les animaux. Tout ce qui est vivant est soumis au temps qu'il fait.

— Quand même, c'est drôle. Du coup, je n'ai pas laissé sortir mon propre chien. J'attends de voir. Ah ! J'allais oublier. René Le Roux demande s'il peut venir demain à la forge pour ferrer le cheval du vieux notaire.

— Qu'il vienne à l'heure qu'il voudra. Et vous, apportez-moi aussi des pommes si vous en trouvez de belles et qui se conservent un peu. Une cinquantaine de livres. Mais pour le pain, ne vous dérangez plus. J'ai ce qu'il faut ici.

— Je comprends, dit l'autre. Vous faites maintenant partie de leur fournée. A la bonne heure ! Vous voyez bien qu'il y a quelque chose de changé.

Le docteur pensait que ses oreilles ne l'avaient pas trompé. C'était bien un rire de femme qu'il avait entendu.

L'automne était en marche, les jours raccourcissaient. Aux petites lueurs du matin, il y avait moins de monde à passer dans le chemin, la forge recevait moins de visites, mais Lug était pourvu de tout ce qu'il lui fallait. Le lendemain de la visite du boucher, le docteur s'aperçut qu'on avait renouvelé pendant la nuit la litière de l'animal. Le fumier avait été entassé dehors, près de la porte. A lui d'en faire ce qu'il voudrait. Il ne disposait que d'une brouette. Il s'occupait à transporter l'engrais dans le potager derrière la maison quand il entendit aboyer un chien, puis un autre plus près, et presque aussitôt parut René Le Roux, deux musettes croisées en bandoulière, tenant par la bride le cheval rouan du vieux tabellion.

— Il n'est pas venu lui-même cette fois-ci, dit le maquignon sans autre politesse, mais je crois que vous le verrez bientôt. Savez-vous tenir un pied de cheval ?

— A peu près.

— Voilà qui est bien. Autrement, il faudrait que j'aille chercher l'un des hommes du village pour me donner un coup de main. Oh, il viendrait. Mais les autres seraient capables de s'en vouloir entre eux parce qu'ils n'auraient pas été choisis. Ils sont comme ils sont en attendant qu'ils redeviennent comme n'importe qui si cela leur arrive encore. Bon. Je vais mettre les choses en train.

Il entra dans la forge et en ressortit aussitôt.

— Est-ce que je peux prendre un des fers que le maréchal tenait en réserve ? S'il vous plaît. J'aurais pu en apporter un mais le notaire sera cent fois plus heureux si...

Il fit un geste évasif sans finir sa phrase.

— Bien sûr, dit le docteur. Vous m'appellerez quand vous aurez besoin de moi.

Il continua son va-et-vient avec sa brouette entre le potager et les abords de l'écurie. Le maquignon, ayant revêtu le tablier de cuir, prépara le foyer, alluma le feu, actionna le soufflet avec des mouvements et des gestes précis, comme s'il n'avait pas fait autre chose de toute son existence. Avec lui, tout allait le mieux du monde. Le docteur, de son côté, avait un peu de mal avec sa fourche et sa brouette, mais ses maladresses même n'altéraient pas son humeur. Au contraire, le ronflement de la forge, le bruit clair du marteau sonnant sur l'enclume lui causaient des transports de joie dont il ne se serait pas cru capable. C'était jour de fête, d'une fête sans nom et sans parrainage qui se suffisait à elle-même sans qu'il fût nécessaire de lui chercher des raisons, il y en avait trop.

— Venez tout de suite, cria le maquignon. On y va.

Il n'y avait que l'antérieur gauche à referrer. C'était toujours celui-là qui dérapait bien avant les trois autres. René Le Roux s'était contenté d'amener le vieux cheval au jour de la porte. Un simple jeu de cordes à deux attaches empêchait l'animal de réagir trop brusquement. Le docteur passa la main le long de la jambe et souleva le sabot sans difficulté. Le fer usagé fut enlevé, le sabot retaillé et blanchi à la lime, le nouveau fer encore rougi vint s'adapter au sabot dans une odeur de corne brûlée. Le maquignon connaissait son affaire. Pendant toute l'opération, le rouan était resté plus sage qu'une nouvelle mariée essayant la robe de ses noces. Il fut justement récompensé. On le laissa libre dans la cour pour qu'il pût essayer son nouveau fer. L'une des musettes contenait un picotin d'avoine. René Le Roux mit le museau du cheval dedans, l'assujettit au bridon. Il ôta son tablier de cuir, s'en fut l'accrocher à une fiche de bois plantée à hauteur d'homme dans la maçonnerie sur le côté de la cheminée. A une autre fiche était pendue la seconde musette. Il l'ouvrit, en tira de grosses pommes de terre de la variété appelée « saucisses », et un morceau de lard enveloppé dans une serviette.

— Je vous invite à déjeuner, docteur, dit-il d'une voix sans réplique.

— Il me semble que c'est à moi de...

— Je boirai bien de votre vin rouge si vous en avez. Mais les pommes de terre que voici sont sans égales dans tout le canton. Elles faisaient autrefois la fierté de la paroisse de Saint-Chêne, tout près d'ici. C'est là que je suis né.

— Je n'ai jamais eu nouvelle de cette paroisse.

— Elle a disparu. Elle avait déjà disparu avant ma naissance, mais son emplacement est toujours là. Vous avez remarqué qu'il y a beaucoup de ruines dans ce pays. Celles de Saint-Chêne sont dans le nombre. Je vous les montrerai un jour si vous voulez. Pas avant de vous avoir conté comment la paroisse est allée au néant. Ce sera pour bientôt, je l'espère. Il vous reste à apprendre beaucoup de choses étonnantes sur ce Royaume oublié où nous sommes. Aujourd'hui, ce n'est plus que la Noire Epine, mais il a porté d'autres noms à travers les anciens temps.

Et il enchaîna sans transition.

— Les pommes de terre de Saint-Chêne ne s'épluchent pas. Elles se cuisent et se mangent avec la peau. La peau est fine et transparente, regardez ! Presque aussi invisible que le fantôme de Saint-Chêne au fond de la vallée. Vous ne la sentirez pas descendre en vous. Le lard vient du charnier du notaire. Il serait fâché, le notaire, s'il en restait même un débris entre nos dents. D'ailleurs, il nous doit bien ça. Vous avez bien une marmite avec un couvercle. Je cuirai un fricot sur le feu qui a chauffé le fer. J'ai le sel et d'autres chosettes. Ne vous occupez de rien.

Ensuite, le maquignon n'ouvrit plus guère la bouche. Il surveillait de près la cuisson. Quand la potée fut à point, il la transporta de la forge dans la salle à mains nues. Il devait avoir la peau dure, cet homme. Les deux compagnons mangèrent en silence, lentement comme il se doit. Le docteur avait mis un couvert à René Le Roux. Celui-ci ne s'en servit pas. Il prit sa nourriture au couteau, sous le pouce, une tranche de pain servant d'assiette. Strullu-Fils n'en était pas encore là. Mais il revoyait le spectacle du dernier congrès international auquel il avait participé, il entendait même l'écho de sa propre communication et il était frappé, malgré lui, par l'inanité des discours, tout en sachant qu'il était parfaitement injuste envers la science. Mais que pouvait-elle contre la seule matinée d'un maquignon-maréchal, cuisinier de surcroît, gastronome sans concession et qui avait vu le jour dans le fantôme d'une paroisse, un étonnant personnage à son aise dans tous les lieux où il daignait porter ses pas sans jamais abandonner complètement sa qualité d'étranger.

Une fois rassasié, le maquignon ferma son couteau avec un claquement sec. Il demeura pensif, les yeux tournés vers la fenêtre, pendant que ses mâchoires finissaient de travailler.

— Strullu-Fils, dit-il enfin, vous m'avez promis de me

prêter Lug une fois pour faire le tour de la colline, pour inspecter le Royaume comme disait votre grand-père, n'est-il pas vrai ?

— Quand vous voudrez.

— Alors aujourd'hui. Tout de suite. J'en aurai pour une heure, peut-être plus, cela dépend de ce que je verrai. En ramenant son cheval au notaire, je pourrai lui dire dans quel état est le mort et le vif par ici.

Il tourna la tête vers le docteur. Ses yeux ne brillaient que faiblement sous les épais sourcils.

— Il se fait du mauvais sang, cet homme, et je crois que le temps lui est compté. Une tempête comme celle qui vient de finir peut changer beaucoup les choses. Et que seraient les gens d'ici sans les choses qui les entourent ! Vous comprenez ?

— Je crois. Allez, je vous attends. Me direz-vous, à moi aussi, ce qu'il en est ?

— Je ne le saurai pas très bien moi-même. C'est le notaire qui verra clair dans ce que je lui dirai... Voyez-vous, je suis comme quelqu'un capable de décrire avec précision ce qu'il ressent de plus subtil dans son corps ou sa tête, mais il lui faut un médecin pour trouver la nature de son mal, les remèdes à prendre et le moment favorable pour intervenir. Le médecin de ce Royaume où le mort commande le vif, c'est le notaire. Chacun des onze connaît une part de ce qu'il faut savoir, lui seul connaît le tout. Je lui ferai mon rapport. Il me fait confiance parce que je ne suis plus de nulle part.

— Mais d'où tient-il donc cette science que vous n'avez pas ?

René Le Roux haussa les épaules. Ses prunelles s'éteignirent tout à fait. Il baissa la tête comme on fait pour toute contrition.

— Demandez plutôt de qui ! De Yann Strullu lui-même, le maître du Royaume et son grand-prêtre à la fois. Le notaire et Josias, à peine sortis de l'adolescence tous les deux, étaient les enfants de chœur de sa messe. Moi, je suis venu trop tard, l'office était presque terminé.

— Qui est Josias ?

— L'ancien du village. Le maître actuel, si maître il y a encore depuis que vous êtes arrivé.

Il se leva brusquement.

— Il faut que j'y aille. Excusez-moi. La nuit tombe vite.

Une heure après, il était de retour. Il entra dans la forge à la façon du notaire, sans descendre de cheval. Il y resta un moment, sans doute pour desseller et passer un bouchon de paille sur le cuir de Lug. Le docteur avait attaché le rouan à l'anneau de la façade où le facteur engageait le guidon de sa bicyclette. Il attendait dans la salle. René Le Roux reparut, ses deux musettes croisées en bandoulière, portant sur le bras la selle et les étriers du rouan. Quand il l'eut équipé, il le détacha, se baissa pour lui soulever l'antérieur gauche et vérifier la tenue du fer. Il rassembla les rênes et, d'un coup de reins étonnant pour un homme de son âge, il fut sur le dos de l'animal. Le docteur ouvrit sa porte. Le cavalier, de son geste habituel, souleva sa casquette pour se gratter la tempe.

— Je crois que tout sera bientôt prêt, dit-il.

Il tourna bride et s'en fut au galop.

Strullu-Fils reprit ses chevauchées sur le plateau. Il ne se lassait pas de regarder d'en bas la colline pierreuse, cet autre monde dans lequel il menait sa vie actuelle sans pouvoir dire encore qu'il était sien. Et cependant, à chaque fois qu'il en sortait, il éprouvait de plus en plus vite le besoin d'y rentrer. Il alla faire des emplettes au bourg de Villechant sans émettre plus de paroles qu'il n'en fallait pour se faire servir et nul n'osa lui poser la moindre question. Il se montra un peu partout par les hameaux et les chemins de campagne puisqu'il entrait dans son plan de faire parler les gens le plus possible de son village sombré dans l'oubli et des quelques ombres qui le hantaient encore, y compris lui-même qui pouvait passer pour un revenant. C'était là ce qu'il appelait l'offensive extérieure. Des bras de plus en plus nombreux se levaient timidement à son passage au trot de Lug. Il répondait suivant le même code, mais demeurait impassible et ne s'arrêtait jamais, soucieux de garder ses distances comme il le faisait avec les onze là-haut, redoutant surtout de commettre un impair. A tout prix, il fallait laisser les gens du pays se perdre en suppositions sur les raisons de son retour jusqu'à ce qu'il se produisît un événement décisif qui rachèterait tout le passé d'un seul coup, à moins que sa constante présence et la suite de ses comportements ne fussent capables, à la longue, d'obliger les uns et les autres à se remettre en question. Et il serait tout près d'avoir gagné son combat contre un des maux les plus sournois qui affectent la nature humaine. Un mal sans nom qui détenait peut-être en lui-même son remède. Et le grand docteur, le chercheur obstiné qu'il avait été, éprouvait une intense jubilation à improviser sa conduite. Comme disent les gens de mer, il naviguait à vue. Quant à son propre avenir, il ne s'en souciait pas le moins du monde.

Il se rendit une fois au bourg de Villejoie — d'où venait donc ce nom et quel rapport avec l'autre bourg de Villechant, séparé de lui par moins de trois lieues, la Noire Epine entre les deux ? — pour téléphoner aux gardiens de sa maison banlieusarde. En vérité, il n'avait rien à leur dire ni à leur demander. Assez étrangement, les conversations qu'il avait eues avec René Scanff, dit Le Roux, et le facteur Hervé Lucas lui avaient fait prendre conscience que le fait de s'adresser à quelqu'un en lui donnant son prénom et son nom manifestait, quand on parlait breton, un certain degré d'aisance dans les rapports, pour ne pas dire de familiarité. Au contraire, le respect, l'intimidation ou même l'indifférence que vous ressentiez à l'égard d'autres personnages vous rendaient incapable de leur trouver une appellation convenable. C'était le cas avec le vieux notaire. Dans l'usage paysan, le mot *mestr* (maître) ne s'appliquait jamais à sa fonction, étant réservé au propriétaire ou au patron. Et le mot *aotrou* (monsieur ou monseigneur), s'il en croyait sa mère, avait un relent de noblesse ou d'épiscopat. Quant à l'appeler Louis Riwall, il n'en était pas question, ne fût-ce qu'en raison de la différence d'âge et des rapports qui existaient entre deux hommes de leurs situations. Il en était réduit au vous. Le vous suffisait bien, mais tenait toujours l'interlocuteur à la même distance. Il est vrai que le docteur, quand il parlait français dans ses hôpitaux et toujours brièvement, impressionnait par une froideur à laquelle il s'obligeait moins pour masquer sa timidité naturelle que pour demeurer en possession de tous ses moyens et plier ses assistants à ses ordres. Mais de parler breton lui donnait une irrésistible envie de se montrer chaleureux.

Son jardinier était Yves-Marie Mellec, époux de Marianne Le Naour que l'on désignait par son nom de jeune fille selon la coutume de son pays. Ni lui ni sa mère ne les avaient jamais appelés autrement. Ce n'est qu'au bout d'un an ou deux qu'ils s'étaient permis de s'adresser quelquefois à leurs domestiques en utilisant les seuls prénoms, étant bien entendu que les deux autres faisaient de même avec leurs employeurs. La mère du docteur était Brigitte Strullu, lui-même Jean-Louis tout court. Tout changeait, naturellement, lorsque les circonstances obligeaient les uns et les autres à en venir au français. Alors chacun jouait le jeu qui était le sien aux yeux du monde.

Et voilà que le docteur était heureux de s'entendre appeler Jean-Louis au téléphone — C'est vous qui êtes là, Jean-Louis ? — par sa femme de charge à la voix grave et son ténor léger de jardinier. Il leur donnait du Marianne et du Yves-Marie à plaisir, au point de ne pas bien comprendre ce qu'ils lui racontaient tous les deux en se coupant mutuellement la parole selon leur habitude. Il fut question de poules, de lapins, de cuisine, de lainages pour l'hiver, de potager et même d'arbustes d'ornementation. Marianne et Yves-Marie étaient tout excités d'avoir le docteur au bout du fil et lui les laissait parler tout leur content, avec des oui et des non pour signaler qu'il était à l'écoute plutôt que pour donner son sentiment. On lui disait que son absence intriguait de plus en plus, qu'on téléphonait d'un peu partout pour avoir de ses nouvelles, que l'on essayait même d'entrer dans la propriété pour savoir s'il ne s'y était pas retiré en ermite. Que pouvaient-ils répondre sinon que le docteur avait entrepris un important voyage d'étude qui le tiendrait longtemps absent — c'était bien ça, n'est-ce pas ? — qu'eux-mêmes attendaient de ses nouvelles et n'avaient rien d'autre à dire ! Rien. Il mit un peu de temps à comprendre que le couple, sans l'exprimer expressément, souhaitait être appelé près de lui dans le village de son grand-père, Marianne répétait qu'elle n'avait plus de goût à tenir la maison en état depuis qu'il n'y avait plus personne dedans, Yves-Marie prétendait que la propriété était trop grande pour ses seuls bras maintenant qu'il vieillissait et tous les deux soupiraient qu'étant nés en pays bretonnant ils aimeraient y retourner pour finir leur existence. En fait, ils approchaient tous les deux de la soixantaine, n'avaient aucune parenté ni le moindre arpent autour du moindre bout de maison à les attendre nulle part. Bien sûr, ils avaient assez d'économies pour aller jouer les retraités cossus dans le village natal de l'un ou de l'autre. Mais ils étaient partis depuis si longtemps, trop jeunes et trop misérables pour laisser des souvenirs, ils ne seraient plus jamais que des étrangers au lieu de leur berceau. La vérité, se dit le docteur, était qu'à force de vivre avec sa mère et de l'écouter ils s'étaient faits insensiblement originaires de la Noire Epine et au moins neveu et nièce du maréchal Yann Strullu. Jean-Louis était leur cousin unique, toute révérence gardée. Et Yves-Marie s'inquiétait de l'état du jardin autour de la maison forgeronne, Marianne se faisait du souci pour le linge du docteur, lui recommandait de faire attention à sa nourriture, lui assurant qu'il avait l'estomac fragile, ce dont il ne se serait pas douté jusque-là. Il finit par leur dire qu'au retour du printemps il les inviterait à venir se rendre compte eux-mêmes de l'état où il se trouvait. Si le village leur plaisait, on pourrait voir. Il n'en dit pas plus, mais au bout du fil ce furent des exclamations de joie. On aurait dit de deux exilés recevant la promesse d'un passeport. Il raccrocha.

Au bout de la quinzaine reparut Hervé Lucas. Une demi-heure avant de le voir arriver dans la cour, le docteur savait déjà qu'il avait attaqué la montée de la colline en poussant son vélo. Il le savait parce que son oreille, affinée à force d'être à l'écoute, avait noté un changement de rythme dans les bruits familiers qu'il entendait autour de lui. Au son des sabots pressés, au grincement précipité d'une brouette, à deux ou trois appels inouïs à l'ordinaire, il pouvait s'assurer qu'un visiteur approchait du village et que l'on se hâtait de rentrer chez soi pour ne pas le manquer. Ce n'était pas le jour du boucher et ce dernier, d'ailleurs, ne soulevait jamais pareille émotion. Ce n'était pas René Le Roux pour lequel on se contentait de lever le bras, ni le notaire dont les passages matinaux semblaient plutôt figer les gens. Restait l'homme de la poste, distributeur de prospectus illustrés, qui avait eu la grâce de déjeuner chez les trois sœurs. Il fallait bien que ce fût lui.

C'était lui. Sans sortir de sa cour, le docteur pouvait suivre sa progression dans le village car l'homme ne cessait pas de parler aux habitants à la cantonade. Sa voix vibrait si fort en cette fin de matinée que le sens de ses paroles se perdait dans l'air. Sans doute des remarques sur le temps, peut-être quelque nouvelle du bourg ou d'anodines plaisanteries, que pouvait-il dire d'autre ! Il n'y avait pas de réponse, mais un rire de femme de temps en temps. Et des jappements de chiens soumis. Quand Hervé Lucas déboucha dans la cour du maréchal, il en avait deux sur les talons. Ils le quittèrent pour retourner à leurs occupations dès qu'ils eurent aperçu le docteur. Sans un mot, celui-ci rentra dans la salle pour attendre le facteur. Il savait que l'autre prendrait le temps d'engager la poignée de son guidon de vélo dans l'anneau de la façade. Et c'est bien ce qu'il fit. Lui non plus n'avait pas ouvert la bouche depuis qu'il avait quitté le chemin.

Les deux hommes étaient maintenant attablés face à face, entre eux la bouteille de vin blanc « souple » et les deux verres à moitié pleins. Ni l'un ni l'autre n'avaient encore sonné mot. Il était évident qu'Hervé Lucas faisait durer le silence parce qu'il croyait le docteur avide de savoir comment s'était passé le déjeuner chez les trois vieilles filles. Et le docteur se doutait bien qu'en jouant l'indifférence il rendrait l'homme de la poste de plus en plus impatient de raconter son affaire. Il avait raison car son vis-à-vis capitula le premier.

— Aujourd'hui, articula-t-il avec un air de feinte modestie, je ne pourrai pas rester longtemps non plus. Je dois manger à midi chez votre voisine la plus proche.

— La femme au collier de grelots !

— Elle s'appelle Stéphanie Bijer. Elle n'a plus de collier. Elle l'a ôté pour venir sans bruit au-devant de moi à l'entrée du village. C'était parce qu'elle voulait être la première à m'inviter au cas où les autres auraient eu la même intention. Et elle a bien fait car la couturière Germaine Le Saout et Anna Dréo, la femme d'Henri Morvan, m'ont invité aussi. Dans un mois, j'aurai fait connaissance avec tout le monde sauf les deux frères Simon, Jean et Jacques, et le vieux Josias. Mais je suis tranquille. Les deux frères ne laisseront pas passer leur tour. Quant à l'ancien...

— Peut-être aurait-il fallu commencer par lui. C'est la plus haute autorité.

— Justement. Il m'intimide beaucoup, cet homme. Trop fort pour moi. Je n'aurais pas su comment m'y prendre avec lui. Croyez-moi, docteur, c'est vous seul qui êtes capable d'en venir à bout. Moi, je m'occupe des autres et quand les autres finiront par se fréquenter comme des gens ordinaires, je crois que vous en aurez raison assez vite. Mais j'ai bien compris que vous attendiez de le voir venir à vous de son propre mouvement. Je me suis réglé sur vous. J'ai attendu les premières ouvertures. Ce sont les trois sœurs qui ont cédé presque tout de suite. Aujourd'hui, c'est Stéphanie Bijer qui abandonne son collier. M'est avis qu'elle ne le remettra plus.

Le docteur était persuadé que les choses étaient en bonne voie depuis que le boucher lui avait parlé de provisions et des commandes extraordinaires faites par ses clients. Chacun voulait avoir de quoi traiter dignement Hervé Lucas.

— Cette fois-ci, enchaîna le postillon, je n'ai pu me procurer que des réclames d'entreprises qui construisent des maisons. Mais les gens ne m'ont pas semblé déçus. D'ailleurs, ils en ont pour un bon moment à s'occuper avec leurs images de quincaillerie. Dans chaque maison, j'ai pu voir le catalogue exposé sur le vaisselier ou accroché au mur. La prochaine fois, j'espère pouvoir leur distribuer des dépliants du Syndicat d'Initiative de la Préfecture. Ensuite, s'il le faut, j'écrirai aux agences de voyages.

— Une fameuse idée que vous avez eue, avec ces catalogues.

— Oh, vous savez, elle a été trouvée avant moi. Quand j'étais enfant, le facteur-piéton qui desservait mon hameau s'arrangeait toujours pour donner quelque chose, de temps à autre, aux gens qui ne recevaient jamais de lettres de nulle part ou qui ne savaient même pas lire. Une fois, je me souviens, chaque maison avait eu droit à une sorte d'image d'Epinal qui racontait en couleurs l'histoire de la bicyclette. Une image offerte par une maison de chicorée. Elle a été clouée à l'intérieur des portes d'armoires, à côté des images pieuses et des chansons sur feuilles volantes. Il y en avait une chez moi. C'est peut-être à cause d'elle que je suis devenu facteur. J'avais rêvé de bicyclette pendant des années et je n'avais que ce moyen-là d'en avoir une. Mais vous voulez savoir comment cela s'est passé chez les trois sœurs ?

— J'allais vous le demander.

— Voilà ! Elles étaient toutes les trois à m'attendre devant la porte du jardinet. Comme vous avez pu le voir en passant, il y a deux chaumières à l'intérieur. Une grande et une petite. Dans la grande habitent les deux aînées, chacune ayant son ménage privé, séparé de l'autre par le couloir. Chacune a son lit, sa table, ses chaises et son armoire dans sa chambre. On m'a fait voir tout cela. J'ai dû entrer d'abord chez la plus vieille pour y boire un petit verre de boisson douce avec un biscuit. Elle m'a demandé de déboucher la bouteille, elle avait peur de ne pas y arriver. Quand je suis sorti, l'autre sœur m'attendait dans le couloir pour me faire voir son chez-elle. A peu près le même mobilier, la même bouteille à déboucher et les mêmes biscuits. Et le catalogue de la quincaillerie bien en vue.

— Mais il a bien fallu qu'elles vous parlent. Que vous ont-elles dit ?

— Les mêmes phrases, juste ce qu'il faut. « Entrez donc chez moi pour voir comment je suis installée. Vous boirez bien une goutte avec un gâteau. Le temps est vraiment mauvais, cette année. Est-ce que les pommes de terre, chez vous en bas, ont beaucoup pourri comme les nôtres ? » Moi, je me répandais en compliments comme il est d'usage quand on est reçu chez quelqu'un de plus pauvre que soi. Quand je suis sorti, précédé par l'aînée des sœurs et l'autre sur mes talons, la troisième m'attendait dehors. Elle habite l'autre chaumière, sur le côté du jardinet. Elle y a sa chambre dans un bout, le reste est occupé par une assez grande salle-cuisine qui leur est commune à toutes les trois. Naturellement, j'ai dû entrer chez elle pour m'extasier sur les mêmes meubles, un peu plus chargés de colifichets cependant, déboucher la même bouteille, voir arriver sur la table une assiette avec les mêmes biscuits, entendre les mêmes phrases et recommencer les mêmes compliments. Pendant ce temps, les deux autres sœurs s'occupaient de la cuisine et de mettre les couverts à côté.

Alors, écoutez bien ! Il s'est produit un coup inattendu. La petite sœur a ouvert la porte sur la salle pour appeler les deux aînées : Mélanie, Marie-Ange ! Venez donc chez moi tenir un peu compagnie à Hervé Lucas ! Les bras en sont tombés à Marie-Ange et Mélanie. Je les vois encore figées, bouches ouvertes, éberluées par ce qui arrivait. Mais la petite — elle n'a pas beaucoup plus de cinquante ans — avait déjà sorti deux autres verres pour ses deux sœurs. Elles ont fini par approcher. Alors, je les ai complimentées toutes les trois ensemble, sans faire de distinction entre elles. Et nous avons trinqué tous les quatre en souriant au plafond. La petite s'appelle Clémentine.

Ensuite, que vous dire ! On m'a mis à table. Elles étaient trois à s'empresser autour de moi avec tant de diligence que j'en étais étourdi. Et chacune d'elles avait préparé une part de la cuisine. Excellente cuisine, docteur. Quand elles vous inviteront, n'hésitez pas à y aller. Bien entendu, on m'a donné la bouteille de vin rouge à déboucher. Si je m'étais laissé faire par ces trois femmes, la bouteille m'aurait passé tout entière dans le corps car chacune d'elles tenait à me servir à boire. Quand elles m'eurent rempli jusqu'au nœud de la gorge, elles se sont assises en face de moi pour manger à leur tour. Et moi, je buvais le café en fumant ma pipe bien à l'aise, les deux coudes sur la table. Elles se passaient les plats avec des politesses que je ne saurais dire. Cela ne les empêchait pas de me poser des questions à votre sujet, des tas de questions. Moi, je leur en disais le moins possible. C'était facile parce que je n'en sais pas beaucoup plus. Mais, quand je ne répondais pas, elles se répondaient à ma place en se chamaillant les unes les autres quand elles n'étaient pas d'accord. A certains moments, elles parlaient ensemble toutes les trois en me prenant à témoin. Elles tâchaient de rattraper des années de silence. A la fin, il a fallu que je me lève pour m'en aller, mais je serais bien resté jusqu'au soir tellement j'étais content de les avoir réconciliées. J'ai été reconduit à grand honneur jusqu'à mon vélo. Ces trois-là, docteur, je leur ai délié la langue pour longtemps. Maintenant, je vais aller déjeuner chez la femme qui a renoncé à son collier de sonnailles, Stéphanie Bijer. Et savez-vous ce que je vais faire ? Je vais tâcher de lui faire inviter les trois sœurs chez elle. J'y arriverai ou j'y perdrai mon nom. Jusqu'ici les choses ne vont pas trop mal, qu'en pensez-vous ?

— Si j'étais roi ou président, dit le docteur, je ferais de vous un ministre.

— Tout petit ministre alors. Ministre pour un quart de canton. Je ne vois pas plus loin que les roues de mon vélo. A la prochaine !

Il était déjà debout, se dirigeait vers la porte quand il donna un grand coup du plat de la main sur son sac de cuir.

— Voilà que je m'en vais sans vous donner votre courrier. Quand on parle trop longtemps, la tête s'en va en petite monnaie. Et vous, vous ne dites rien. Vous n'êtes vraiment pas pressé d'avoir des nouvelles du monde.

— C'est vrai. Les nouvelles de papier ne m'intéressent plus. Je préfère la petite monnaie.

Le facteur venait de poser sur la table, avec deux grandes enveloppes et une poignée de revues, un petit paquet plat portant la marque imprimée d'un éditeur. Celui-ci n'avait pas perdu son temps. Le manuscrit laissé par le docteur derrière lui était déjà devenu livre. C'était un signal d'alerte. Bientôt allait commencer la chasse à son auteur, s'élever les polémiques autour de ses thèses. Inutile de se faire des illusions. Il serait débusqué avant peu.

— A quelle date sommes-nous, Hervé Lucas ?

— Aujourd'hui le 27 octobre. A la fin de l'année, je vous apporterai le calendrier. Mais vous n'avez même pas l'heure dans votre maison. Et vous ne portez pas de montre sur vous.

— J'ai d'autres moyens de mesurer le temps.

— Les mêmes que les onze autres, je parie. Vous avez raison. Si je n'étais pas facteur, je n'irais pas chercher le nom des mois ni le chiffre des jours. Mais pour cela, il faut être complètement sorti d'affaire. Au revoir, docteur !

IX

Quand il se mit à la fenêtre, ce matin-là, les yeux au ras du rideau, il fut stupéfait de voir Stéphanie Bijer debout au milieu de sa cour et qui attendait visiblement qu'il donnât signe de vie. Dans l'entrée de la forge, les trois sœurs s'entretenaient à voix basse, leurs trois têtes rapprochées. Le cordonnier était assis sur le muret, tournant le dos à la maison. Sa sœur couturière lui faisait face et maniait des aiguilles à tricoter avec une incroyable lenteur. Que pouvaient bien lui vouloir ces six personnages ? Et les cinq autres, pourquoi n'étaient-ils pas là, pourquoi ne les devinait-il pas rôdant dans les environs ? Soudain, il eut la révélation d'avoir devant les yeux le résultat du travail d'Hervé Lucas. Il n'était pas douteux que le facteur avait réussi à rétablir les relations entre les trois sœurs et Stéphanie Bijer comme il l'avait promis. Et la présence des deux autres laissait croire que s'ils n'avaient pas encore bu le café avec les quatre femmes, ils n'en étaient pas loin. A quelles subtilités l'homme de la poste avait-il dû avoir recours pour arriver si vite à ce résultat ? Ou plutôt quelle connaissance des mentalités du pays était la sienne, si délicate qu'il lui avait suffi de se régler naturellement sur le comportement des solitaires pour anéantir par sa seule présence et quelques propos finement conduits le mur de malentendus qui les séparait. Un maître en diplomatie, cet Hervé Lucas.

Que pouvaient bien lui vouloir les visiteurs de ce matin ? Désiraient-ils l'admettre, lui aussi, dans leur complicité retrouvée ? Dans ce cas, la révolution était en marche et il ne manquerait pas de la servir de son mieux. Le chercheur impénitent qu'il était, si souvent tombé dans les impasses de la science, tremblait d'émotion comme les rares fois où il lui était arrivé de toucher au but.

Mais il fallait se décider. De toute évidence, ils ne s'en iraient pas avant de l'avoir vu. Révolu était le temps où ils ne faisaient que passer au large. Il ouvrit sa porte et se planta sur le petit perron, les bras croisés, dans une attitude un peu théâtrale pour l'homme sans cabotinage qu'il était, mais il voulait rester fidèle à sa ligne de conduite : ne pas aller vers eux, les attendre et les voir venir. Ce ne fut pas long. Stéphanie, la femme désormais sans collier, après quelques signes de désarroi, se dirigea vers le groupe des trois sœurs, comme stupéfiées à l'apparition du maître des lieux. Il y eut quelques courtes phrases entre elles, puis Stéphanie s'avança lentement vers le docteur. Alors, il descendit pour aller à sa rencontre. Depuis qu'il les avait découverts en regardant par la fenêtre, il y avait quelque chose d'inhabituel chez ces personnages qui l'intriguait en s'imposant à sa vue. Or, aussi étonnant que cela pût paraître, il n'arrivait pas à savoir quoi. Mais, lorsqu'il eut Stéphanie Bijer à deux pas devant lui, il réalisa soudain ce qui était pourtant clair au premier coup d'œil : elle avait dressé sa plus belle coiffe, revêtu ses meilleurs vêtements et tous les autres, à son exemple, s'étaient mis sur leur trente et un, eux qui ne connaissaient plus ni dimanches ni fêtes et vaquaient à leurs occupations de tous les jours dans les mêmes hardes sans couleur. Il n'y avait pas à s'y tromper. C'était bien une ambassade qu'il avait devant lui.

— Il est sûrement malade, dit Stéphanie. Il faut que vous alliez voir.

— Qui est malade ?

— Josias, l'ancien. Il est très vieux. Voilà cinq ou six jours qu'il n'est pas sorti de chez lui. Nous lui avons mis sur son seuil et sur l'appui de sa fenêtre de quoi se nourrir et se réconforter. Nous avons cogné à la vitre, frappé à la porte, pas de réponse. Il est peut-être mort tout seul.

— Mais il fallait entrer. A-t-il mis la barre à sa porte ?

Stéphanie baissa la tête.

— Aucun de nous n'a osé la pousser. Nous avons perdu l'habitude d'entrer chez les gens. Nous nous aidons les uns les autres jusqu'à un certain point mais pas au-delà. Aller au-delà, ce serait parler à quelqu'un ou franchir son seuil. Nous n'avons pas été mis en nécessité de le faire jusqu'ici. Aucun de nous n'a jamais été enfermé chez lui plus de deux jours. Mais Josias, voilà près d'une semaine qu'il ne donne pas signe de vie. Alors Marie-Ange, Mélanie et Clémentine m'ont demandé de venir vous parler. C'était à moi de le faire, ont-elles dit, parce qu'il n'y a que Josias et moi à vivre seuls, chacun dans sa maison, sans personne pour nous porter secours en cas de détresse inattendue, tandis que les autres sont au moins deux. Les trois sœurs ont bien voulu m'accompagner pour me donner le courage de vous déranger. Quand nous sommes arrivées devant votre cour, il y avait déjà là Germaine Le Saout et son frère Vincent. Ils avaient eu la même idée. Il n'y a que vous à pouvoir faire quelque chose pour Josias.

— Mais faire quoi, Stéphanie Bijer ?

La femme fut toute surprise. Un sourire éclaira son visage.

— Vous connaissez déjà mon nom ?

— C'est Hervé Lucas. Que faut-il que je fasse ?

— Vous n'êtes pas tenu par nos façons à nous. Vous pouvez entrer dans toutes nos maisons si cela vous plaît. N'êtes-vous pas le petit-fils du Roi Yann ! Celui-là, s'il était encore là, rien ne serait comme aujourd'hui. Des créatures pareilles ne devraient jamais mourir. Il saurait comment faire, vous devez le savoir aussi. Nous avons confiance en vous. Et puis, vous êtes médecin. Un grand médecin, dit Hervé Lucas.

— Bien. Il faudrait peut-être prévenir le notaire Riwall. Il connaît le vieux Josias mieux que moi.

— Nous pensons qu'il sait déjà. René Le Roux et lui ont toujours un œil sur ce qui se passe ici bien qu'ils ne soient pas du village. Pas tout à fait. Je vais vous dire. Ils attendent quelque part dans la colline. Si le notaire n'est pas encore là, c'est qu'il compte sur vous.

Derrière elle attendaient les autres. Les femmes baissaient

humblement la tête. Le cordonnier Vincent Le Saout s'était levé. Il avait ôté son grand chapeau presque neuf et le tenait à deux mains contre sa poitrine comme un suppliant de pardon devant une sainte image. Le docteur se sentait très mal à l'aise. Il n'y put tenir plus longtemps.

— Attendez-moi. J'ai quelque chose à prendre.

Il rentra dans la salle pendant que Stéphanie courait vers les trois sœurs, sans doute pour leur dire qu'il était d'accord, qu'il voulait bien les suivre. Elles firent signe aux deux boiteux et ceux-ci se mirent en route pour prendre de l'avance. Le docteur fouillait dans le bas de son armoire. Il avait apporté sa trousse médicale et des échantillons de pharmacie demeurés inutiles depuis son arrivée. Quand il eut remis la main dessus, il bondit dehors, animé d'une étrange exaltation, sans prendre la peine de fermer la porte derrière lui. S'il avait atermoyé, c'était pour laisser parler Stéphanie. Maintenant, il avait hâte de savoir ce qu'il en était. Et une sourde inquiétude le travaillait aussi. Que se passerait-il si le vieux Josias était mort ? Dans le drame que vivait la colline pierreuse depuis si longtemps, cet homme était l'acteur principal impuissant en apparence, mais néanmoins une sorte de successeur du Roi Yann. Il n'était pas douteux que, sans leur commander le moindrement, il exerçait sur les autres solitaires un ascendant difficile à définir. C'était grâce à lui qu'il existait encore entre eux un restant de solidarité dont il avait eu maintes preuves, lui-même en ayant connu le bénéfice. Sa disparition ne risquerait-elle pas de les livrer à un total enfermement ?

Stéphanie l'attendait dans le chemin. Les autres étaient déjà en marche vers la chaumière de l'ancien. Elle le fit descendre par d'étroites ruelles en forte pente, bordées de masures sans toit dont une partie de la base s'élevait directement sur le rocher nu. Seuils de grosses dalles usées, portes basses et rondes, fenestrons à barreaux, hautes cheminées, courettes cernées de murs épais, elles dataient de beaucoup plus loin que le siècle dernier. La venelle était rompue tous les dix pas par des escaliers aux marches disjointes, impraticables sinon aux chèvres et aux piétons. Il n'était jamais encore entré dans ce dédale. Vu du haut de la colline, cette partie du village lui était apparue comme un amas de ruines tassées sur un petit espace. Maintenant, il se rendait compte qu'il s'agissait d'un ancien quartier populeux, grouillant de vie avant la décadence. A un moment, pour couper par le plus court, Stéphanie lui fit traverser une aire assez vaste, pavée de larges dalles de schiste, au bout de laquelle se dressait encore, presque intact, un clocheton veuf de sa cloche. Eglise ou chapelle. Le dernier officiant n'avait plus d'odeur depuis le temps d'il était une fois. Ayant retrouvé la venelle — la premièrc ou une autre — il se retourna pour prendre ses repères et il vit qu'elle escaladait, tant bien que mal, la colline jusqu'au sommet. A l'ouverture sur le ciel, il y avait cette moitié de tour ronde, comme tranchée en deux de haut en bas par un sabre de géant. Le Moyen Age n'en finissait pas de mourir.

Quelques marches encore et, par une trouée dans un pan de mur lézardé, ils prirent pied sur le chemin découvert qu'il avait suivi à cheval après être passé devant la chaumière de l'ancien. On en voyait le toit de chaume cent mètres plus haut, sur la gauche, dans son trou de verdure. Mais ce qu'ils virent d'abord, arrivant tout près sur la droite, ce fut Hervé Lucas qui peinait sur sa bicyclette. Le postillon mit pied à terre à leur hauteur. Il semblait tout confus.

— Ce n'est pas mon jour, s'excusa-t-il, mais j'avais à faire pas loin d'ici. Quelque chose me disait que je ferais bien d'aller jeter un coup d'œil du côté de chez Josias. Que se passe-t-il ?

— Nous allons le savoir tout de suite, dit le docteur.

Sans vouloir s'attarder davantage, suivi par le facteur à son pas, il se hâta de rejoindre Stéphanie Bijer. Mais une autre surprise l'attendait. A mi-chemin de la chaumière, la femme leva le bras pour faire signe à quelqu'un qui devait se trouver au-dessus d'eux sur la pente. Il leva les yeux, mais d'abord il ne distingua aucune présence humaine dans le paysage aride, le désert de cailloux qu'un soleil pâle et froid, presque hivernal déjà, diluait dans une blancheur sans ombre ni relief. A mesure qu'il avançait, cherchant toujours à découvrir pour qui était donné le signal, se précisa la silhouette d'un cavalier monté sur un cheval gris à l'arrêt. Une statue équestre. Telle était la perspective que le toit de chaume semblait lui servir de piédestal. Il ne fut pas long à reconnaître René Le Roux. Le maquignon se tenait exactement à l'endroit d'où lui-même avait découvert le trou de verdure où habitait l'ancien. Quelle connivence y avait-il entre l'homme aux gros sourcils et les gens du village ou quel sens obscur les alertait tous pour les ramener, à la même heure, vers le vieux Josias, même l'homme de la poste qu'il n'aurait pas cru aussi vite ni aussi complètement engagé dans leur aventure ? Il ne manquait que le notaire. Mais pour lui, le docteur, tout se passait comme si les autres s'étaient conjurés, chasseurs habiles, pour le rabattre vers le vieil homme. Et soudain, il eût été incapable d'expliquer pourquoi, il eut la révélation que ce vieil homme l'attendait. Cela signifiait-il que le dénouement n'était pas loin ?

Mais déjà Stéphanie se mettait au pas de course pour lever cette barrière qui ressemblait à un passage à niveau. Avant d'entrer dans la cour, il s'arrêta à sa hauteur. La femme haletait très fort.

— La sacoche contre la fenêtre et le panier sur le seuil, souffla-t-elle.

Il avait compris. Le bâtiment était percé de deux portes et trois fenêtres, mais la sacoche et le panier des nourritures inutilement offertes indiquaient le logement de Josias, au-delà du puits-bénitier. De part et d'autre de celui-ci se tenaient debout, raides comme des saints de bois, les deux frères pourvoyeurs de foin. Il dut faire effort pour se rappeler leur nom qu'il tenait du facteur : les frères Simon, Jean et Jacques. A l'autre bout de l'aire, dans l'ombre d'un figuier, il reconnut Anna Dréo, une main ouverte contre sa bouche, et Henri Morvan, son mari, les deux pouces aux entournures du gilet.

Il se mit en marche. Quand il fut devant le puits-bénitier, l'un des Simon desserra les dents avec effort.

— Si vous avez besoin...

Et l'autre tint à confirmer l'allégeance de son frère.

— C'est pour dire...

Le docteur hocha la tête avec un demi-sourire en guise d'assentiment, il ne savait trop à quoi. Il s'approcha de la fenêtre à la sacoche. Elle était masquée à l'intérieur par ce qui lui parut être un drap de chanvre. Il donna quelques coups du dos de la main sur une vitre et attendit. En vain. Il n'eut pas meilleur succès quand il insista du poing sur la porte au panier. Cependant, les trois sœurs arrivaient dans la cour avec la couturière et le cordonnier, plus claudicants que jamais. Derrière eux venait Hervé Lucas sans sa bicyclette. Allons ! Tous les yeux étaient fixés sur lui. Il était temps de se décider.

Il appuya sur le cliquet de la porte. Elle s'ouvrit sans difficulté. Ce qui le frappa dès l'entrée, ce fut l'ordre et la propreté qui régnaient dans une pièce assez grande où les meubles cirés luisaient doucement dans la pénombre. Il reconnut devant lui une armoire à cinq portes, un vaisselier qui présentait trois rangées d'assiettes au décor d'un bleu profond et un lit clos fermé. Dans le fond, des rideaux rayés de rouge étaient tirés sur la grande cheminée. Devant la fenêtre aveuglée par le drap de chanvre, il devina la longue table accostée de deux bancs à dossiers. Il n'eut pas le temps d'examiner plus avant les lieux dont le maître semblait s'être absenté après avoir fait le ménage avec le plus grand soin. Une horloge à balancier, dressée contre le mur près de la porte, sonna dix coups dans un tapage qui fit sursauter le docteur. Quand ce fut fini, et alors qu'il demeurait hésitant, une voix calme et forte se fit entendre, venant des profondeurs du lit clos :

— Fermez donc la porte, s'il vous plaît !

Il obéit, se retourna. Les panneaux coulissants du lit s'ouvrirent sous une main énergique. Deux jambes gainées d'un caleçon long sortirent du meuble, puis une tête grise ébouriffée et enfin toute la personne du vieux Josias, le torse couvert d'un gros gilet de laine. Il descendit prestement dans ses sabots, rangés sur la terre battue juste à l'endroit où il allait prendre pied. Cette prévision dénotait une longue habitude et montrait d'autre part qu'il était aussi gaillard qu'on peut l'être à son âge. Le docteur eut un soupir de soulagement. S'il avait encore des doutes sur le jeu mené par l'ancien, ils furent aussitôt dissipés.

— Vous avez tout de même fini par venir, Strullu-Fils, dit Josias. Asseyez-vous donc ! Nous avons à parler, s'il vous plaît.

Il souleva le couvercle du banc-coffre placé devant le lit, en tira d'abord son vieux chapeau, puis un pantalon et une veste de velours délavé. Il hissa le pantalon avec soin et, après une seconde d'hésitation, il rejeta la veste dans le banc, mais se couvrit le chef. Le docteur était resté debout.

— Ils avaient peur que vous ne fussiez malade, dit-il. Ou même mort.

Josias se mit à rire doucement en secouant la tête.

— Ils avaient peur. Est-ce qu'ils sont tous là ?

— Tous ceux du village, oui. Et le facteur avec eux.

— Hervé Lucas. Savez-vous que sa mère était d'ici ? Elle est partie presque en même temps que votre mère. Il y a bien trente ans qu'elle est morte, Félicie. Son fils est né à Villechant. Je crois bien qu'on ne l'avait jamais vu dans le village avant votre arrivée. Mais j'espère bien que la colline le reprendra.

— Moi, j'en suis à peu près sûr. Mais vous, au lieu de jouer cette comédie, pourquoi n'êtes-vous pas venu me voir dans la maison du maréchal ? Vous savez bien qu'elle est toujours la vôtre.

— Il ne s'agit pas de moi, ni même de vous, mais d'eux. A nous deux, nous n'aurions pas pu faire grand-chose. C'était à eux de faire les premiers pas. De leur propre volonté. Venez donc vous asseoir en face de moi. Il vaut mieux avoir les coudes sur la table pour parler sérieusement.

Le docteur obéit.

— J'ai vu aussi le maquignon René Le Roux à cheval sur la pente, un peu plus haut.

— Alors le notaire Riwall n'est pas loin. C'est parfait. René Le Roux est son éclaireur. Il nous aide aussi du mieux qu'il peut, celui-là. Il veillait déjà sur le Roi Yann dans sa vieillesse. C'est comme s'il était l'un de nous. Je vous raconterai tout cela un jour, mais maintenant il nous faut aller vite. Battre le fer tant qu'il est chaud, n'est-ce pas ! Ceux qui sont là, dans ma cour, pourraient se reprendre.

— Pourquoi se reprendraient-ils ?

— La tentation de la solitude. Nous sommes tentés de vivre seuls. C'est parce que j'aime vivre seul que je n'ai pas été capable d'empêcher les autres de suivre mon exemple. C'était pourtant à moi de le faire. C'est beaucoup de ma faute si le village est devenu une sorte de monastère où la règle condamne à rester muet, à s'éviter soigneusement sous peine de faillir. Cette règle s'est établie d'autant plus facilement que le reste du monde nous a mis à l'écart. Mais cet abandon a été une excuse pour nous laisser aller à notre penchant qui est de nous désintéresser des êtres qui nous entourent, de nous abandonner nous-mêmes. Ce n'est pas de l'orgueil, croyez-le bien, mais plutôt une espèce d'humilité. Nous savons que nous sommes coupables de ne pas nous être défendus, honteux de n'avoir pas su ce qu'il fallait faire pour que le Royaume de votre grand-père Yann Strullu n'aille pas au néant qui lui est promis depuis qu'il est mort. Mais quoi ! Cela nous tient depuis toujours. Le vrai nom du village est La Sauvagerie. Il le mérite bien.

— Vous parlez comme un philosophe, Josias.

— Je n'ai pas été aux écoles, mais depuis que je suis en âge de comprendre, j'ai été le disciple de bons maîtres et qui en savaient long. D'abord le Roi Yann qui n'avait pas son pareil pour faire sortir de vous, en l'expliquant clairement, tout ce que vous conteniez sans vous en douter vous-même. Et puis le notaire Riwall qui a lu tous les livres, les bons et les mauvais. J'ai mis plus de temps à retourner tout cela dans ma tête que les savants n'en ont consacré à leurs grimoires. Mais le Roi Yann, lui, savait gouverner son Royaume, le mort autant que le vif. Moi, je ne sais pas. Le notaire non plus. Pourtant, il a été capable de vous ramener à votre héritage. Moi, je n'ai fait que jouer la comédie, comme vous dites, pour vous faire venir dans ma maison. Mais vous êtes là.

— Et qu'espérez-vous de moi ?

— Rien d'autre que de revivre, par votre grâce, et pour les

jours qui me restent, le temps où Yann Strullu nous rassemblait dans sa forge pour nous conter notre histoire et nous dicter notre conduite sans jamais nous commander. Quand j'étais enfant, j'ai entendu dire qu'il descendait — et vous aussi, par conséquent — des vieux seigneurs qui ont fait bâtir la tour ronde et les retranchements de pierres, tout là-haut. C'est pour cela aussi, je pense, qu'on l'appelait le Roi Yann. Pour cela et parce qu'il ne nous a jamais abandonnés. Son vrai palais, ouvert à tous, était sa forge. Elle est maintenant notre église, nous n'en avons plus d'autre. C'est en souvenir de lui que nous ne cessons pas de nous protéger les uns les autres comme il nous a appris à le faire. Vous avez vu. Ils sont tous là autour de moi. Ils ont peur de voir mourir l'un d'eux dans le délaissement. Si cela arrivait, le Roi Yann surgirait à cheval de la vieille tour pour leur infliger les plus dures pénitences. Ils sont là. Il faudrait peu de chose pour qu'ils refassent compagnie.

— Et ensuite ?

— Ecoutez-moi. Je ne vous demande pas seulement d'apporter une consolation à quelques vieillards qui sèchent de regret dans leur désert et qui se frappent la poitrine chacun de son côté. Tous les jeunes sont partis sans espoir de retour. Ceux que l'on revoit de loin en loin se hâtent de s'en aller dès qu'ils voient l'état où nous sommes réduits. Mais s'ils savent que nous vivons comme des êtres humains, des parents, des amis, que nous vivons même joyeusement — car nous avons quelques réserves d'allégresse qui ne demandent qu'à éclater — s'ils apprennent que le petit-fils du Roi Yann, un des grands médecins du monde, après avoir relevé les ruines de la maison forgeronne, a pris la place de son grand-père dans la forge elle-même, ce lieu d'enchantement, nous en verrons revenir quelques-uns, j'en suis sûr. Cette colline a été rendue au désert plusieurs fois dans le passé. Vous avez pu voir les restes des trois ou quatre villages, presque des villes, qui se sont succédé sur ses pentes depuis la construction de la forteresse là-haut. Le notaire affirme qu'il y a des lieux qui sont faits pour être habités quoi qu'il arrive. Celui-ci en est un.

Josias tremblait d'exaltation, le visage brillant de sueur.

— J'ai déjà dit au notaire que c'était là une trop rude tâche pour moi, je n'y suis guère préparé, objecta le docteur.

— Parce que vous souffrez du même mal que nous, la tentation de la solitude. Je ne sais pas comment le notaire a fait, mais il s'est renseigné sur vous. Il sait que vous n'êtes lié avec personne, votre mère ne l'était pas non plus. Vous avez des admirateurs et des disciples, quelques ennemis bien sûr, mais pas d'amis ni de familiers. Vous ne recevez jamais personne dans votre maison près de Paris. Si vous êtes revenu dans ce village, c'est aussi parce qu'il vous séparait du monde. Et depuis que vous êtes là, vous n'avez jamais essayé de vous rapprocher de nous. Il a fallu aller vous chercher pour que vous soyez là, devant moi.

— Je n'appelle jamais, c'est vrai. Je viens quand on m'appelle.

— Et on hésitait à vous appeler pour les mêmes raisons qui faisaient que vous n'appeliez pas. Mais enfin c'est fait. Il a fallu que je me rende invisible pendant près d'une semaine. J'ai attendu la nuit pour chauffer ma nourriture, pour qu'on ne voie pas fumer ma cheminée. J'ai bouché ma fenêtre avec un drap. J'ai passé les journées dans mon lit parce que j'avais froid sans feu. J'ai laissé dehors les bonnes choses que m'apportaient les autres. J'ai presque fait le mort, en somme.

— Mais vous avez réussi. Vous avez inquiété tous les autres et moi-même. L'idée était bonne.

— C'est le notaire qui l'a trouvée le premier.

— Toujours le notaire. Souvenez-vous quand même que le facteur Hervé Lucas avait bien commencé.

— Qui le saurait mieux que moi ? Mais lui aussi a eu la même idée que le notaire.

— J'ai encore beaucoup à apprendre de vous tous. Et maintenant, que voulez-vous que je fasse ?

— S'il vous plaît, j'aimerais que vous nous invitiez à une veillée dans la forge du maréchal. C'était là le lieu de notre communion, c'est toujours notre église, comme j'ai dit. Nous continuons à y aller encore, mais chacun de son côté. Je voudrais que nous nous y retrouvions tous ensemble. C'est de la fórge que doit repartir notre vie nouvelle si nous pouvons en avoir une. De nulle part ailleurs. Aucun de nous ne pourra résister à une veillée chez le Roi Yann avec son héritier. Chacun y contera à son tour comme autrefois et vous apprendrez des choses que vous ne soupçonnez pas. Si vous permettez, je vous enseignerai comment faire, comment faisait le maréchal.

— Je suis d'accord. Quand voulez-vous ?

— Dans huit jours. Il faut leur laisser le temps de digérer leur émotion et de se remettre en mémoire les anciens contes qui sont notre histoire. Chacun avait le sien que connaissaient tous les autres, mais qui appartenait à lui seul. Et peut-être en trouveront-ils de nouveaux. Ce sera tant mieux. Cela prouvera que le temps de purgatoire est oublié.

— Très bien. Mais qu'allons-nous leur dire en sortant d'ici ?

— Laissez-moi faire.

Quand ils parurent tous les deux sur le seuil de la chaumière, une sorte de frisson de soulagement passa sur les groupes qui étaient là, demeurés aux endroits où le docteur les avait laissés. Mais à la barrière, il y avait deux cavaliers, le maquignon sur un cheval gris pommelé et le notaire sur son vieux rouan, le visage à moitié caché, comme à son habitude, par son chapeau ramené sur les yeux. Josias parla d'une voix forte.

— Les médecins d'aujourd'hui sont des gens habiles et leurs nouveaux remèdes agissent très vite. Voyez comme il a fallu peu de temps à celui-ci pour me remettre sur pied. Il est vrai qu'il est le petit-fils de Yann Strullu qui nous guérissait tous, de son vivant, quand nous étions attaqués dans nos corps et mal à l'aise pour le reste. Pour le prix de sa peine, il nous demande seulement de nous réunir tous, mardi prochain, dans la forge du maréchal. Il voudrait savoir comment se passaient les choses du temps de son grand-père qu'il n'a pas connu. Je lui ai promis, en votre nom à tous, que nous serions là-bas dès la tombée de la nuit. Jusque-là, tâchez de retrouver dans votre tête l'histoire du Royaume quand la barrière de la Noire Epine ne s'ouvrait que pour la pâture des animaux.

Ayant dit ce qu'il avait à dire, Josias rentra chez lui et ferma sa porte. Il avait bien besoin de se reposer. Aussitôt les deux cavaliers s'ébranlèrent, le notaire en tête, pour s'en aller par les hauteurs. Le docteur n'avait pas bougé. Anna Dréo passa devant lui, suivie d'Henri Morvan qui avait boutonné son paletot pour faire honneur. Elle prit la sacoche sur la fenêtre.

— Mes œufs ne sont plus très frais, s'excusa-t-elle avec un petit sourire. J'en apporterai d'autres.

Et elle remit sa main à plat devant sa bouche en rougissant. Les cinq autres femmes chuchotaient entre elles avec animation. Le cordonnier s'était assis sur le talus du fond de la cour pour reposer ses mauvaises jambes. Les deux frères Simon quittèrent la garde qu'ils semblaient monter autour du puits-bénitier et se dirigèrent vers la sortie. Le docteur crut qu'ils rentraient chez eux, mais ils revinrent presque aussitôt avec leur charrette à bras. Ils l'avaient laissée un peu plus haut dans le chemin, au retour des champs. On n'entre pas sur le domaine de quelqu'un avec une charrette quand elle ne sert à rien. Maintenant, elle allait servir. Ils l'arrêtèrent devant le boiteux. Jean ou Jacques lui dit quelques mots en regardant ailleurs et le cordonnier vint s'asseoir à l'arrière du véhicule, les jambes pendantes.

— Germaine, cria-t-il à l'adresse de sa sœur.

Germaine quitta Stéphanie et les trois sœurs pour s'installer à côté de son frère et les deux Simon repartirent avec leur chargement, l'un tirant, l'autre poussant. Avant de disparaître, les deux boiteux levèrent le bras pour dire au revoir. Et le bras du docteur s'éleva tout seul en réponse. Mais du groupe des quatre femmes s'éleva une voix.

— Nous arrivons !

Et elles suivirent la charrette, bras dessus, bras dessous, avec des rires de jeunes filles. C'était la joie.

La cour s'était vidée très vite. Si Josias avait fermé sa porte, c'était parce qu'il estimait que tout était fini pour aujourd'hui. Le docteur décida de rentrer par le vieux quartier que lui avait fait connaître Stéphanie. Or, en sortant de la cour, il vit le facteur qui l'attendait, appuyé contre le cadre de sa bicyclette.

— Eh bien, docteur, les choses vont plus vite que je n'aurais cru.

— Hervé Lucas, pourquoi ne m'avez-vous pas dit que votre mère était du village ?

L'autre traçait des signes sur le sol avec la pointe de son gros soulier. Il semblait gêné.

— Je n'ai pas assez connu ma mère. Si vous m'aviez parlé de la vôtre, j'aurais parlé de la mienne. Ma mère s'en est allée d'ici peu de temps après la fille du maréchal. Elles devaient avoir à peu près le même âge. Je ne connais pas les raisons de leur départ. C'est pourquoi je ne suis pas tout à fait à l'aise sur la colline pierreuse. Vous non plus, peut-être ?

— Je n'en sais pas plus que vous. Mais nous faisons notre possible, tous les deux.

— Sûrement. Et les gens le savent comme ils savent les raisons de nos mères qu'ils ne nous diront pas. Mais ils nous aiment bien. Aujourd'hui, avec Josias, vous les avez débarrassés d'un grand poids. J'espère qu'ils vont se libérer tout à fait mardi prochain. Il est temps. Au bourg de Villechant sont venus trois messieurs qui n'ont pas cessé de poser des questions à votre sujet. Ils voulaient savoir ce que vous faisiez parmi nous. Et vous êtes, paraît-il, un homme difficile à approcher. Vous savez qu'on parle de vous dans les grands journaux de Paris ?

— Je ne lis plus les journaux. Mais vous avez raison, Hervé Lucas. Il est temps. Heureusement, notre colline des solitudes se remet à vivre. Ecoutez-les !

L'écho des ruines du vieux quartier renvoyait les éclats d'une chanson au rythme vif, lancée par des voix de femmes, des voix claires, un peu nasillardes. Hervé Lucas se frotta les mains, ravi.

— Une chanson de moquerie, dit-il. Tout va mieux que jamais.

Le docteur se sentit écrasé soudain par une immense fatigue. Cela lui arrivait quelquefois lorsqu'il avait passé des heures difficiles en salle d'opération et qu'il rentrait à l'aveuglette dans son bureau pour s'écrouler à terre et sombrer dans un sommeil massif. L'opération avait réussi.

— Vous n'êtes pas bien, docteur ? interrogea la voix inquiète du facteur.

Le docteur se passa la main sur les yeux et la fatigue disparut comme par miracle. Les femmes, en s'éloignant, continuaient à faire trembler l'air de leurs couplets satiriques.

— C'est d'entendre chanter sur la colline, Hervé Lucas, qui me fait tourner la tête. Si vous avez le temps de venir chez moi, une bouteille de vin blanc souple nous remettra d'aplomb tous les deux.

II

LES QUÊTEURS DU VIF

Délivrez-moi, Seigneur, des traditions du peuple !

(Antoine Elliote, recteur de Plumaugat, possesseur et commentateur d'un Agrippa, encore appelé le Vif)

X

C'est le notaire Louis Riwall qui se fait entendre le premier.

Autrefois, les seigneurs qui tenaient la tour ronde au sommet de la colline étaient les maîtres de tout le pays environnant. La colline s'appelait alors Keinmarc'h, l'Echine de Cheval. On dit que le bâtisseur de la tour ronde, revenant des croisades avec ses compagnons, du plus loin qu'il la vit, déclara aussitôt qu'il voulait cet animal depuis la tête jusqu'à la queue. Et la colline, en effet, aux yeux de ceux qui arrivent du plein sud, apparaît comme un cheval gigantesque, couché sur le plateau, la tête entre les jambes de devant. Le croisé s'en empara par droit de croisade qui était d'épée. Sur la tête du cheval il bâtit la tour comme on couronne les statues représentant les villes fortifiées. Puis il éleva cette enceinte, aujourd'hui écroulée aux trois quarts, pour faire un collier au cheval, et c'est alors qu'il prit le nom de Keinmarc'h. Voilà du moins ce que racontent les gens du plateau. Et comment les traiter de menteurs puisque, de là où ils sont, ils peuvent voir le cheval beaucoup mieux que vous qui êtes sur son dos.

Ils disent aussi, ceux d'en bas, que les seigneurs de Keinmarc'h et leurs hommes d'armes ont toujours grassement vécu sur la sueur de leurs ancêtres et qu'ils n'étaient pas tendres pour les manants. Quelle soldatesque le fut jamais ! Et cependant les fervêtus protégeaient les culs-terreux contre les envahisseurs qui faisaient entreprise sur leurs biens et menaçaient leur vie. Quand le danger était trop pressant, tous les habitants du plateau, poussant leurs bêtes devant eux et chargés du plus précieux de leur avoir, se hâtaient d'escalader la colline pour gagner l'intérieur des murailles tandis que les gens de guerre, le seigneur en tête, dévalaient à la rencontre de l'ennemi. Dès que celui-ci avait été repoussé, les paysans retrouvaient leurs champs fertiles du plateau jusqu'à la prochaine alerte, les gens d'épée comptaient leurs morts et pansaient leurs plaies. Ainsi chacun suivait-il son destin en payant le prix des épreuves selon sa condition.

Or, sur la colline, dans le village où nous sommes et dans quelques autres dont on peut voir encore les ruines, vivait un menu peuple au service des grands et le moindre porte-glaive s'estimait au nombre de ceux-ci. Travailleurs du fer et du cuir, tisserands et tailleurs, bouchers et boulangers, gens de cuisine et de ménage, valets d'écurie et chambrières s'affairaient entre l'enceinte et la tour. Ceux-là se croyaient d'un état supérieur à celui des moins pauvres manieurs de bêche d'en bas. Ils auraient pourtant dû savoir que ces derniers avaient l'avantage d'être plus loin de l'œil du maître, donc de sa botte, et qu'ils finiraient un jour, la patience aidant, par en avoir raison. Les manants, de leur côté, n'avaient que mépris pour la valetaille du château. Oubliant qu'elle se recrutait souvent dans leur nombre, qu'il en était sorti de riches dames et de valeureux capitaines, que les plus habiles artisans de là-haut pouvaient amasser assez d'écus pour racheter au seigneur les terres sur lesquelles eux-mêmes n'étaient qu'en servage, ils prétendaient que la colline était le refuge de pauvres hères et de feignants qui vivotaient, à force de bassesses, aux dépens de la garnison, parmi eux une truandaille sans aveu et des filles à soldats, des traînées, des paillasses ou des entremetteuses pour le moins. Les plus intrigantes fournissaient les seigneurs en bâtards.

Si je vous dis tout cela, c'est parce que tout cela se dit encore après des cent et des cent ans, se dit seulement de loin en loin, quand se présente une occasion de médire, mais se dit quand même. Voilà pourquoi il ne vous est pas facile de vous entendre avec les gens d'en bas ni à eux de vous rendre justice. A cause de vous, ils ne sont pas à l'aise dans leur chemise, je le sais. Et vous encore moins puisque vous avez du mal à vous supporter les uns les autres dans ce qui reste de ce village. Mais je ne suis pas ici pour vous faire un sermon. On m'a demandé de parler, je parle. Quand j'en aurai fini, vous ne m'entendrez plus jamais. Et je vous prie de vous souvenir que je ne suis d'aucune des deux confréries. J'aurais voulu être de la vôtre, vous avez fait de votre mieux pour m'accueillir sans pouvoir m'accepter tout à fait. Je ne vous en veux pas, il y a trop de siècles entre vous et moi.

Et puis les batailles et les invasions prirent fin, les châteaux forts devinrent inutiles. Quand les seigneurs eurent accompli leur temps de véritable seigneurie, ceux d'en bas vous ont rejetés comme si vous étiez d'une autre race et peut-être l'étiez-vous. Aujourd'hui encore, à cause de ce premier baron qui revenait des croisades avec sa troupe, ils continuent à vous désigner sous le nom de Sarrasins. Ils n'ont jamais voulu, ils ne veulent toujours pas se souvenir que, Sarrasins ou non, vous avez réussi à tirer de la colline pierreuse de quoi nourrir, à certaines époques, des centaines de bouches. Il vous est même arrivé, quand les récoltes du plateau avaient été mauvaises, de voir monter vers vous les plus pauvres des gens d'en bas. Il y avait toujours un peu de nourriture pour eux, mais les autres n'arrivaient pas à vous pardonner cette munificence, une injure délibérée à leurs yeux. Alors, ils vous ont fait passer pour des sorciers, pour des suppôts du diable. C'était pour le prix de vos âmes, affirmaient-ils, que le maître de Ker-Satan rendait fertile votre désert de cailloux. Vous saviez que cette fertilité n'était due qu'à votre inlassable peine et à la connaissance que vous aviez du sol et du ciel. Quoi qu'il en soit, vous n'êtes jamais descendus pour leur quémander la moindre aumône et pourtant vous avez connu des temps difficiles. Un tel orgueil de votre part avait de quoi les mettre en rage, mais qu'y pouvaient-ils ! A plusieurs reprises, ils avaient connu à leurs dépens que vous étiez décidés à leur faire payer au centuple la moindre offense de leur part. Des furieux, des sauvages, ces Sarrasins, ces bâtards, ces fils de putes, ces païens ! Telle était la réputation qui vous était faite et qui dure encore. La mémoire se rit du temps et le temps conserve la diffamation plus jalousement que la vérité.

Votre mémoire à vous rapporte que si vous êtes les bâtards des hommes d'armes de Keinmarc'h, les gens d'en bas sont leurs fils légitimes. Les seigneurs, en effet, pour récompenser les services de leurs garnisaires, accordaient à chacun d'eux une part des riches terres du plateau, n'hésitant pas à en déposséder ceux qui les cultivaient de père en fils. Et les paysans spoliés n'avaient d'autre ressource que de vous rejoindre sur la colline et de partager votre sort. Bon gré mal gré, vous avez dû faire alliance avec eux contre les nouveaux maîtres d'en bas. A vous tous, vous avez défriché, planté, semé, récolté. Excellents valets d'écurie que vous étiez depuis des générations, vous avez élevé vous-mêmes des chevaux dès que les derniers cavaliers eurent disparu. Vous vous y entendiez si bien que les maquignons accouraient de très loin pour acheter vos bêtes. Ici où nous sommes, il y avait déjà une grande maréchalerie et tout le village, certains jours marqués dans l'année, n'était plus qu'une immense foire. On y arrivait régulièrement du fond de l'Espagne. Et puis le monde tourna de telle manière qu'il ne resta plus au seigneur de Keinmarc'h que sa tour et ses remparts dérisoires. Il monta sur son dernier bourrin pour aller chercher fortune ailleurs, vous laissant le cheval-colline depuis la tête jusqu'à la queue.

Il y a eu un temps, qui n'est pas très loin, où ce cheval-colline avait une crinière de forêts. Là où nous sommes, vos enragés d'ancêtres avaient trouvé le moyen de faire pousser les plus beaux arbres du monde. Tellement beaux qu'ils ont servi à construire les vaisseaux du roi et à leur donner des mâts. Une fois le dernier chêne abattu, il ne restait plus aux paysans qu'à gratter de leur mieux une terre livrée aux vents, si maigre et dénudée que le moindre coup de houe résonnait sur la pierre. Et ceux d'en bas ricanaient sans retenue. Ecoutez, disaient-ils, l'angélus des Sarrasins, la seule prière qu'ils connaissent ! C'est une telle cacophonie qu'elle vide le ciel de ses oiseaux. Mais les Sarrasins n'avaient cure de ces railleries. Ils s'acharnèrent si bien qu'ils firent reverdir la colline. Et vous après vos pères jusqu'à ces derniers temps.

De ce qui s'est passé pendant des siècles nous ne savons

rien d'autre, sans doute parce que rien ne valait d'être mis en écriture, du moins aux yeux des clercs. Aucun seigneur de Keinmarc'h n'a jamais assez étonné le monde pour faire parler de lui au-delà de quatre lieues à la ronde. Et pourtant, d'aussi loin que remonte votre mémoire, Keinmarc'h a toujours été le Royaume, non pas seulement pour vous qui êtes ses sujets, mais pour tous ceux qui peuvent distinguer, perdues sur l'horizon et d'autant plus impressionnantes, les formes du cheval-colline. Quel Royaume ? Le Roi Yann lui-même disait qu'il n'était pas de la terre mais en vous. Il ne s'expliquait jamais autrement. Or, quand vous descendiez dans les bourgs environnants — et aucun de vous n'y allait jamais seul — il se trouvait toujours quelqu'un pour vous annoncer en criant : voici venir les rois ! Même s'il voyait apparaître les femmes de Keinmarc'h sans aucun homme avec elles. Vous saviez, bien sûr, que les bourgeois vous appelaient rois par dérision, mais non sans une trace de respect et beaucoup de prudence parce que vous étiez facilement irritables et prêts à faire pleuvoir les coups sur les affronteurs. Et cependant, pour vous, les derniers, il n'y avait qu'un seul Roi. Ce roi-là, c'était le maréchal Yann Strullu depuis la disparition, il y a tout juste cent ans, du dernier seigneur de Keinmarc'h, le Roi d'Après. Il avait succédé lui-même à celui qu'on appelait le Vieux Roi, non pas à cause de son âge mais parce qu'il était le témoin d'un ordre ancien qui finissait avec lui.

La tour ronde, la couronne du cheval, était encore entière au temps du Vieux Roi. Mais le manoir accolé contre elle commençait déjà à tomber en ruine. Il était pourtant beaucoup plus récent puisqu'il avait été rebâti, peu avant la Grande Révolution, par le Vieux Roi qui était prêtre. A son propos couraient d'étonnantes histoires, vraies ou fausses, mais il ne faisait pas de doute qu'il avait connu bien des aventures sans jamais avoir souffert du froid aux yeux. C'est pourquoi, bien qu'ayant l'étoffe d'un évêque, il n'avait jamais vu que l'ombre de la mitre et de la crosse, même après avoir prêté serment à la Révolution. Quand revinrent les rois de France, il tomba dans la plus complète disgrâce, fut prié sans discussion de se faire oublier en se retirant dans ce qui restait de son fief sur la colline-cheval. Ce qu'il fit de bon gré, semble-t-il, fatigué qu'il était de poursuivre ses chimères à travers les agitations du monde. Quelques années auparavant, il avait fait édifier, contre la noble tour, une demeure à la mesure du prince de l'Eglise qu'il ambitionnait d'être. Les Keinmarc'h étaient déjà gueux depuis plusieurs générations. Où ce prêtre vagabond avait-il trouvé l'argent nécessaire pour une pareille dépense ? C'est vrai qu'il passait pour donner dans la sorcellerie. Peu après son retour, quand on vit monter vers le manoir un cortège de charrettes chargées de livres jusqu'au haut des ridelles, ceux d'en haut et ceux d'en bas furent d'accord pour assurer que cet étrange Keinmarc'h avait en sa possession le fameux ouvrage qui a pour nom l'Agrippa. Ce livre contient tous les secrets de la puissance pour celui qui sait le lire comme il faut et s'en faire obéir car il ne se livre pas sans résistance. Il arrive qu'on doive l'enchaîner avant d'en venir à bout et de le battre à tour de bras pour en obtenir ce qu'on veut. A défaut d'en pouvoir tirer une charge d'évêque, le prêtre en avait eu assez d'argent pour remettre à neuf le grand logis de ses pères. La tour ronde elle-même avait été aménagée pour recevoir la masse des livres. Parmi eux, disait-on, devait se trouver l'Agrippa, impossible à reconnaître pour qui n'était pas initié. Certaines nuits, en effet, la tour répandait une lueur blême avec des scintillements subits. Et après les déchaînements d'orage, on la voyait fumer de toute sa muraille comme si elle était dévorée à l'intérieur par un feu sans braise et sans flamme. Personne, dans le village, n'aurait osé s'en approcher.

Le sire de Keinmarc'h, le prêtre à odeur de soufre, n'en fréquentait pas moins les gens d'ici. Il n'y avait à en dire que du bien. Sorcier peut-être, mais il s'y entendait à guérir beaucoup de maux et jamais on n'entendait de lui nulle parole inquiétante, jamais il ne fit rien qui pût faire soupçonner en lui un possédé du démon.

Au bout de quelques années, avec un certain respect déjà, on commençait à l'appeler le Vieux Roi quand il fut trouvé mort dans sa tour à livres et presque décomposé. Il vint des personnages à redingotes, larges cravates et chapeaux poilus. Après s'être concertés, non sans avoir fouillé partout, ils décidèrent d'inhumer le cadavre à côté de ses ancêtres, sous le sol de l'ancienne chapelle qui occupait le bas de la tour. Puis ils disparurent pour ne plus revenir, laissant tout en état.

Et le temps se mit à passer comme il fait. Le manoir restait vide de tout occupant. Alors les vents, qui sont très durs là-haut, vous le savez, s'attaquèrent aux fenêtres et firent chanter les ardoises des toits avec des accents qui changeaient d'un hiver à l'autre à mesure qu'elles s'écrasaient dans la cour. En moins de dix ans, il ne resta du grand logis qu'une carcasse de pierre. Tout le bois de charpente et de menuiserie avait brûlé dans les cheminées du village, tout le mobilier avait été partagé entre les habitants qui juraient ne l'avoir pris que pour l'empêcher de pourrir. Mais la tour aux livres tenait bon, ayant seulement perdu sa porte d'entrée. L'ouverture béante avait tout l'air d'un piège tendu au téméraire qui se hasarderait jusque dans les chambres hautes pour tenter d'y découvrir l'Agrippa. Il n'y eut jamais personne à courir cette chance. De temps en temps, quelque vieille femme affligée dans ses membres montait jusqu'à la chapelle du bas de la tour, les bras chargés de fleurs. Elle en revenait avec un petit sac de terre prélevé sur la sépulture et dont elle se frottait vigoureusement pour apaiser ses douleurs. Si elle ne s'en trouvait pas mieux, du moins fallait-il bien reconnaître qu'elle mettait plus de temps que les autres à quitter ce monde. Lorsqu'il m'arrive de monter jusqu'à la tombe du Vieux Roi, je vois des excavations toutes fraîches à son pied. Je ne demande rien à aucun d'entre vous.

On croyait bien, sur la colline, que la lignée des seigneurs de Keinmarc'h était éteinte avec le Vieux Roi. Et même s'il subsistait quelque part un arrière-neveu qui aurait échappé aux recherches des notaires, il y avait peu d'apparence qu'il voulût jamais venir vivre dans ce grand logis délabré et cette tour du Moyen Age qui commençait déjà à se lézarder vilainement au-dessus des anciens villages désertés à l'exception d'un seul, celui où nous sommes et qui a toujours tenu lieu de capitale au Royaume. Et comment s'y prendrait-il, cet héritier, pour assumer la succession ? Il était sûr qu'il aurait du mal à se faire accepter des habitants — s'agissant d'eux on ne pouvait parler de sujets — à moins de renier totalement sa précédente vie pour tenter de s'insinuer, corps et âme, dans un milieu séculairement fermé sur lui-même. Daignerait-il seulement donner signe de vie ? Et s'il voulait vendre ce qui lui revenait encore de la colline, se présenterait-il un seul acheteur pour ces pierrailles dont les gens d'ici n'avaient cure ? Au mieux, il trouverait preneur pour les milliers de livres de la tour, il y a des gens qui aiment à vivre entourés de ces objets-là. Personne, depuis la mort du Vieux Roi, n'avait monté les degrés de pierre qui conduisaient à la librairie. On ne savait pas lire, sur la colline, on n'avait pas envie d'apprendre, tout le reste suffisait bien à occuper la vie. Et si quelque prédateur du dehors avait voulu se livrer au pillage, telle était la réputation de sauvagerie des habitants de Keinmarc'h qu'il aurait renoncé à l'expédition.

Il y avait bien, à Villejoie, une espèce de demi-bourgeoise qu'on appelait la Maigre-Echine, ce qui se passe d'explication quand on sait comprendre les sobriquets. Elle se prétendait l'héritière des Keinmarc'h, la dernière et la seule. Or, aussi loin que pouvait remonter la mémoire des anciens, il n'y avait nulle trace d'une quelconque parenté entre cette avaricieuse et les possesseurs de la tour, sinon une présomption de bâtardise qui n'avait jamais été reconnue. Mais la Maigre-Echine ne cessait de proclamer très haut ses droits et il ne se trouvait personne pour oser la contredire à Villejoie. C'était une femme redoutable. Fille unique d'un aide-chirurgien des armées de Napoléon le Vieux qui s'était établi vétérinaire après la demi-solde, elle tenait de lui certaines pratiques obscures qui lui valaient une réputation de guérisseuse pour les uns et de sorcellerie pour les autres. Mais tous s'accordaient à dire qu'elle était mauvaise, violente, rancunière et sans pitié, jeteuse de sorts à l'occasion, et qu'il valait mieux ne pas encourir sa hargne. Tant elle inspirait de méfiance aux plus hardis qu'ils en gardaient la bouche cousue et n'auraient rien entrepris contre elle pour tout l'or du canton.

La victime de cet état de choses était une pauvre fillette de la colline, en servage sous elle, et qui en recevait plus de coups que de nourriture sans compter toutes les avanies que sa maîtresse n'arrêtait pas de lui faire subir pour se délecter, aurait-on dit, de sa misère. En vain, les habitants de la colline, les seuls qui ne se laissaient pas intimider par elle, avaient-ils fait dire à la pauvre enfant de regagner son village à mi-pente où il ne manquait pas de bonnes âmes pour recueillir l'orpheline qu'elle était. Elle s'obstinait à rester chez sa tortionnaire sans vouloir s'en expliquer. Mais la Maigre-Echine, d'autre part, n'osait pas escalader la colline bien qu'elle revendiquât son fief prétendu. Elle savait bien qu'elle était au risque de s'y faire lapider.

Et puis il vint un jour où un trot de cheval au bas de la pente, vers le sud, mit en éveil tous ceux qui s'occupaient dans les champs de la mi-pente. Avaient-ils hérité, de leurs lointains ancêtres, une oreille exercée à déceler le moindre bruit annonçant une approche intempestive ? Les rares cavaliers qui faisaient l'ascension de la colline par obligation professionnelle arrivaient par le côté nord, la « face bleue », et en général deux par deux comme ces représentants de la loi que nous appelons toujours des archers. Celui-ci arrêtait de temps en temps sa monture pour inspecter la colline au-dessus de lui et, chaque fois, il se retournait sur sa selle avec l'air d'attendre quelqu'un ou quelque chose qui ne suivait pas.

Enfin, avant qu'il n'entreprît la montée, on vit arriver sur la route, tirée à deux chevaux en ligne, la charrette bien connue d'un roulier de Villejoie. Elle était chargée de malles, de baluchons, de paquets assez informes à les voir de haut, et d'une seule pièce de mobilier que les vues les plus perçantes ne reconnurent pas et pour cause, c'était un piano droit. Qui donc aurait pu savoir, sur la colline, qu'il existait un meuble pareil ? Juchée sur le haut du chargement, il y avait une fillette d'une douzaine d'années en robe claire, sage comme l'image de la Vierge sur un reposoir de procession. Les deux chevaux étaient menés rudement, à la rêne et au bridon, par le roulier Cheun Alanig. Derrière suivait à pied un jeune colosse aux longs cheveux noirs et en bras de chemise, balançant au bout de son bras gauche un chapeau à boucle. A le voir marcher, le moins observateur pouvait se rendre compte qu'il savait arpenter le monde comme il faut. D'ailleurs, il était pieds nus, le bas de ses braies retroussé jusqu'aux genoux. Celui-là, autant vous le dire tout de suite, était Yvias, le père de Josias ici présent. Et la fillette au haut du char deviendrait l'épouse du maréchal Yann Strullu, la grand-mère du docteur qui est ce soir parmi nous.

Cet équipage dut prendre son temps pour monter la rampe charretière taillée dans le flanc de la colline et fort inégale en ce temps-là. Les deux chevaux attrapaient leur compte, surtout celui de volée, à l'attelage depuis peu et qui tirait à hue et à dia, toute la robe en sueur. On ne sait trop pourquoi, le piano jetait de temps à autre une note aiguë qui faisait sursauter les écoutants. Il y avait du changement dans l'air.

En débouchant sur le plat, le cavalier prit le galop. Il s'arrêta devant cette forge en faisant cabrer son cheval. Il ne voyait personne et pourtant il se sentait épié de toutes parts. Alors il se leva sur ses étriers pour crier à pleine force de poumons :

— Je m'appelle Keinmarc'h !

Il avait parlé en français. Mais il suffisait du nom pour faire savoir à tout le village que venait prendre possession de son fief celui qu'ils nommeraient bientôt le Roi d'Après.

Quand il poussa son cheval pour l'encadrer dans la porte charretière de la forge, il vit le maréchal-ferrant et son fils-apprenti de quatorze ou quinze ans, tous deux revêtus de leur tablier de cuir, qui l'attendaient, immobiles et muets. Qu'avaient-ils à faire, pour le moment, de cet étranger, même s'il portait le nom de Keinmarc'h ? On verrait plus tard, à l'épreuve, quelle sorte d'homme il était. Le maréchal Joseph Strullu et son fils Yann détaillaient l'arrivant. Il était maigre et sec, avec des favoris blonds et un éclat dans les yeux qui pouvait trahir quelque forte passion ou seulement l'impatience de l'instant, peut-être un ardent désir de faire connaissance au plus tôt, mais sûrement pas l'instinct d'autorité. Cet homme-là était incapable de commander à quiconque comme d'être maître de lui-même. Autour de ce regard, les traits du visage étaient burinés de telle sorte qu'ils accusaient à la fois l'étonnement naïf que provoquent chez certains êtres les illusions perdues et la tentation de se laisser aller à d'autres chimères. C'est du moins ce que crut démêler au premier coup d'œil le maréchal, expert en physionomies et si reconnu comme tel que le plus effronté n'aurait pas osé mentir en sa présence. Sous un haut chapeau à bords étroits, Keinmarc'h portait une tenue cavalière plus proche d'un uniforme de garde-chasse que de l'équipement mondain du chasseur à courre. Défraîchi le chapeau et fatigué tout le reste, y compris les bottes qui achevaient de s'éculer sous de superbes éperons d'argent, derniers vestiges d'une ancienne prospérité.

Tel qu'il était, le personnage dut plaire à Joseph Strullu. A quelque richard pourri d'arrogance, il aurait tourné le dos sans cérémonie pour l'étourdir du bruit de son marteau sur l'enclume, lui signifiant de vider les lieux sans retard. Il passa le dos de sa main sur sa moustache et esquissa un sourire. Aussitôt le visage du cavalier s'éclaira d'un seul coup, il frappa sa poitrine de sa main à plat pour se désigner :

— Mathieu de Keinmarc'h, dit-il, et sa voix était engageante.

— Mad-tre (1) fit simplement le maréchal en retour.

Avant que la conversation n'allât plus loin — et comment aurait-elle pu se poursuivre autrement que par gestes ? — la longue charrette de Cheun Alanig apparut sur la place et s'arrêta dans un dernier cri du piano. Keinmarc'h fit volter son cheval et alla s'inquiéter de la fillette qui demandait à descendre de son perchoir. Vous n'avez pas été trop secouée, ma Belle ? Mais Yvias l'avait déjà posée à terre. Elle fit non de la tête et entreprit de défriper sa robe claire d'une main, de l'autre elle tenait contre sa poitrine une pomme rouge. Cheun

(1) Très bien.

Alanig s'employait à calmer l'excitation de son cheval de flèche avant le dernier effort qui promettait d'être dur. Joseph Strullu et son fils ne bougeaient toujours pas. Soudain, arrivé sur ses pieds nus, Yvias fut devant eux. Un homme de trente à trente-cinq ans, bâti en force et qui respirait la franchise.

— Salut, maréchal, dit-il en breton. Beau temps pour retourner la terre.

— C'est vrai. Il n'y a pas de quoi se plaindre, mon gars.

Un silence comme il se doit.

— Mon nom est Yvias. Je suis né entre Lannion et Guingamp.

— Cela s'entend. J'ai connu les deux endroits. De bien belles villes. Mon père m'a envoyé par là-bas pour finir mon apprentissage.

Un autre silence. Cet Yvias a été bien appris.

— Moi, je n'ai pas de métier. Ou plutôt j'en ai mille. Un batteur de pays, voilà ce que je suis. Cela fait quand même dix ans que je suis avec Mathieu Keinmarc'h et sa fille Bella, nous disons la Belle. Je ne peux pas me résoudre à laisser ces deux enfants-là. C'est mon affaire, n'est-ce pas ! Il paraît que là-haut c'est à lui ?

— Il paraît.

— Comment fait-on pour y aller d'ici ?

— Il faut savoir. Deux chevaux pour le chargement que vous avez, c'est un peu juste pour atteindre le sommet. Mais Cheun Alanig sait mener ses bêtes. Je vais vous donner mon fils pour vous conduire par le plus facile. Ce n'est pas le plus court. Vous n'aurez qu'à le suivre.

— Bien. J'aurai besoin de revenir vous voir. Peut-être souvent.

— Revenez quand vous voudrez.

De sa démarche souple, Yvias alla prendre le bridon du cheval de tête. Keinmarc'h avait mis pied à terre. Le limonier finissait de lâcher son urine pendant que son maître étudiait la pente. L'apprenti Yann Strullu, la gorge serrée il ne savait pourquoi, passa devant l'attelage et fit signe de partir. Alors la Belle courut vers lui et mit sa main dans la sienne, une main à la peau très brune. Sans oser lever les yeux sur elle, il se mit en marche. Cheun Alanig fit claquer son fouet et lança ses chevaux avec force jurons. Joseph Strullu était sorti sur la place et surveillait la progression du charroi. Allons ! Son fils devait être un guide attentif car le piano ne lâchait plus la moindre plainte. Maintenant, les hommes, les femmes et les enfants sortaient des maisons et des courtils pour se rassembler autour du maréchal sans piper mot. Ils virent la charrette franchir sans difficulté le premier tournant. Joseph Strullu se mit à rire.

— Il restait un Keinmarc'h quelque part, dit-il.

Et il regagna sa forge. A peine une heure plus tard, son fils était de retour. Il avait la pomme rouge. Le père la prit dans ses deux mains et, en forçant des pouces, l'ouvrit net en deux moitiés. Chacun mangea lentement sa part et le contentement descendit en eux avec la chair de cette pomme.

Le lendemain de cette arrivée, Yvias redescendit au village pour se pourvoir du plus nécessaire, des provisions de bouche, bien sûr, mais aussi quelques outils de labourage en vue de mettre en culture les champs en friche qui s'étendaient sur la pente sud devant le grand logis et dans lesquels il avait reconnu d'anciens jardins potagers. Il prit aussi des matériaux pour les réparations les plus urgentes, il voulait rendre habitable une partie des bâtiments. La vieille tour n'avait pas trop souffert. Mathieu Keinmarc'h et la Belle s'en accommoderaient bien, surtout de la librairie, demeurée à peu près intacte, où ils pourraient passer le plus clair de leur temps à lire et à jouer du piano, Yvias en était sûr. Il s'enquit d'un charpentier et d'un couvreur, du prix qu'ils demanderaient pour remettre un toit sur d'anciennes écuries. Il avait l'intention d'en faire une ferme et de tirer du misérable domaine de quoi subsister pour eux trois.

— Mais vous êtes au service des Keinmarc'h, Yvias. C'est à eux de...

— Non, c'est à moi. Je suis avec eux, c'est tout. Cela dure depuis dix ans. Il faut bien que je les nourrisse, ils n'ont plus un sou vaillant. Si je les laissais, ils mourraient de faim là-haut.

Il dit cela tranquillement, avec une ombre de sourire, regardant le maréchal droit dans les yeux. Les deux Strullu, le père et le fils, n'avaient jamais vu de visage aussi clair et franc.

— J'ai moi-même un peu d'argent que je dois faire durer le plus possible. Si le toit ne coûte pas trop cher, je pourrai peut-être nous acheter deux vaches et quelques moutons que la Belle nous gardera. Et il y a le cheval qui n'est pas trop vieux. Keinmarc'h n'en a plus besoin.

— Mais lui-même...

— C'est le meilleur homme que je connaisse. Je veux dire qu'il est complètement incapable de se suffire. Tenu par ses rêves nuit et jour depuis certaines épreuves qu'il a subies. Il serait encore riche s'il n'avait pas toujours fait fi de l'argent. Entendez bien qu'il est heureux. Je voudrais qu'il le reste.

Yvias emprunta la charrette à bras du maréchal pour emporter ses achats jusqu'à la tour. Le maréchal lui prêta aussi son fils-apprenti Yann pour l'aider à gravir la pente avec son chargement. Et rien ne pouvait faire plus plaisir à l'adolescent. Au cours des semaines et des mois qui suivirent, Yvias fut souvent revu au village. Il n'y venait pas seulement pour s'approvisionner, mais pour faire connaissance avec les gens, les uns après les autres, et sans en oublier aucun bien qu'ils fussent encore plus d'une centaine en ce temps-là. Et il était partout le bienvenu à cause de cette figure qu'il avait, de sa parole sans détour et parce qu'on le voyait s'échiner là-haut depuis le lever du soleil jusqu'à son coucher et même sous la lune. Les Keinmarc'h étaient arrivés au début de l'automne. L'hiver, cette année-là, fut des plus rudes. Mais, après les premières semailles de printemps, le sommet de la colline se mit à reverdir au pied de la tour comme il ne l'avait pas fait du plus loin que remontaient les souvenirs des plus vieux. Quel cœur à l'ouvrage il avait, cet Yvias ! On ne lui en voulait même pas, sortant d'une maison, d'aller chez les voisins d'en face avec lesquels les autres étaient fâchés depuis avant leur baptême. Il aurait réconcilié le Diable et le Bon Dieu. Et discret, avec de si bonnes manières qu'on lui pardonnait de ne jamais accepter de manger un morceau avec la maisonnée quand la table était mise. De la part de quelqu'un d'autre, un tel refus eût été une offense. Mais lui, il savait trouver de telles paroles qu'on ne s'apercevait même plus qu'il restait debout à vous regarder manger. On savait pourtant que la chère était maigre dans la tour. Plus tard, disait-il, quand vous saurez qui je suis et quand j'aurai gagné de m'asseoir parmi vous. Seulement, il lui arrivait de ne pas résister à la vue d'un gâteau aux pommes. Donnez-m'en une part, s'il vous plaît, disait-il. C'est pour la Belle. Il n'y a pas de pommes là-haut.

La Belle, on la voyait en robe claire qui gardait ses moutons sous la tour ou qui promenait ses deux vaches dans les chemins creux où poussait une herbe moins rare qu'ailleurs. Mais elle ne descendait pas jusqu'au village. Quelquefois, on voyait monter lentement vers elle le fils du maréchal, Yann Strullu. Il restait planté à dix pas de la petite. Aucun des deux ne disait mot. Au bout de quelques minutes, il redescendait en sifflant. Quant à Mathieu Keinmarc'h, il ne sortait jamais de la chambre aux livres. Tous les jours, quand le vent était du bon côté, on entendait sonner le piano.

Qui était cet homme étrange, Yvias l'avait raconté patiemment à tout le village. C'était Keinmarc'h lui-même qui lui avait recommandé de le faire. Il ne voulait pas que l'on ignorât rien de lui sur la colline pierreuse, le berceau de ses ancêtres depuis si longtemps. Les habitants avaient le droit de savoir de lui plus que son nom. Il ne pouvait rien leur donner d'autre que cette marque de confiance, du désir qu'il avait d'être un jour un des leurs s'ils voulaient bien excuser ses fautes en raison de ses épreuves. Et Yvias s'était raconté en même temps qu'il racontait le dernier Keinmarc'h.

XI

Je suis parti de la maison de mon père à l'âge de quinze ans. C'était déjà tard. Nous étions neuf enfants, toujours en quête de quelque pitance pour faire taire la chanson de nos ventres creux. Dès ma onzième année, j'avais été gagé dans les fermes d'alentour pour ma nourriture et quelques liards qui profitaient à mes frères et sœurs plus jeunes. Mais les fermiers, mes maîtres, n'étaient guère mieux lotis que nous et il leur arrivait même de connaître la même chanson. Je suis parti dans l'espoir de ne plus l'entendre. Et puis, pourquoi ne pas le dire, j'avais envie de courir le monde. J'en attendais monts et merveilles à ma mesure. Mais la chienne de misère avait pris la route sur mes talons, elle ne voulait plus me lâcher. De tout ce que j'ai dû faire pour me garder en vie je ne vous dirai rien sinon que j'ai volé, c'est la plus vénielle de mes fautes. Mais il n'était pas question pour moi de retourner dans mon village sans au moins une bourse d'écus pour soulager ma famille et m'éviter de rougir devant la face de mon père. J'ai fini par trouver un embarquement sur un navire de commerce qui allait aux Indes. C'est une dure vie que j'ai menée à bord. Mais enfin, j'étais jeune, fort, courageux et à peu près nourri. Et puis, savez-vous, brasser la toile dans le ciel, au plus haut de la mâture, c'est une des plus belles illusions de liberté que je connaisse. A peine si je daignais entendre le sifflet du maître d'équipage qui s'époumonait sur le pont. Après quoi je devais bosser du dos sous les coups de garcette. J'ai toujours payé mon dû sans jamais réclamer le moindre rabais. Le plus difficile était de vivre nuit et jour avec un équipage où les quelques honnêtes misérables dont j'étais servaient assez souvent de souffre-douleur à toute une lie de forbans sans aveu, recrutés dans les basses tavernes des ports. J'ai appris à lutter de tous mes muscles et à jouer du couteau à l'occasion pour me faire respecter. J'étais même en passe de prendre du galon quand j'ai été saisi par une de ces maladies sans nom qui courent dans les pays chauds. Elle n'a plus voulu me lâcher avant de m'avoir déshabillé de presque toute ma chair. Quand je n'ai plus été bon à rien, on m'a débarqué dans un endroit qui s'appelle Singapour.

Là, ce qui tenait lieu d'hôpital était encore pire que le bord, mais j'ai quand même fini par remonter de nouveau sur mes jambes et à m'y tenir. Alors je me suis enfui. Personne, d'ailleurs, n'a cherché à me retenir. J'ai erré sur les quais, pendant des jours et des jours, me nourrissant de déchets et de menus chapardages dans les entrepôts de vivres. J'aurais voulu trouver un autre embarquement, mais au premier coup d'œil, avec la triste mine que j'avais, les capitaines et les maîtres d'équipage m'écartaient de leur chemin sans même prendre la peine de me dire non. J'en étais réduit à mendier quelquefois, toute vergogne abandonnée, mais les aumônes étaient rares dans un pays où trop de pauvres hères criaient famine. Et cependant, jamais l'idée ne m'est venue de me laisser aller à mourir.

Or, un soir que je tendais vainement la main à la sortie d'un de ces lieux que fréquentent seulement les riches, je me suis souvenu de ces mendiants et de ces éclopés qui hantaient les pardons de mon pays au temps où j'y allais moi-même. Je n'avais pas le moindre liard à leur donner. D'ailleurs, beaucoup d'entre eux étaient plus gras que je n'étais. Je ne sais pas ce qui m'a pris, je me suis mis à chanter les cantiques sacrés qu'ils clamaient en balançant le corps d'avant en arrière et qui avaient au moins le don de faire tinter les sous de bronze des bonnes gens dans leur sébile. Assis par terre dans mes guenilles, j'avais fermé les yeux, j'étais à mille lieues de Singapour, rien ne m'importait plus, la noire faim elle-même semblait avoir quitté mes entrailles. Quelqu'un m'a secoué fortement l'épaule.

— C'est du breton que vous chantez là ? dit une voix en français.

Et moi, furieux d'être ramené sur terre :

— Je chante ce que je veux. Allez à vos affaires et laissez-moi en paix !

— Je ne sais pas le breton, mais mon oncle le savait. Je l'ai entendu chanter la même chose que vous ou à peu près. Il était prêtre. Il s'appelait Keinmarc'h. J'ai le même nom que lui.

J'ai ouvert les yeux. Je l'ai vu. Il avait toutes les apparences d'un homme riche. Breton sans doute avec un nom pareil, mais riche, peut-être même seigneur. Je n'allais tout de même pas m'humilier devant ses genoux pour autant.

— Bienvenue à Singapour, ai-je dit.

Et je me suis remis à chanter mon cantique. Il a crié pour couvrir ma voix.

— J'ai justement besoin de quelqu'un sur mon bateau. Marin ou non. Voulez-vous venir avec moi ?

— Vous êtes mal tombé. Je ne suis bon à rien. Ce qu'il me faut, c'est seulement une pièce si vous en avez en trop.

— Ils sont bien comme votre oncle vous l'a dit, Mathieu, intervint une voix de femme, grave et chaude. Votre oncle aurait dû vous apprendre comment faire avec eux s'il le savait. Donnez-lui sa pièce et allons-nous-en !

Derrière Keinmarc'h, je la vis. Elle était grande et brune, très droite, tout habillée de blanc. Tranquille, indifférente on aurait dit. Elle me plut tout de suite, celle-là.

— Il n'aura rien, s'énerva Keinmarc'h. Demain matin, il se présentera devant notre bateau, l'*Astrolabe,* vers le milieu de la jetée marchande. Vous entendez, l'homme ! Je donnerai des ordres. Mais qu'il ne tarde pas trop. Nous devons mettre à la voile en début d'après-midi. Et qu'il se rappelle bien ! Mathieu Keinmarc'h, l'*Astrolabe.*

— Il viendra s'il veut, dit la femme. Et ils s'éloignèrent.

J'ai chanté mon cantique jusqu'au dernier couplet malgré la faim qui me remontait dans le corps, mais je pensais à autre chose. Le plus étonnant pour moi, dans la demi-heure qui suivit, fut de voir tomber à mes pieds cinq ou six pièces dont une grosse. Des passants anonymes en mal de conscience. J'avais de quoi manger pour presque une semaine. Cela me parut de bon augure. Ce soir-là je m'offris un vrai repas pour conjurer le mauvais sort.

Le lendemain, avant le lever du soleil, j'étais posté devant l'*Astrolabe.* Un bateau blanc à deux mâts. J'attendis une bonne heure avant de voir quatre ou cinq marins monter sur le pont. Tout en blanc, les marins, avec de grands chapeaux de paille, sauf l'un d'entre eux, sous une casquette noire à visière, qui semblait commander aux autres. Je m'approchai de la passerelle. Je n'étais pas beau à voir, squelettique dans mes haillons.

— Monsieur Keinmarc'h ! criai-je. Il m'a dit de venir.

— Je sais, répondit la casquette noire. Je vais prévenir.

Presque aussitôt, Keinmarc'h fut sur le pont, tout souriant et rassuré j'en étais sûr. Il avait eu peur que je ne vienne pas.

— Bienvenue à bord de l'*Astrolabe.* Montez !

Je franchis la passerelle. Il fut pour me serrer la main mais y renonça.

— Goetz, dit-il à la casquette noire, donnez-lui ce qu'il faut et laissez-le choisir ses occupations. C'est un homme libre. Nous verrons bien.

— Qu'il me mette à la tâche qu'il voudra. Je suis un bon marin et je sais obéir. Yvias est mon nom. Voulez-vous voir mes papiers ? Je suis en règle.

— Inutile, Yvias.

Et il redescendit dans sa cabine sans rien ajouter. Quelques instants plus tard j'entendis sonner un piano et une voix grave, celle de la femme en blanc sans aucun doute, s'éleva sur les notes de l'instrument. Elle chantait dans une langue inconnue de moi, mais je n'avais pas besoin de comprendre ce qu'elle chantait pour me sentir délivré pour le moment de toutes mes faims et enchaîné du même coup au destin de ces deux personnages. Le piano, autant vous le dire tout de suite, c'était celui qui sonne maintenant dans la tour, là-haut. Nous avons réussi à le conserver à travers nos aventures. Mais il m'a donné bien du mal. Il n'a jamais été question de le vendre, même quand nous étions dans la plus extrême détresse et c'est arrivé plusieurs fois. J'étais sûr que sa perte aurait acculé Keinmarc'h au dernier désespoir et moi-même, c'était comme si une partie de mon âme était dedans.

Voilà comment j'ai rencontré Mathieu Keinmarc'h et ce fut la première chance de ma vie. Elle dure toujours.

Les marins de l'*Astrolabe* étaient d'une autre engeance que ceux que j'avais connus jusque-là. C'étaient des Portugais, triés sur le volet par le maître Goetz, Hollandais lui-même. Ils étaient en confiance avec lui, acceptaient sa discipline qui n'allait jamais au-delà de la bonne mesure. Mais surtout on les sentait dévoués, sans servilité aucune, aux propriétaires du navire dont ils n'avaient jamais à subir la moindre offense ni le moindre abus d'autorité. Ils ne parlaient pas beaucoup ni volontiers, ces marins, mais ils voulurent bien me confier ce qu'ils savaient de Mathieu Keinmarc'h et de son épouse, la grande femme en blanc, Madame Cynthia. Quant à ces deux-là, ils ne m'adressèrent jamais la parole que pour me dire bonjour, bonsoir, comme ils faisaient à tous les autres, même quand leur fille Bella, alors âgée de moins de trois ans, et qui était sous la garde d'une femme à peau noire, prit l'habitude de venir jouer avec moi, et moi seul, quand elle me voyait inoccupé sur le pont. Son père, quelquefois, s'approchait de l'un ou l'autre marin dont il avait lieu d'être particulièrement content sans doute ou pour des raisons connues de lui seul. Il bavardait un moment avec lui sans élever la voix. Avant de s'en aller, il lui prenait la main et y laissait une grosse pièce d'argent. A moi il ne l'a jamais fait et je lui ai su beaucoup de gré de cette discrétion. Or, quand il passait près de moi, il me clignait de l'œil en souriant. Que pouvais-je faire d'autre que de porter la main à mon chapeau ?

A chaque escale, le maître Goetz nous payait le salaire qui nous était dû. A chaque escale — et nous avons relâché dans presque tous les grands ports d'Europe, nous restions à quai pendant trois semaines ou un mois. Madame Cynthia et

Keinmarc'h descendaient à terre et disparaissaient. Il y avait toujours beaucoup de monde à les attendre. On ne les revoyait plus jusqu'au prochain appareillage. Avant de s'en aller à leurs affaires, ils embrassaient sur le front leur fille la Belle, Madame Cynthia faisait des recommandations à la femme noire et Keinmarc'h me montrait sa fille en clignant de l'œil. Sans un mot. Il pouvait partir tranquille. Les autres marins pouvaient aller se divertir dans le port quand ils n'étaient pas de service. Moi, je restais à bord. Je n'en sortais que pour accompagner la fillette et sa gouvernante quand elles désiraient aller se promener à terre. Leur garde du corps, que voulez-vous ! Il aurait fallu voir qu'on leur manquât de respect. Quand elle était fatiguée, la Belle, je la ramenais sur mes épaules.

Donc, Mathieu Keinmarc'h est le neveu de celui que vous appelez le Vieux Roi, le fils de son frère cadet. Ce frère était doué plus que personne au monde pour amasser de l'argent. Il avait commencé pendant la Grande Révolution parce que c'était là, selon lui, le plus sûr moyen de sauver sa tête. Sous l'Empire de Napoléon le Vieux, il s'était fait fournisseur aux armées. Quand les rois furent de retour, il menait des affaires maritimes dans le monde entier à partir du port d'Anvers. Il avait fait étudier son fils Mathieu dans les plus grands collèges de l'époque. Ensuite, pour l'initier au commerce, il l'avait envoyé dans toutes les grandes villes d'Europe où il avait des hommes à lui. Le fils faisait de son mieux, mais il ne se plaisait pas au négoce. Il fréquentait les sociétés savantes, s'intéressait particulièrement aux recherches sur les anciens peuples qui ont laissé des traces dans les pays les plus difficiles à atteindre. Il a même contribué à mettre au jour, y dépensant une fortune, une cité ensevelie sous les sables quelque part en Asie. Mais surtout il était fin connaisseur en musique et affamé de concerts. Il ne s'en faisait pas un seul de valeur quelque part sans qu'il y courût pour applaudir les chanteurs et les musiciens. Lui-même jouait de plusieurs instruments, mais au-dessus de tous les autres, il mettait le piano. On dit que tous les correspondants de son père à l'étranger en tenaient toujours un à sa disposition et que leurs affaires n'en allaient que mieux.

Cet amour de la musique lui fit faire la connaissance de Madame Cynthia, l'une des plus grandes cantatrices de ces années-là. On ne savait pas grand-chose d'elle sinon qu'elle était née dans un pays d'Amérique du Sud où sa famille résidait toujours. Ses ancêtres auraient régné sur tout un peuple avant l'arrivée des Espagnols. Elle avait une voix extraordinaire qui lui valait sa réputation autant que les étranges ballades de son pays dont elle trouvait toujours le moyen d'introduire l'une ou l'autre dans tous ses concerts. On n'avait encore jamais rien entendu de pareil dans les vieux pays d'Europe. Keinmarc'h fut si enthousiasmé qu'il se mit à la suivre partout où elle allait. Il ne se lassait pas de l'écouter mais pour elle il semblait n'être que l'un des nombreux admirateurs qui s'attachaient à ses pas. D'ailleurs, dès qu'elle était descendue de la scène, cette grande et belle femme, toujours habillée de blanc et souvent coiffée de noir, ne manifestait plus le moindre signe de passion ni même d'intérêt.

Or, il arriva que le père de Keinmarc'h, pour avoir voulu trop entreprendre, se trouva ruiné par la conjuration de plus malins que lui. Il ne put supporter sa déconfiture et mit fin à ses jours. Et de l'oncle prêtre, un autre aventurier dans son genre, pas la moindre nouvelle. Etait-il mort ou vivant ? Mathieu Keinmarc'h, qui pouvait jusque-là dépenser sans compter, se trouva sans ressources. Aucun de ses obligés ne fit le moindre geste pour le secourir, sachant fort bien qu'il n'était pas de taille à rétablir la situation. Il alla prendre congé de Madame Cynthia et se préparait à un destin de pénitence quand elle lui proposa de l'accompagner au piano pendant qu'elle chanterait. Il était fort capable de le faire. C'est ainsi qu'ils firent alliance au bout de quelque temps et que naquit la Belle. Quand j'étais avec eux sur l'*Astrolabe* et qu'ils s'absentaient du bateau pour quelques semaines, c'était pour donner des concerts.

J'ai vécu presque quatre ans de cette errance d'un port à l'autre. Peut-être, cependant, allais-je bientôt les quitter malgré l'attachement que j'avais pour eux. Je sentais monter en moi, de plus en plus fort, le désir de m'appartenir à moi-même, fût-ce au prix du sacrifice de cette amollissante prospérité. J'avais besoin de luttes et de soucis quotidiens qui m'obligeraient à ne compter sur personne. Voilà comment on est. J'avais déjà refusé le poste de maître d'équipage quand le vieux Goetz avait abandonné sa casquette noire à visière et son sifflet d'argent pour rentrer dans son pays.

Ma décision était presque prise quand Madame Cynthia fut renversée dans une allée de Vienne par des chevaux fous qui traînaient une calèche vide. Quelques heures après, elle était morte. Nous les attendions, elle et lui, dans un port d'Italie. Nous vîmes revenir un Keinmarc'h vieilli de dix ans et que la raison semblait abandonner par moments. Je ne sais pas comment cela se fit, mais la fortune de Madame Cynthia, imprévoyante sans doute, retourna tout entière à sa famille d'Amérique du Sud. Il en resta tout juste une aumône, une petite pension qui devait permettre d'entretenir la Belle jusqu'à sa majorité, mais dans un état très modeste. L'*Astrolabe* fut vendue, l'équipage renvoyé, la femme noire aussi. Je descendis la passerelle pour la dernière fois, mon sac sur l'épaule. Au bord du quai, il y avait le piano et deux grosses malles de cuir noir que j'avais aidé moi-même à remplir de vêtements, de linges et de bibelots sans valeur. Tout ce qu'il restait au père et à la fille. Keinmarc'h était assis sur l'une des malles, le regard à terre, la Belle debout tout contre lui. Je me suis arrêté pour leur dire adieu, mais je n'arrivais pas à trouver les mots qu'il fallait quand Mathieu Keinmarc'h, sans lever les yeux, me dit d'une voix égale :

— Yvias, nous avons besoin de vous.

J'ai posé mon sac sur la seconde malle. Il n'était pas question de dire non. Je n'attendais que cela pour rester avec eux.

Bien que réduit à un état de pauvreté qu'il n'avait jamais connu, Mathieu Keinmarc'h déclara qu'il ne voulait pas se séparer de sa fille ni de son piano. Cette décision me fit plaisir, venant d'un homme que je n'avais jamais vu ni entendu témoigner de la moindre volonté. C'était Madame Cynthia qui menait tout sans avoir l'air d'ordonner, avec cette apparente nonchalance de ceux qui ne doutent pas un seul instant d'être obéis. Tout de suite, je me suis dit que le mieux était de l'imiter dans la mesure de mes moyens. Keinmarc'h était incapable de décider quoi que ce fût, mais à peine avais-je fait une proposition qu'il s'y ralliait aussitôt avec soulagement et toutes les marques de la gratitude. Je suis persuadé que si la fortune de Madame Cynthia lui était revenue, elle n'aurait pas fait long feu. Il n'aurait pas manqué de bonnes âmes pour le dépouiller en un tournemain. Prends ton sac, matelot, et tire au large, me soufflait la voix de la raison. Un homme pareil, il te faudra sans cesse le tirer des mauvais pas où l'aura conduit sa naïveté. A chaque fois que tu l'auras fait, si tu y arrives, il trouvera le moyen de s'empêtrer de nouveau. De quoi user ta vie. Qu'il vende son piano, mette sa fille dans quelque pension honorable puisqu'il y a de quoi, qu'il aille son chemin comme il pourra et adieu ! Il n'est pas ton parent, il ne sera jamais ton ami. C'était vrai, c'est toujours vrai, mais j'ai quand même posé mon sac. Je savais que, privé de la Belle et du piano, il ne tarderait pas à mourir de sa triste mort. La Belle ne m'a pas jeté ce regard des enfants qui savent d'instinct à qui s'adresser dans leur détresse. Elle ne m'a pas regardé du tout, moi qui étais son compagnon de jeux, qui l'avais si souvent portée sur mes épaules. Adieu, Yvias, c'est fini pour nous deux. Six ans, elle avait six ans, elle n'était pas ma jeune sœur, ma nièce, ma filleule, rien du tout. Etrangère autant qu'on peut l'être. C'est pourquoi je suis resté, on allait bien voir. Quand Mathieu Keinmarc'h avait dit de sa voix égale, comme pour une simple constatation qui ne m'obligeait à rien, qu'ils avaient besoin de moi, j'avais entendu en écho la voix de Madame Cynthia me souffler à l'oreille : ils ont besoin de vous. Etrangère aussi, Madame Cynthia. J'étais absolument libre d'aller me faire pendre ailleurs et de choisir ma corde. Et ne croyez pas que l'idée de me dévouer pour ces deux-là, par reconnaissance ou affection, m'ait effleuré un seul instant. Je ne veux pas me prévaloir d'un mérite que je n'ai pas. Par la suite, à plusieurs reprises, il m'est arrivé de me dire que c'était moi qui avais besoin d'eux parce que j'étais moi-même à leur image et qu'en faisant sept fois le tour du monde je ne trouverais pas d'autres humains semblables à nous. Mieux valait donc m'en tenir à ces deux-là. Peut-être suis-je aussi resté pour le piano. Je ne me sentais pas capable de durer sans l'entendre de temps en temps. Le père et la fille commençaient à jouer dessus à quatre mains. Et puis au diable ! Est-ce que je sais, moi, pourquoi je suis resté ?

Les premiers temps furent assez faciles. Bien que sa carrière eût été brève — et peut-être pour cela — Madame Cynthia avait laissé un grand souvenir chez tous les amateurs de musique et les organisateurs de concerts. Son accompagnateur, Mathieu Keinmarc'h, constamment appliqué à s'en tenir au second rôle, avait ses admirateurs lui aussi. Non seulement on lui reconnaissait un talent qui n'était pas discutable, mais les meilleurs connaisseurs le louaient surtout de savoir si merveilleusement accorder son jeu à la voix de la cantatrice que celle-ci ne perdait pas une once de sa plénitude. Ils auraient été en peine d'expliquer pourquoi et comment, mais c'était ainsi. Entre elle et lui, l'entente se faisait à des profondeurs qui n'étaient pas les nôtres. Et moi-même, ignorant, au point d'indifférence où j'en étais arrivé, je n'avais jamais cherché à savoir pourquoi ce piano, sous ses doigts, avait le pouvoir de me faire sentir un certain bonheur d'exister en raison même de mon détachement. A quoi bon m'expliquer davantage ! Et croyez bien que je n'aurais pas hasardé un mot sur tout cela si le pianiste ne m'avait engagé à tout vous dire de lui et de moi. Or, je ne cesse pas de me chercher à travers lui. Mais je n'arrive à rien.

Madame Cynthia disparue, Mathieu Keinmarc'h fut sollicité pour accompagner d'autres artistes de renom. On lui arrangea même, et à grands frais, des concerts pour lui seul. Ni elle ni lui n'avaient sans doute jamais fait de tort à aucun de leurs confrères car dans ce milieu où les jalousies et les rivalités sont parfois très dures, je puis témoigner que chacun fit de son mieux pour arranger nos affaires. Moi, j'étais l'homme à toutes mains. Je m'occupais de tous les détails de leur vie quotidienne, laissant à d'autres les soins d'organisation pour lesquels je n'avais aucune qualité. A la Belle, son père avait appris, avec une patience infinie, tout ce qu'on apprend dans ces écoles où elle n'a jamais mis les pieds. Moi-même j'ai appris à lire et à écrire avec eux. Quand je m'étais vainement cassé la tête, quelquefois, sur une page difficile, j'attendais de les écouter jouer du piano et tout devenait clair par une sorte d'enchantement.

Mais il fallut vite se rendre à l'évidence. Privé de Madame Cynthia, Mathieu Keinmarc'h n'était plus en public qu'un pianiste qui savait se servir de son instrument et c'était tout. Il entrait si peu dans le jeu qu'il lui arrivait quelquefois, pris par on ne sait quel rêve, de s'arrêter un instant au milieu d'une partition avant de reprendre mécaniquement, au grand dommage de celui ou de celle qui chantait. Je ne connais pas grand-chose à la musique, mais je sais que lorsqu'il jouait devant la Belle, et j'étais là, son piano rendait un autre son. Bref, il fut engagé de moins en moins souvent et puis plus du tout. On trouva encore à le placer, de temps en temps, dans des orchestres de plus en plus médiocres. Il dut se mettre à donner des leçons de piano, mais il oubliait souvent d'y aller. D'ailleurs, il ne pouvait pas rester longtemps dans la même ville. Il voulait revoir tous les endroits qu'il avait vus avec Madame Cynthia. Et c'était toujours à recommencer. Comme il jouait aussi de plusieurs instruments à vent, il fut embauché dans la musique d'un cirque pendant quelques mois. Pour ma part, j'acceptais tous les travaux que je pouvais trouver : débardeur dans les ports et les halles, jardinier à la tâche dans les quartiers bourgeois, cocher à la petite semaine, racoleur devant les cabarets de nuit, laveur de vaisselle dans les arrière-cuisines. Peu m'importait, j'étais à l'aise en tout état. Quand j'avais trouvé une bonne place où l'on voulait me garder, Mathieu Keinmarc'h nous faisait lever le camp. J'ai gardé un bon souvenir du cirque où je m'occupais de la ménagerie. Le cirque prit ses quartiers d'hiver et nous allâmes plus loin, toujours suivis du piano qui nous coûtait les yeux de la tête. Mathieu Keinmarc'h se fit pianiste de brasserie, mais non pas sur son instrument à lui, il n'aurait pas voulu. Et moi, je suis devenu lutteur de foire. La Belle était la fillette la plus sage du monde, toujours d'humeur égale et sans le moindre caprice. Le soir, en rentrant, je lui racontais une vieille histoire d'entre Lannion et Guingamp pour l'endormir, mais elle était toujours réveillée quand son père revenait de sa brasserie après minuit.

Nous étions à Paris depuis quelques semaines et les choses allaient mal quand nous vîmes arriver, dans le minable logement où nous avions trouvé refuge, un personnage sombre de mine autant que de vêture. Il se présenta à Keinmarc'h comme étant le notaire de Villejoie. Après de longues recherches, il avait retrouvé la trace de Mathieu. Il l'avisa qu'il était l'héritier d'un bon tiers d'une colline qui portait son nom, d'un grand logis en ruine et d'une tour ronde contenant une bibliothèque. L'homme était celui que vous appeliez le Notaire Noir.

Mathieu Keinmarc'h, monsieur de Keinmarc'h, disait le notaire, prit sa décision tout de suite. Avec toutes les marques d'une joie enfantine, il assura qu'il allait prendre possession sans délai de son héritage dans l'état où il se trouvait. Ce ne fut qu'après le départ de l'autre qu'il se tourna vers nous pour nous demander notre avis. Il n'était pas question de dire non, d'ailleurs nous avions oublié ce mot-là. La Belle a souri. Moi j'ai été surpris d'éprouver une émotion qui semblait ne concerner que mon corps, mais tout de même. Je me suis vidé la poitrine d'un seul coup et j'ai senti une sueur me couler le long de l'échine. Quel que fût le destin qui nous attendait sur un domaine aride et presque au désert, avait précisé l'homme noir, le temps de nos errances allait prendre fin.

Et voilà comment nous sommes aujourd'hui parmi vous.

XII

Tous les soirs, le piano résonnait là-haut dans la tour ronde. Alternait avec lui, quelquefois, une flûte, plus rarement une voix un peu grêle mais qui exprimait une émouvante sérénité. La voix, c'était la Belle. Il lui arrivait aussi d'entamer un chant en gardant ses bêtes, mais elle s'arrêtait après les premières mesures, comme prise d'appréhension. Alors, dans la tour ronde aux fenêtres toujours ouvertes, le piano prenait le relais. Le père et la fille conversaient ensemble dans leur secret langage. Et Yvias, peinant de tout son corps dans les labours, levait le dos et tendait l'oreille pour écouter.

Il n'était pas le seul. A mesure que passait le temps, les habitants de la colline voyaient monter vers sa crête, avec hésitation et prudence mais avec un évident désir de savoir ce qui se passait là-haut — s'il s'y passait quelque chose — des personnages qu'ils reconnaissaient comme étant de Villechant, de Villejoie ou d'une troisième paroisse nommée Saint-Chêne qui s'étendait petitement entre les deux autres. Des jeunes hommes, un par un, montés du plateau par des chemins-de-loups, qui évitaient de passer par des lieux habités et restaient à quelque distance de la tour, hésitant à pousser jusqu'au bout, partagés entre une irrésistible attirance, un violent désir d'aller voir, et une sorte de crainte révérencielle dont chacun d'entre eux était le seul à connaître les raisons. Jamais on ne les vit faire un pas à la rencontre les uns des autres. Ils devaient pourtant se connaître, ils ne cherchaient nullement à se cacher, mais il devait y avoir entre eux un accord tacite : chacun pour soi. Et ils s'épiaient sans doute avec soin car, dès que l'un d'eux abandonnait la partie, se décidait à redescendre lentement, renonçait à son entreprise, les autres aussitôt suivaient son exemple, comme découragés eux-mêmes par son échec. Alors la Belle qui gardait ses bêtes sans faire semblant de rien et qu'ils évitaient de rencontrer, la Belle s'immobilisait pour les regarder disparaître. Etait-elle soulagée ou déçue ? Et le cultivateur Yvias, acharné à la tâche dans l'un des petits champs sous la tour, gardait un œil sur la Belle, inquiet aurait-on dit. De quoi avait-il peur, celui-là ? Ou qu'espérait-il ? Qu'est-ce qui attirait vers la tour où sonnait le piano — et intimidait en même temps — ces étranges curieux qui n'osaient pas aller au bout de leur curiosité ? Pour les habitants de la colline, il n'y avait pas de doute. Ils subissaient la fascination de ce fameux livre Agrippa qu'ils préféraient appeler le Vif comme leurs pères et qui était resté caché dans la librairie de la tour, protégé par la masse même des autres, depuis la mort du Vieux Roi, le seul qui avait su le reconnaître. Quant à eux, allez savoir d'où cette conviction leur était venue, ils étaient persuadés que le neveu Keinmarc'h tenait le Vif en respect par la vertu de son piano. C'était parfois très dur. Quand l'orage se déchaînait sur la crête, certaines nuits, ils entendaient l'instrument lutter de toute sa force contre les puissances du ciel et de la terre conjuguées. Il finissait toujours par triompher. C'était bien un roi, lui aussi, Mathieu Keinmarc'h, invisible mais efficace au-delà des quotidiennetés. Le Roi d'Après.

La tour avait pourtant un visiteur assidu. Et pendant quelques mois il fut le seul. C'était le Notaire Noir de Villejoie, celui qui avait retrouvé le dernier Keinmarc'h après avoir inspecté plusieurs fois la librairie au temps du délaissement. Il arrivait carrément par le village, lui, sur son cheval noir qui avait, disait-on, un regard humain. Il restait des heures dans la tour, à parler d'on ne sait quoi avec Mathieu ou peut-être à se taire avec lui, à l'écouter jouer du piano. Une fois, il lui arriva même de passer la nuit là-haut. Au petit matin, on l'entendit traverser le village au galop d'enfer. Un notaire a tous les droits, n'est-ce pas ! C'est le maître des écritures et l'Agrippa lui-même, le Vif, n'était-il pas une somme d'écritures ! Les habitants avaient tous de très vieux parchemins dans leurs armoires de chêne ou d'if. Des parchemins qu'ils ne savaient pas lire, peut-être les archives du Royaume. Au notaire de jouer avec ceux de la tour. On avait confiance dans le notaire, mais un peu peur de l'homme aux mains gantées de noir. Yvias prenait le large dès qu'il apparaissait et ne rentrait chez lui, dans les anciennes écuries, que lorsqu'il avait vu l'autre s'éloigner au bas de la colline, chevauchant vers son gros bourg. Il continuait à descendre au village plusieurs fois par semaine, à entrer sans gêne dans toutes les maisons où il était le bienvenu, à converser abondamment sur tous les sujets que l'on voulait bien aborder, avec une préférence pour les travaux de la terre et les caprices du ciel. Il semblait vouloir oublier son ancienne existence, mais il acceptait volontiers de parler d'aventures de mer qui n'étaient pas les siennes, ses interlocuteurs étant très friands des détails les plus précis sur cette immensité mouvante qu'ils ne connaissaient que par lui. Après avoir raconté, dans les premiers temps du retour, leur histoire à tous les trois jusqu'à leur arrivée sur la colline, jamais il ne souffla le moindre mot de ce qui pouvait bien se passer là-haut. Et il ne se trouva personne d'assez effronté pour l'interroger là-dessus autrement que pour la simple politesse.

— Comment se porte le Roi d'Après ?

— Il va bien.

— Et la Belle ?

— De plus en plus belle.

— Avez-vous besoin de quelque chose, là-haut ?

— Nous avons tout ce qu'il faut. Je vous remercie.

Avec un sourire. C'était tout.

Or, les choses en étaient là lorsqu'un jour, montée à pied par la « face bleue » et suivie de Sula, sa servante et son souffre-douleur, on vit apparaître sur la crête la Maigre-Echine elle-même. Sur les pentes, des dizaines d'yeux la regardaient venir. D'un pas décidé, elle traversa la cour, sa face ingrate levée vers les fenêtres ouvertes comme par défi. Arrivée à la porte donnant sur la chapelle basse où était enseveli le Vieux Roi, d'un geste elle intima à Sula l'ordre de l'attendre et elle entra. Dès son apparition, le piano s'était tu. Sula s'assit sur une grosse pierre et sortit son crochet qu'elle se mit à manier vivement tout en regardant autour d'elle. Une bonne heure avait passé quand la Belle ramena dans la cour ses deux vaches et ses trois chèvres. Elle alla aussitôt vers Sula qui se leva de son siège de pierre et empocha son tricot. Les deux filles restèrent un moment debout l'une devant l'autre. Pas un mot ne fut prononcé. Soudain, la Maigre-Echine jaillit de la porte au comble de la fureur en criant vers la librairie silencieuse :

— Je reviendrai.

Le plus étonnant était que, malgré les fenêtres ouvertes, on n'avait pas entendu un seul éclat de voix, le moindre bruit de conversation entre elle et le Roi d'Après. Elle avait dû lui parler à voix basse pour essayer d'en tirer quoi ? Et lui-même n'avait pas soufflé mot. Qu'avait-il à faire avec cette femme ? Il l'avait laissée accumuler sa fureur qui éclatait maintenant après son échec. Que voulait-elle ? Ce qui était sûr, c'est qu'elle ne renonçait pas. Mathieu Keinmarc'h subirait de sa part d'autres assauts.

Une gifle en passant à Sula, quelques jurons qui lui venaient de son soudard de père et elle s'en fut à grands pas d'homme pour redescendre par la « face bleue ». La Belle, apeurée, avait poussé ses bêtes vers leur étable au fond de la cour. Mais l'une des chèvres, celle qui avait les plus longs poils et les plus belles cornes, ne voulut pas lui obéir. Comme Sula se hâtait de suivre sa maîtresse, elle trotta vers elle et se frotta contre sa robe avec insistance. La petite fit de son mieux pour la renvoyer vers la Belle. Ce fut peine perdue. La Belle fit alors un geste pour signifier : emmenez-la ! Dans la librairie, le piano se mit à jouer un air qui semblait vouloir dire qu'il était d'accord. C'était du moins ce qu'il y avait à comprendre. Yvias, revenu des champs juste à point pour assister à la scène, n'avait plus qu'à donner son assentiment.

Cette chèvre, d'ailleurs, avait toujours eu sa tête à elle. Il fallait la laisser faire. Elle suivit Sula.

Le lendemain, le fils-apprenti du maréchal, Yann Strullu, monta vers la crête comme il faisait souvent pour contempler silencieusement la Belle à dix pas. Il faillit s'évanouir d'émotion quand elle vint vers lui, la main tendue. Toujours sans un mot, le visage impassible, elle prit sa main dans la sienne et le tira résolument vers la tour. L'un derrière l'autre, ils passèrent devant la tombe du Vieux Roi, grimpèrent les marches de pierre qui conduisaient à la salle aux livres. Le Roi d'Après était là, pensif, assis devant le piano, les mains sur les genoux. Lorsque Yann Strullu sortit de la tour, deux heures plus tard, il portait devant lui, sur ses deux mains ouvertes comme pour un offertoire, un grand livre rouge à tranches dorées. Le Roi d'Après et la Belle avaient commencé à lui apprendre à lire. En revanche, ils s'étaient exercés eux-mêmes à parler breton avec le fils du maréchal. Avant de redescendre chez lui, Yann Strullu courut tout raconter à son ami Yvias dans son logis des écuries. De lui-même, jamais il n'aurait osé se présenter devant Mathieu Keinmarc'h, retiré dans la chambre haute. Et Yvias, familier de la tour et protecteur de ses habitants, n'avait pas pris sur lui de l'y faire entrer. Il avait l'habitude de laisser les choses se faire d'elles-mêmes. Elles finiraient bien par arriver. Et voilà que, par une impulsion de la Belle, c'était fait. Mais Yann Strullu, tout à sa joie, ne s'aperçut pas que son admission dans la tour et les rapports qu'il allait entretenir désormais avec le Roi d'Après et sa fille, feraient prendre une autre face au destin d'Yvias, apparemment voué, jusqu'à sa mort, à tenir le même rôle auprès de ces deux-là. Quelque chose s'était mis en marche qui n'allait plus cesser de produire d'étonnants effets. Le temps était venu d'en finir avec l'indécision qui les paralysait tous les trois depuis si longtemps. Quant à Yvias, il aurait juré que le geste de la Belle, après le don de la chèvre à Sula, avait été une révolte instinctive contre la violation de la tour par la Maigre-Echine, l'ennemie. Etait-ce parce qu'elle voulait dérober l'Agrippa, le Vif — si Vif il y avait — à la convoitise de quelqu'un qui en aurait fait mauvais usage, qui aurait fondé sur lui la plus maléfique puissance ? Et pour cela il lui fallait un allié à sa dévotion. Ou bien parce que l'isolement une fois rompu par l'irruption de la sorcière, une autre vie allait fatalement commencer pour les deux reclus en eux-mêmes et qu'il valait mieux rentrer dans le rang commun en se laissant aller sans réticence aux relations ordinaires ? Une sorte de capitulation, en somme. La tour s'était rendue au village, se rendrait bientôt à tout le Royaume. A moins que... La Belle allait avoir seize ans. Avait-elle été touchée par son adorateur muet ? Et de quelle adoration s'agissait-il ? Yvias n'y croyait pas trop. Mais il savait maintenant ce qu'il lui restait à faire.

Il ne se passa plus une seule journée sans que l'on vît Yann Strullu monter jusqu'à la tour d'un pas pressé quand la voie était libre. Elle ne l'était pas toujours, d'autres que lui avaient maintenant accès à la chambre haute. En effet, le lendemain du jour où la Belle avait pris la main de Yann pour l'introduire auprès de son père, l'un des jeunes gens que l'on voyait venir se planter sur les pentes sans trouver en eux l'audace d'aller jusqu'au bout prit soudain sa décision. C'était le plus assidu. Il était déjà sous la crête quand la Maigre-Echine avait fait son scandale. Et il était encore aux aguets, immobile, pour assister à l'intronisation de l'apprenti-maréchal. Alors, pourquoi pas lui, mais lui tout seul, de sa propre volonté, sans le moindre intercesseur ! Il y avait dans la tour quelque chose ou quelqu'un, il eût été en peine de dire qui ou quoi, capable de le rendre maître de ses désirs. Il y était allé en se vidant la tête pour en chasser la crainte ou le doute. Les gens du village, disséminés dans les champs au revers de la colline et qui ne le quittaient jamais des yeux dès son apparition, l'avaient tout de suite reconnu pour le menuisier-sacristain de Saint-Chêne. Il avait un peu surpris. On s'attendait moins à le voir là que le fils du Notaire Noir, un inquiétant jeune homme qui poursuivait de hautes études à Paris. Dès qu'il était revenu à la maison notariale, on était sûr de le voir arriver au galop sur le cheval de son père jusqu'au bas de la colline. Il attachait sa bête à la barrière de la Noire Epine et il grimpait par des raidillons détournés pour atteindre un observatoire, toujours le même, à cent pas de la tour, d'où il pouvait voir tout ce qui se passait. Jamais il ne s'était avancé plus près avant le jour où il s'aperçut que Yann Strullu, le sacristain de Saint-Chêne et un autre personnage inconnu dans le pays avaient déjà fait leur entrée dans le Manoir du Vif puisqu'il faut bien lui donner le nom sous lequel il fut désigné par les gens du village dès que courut le bruit que le Vif s'y trouvait. L'inconnu escaladait la colline par la « face bleue ». Parvenu à mi-hauteur, il s'annonçait par un air de bombarde. Quand il n'y avait pas de visiteur dans la tour, le piano lui répondait par une ritournelle pour signifier qu'il pouvait venir. Mais il se présentait rarement, occupé qu'il était à courir le monde. Les trois hommes n'étaient nullement complices. Au contraire, ils évitaient soigneusement de se rencontrer. Et jamais ils n'étaient là aux mêmes heures que Yann Strullu, le privilégié. Chacun pour soi.

Ils évitaient aussi la Belle. Elle-même, lorsque l'un ou l'autre d'entre eux était dans la tour, restait dehors avec ses bêtes jusqu'au moment où elle le voyait sortir. Le seul Yann Strullu l'avait apprivoisée comme Yvias naguère et Sula récemment. A chacune de ses visites, elle ne manquait pas de le suivre le plus tôt qu'elle pouvait dans la chambre aux livres où elle aidait Mathieu Keinmarc'h à enseigner son disciple comme ce dernier nous l'a confié plus tard sans vouloir préciser en quoi consistait cet enseignement. Comment il se comportait avec les autres, personne ne l'a jamais su, aucun des trois n'a desserré le moindrement les dents pour en parler. De loin en loin, la Maigre-Echine escaladait la crête de son pas d'homme, suivie de Sula et de sa chèvre. La Belle était toujours ailleurs et la sorcière, apparemment, ne cherchait pas à la rencontrer. Mais tous les moyens lui étaient bons pour se faire bien voir de son père, le mystérieux, le déconcertant Roi d'Après. Elle lui apportait des cigares qui allaient au feu, des eaux-de-vie qu'il ne goûtait jamais, des confitures pour la Belle qui n'y aurait touché pour rien au monde. Il n'est pas sûr qu'elle ait réussi à tirer un seul mot du vieux seigneur. Et elle finissait toujours par entrer en fureur. Un jour, elle alla jusqu'à le houspiller tellement fort que la

Belle dut lui recoudre sa veste déchirée. Et elle s'en allait en trombe, avec des gifles et des bourrades pour la pauvre Sula. Mais souvent on voyait celle-ci arriver sur la crête, toujours suivie de sa chèvre. Sans doute sa maîtresse l'avait-elle chargée de surveiller les occupants de la tour et leurs visiteurs. Sula courait vers la Belle et les deux jeunes filles échangeaient de rares paroles en s'appliquant à des travaux d'aiguille ou de crochet. La chèvre aux longs poils et aux belles cornes reprenait sa place dans le petit troupeau. Dès que Yann Strullu — et lui seul — était en vue, elles rentraient dans la tour en se donnant le bras. Et Sula, qui ne le cédait à personne pour la finesse, profitait de tout ce qu'elle voyait et entendait dans la salle haute. Mais quand elle redescendait par la « face bleue » pour faire son rapport à sa maîtresse, elle n'avait rien vu ni entendu. Cette ignorance, elle la payait au grand dam de sa peau car la Maigre-Echine n'y allait pas de main morte avec elle. La chèvre léchait les meurtrissures et tout était dit.

Peu de temps après que le fils du maréchal eut mis les pieds dans la tour pour la première fois, Yvias alla trouver son père en qui il avait reconnu un homme d'excellent conseil, en vérité le chef incontesté du village qui s'en remettait à lui pour sa gouverne. Il lui déclara qu'il avait décidé de se marier. Il venait d'avoir trente-huit ans et l'on n'avait plus besoin de lui là-haut. La fille de Mathieu Keinmarc'h était désormais assez grande pour se charger de son père. Lui-même ne cesserait pas, pour autant, de travailler les terres sous la tour à titre de métayer, c'était entendu avec le Roi d'Après. Il en tirerait largement de quoi nourrir une famille et la mettre à l'aise. Il faisait donc confiance au maréchal pour lui trouver une bonne épouse. Les jeunes filles à marier ne manquaient pas sur la colline que les jeunes hommes commençaient déjà à déserter sans grand espoir de retour. Comme l'autre lui demandait s'il n'avait pas de préférence, s'il n'avait pas remarqué telle ou telle dans l'une ou l'autre famille où il allait le plus souvent, il répondit qu'il ne voulait offenser personne en faisant un choix qui ne plairait pas à tous.

Après deux ou trois jours de forte méditation, le maréchal trouva la jeune fille qui lui convenait le mieux. Elle s'appelait Seza Riou. Elle vivait avec sa mère veuve dans la maison qui est aujourd'hui celle de Josias. Les deux femmes, avec bien du mal, n'arrivaient guère qu'à cultiver la moitié de leurs champs. Le mariage fut fait. Yvias vint habiter chez sa femme, mais il conserva son logis des écuries de la tour. Il lui arrivait d'y retourner pour quelques nuits quand un sens obscur l'avertissait qu'on avait besoin de sa présence là-haut. Besoin de sa proximité, c'était tout. Ni Mathieu Keinmar'ch ni la Belle ne parurent s'apercevoir que quelque chose avait changé. Dans l'année qui suivit le mariage naquit Josias. La première sortie de l'enfantelet fut pour être présenté au Roi d'Après qui l'avait demandé instamment. Quand ses parents l'eurent amené dans la chambre aux livres, couché dans son panier d'osier, le vieil homme le regarda longuement. Puis il se mit au piano et la Belle chanta, en l'honneur du petit, une vieille berceuse du pays de Madame Cynthia. Ils ne firent rien de plus ni l'un ni l'autre, mais Josias m'a souvent répété qu'il avait eu le plus beau baptême du monde.

Ensuite les événements se précipitèrent. D'abord, le son du piano se fit entendre de plus en plus rarement. Encore, après quelques mesures où l'on reconnaissait les thèmes chers au pianiste, finissait-il en cacophonie. Quelquefois s'élevait la voix de la Belle, une voix pure, mais qui s'efforçait vainement à la chaleur. Vainement aussi, le piano tentait de l'accompagner, de la soutenir. Il renonçait vite. Plus tard, Yann Strullu, quand il fut devenu le Roi Yann, dira que les heures qu'il continuait à passer dans la chambre haute n'étaient plus que des sortes de veillées funèbres. Mathieu Keinmar'ch, qui s'était fait son maître et son mentor pendant des années, ne s'apercevait même plus de sa présence. Il demeurait immobile, assis devant son piano fermé, dans un état de prostration difficile à décrire. Autour de lui, un désordre indescriptible, des piles de livres descendus des rayons et jamais remontés, les archives du Vieux Roi jonchant le sol. De temps en temps passait la Belle comme une ombre, sans un mot et sans jamais s'arrêter. Et un soir elle se planta devant une fenêtre ouverte et lui demanda sans le regarder :

— Voulez-vous de moi pour votre femme ?

Le fils du maréchal avait fini son apprentissage, il venait de tirer un bon numéro qui le dispensait de courir le monde sous l'uniforme. Stupéfait, désemparé, il cherchait le courage de dire oui et redoutait de le faire quand le Roi d'Après releva la tête et articula d'une voix ferme :

— Il est temps de vous en aller tous les deux.

C'est ainsi que Yann Strullu épousa la demoiselle Bella de Keinmarc'h. Elle descendit vivre avec lui dans la maison du maréchal, ici même. Vivre avec lui c'est beaucoup dire car tous les jours elle remontait là-haut pour s'y occuper comme elle l'avait toujours fait. Quand elle revenait, le soir, à la maréchalerie, elle croisait Yvias qui allait dormir maintenant toutes les nuits dans son logis des écuries. Ils ne trouvaient pas le moindre bonsoir à se dire. A quoi bon ! Par une entente tacite, ils s'étaient partagé la veille d'un grand malade.

Sula continuait à venir avec sa chèvre pour tenir compagnie à la Belle, silencieusement, mais du Notaire Noir et de son fils — on appelait ce dernier Maître Ma — du sacristain de Saint-Chêne et du chemineau à la bombarde on ne voyait plus la couleur. Chacun d'eux avait suivi son destin. A d'autres de vous raconter tout à l'heure ce qu'ils sont devenus. Quant à la Maigre-Echine, Yvias l'avait vue se glisser dans la tour à plusieurs reprises. Qui donc l'en aurait empêchée ? Mais pour découvrir ce qu'elle cherchait, c'était une autre affaire. Elle cherchait à mettre la main sur le Vif, disait le village. Le Vif ne se laisse pas trouver par n'importe qui, bon ou mauvais. Il a ses raisons, le Vif. Et qui les connaîtra jamais ?

Enfin, une nuit, un orage terrible éclata sur la crête. Un orage sec et seulement sur la crête. Il semblait même n'en vouloir qu'à la tour. Les habitants du village, massés sur la place, regardaient cette apocalypse de tous leurs yeux. Au premier coup de tonnerre, le piano se déchaîna avec une telle force qu'on l'aurait cru capable d'en imposer aux éléments. Après chaque éclair, il s'arrêtait pour laisser passer comme un grand souffle et il reprenait de plus belle sous le roulement du tonnerre. C'est le Roi d'Après qui lutte contre le Vif se disaient entre eux les gens. Dans la foule, quelqu'un cria : les Sarrasins ! Sous la tour il avait vu, rangés en bataille et flamberge au vent, les chevaliers au retour de croisade qui avaient fondé le Royaume. Les éclairs faisaient briller les heaumes et les hauberts maillés, les lances et les oriflammes. Et dès qu'il eut crié, tous les autres virent cela comme lui, ils furent toujours prêts à le jurer. Mais qu'attendaient donc les assaillants ? Il n'y eut pas de combat. On assistait plutôt à une sorte de parade. Les chevaliers sur leurs gardes semblaient attendre un signal qui ne venait pas. Yann Strullu brûlait de monter là-haut pour aider de son mieux le dernier Keinmarc'h, son beau-père. Mais, dans la maison du maréchal, la Belle était occupée à donner le jour, difficilement, à une fillette qui portera le nom de Brigitte, la mère du docteur. Et puis le Roi d'Après n'avait-il pas désiré rester tout seul ?

Au plus fort de l'orage, la foudre tomba sur la tour et l'ouvrit en deux du haut en bas, mais telle était l'épaisseur de ses pierres qu'elle tint debout. De l'énorme lézarde ainsi faite, au niveau de la chambre haute, le veilleur Yvias vit dévaler dans la cour, ruisseler plutôt, des monceaux de livres qui charriaient eux-mêmes le cadavre du pianiste écartelé. Il se rua sur lui, le chargea sur son dos et le ramena dans son logis tout proche où il l'étendit sur la table. Le Roi d'Après n'avait ni blessure ni brûlure apparente, il montrait un visage empreint de sérénité. Yvias prit le temps de se calmer. Quand ce fut fait, il alluma tranquillement sa lanterne-tempête. L'orage avait cessé tout d'un coup, sans doute satisfait d'être arrivé à ses fins. Au pied de la muraille fendue, les livres faisaient un bûcher préparé d'avance. Yvias y mit le feu et bientôt toute la tour ne fut qu'un brasier de la base au sommet. Au moment où l'une des moitiés s'écroula dans le ravin, les spectateurs d'en bas jurèrent encore avoir vu une boule de feu s'échapper d'entre les pierres et disparaître en roulant dans la direction de la maison du Notaire Noir. Si le pauvre Yvias, pensèrent-ils, avait voulu détruire le Vif, c'était raté. Le Vif n'était pas caché parmi les livres, mais muré dans la maçonnerie de la tour. Au reste, comment pourrait-on en venir à bout par le feu. Il est le feu lui-même, le Vif.

A la demande de sa fille, le Roi d'Après fut inhumé dans la chapelle basse, aux pieds de son oncle le Vieux Roi. Il paraît que c'était là un privilège qui leur venait du temps où leurs ancêtres bataillaient en Terre Sainte. Encore quelques années, entre trois et quatre, et la dépouille émaciée de la Belle viendrait reposer près de lui en vertu du même droit. Dès la mort de son père, elle avait commencé à languir. Elle déclina très lentement. Personne n'y pouvait rien, ni son mari, le Roi Yann, ni sa fille Brigitte. Et Yvias laissait faire comme il avait toujours fait. Aucun monument, aucune inscription ne signale aujourd'hui la sépulture des deux derniers Keinmarc'h, quiconque veut accéder aux marches de pierre qui donnent sur le vide et conduisaient autrefois à la chambre haute doit les fouler aux pieds comme on fait des pierres tombales de certains grands personnages ou d'évêques en mal d'humilité. Quand le temps est venu pour le Roi Yann de dire adieu à ce monde, il a bien recommandé qu'on ne mît pas ses reliques à côté d'eux. Il ne voulait pas les déranger. Sa tombe est au cimetière de Villechant. Les gens de là-bas sont venus la demander respectueusement à ceux de la colline qui ont bien voulu la laisser aller. Après tout Villechant, malgré tous les reproches qu'on peut lui faire, a toujours appartenu au Royaume et le Roi Yann ne manquait pas d'y aller tenir ses assises quand on avait besoin de lui. C'est très bien ainsi.

Voilà tout ce que je sais des rares archives écrites et des nombreuses traditions de bouche du pays où nous sommes et qui s'étend aussi loin que l'on pouvait voir du haut de la tour. Au-delà s'élèvent d'autres collines, s'étendent des bois et coulent des ruisseaux qui marquent vos frontières. Vous savez que vous êtes sortis du Royaume quand vous rencontrez des vieilles femmes arborant encore d'autres coiffes que celles d'ici. Pour elles et pour leurs hommes vous êtes toujours des Sarrasins, mais ils ne savent plus pourquoi on vous appelle ainsi. C'est à vous de le savoir et je sais que vous le savez. Si j'ai parlé si longtemps, ce n'est pas pour vous, mais pour Strullu-Fils. Il ne doit rien ignorer de votre histoire qui est aussi la sienne. Tout ce que j'ai dit, Josias et moi nous l'avons entendu conter plus d'une fois par son grand-père à l'endroit où nous sommes. Le maréchal nous a fait promettre, si nous avions à le répéter plus tard nous-mêmes, de bien garder en mémoire tous les détails. On ne sait pas, aimait-il à dire, ce qui importe à qui veut comprendre. J'ai fait de mon mieux pour lui être fidèle. Sans doute l'ai-je été à peu près puisque Josias n'a pas ouvert la bouche pour me corriger. A d'autres, maintenant, de prendre la parole : Ils voudront bien nous raconter ce qu'ils ont appris de leur côté par des témoins dignes de foi quand ils n'ont pas eux-mêmes connu certains personnages ou vécu certains événements qui n'ont pas été sans frapper les esprits des générations précédentes. A tout cela vous devez encore une part de vos manières d'être dont le docteur a pu être justement surpris. Quand vous en aurez fini, il n'aura plus grand-chose à apprendre du Royaume jusqu'au jour où le Roi Yann a cessé de le tenir sous son regard. Il a suffi qu'il ferme les yeux pour que ce Royaume se rétrécisse jusqu'à ne plus être que ce village, désormais condamné à se vider par la barrière de la Noire Epine puisque le destin n'a pas voulu que nous ayons un autre Roi.

XIII

Sur ces derniers mots, le notaire Louis Riwall se soulagea la poitrine comme un homme qui vient d'en finir avec une tâche difficile pour laquelle il a dû recourir à toutes ses forces. Et de fait, il semblait épuisé. L'assistance avait écouté son récit avec une attention d'autant plus fervente qu'elle avait du mal à le suivre par moments parce que ce récit, comme il venait de l'avouer lui-même, était fait pour le docteur et non pas pour eux. Mais voilà pourquoi, justement, ils y avaient pris un intérêt qui ne s'était jamais démenti. Ils venaient d'entendre une sorte de conte en breton de notaire — le plus simple et le plus impressionnant qui soit — dont les héros et les péripéties leur étaient familiers croyaient-ils. Or, le narrateur leur avait fait découvrir, dans leur propre histoire, certains aspects essentiels dont ils ne s'étaient pas clairement avisés. Il avait même suggéré, au travers de son discours, certaines explications qui leur paraissaient indéniables depuis qu'elles avaient été exprimées par lui. Et ils s'étonnaient de se connaître maintenant si bien. Certes, il avait surtout mis en scène les Keinmarc'h et leur entourage, mais il n'était pas besoin d'être grand clerc pour reconstituer autour d'eux le Royaume. Et le Royaume, ils lui restaient fidèles à part entière. Au surplus, illettrés qu'ils étaient presque tous, leur plus grande délectation était d'écouter quelqu'un qui savait parler comme il faut. Ce soir, ils avaient cru entendre un de ces conteurs de leur jeunesse dont ils ne comprenaient pas toujours les propos, ce qui achevait de les enchanter. Ce furent donc des visages ravis qui se tournèrent vers l'ancien du village. Il n'était pas possible qu'il ne fût pas d'accord.

Josias se leva lentement de son siège, un trône rustique taillé dans un tronc d'arbre dans lequel siégeait autrefois le maréchal Yann Strullu.

— J'ai eu bien du mal à convaincre Louis Riwall que c'était à lui de porter la parole pour nous deux. Je ne me sentais pas capable de m'en tirer moi-même. Il n'y a pas le moindre mot de travers dans ce qu'il a dit. Mais pourquoi parle-t-il toujours de nous comme s'il n'était pas des nôtres ? C'est vrai qu'ils ne sont pas d'ici, les Riwall. Mais son père a choisi de venir dans le Royaume à la mort du Notaire Noir. Et lui-même a toujours eu plus d'égards pour notre colline pierreuse que pour les riches bourgs du plateau. Ce que nous lui devons, à Louis Riwall, et qu'il ne veut pas entendre, vous le savez bien. Et il ne s'agit pas seulement d'histoires de vieux papiers. Il peut dire nous quand il parle en notre nom. Je voudrais ajouter que le Roi Yann, à la fin de sa vie, savait que sa fille était vivante quelque part et qu'il avait un petit-fils. Maintenant, nous allons manger la soupe. La nuit ne fait que commencer.

Ils sont tous arrivés dans la cour du maréchal à la tombée de la nuit. Tous ensemble. La tombée de la nuit, pour ceux qui mesurent le temps avec une montre ou une horloge, c'est un assez vague rendez-vous. Eux, ils en sont avertis par un léger accident de lumière qui leur fait comme un clin d'œil, par une faible sensation de fraîcheur sur leur peau, mais c'est assez pour les alerter. Le notaire, le maquignon et le facteur, moins assurés dans leurs calculs et moins confiants dans leurs impressions, ont rejoint la place avec un peu d'avance. Et là, ils ont attendu de voir paraître les habitants du village pour leur emboîter le pas. Le cycliste a posé son vélo contre le mur de la cour tandis que les deux cavaliers vont attacher leurs montures aux anneaux de la maison forgeronne. Les deux frères Simon ne sont pas seuls. L'un tirant, l'autre poussant la charrette à bras, ils la font entrer à l'intérieur de la forge par la grande porte. Dans la charrette siège, presque en majesté, un vieillard aux longs cheveux blancs. Son maigre visage se devine à peine sous un de ces énormes chapeaux à l'ancienne dont les bords sont assez larges pour protéger les épaules par temps de grosse pluie. Jean et Jacques sont allés le chercher dans sa petite maison de Villejoie où il achève sa vie. Il n'a plus l'usage de ses jambes, mais dans sa tête il a gardé tout un monde fantastique. Il en entretient soigneusement la mémoire, enrichie de sa propre expérience ou de ce qu'il appelle ainsi. On lui prête le don de double vue. Il est le seul à connaître, dit-on, l'explication de certains phénomènes qui déconcertent tous les autres. Il a été l'ami, peut-être le disciple du Roi Yann à certains égards. Celui-ci le faisait venir à la forge aussi souvent qu'il avait besoin de l'entendre lui-même et de le faire écouter aux gens de la colline car l'infirme savait mieux que personne les rassembler et les unir dans des émotions communes. Tout cela, le docteur l'apprendra plus tard. Pour le moment, la présence du conteur de merveilles assure tous les autres que le nécessaire a été fait pour que la nuit qui achève de tomber soit décisive. Elle va voir se jouer la libération des solitaires et l'adoption de Strullu-Fils par le Royaume, les deux allant de pair.

Derrière la charrette de l'infirme, Josias entre dans la forge à pas comptés, portant sur l'épaule un bâton de houx qui ne lui sert pas à marcher. Il est immédiatement suivi de Stéphanie qui fera tout à l'heure office d'hôtesse, et du docteur déjà intimidé par le cérémonial. Derrière vient le reste de l'assistance dans un ordre subtil, chacun se poussant à la place qu'il estime être la sienne sans que s'élève la moindre contestation. Des lanternes-tempête pendent au bout de certains bras. A l'intérieur, Stéphanie répartit les arrivants dans la salle, avec des gestes précis et sans un mot. Henri Morvan a la charge d'allumer d'autres lanternes qui sont accrochées aux clous des solives. Sur le feu de forge, la soupe à la viande trotte déjà dans la grande marmite depuis une couple d'heures. Tout est prêt. Ce n'est pas une église, se dit le docteur, mais plutôt un théâtre. Et même, dans le fond, le cheval Lug frappe du sabot à plusieurs reprises comme pour donner les trois coups.

Mais c'est à Josias qu'il revient d'ouvrir la séance de la grande assemblée, à lui de donner la parole à qui lui plaira. Personne n'osera élever la voix sans y être nommément invité par lui. On doit attendre un moment en silence avant qu'il ne desserre les dents. A vrai dire, il semble frappé de timidité, lui aussi. C'est depuis que Strullu-Fils, par l'ordre de Stéphanie, s'est assis devant lui, sur un escabeau à trois pieds recouvert d'une plaque de cuir craquelé. Le docteur l'a découvert lui-même et seulement dans l'après-midi, en préparant de son mieux la forge pour la veillée du soir. Il est le seul à ne pas savoir que c'était là le siège préféré de son grand-père quand il daignait s'asseoir et ce n'était pas souvent. Depuis que le Roi Yann a disparu, aucun de ceux qui fréquentent encore la forge n'a osé s'en servir. Et c'est sans doute pour cela qu'il était relégué sous un vieux sac, dans le coin le plus sombre du lieu. Quelle plus grande révérence peut-on porter à un objet de culte — c'est le mot — que de le dérober à la vue et au toucher non seulement des éventuels profanes et des visiteurs de hasard, mais des fidèles eux-mêmes ! Et le voilà ramené dans la lumière du feu par le seul être qui a quelque droit sur lui par hérédité directe.

Cette réapparition est de bon augure pour tous les assistants. Ils revoient le maréchal tel qu'il demeure dans leur souvenir après trente ans d'absence, maître à penser et maître à vivre, promenant son escabeau d'un groupe à l'autre pour que chacun à son tour pût entendre sa voix de près pendant qu'il parlait de science et d'expérience, écouter sa respiration quand il prenait ses silences, laissant tout le temps à l'auditoire de digérer ce qu'il avait dit. Il y avait bien, près du foyer, une sorte de fauteuil taillé d'une seule pièce dans un tronc d'arbre, un trône pour le plus sage ou le plus fou de la compagnie — c'est le vieux Josias qui l'habite maintenant. Le Roi Yann, pendant son temps mortel, y faisait asseoir pour lui faire honneur, à chaque veillée, l'un ou l'autre des habitants du village, mais c'était lui-même qui menait le jeu, sauf lorsqu'il y avait un conteur à passer par là, auquel cas le fauteuil de bois était dévolu à cet homme de l'art pour toute la soirée. Cependant, Yann Strullu ne manquait pas d'inviter telle ou telle femme à occuper cette présidence, mais c'était pour la forme. Il savait d'avance qu'elles refuseraient avec des éclats de fausse indignation, arguant de ce qu'une femme de bon lieu, devant un foyer, ne peut que se tenir debout. Et ajoutant que l'honneur fait à leurs maris valait pour elles d'abord, ce qui n'était guère discutable. D'ailleurs, elles n'avaient pas l'habitude de s'appuyer contre un dossier sauf à l'église, lors des enterrements, et seulement pour s'assurer qu'elles se tenaient le dos droit. Aux veillées de la forge, leur place était derrière les hommes, avec leur tricot. Mais que l'on se gardât, disaient-elles, de toute insinuation à leur propos. Ne pas confondre le cliquetis des aiguilles avec le bruit des chapelets. Le maréchal écartait les bras, paumes ouvertes, pour prendre l'assistance à témoin qu'il avait fait de son mieux. Il désignait un homme pour siéger noblement dans le tronc d'arbre évidé, empoignait son escabeau et commençait la séance dans la bonne humeur pour passer graduellement, sans la moindre emphase, à la plus extrême gravité avant de ramener insensiblement le sourire sur les lèvres. Tel il était.

Maintenant il est mort depuis une petite éternité et il y a là son petit-fils qui lui ressemble par quelques traits accusés dans le bas du visage. Seulement dans le bas. Mais le petit-fils ne le sait pas. Comment le saurait-il ?

L'ancien du village détaille l'assemblée devant lui. Ils sont là comme des écoliers respectueux devant le maître, ils attendent sa parole. Et lui, avec seulement quelques années de plus qu'eux, il s'étonne de leur confiance. Au premier rang, à demi cachés par la grande enclume, sagement assis, les mains croisées comme au catéchisme, il y a les quatre hommes du village. Derrière eux, sur deux autres bancs, les six femmes. Avec plaisir, il voit que les trois sœurs se sont séparées, signe qu'elles refont connaissance de bonne volonté avec leurs voisines. La plus jeune, la main à plat devant la bouche, se confie alternativement à voix basse à la couturière et à Stéphanie qui la poussent vainement du coude pour la faire se tenir tranquille. Quel âge peut-elle avoir, Clémentine ? Cinquante-huit ans. Contre le mur qui donne sur la cour, il y a les trois seules chaises du village, celles des trois sœurs. Elles les ont apportées, dans l'après-midi, non pas pour s'y asseoir elles-mêmes, mais pour honorer les invités qui sont le notaire Louis Riwall, le maquignon Le Roux et le facteur Hervé Lucas, ce dernier un peu emprunté de sa personne. Malgré le mérite qu'il s'est acquis depuis moins d'un mois, il a conscience d'être trop nouvellement introduit dans une affaire où tous les autres sont parties prenantes depuis toujours. Les trois invités se tiennent debout auprès des chaises, attendant un signal qui ne vient pas. Le maquignon se décide le premier à retourner sa chaise pour s'asseoir à califourchon, les bras croisés sur le dossier. Il ne sait pas user autrement d'un pareil siège quand il n'y a pas de table devant. Après une hésitation, le facteur fait comme lui. Le notaire n'arrive pas à se décider. Il est nerveux, mal à son aise. De l'autre côté de la cheminée, la charrette à bras a été calée devant et derrière par les frères Simon pour que sa caisse reste à plat. Le vieillard qui l'occupe — il est plus jeune que Josias de quelques mois seulement — domine toute l'assemblée bien qu'il ne soit vu que jusqu'aux reins. Il se tient assis comme un tailleur sur sa table, les jambes dissimulées sous des couvertures. Celui-là, il n'a plus été revu sur la colline depuis que le maître de la forge est descendu sous terre. Or, à peine le regard de l'ancien s'est-il posé sur lui après avoir fait le tour de la salle, que l'infirme fait un signe de la tête. Et Josias parle.

— L'envie m'est venue, dit-il, d'écouter encore une fois l'histoire de la colline d'ici. En présence de vous tous et avec votre aide. Cette histoire nous est commune, mais certains d'entre vous en connaissent des morceaux qu'il est le seul à pouvoir conter comme il faut. J'ai pensé aussi que Strullu-Fils aimerait savoir qui nous sommes et ce que nous savons. Là où il a vécu jusqu'à présent, comment aurait-il pu l'apprendre ? Il y a plus d'un demi-siècle que sa mère nous a quittés. Maintenant qu'il lui a plu de revenir parmi nous, il nous faut l'instruire de notre mieux. Ainsi sera-t-il à son aise et nous aussi. J'ai demandé au notaire de parler le premier parce qu'il en sait plus que nous tous. Quand il aura fini, d'autres diront ce qu'il leur revient de dire. Louis Riwall, voici le bâton de houx qui est l'insigne du porteur de parole dans notre coutume. Prenez-le. Il est à vous jusqu'au moment où il vous plaira de vous taire. Alors un autre le prendra et un autre encore et d'autres après eux s'il y a nécessité.

Maintenant Louis Riwall est résolu. Il se saisit du bâton, s'assoit sur la chaise, le plante entre ses jambes et croise les mains sur la poignée. Pendant tout le temps que durera son récit, il ne bougera plus guère que la tête quand il lui faudra forcer la voix. Et voilà ! Son épreuve est finie. Josias a dit que l'on allait manger la soupe, que la nuit ne faisait que commencer. Le notaire ferme les yeux et laisse tomber le bâton au creux de son épaule. Puis des deux mains, par un geste que le docteur lui connaît bien, il ramène son chapeau jusqu'à ses sourcils.

Quelque part dans la pénombre de la maréchalerie, derrière les hommes groupés autour du feu de forge sous les lanternes-tempête suspendues aux solives, s'élève un bruit de vaisselle, poteries et cuillères entrechoquées. Et les femmes, une à une, s'avancent en silence. Sur le foyer flambant trône, toujours assise au trépied, la grosse marmite à trois anses où cuit la soupe. Pendant que parlait le notaire, Josias avait soigneusement entretenu la braise et la flamme sous le ventre noir.

Stéphanie marche la première, suivie de Clémentine et d'Anna Dréo, toute confuse et rougissante. Chacune tient en main cet anneau à crochet qui sert à descendre sur la terre battue les grands récipients chauds sans se brûler aux anses ni renverser le trépied, ce qui est toujours de mauvais augure. Les hommes de la colline font mine de se lever. L'un d'eux, pour la politesse et sans espoir de succès, prononce la formule habituelle en pareil cas :

— Laissez-nous donc vous aider !

A quoi Stéphanie réplique sur le ton rogue :

— Nous ne sommes pas assez fortes, peut-être ? Vous allez voir.

Et tout le monde se le tient pour dit. De fait les trois femmes, s'étant placées exactement comme il faut autour de la marmite, accrochent chacune son anse et descendent la marmitée sur le sol sans effort apparent. Le couvercle lâche bien quelques jets de fumée, mais du bouillon il ne se perd pas une goutte. Et Stéphanie de triompher :

— Vous avez vu !

Avec son crochet, elle ôte le couvercle de la marmite, libérant un tourbillon de fumée. L'odeur du pot-au-feu se répand généreusement. Pendant cette opération délicate, Marie-Ange a distribué de grandes écuelles bleues à craquelures et d'autres vernissées de brun. Un peu surpris, les hommes les tournent et les retournent entre leurs mains. Il y a beau temps que, dans leurs maisons, on se sert d'écuelles plus récentes, apportées par le chiffonnier en paiement des hardes et des peaux d'animaux. Les femmes ont dû fouiller au fond des coffres et des buffets pour ramener au jour ces vénérables poteries. Se sont-elles donné le mot pour les remettre en service, ce soir, parce qu'elles savent qu'il sera question du temps passé ? Et l'Ancien Testament, pour ceux qui sont là, le docteur excepté, n'a-t-il pas pris fin avec la relégation de ces terres cuites et des cuillères de fer qui en étaient inséparables ! Justement, derrière Marie-Ange, la couturière boitillante remet à chacun la sienne. Elles aussi ont été retrouvées. Il n'y a que les femmes pour avoir de ces finesses inattendues. La plus vieille des trois sœurs, Mélanie, attend son tour d'entrer en scène. Dans une main elle tient la grande louche, dans l'autre un bâton à bouillie pour tourner la soupe avant de la servir.

— Approchez, les hommes ! ordonne Stéphanie en adoucissant sa voix de commandement.

Josias est servi le premier. Puis les invités, les étrangers à la colline, et d'abord le vieillard impassible sur sa charrette à bras. Viennent ensuite les hommes du village par ordre d'ancienneté. L'écuelle du docteur est remplie la dernière. N'est-il pas le maître de la maréchalerie et donc tenu d'honorer ses hôtes en priorité ! Il est aussi le seul à ne pas savoir très bien comment faire pour ne pas se brûler les mains. Tous les autres, d'instinct, plaquent leurs paumes calleuses sur leur écuelle et l'y gardent un moment avant d'attaquer la soupe avec la cuillère plantée dedans. Les femmes se servent mutuellement sans préséance aucune. Elles se mettent à manger debout autour de la marmite qui fume à leurs pieds. Leur service n'est pas encore fini et il n'est pas question de permettre aux hommes d'empiéter sur leurs attributions. A chacun son dû.

Le tout en silence. Pas une parole n'est prononcée pendant que chacun vide posément son écuelle en faisant du bruit avec sa bouche pour signifier que la soupe est mieux que bonne. Le notaire a pourtant bien du mal à venir à bout de la sienne. Alors qu'il a toujours été maître de son souffle pendant qu'il parlait, on dirait maintenant qu'une émotion rétrospective l'empêche de respirer entre deux cuillerées. Les autres se sont déjà torché le museau avec le dos de la main et il se bat toujours avec le contenu de son écuelle. La fatigue, sans doute. Josias lui a confié une lourde tâche dont il s'est tiré à son honneur. Qu'il prenne son temps pour refaire ses forces. On peut l'attendre, on a déjà le ventre au chaud. Josias s'occupe à recharger le feu avec du bois sec pour en raviver la flamme. Tous les regards sont dirigés vers Stéphanie, la maîtresse femme. Toujours par gestes, voilà qu'elle invite Clémentine et Anna Dréo à emporter vers le fond la marmite aux anses assez refroidies pour qu'elles puissent les empoigner à mains nues. Cette Stéphanie, elle est à son affaire. On se souvient de sa mère qui fut la grande cuisinière des noces du village quand on s'y mariait encore. Elle n'avait pas son égale pour faire mijoter d'incomparables festins dans d'énormes chaudrons dressés à l'abri des talus. Tant elle était prisée qu'on la priait de descendre à Villechant et Villejoie quand il s'agissait de célébrer les alliances entre grandes familles par de somptueuses agapes qui rassemblaient près d'un millier d'invités, dans le nombre les plus fines gueules du département. Elle faisait manœuvrer vingt femmes de cuisine et cinquante filles de service mieux que jamais colonel n'a commandé un régiment. Malheur à celle qui ne lui obéissait pas au doigt et à l'œil. Elle était priée sans ménagement d'aller cuver ailleurs son ignominie. Stéphanie, dans sa jeunesse, bien avant de se suspendre au cou le collier de grelots, avait assisté sa terrible mère qui lui menait, dit-on, la vie dure pour la mettre en état de lui succéder honorablement. Or, quand la vieille femme s'était résignée à quitter ce monde, le temps des grands fricots de noces était passé, sa fille ne pouvait plus ambitionner le sceptre de la cuillère à pot. Mais elle avait de qui tenir, la Stéphanie. En la voyant mener son monde, tout réduit qu'il fût, on se croyait revenu au temps d'avant la désertion et le parti pris de solitude. Telle était la nostalgie de l'ancienne communauté que les hommes se laissèrent aller à esquisser un sourire en se regardant les uns les autres. Le docteur n'avait pas assez de ses yeux pour se rassasier du spectacle.

Louis Riwall a retrouvé son calme et fini sa soupe mieux qu'il ne l'a entamée. Les femmes reparaissent devant le feu de forge, sous la clarté des lampes-tempête, mais Stéphanie n'est pas avec elles. Qui aurait l'audace de se retourner la verrait s'activer, dans la pénombre, à découper la viande du pot-au-feu sur une maie éclairée par une lampe Pigeon. Les autres sont préposées au pain, au vin et au sel. Avec un ensemble presque parfait, les hommes sortent leur couteau. Dès que l'un d'eux a reçu sa tranche de pain, il s'empresse d'en détacher un morceau pour nettoyer soigneusement son écuelle car Clémentine ou Anna Dréo s'approche de lui avec une bouteille de vin rouge. C'est l'écuelle qui recevra la ration. Là-dessus arrive Stéphanie, le buste droit, portant à hauteur de hanches un grand plat de bois chargé de morceaux de bœuf et de lard épais. C'est elle-même qui le présente aux convives, rapidement mais sans se tromper d'une préséance. Chacun pique dans le plat ce qui lui convient et le pose sur sa tranche de pain qui lui servira d'assiette. La vieille Mélanie offre le gros sel dans une jatte. Il n'y a pas un mot jusqu'à ce que Stéphanie, les autres femmes sur ses talons, se retire vers la maie autour de laquelle, à leur manière qui est presque précieuse à force de modestie, elles mangeront encore debout tout en gardant un œil sur les hommes au cas où il leur manquerait quelque chose. Alors la maîtresse actuelle des cérémonies fait entendre sa voix sans réplique :

— Qui n'en a pas assez, il est assez grand pour le dire.

Eux, ils travaillent gravement du couteau, la paume et les quatre doigts de la main gauche sous le pain, le pouce sur la viande. Ce n'est pas toujours facile, la tranche étant plus longue et plus large que la main qui la tient, mais pas une miette, pas un débris ne tombe à terre. Bien que le docteur se soit déjà essayé à manger de la sorte, il doit couler un regard de temps en temps sur ses compagnons pour les épier, pour voir comment ils s'y prennent, surtout pour attraper les quelques grains de gros sel qu'ils ont plantés çà et là dans la mie. Il est assez content de ne pas s'en tirer trop mal, de ne pas faire scandale. Il a compris qu'il faut y aller lentement comme eux, calculer l'endroit exact où doit intervenir le couteau pour aider le pouce à contrôler la bouchée. Il ne s'étonne même pas d'être servi par son expérience du bistouri. Il est justement en train de boire la dernière goutte pour faire descendre le dernier morceau quand Josias ferme son couteau en faisant claquer la lame. C'est là le signal de fin de repas que donne le maître quand il estime que l'on s'est assez soucié de la panse. Et aussitôt on entend claquer les couteaux des autres mangeurs. Ils ont tous fini avant Josias. Pas étonnant, ils se sont tous réglés sur lui, prenant la précaution de se donner toujours un peu d'avance. Et Josias s'est réglé sur le docteur.

Apparaissent de nouveau sous les lampes les trois sœurs et la couturière pour ramasser sans bruit les écuelles vides, la seule vaisselle à emporter. Stéphanie passe devant les hommes avec un grand pichet d'eau fraîche. Ils lui tendent leurs deux mains en coupe comme pour boire au ruisseau. Elle y verse adroitement un peu de liquide, juste ce qu'il faut pour leur permettre de se frotter les doigts graissés par la viande.

Derrière elle, Anna Dréo, plus rougissante que jamais bien que la seule en puissance d'époux, leur présente un grand torchon de chanvre pour s'essuyer comme il faut. On se croirait à la messe. Le docteur a de plus en plus l'impression d'assister à une mise en scène minutieusement réglée. Et c'en est une, en effet. Il est évident que les ordonnateurs en sont Josias et Stéphanie. A part lui, tous ceux qui sont là connaissent bien les rites d'un savoir-vivre qui leur vient de loin, mais sans doute ne font-ils pas habituellement tant de façons. Ce soir, ils s'appliquent pour lui faire honneur et s'en faire mutuellement du même coup, il y a si longtemps qu'ils ne se fréquentent plus. C'est vraiment le soir des retrouvailles et de toutes les réconciliations sans réserve. Tant ils sont occupés à surveiller leur propre comportement qu'ils n'osent même pas aventurer une parole qui risquerait d'être incongrue. Aucun d'entre eux ne se permettrait de commettre la moindre faute alors que devant eux, sur l'escabeau du maréchal, il y a son petit-fils, venu de son plein gré pour prendre possession de son héritage dans lequel eux-mêmes sont compris.

— Louis Riwall, articule posément Josias, voulez-vous donner le bâton de houx à Ronan Gourlay, dit Mâchefil, qui nous a fait l'honneur de revenir parmi nous pour un soir malgré son grand âge et ses cruelles infirmités. Il a souvent conté dans cette forge, devant le Roi Yann, les merveilles du temps passé, mais de celles dont il a été le témoin, jamais il n'a voulu rien dire de plus que ce que tout le monde savait ou croit savoir. Il a connu le Notaire Noir, le prédécesseur de votre père, et mieux encore son fils, Maître Ma. A propos de ces deux-là, qui ont fréquenté la chambre haute de la tour des Keinmarc'h quand le Roi d'Après y jouait du piano, le bruit a couru qu'ils avaient affronté le livre démoniaque appelé le Vif. Mais on dit tant de choses quand on est inquiet de ne pas savoir. Laissons parler Ronan Gourlay, le Mâchefil.

Derrière le banc des hommes, on entend déjà cliqueter les crochets des femmes. Rien de tel que les jeux de laine pour faire s'éclairer en soi le domaine des profondeurs. Les hommes se sont appuyé des coudes sur les genoux. Ils sont de ceux qui écoutent mieux en regardant leurs mains plutôt que le visage du conteur.

Alors, Mâchefil ferme les yeux. Il baisse la tête sur sa poitrine pour se recueillir un moment et laisser se former en lui les images de la mémoire. Puis il entame son récit sans s'attarder à de vains préambules. Ceux qui sont là, et le docteur lui-même, sauront bien rattacher ce qu'il va dire à ce que le notaire a dit avant lui. Et si certaines choses demeurent obscures, il n'y peut rien.

XIV

Assis dans la charrette à bras des frères Simon, le Mâchefil tient maintenant le bâton de houx à deux mains et par les extrémités. Il l'a posé devant lui, à plat sur la couverture qui dissimule ses jambes. Pendant tout le temps que va durer son récit, il ne cessera d'avancer ou de reculer l'une ou l'autre main sur le corps du bâton avec des hésitations et des repentirs comme s'il devait reconstituer, phrase par phrase, au risque d'oublier certains détails essentiels, une histoire qui fait partie de son être, mais dont il cherche toujours intensément à démêler le sens. C'est un pénible travail que le sien et qui l'occupe tout entier, une sorte de libération en même temps. On sent qu'il ne s'y déroberait pas pour tout l'or et les perles. C'est que son auditoire, cette nuit, est le plus complice dont il puisse rêver, le seul sans doute qui soit capable de l'écouter sans étonnement ni contestation parce que toutes ses paroles s'accordent avec la voix intérieure de chacun des assistants. Mais trois ou quatre fois, quand la tension sera trop forte, il détachera du bâton une de ses mains. Il lèvera le bras et le tiendra en l'air un moment pendant qu'il fera silence. Alors, les hommes le regarderont à la dérobée, les femmes arrêteront leurs crochets, on entendra des soupirs vite réprimés. Le docteur lui-même se sentira plus que jamais le petit-fils du maréchal.

Le Mâchefil a baissé la tête. Sa voix s'élève, un peu sourde mais bien timbrée et d'un volume inattendu. Une de ces voix auxquelles on ne résiste pas bien qu'elle s'interdise tous les effets oratoires, les bons et les mauvais. Il n'a personne à convaincre, le Mâchefil.

Quand Maître Ma, le fils du Notaire Noir, fut porté au cimetière, il ne manquait qu'un seul paroissien derrière son arche mortuaire et celui-là c'était moi-même. Il n'y avait pourtant pas eu la moindre fâcherie entre nous. J'étais sans aucun doute celui qui le connaissait le mieux dans la mesure où l'on peut connaître quelqu'un qui n'est pas de votre monde bien qu'il semble vivre au milieu de vous sans trop de mal. Si je n'étais pas dans la foule derrière sa dépouille, c'est que je me trouvais retenu au lit par la fièvre trembleuse. Pour être franc tout à fait, même si j'avais été capable de tenir sur mes jambes, je n'aurais pas suivi non plus sa pompe funèbre car je savais que la caisse de bois dur ne contenait que le déguisement de chair et d'os de Maître Ma. Maître Ma était ailleurs, occupé à d'autres tâches, sous une autre apparence, probablement, et sous un autre nom. Maître Ma en avait fini avec nous.

Il était Maître Ma de son vrai nom, Maître par la famille et Matilin par le baptême. Mais sa mère, une petite femme maigre et maladive, trouvait son prénom trop long pour le souffle qu'elle avait, si bien qu'elle ne prononçait jamais que Ma quand elle s'adressait à son fils et ce n'était pas souvent. Ceux qui l'avaient connu enfant, d'abord par dérision, ensuite par habitude, faisaient comme sa mère. Quant à lui, il se montrait satisfait de son prénom estropié au point que lorsqu'il parlait de lui-même, il ne disait pas je, mais Ma. En raison de cela, dans notre paroisse où chaque tête baptisée attrape, tôt ou tard, un sobriquet, il était le seul à ne pas en avoir. On estimait sans doute que Ma était suffisant pour le distinguer des autres une fois pour toutes. Et, de fait, il n'y avait pas d'autre Ma dans le canton. Si quelqu'un s'était avisé de mettre sur son fils le prénom de Matilin — mais personne n'avait osé le faire — l'enfant serait devenu, sur la langue des gens, Tilin ou Linig, mais sûrement pas Ma. On aurait eu trop peur d'attirer sur lui quelque obscure malédiction ou peut-être la vengeance de cet homme redoutable qui était le père de Ma.

Ce père, en effet, le seul notaire du canton, faisait peur aux gens de bien comme aux autres. Nul n'aurait su dire pourquoi, il n'y avait aucun reproche à lui faire, pas la moindre preuve de malfaisance contre lui. Il était de bon conseil et d'une honnêteté scrupuleuse, si scrupuleuse que le plus juste se sentait un peu coupable devant lui. Il faisait peur, c'était comme ça. Un grand gaillard à la tête sombre, toujours vêtu de noir, qui ne daignait jamais plaisanter ni sourire, ne laissait jamais échapper un seul mot qui ne fût nécessaire à l'exercice de sa fonction notariale. Il semblait totalement dépourvu de sentiment. Quelques jeunes affronteurs, après de fortes libations au cabaret, poussaient parfois l'audace jusqu'à déclarer que son urine n'était même pas tiède en sortant de lui. Et aussitôt la fête était finie, l'ivresse dissipée, les visages se fermaient, on rentrait chez soi mal à l'aise. Quant aux auteurs des paroles irrespectueuses, on raconte qu'ils allaient se cacher derrière quelque talus quand apparaissait, au détour d'un chemin, la calèche du notaire, tirée par un cheval noir dont le juste nom était Diable, mais ce nom n'était jamais prononcé par personne, pas même par Maître Ma. A vrai dire, le cheval n'en faisait qu'à sa tête, tournait à droite ou à gauche selon son humeur ou les ordres reçus de quelque puissance inconnue, car le notaire ne tenait les rênes que pour les empêcher de tomber. Le plus impressionnant était de rencontrer l'attelage arrêté net au bord d'un chemin désert, Diable ayant la tête baissée jusqu'à terre et maître Maître assis tout raide sur sa banquette, le regard fixé au loin, vêtu, chapeauté, ganté de noir, tout noir en somme, à l'exception de la peau de son visage qui était couleur de cendre. Ceux qui ont eu le courage de rester aux aguets jusqu'à voir repartir la calèche — et ils attendaient autour d'une demi-heure — ont déclaré que l'homme et le cheval duraient tout ce temps-là sans bouger pied ni patte, mais qu'ils avaient l'air, tous les deux, d'écouter quelque chose ou quelqu'un. La notairesse maigrichonne, quand un client se présentait à l'étude en l'absence de son mari, ne savait que répondre : il est en chemin, sans pouvoir préciser vers où ni dans combien de temps il devait revenir.

Il était souvent en chemin, c'est vrai, mais bien malin qui aurait pu dire où il allait, quel était le but de ces tours et détours à travers le canton, la raison de ces arrêts à des endroits où il n'y avait personne à qui parler ni rien à faire, apparemment, la meilleure preuve en était qu'il ne descendait même pas de sa calèche. Quand son fils Maître Ma eut sept ans, il l'emmenait souvent avec lui dans ses errances. Et l'enfant s'étonnait de rouler sans but aux côtés d'un père qui ne desserrait pas les dents. C'est Ma lui-même qui m'en a fait confidence un jour, sans doute par une étourderie du jeune âge. Ensuite, il m'est arrivé de le rencontrer deux ou trois fois, assis aussi raide que son père sur la banquette de la calèche à l'arrêt, le mufle de Diable au ras de l'herbe. Sans bouger autrement, d'un imperceptible mouvement du coude, il me signifiait d'aller plus loin. Je n'ai jamais eu de lui aucune explication. Je n'en ai pas demandé non plus.

Un autre jour, plus tard, dans l'excitation de l'aventure, il a commencé à me dire que son père, la veille, l'avait pris en croupe et emporté au galop vers la colline qu'ils avaient escaladée par la « face bleue ». Ils étaient entrés dans la tour ronde de Keinmarc'h et là… Maître Ma s'est arrêté d'un seul coup, il est devenu tout blanc comme s'il était épouvanté d'avoir failli trahir un secret. Je crois seulement qu'il n'était pas encore initié, qu'il venait tout juste de commencer un redoutable apprentissage, mais lequel ?

Il ne m'avait pas appris grand-chose, Maître Ma. On savait bien que le Notaire Noir — à travers la campagne, il y avait toujours des yeux sur lui — montait plusieurs fois par an au Manoir du Vif qui flanquait la tour ronde. Les dates de ces visites pouvaient varier, mais l'une d'elles était immuable, c'était celle du solstice d'hiver. Il avait commencé à y aller au temps du Vieux Roi, peut-être appelé par lui alors qu'il venait lui-même d'arriver dans le pays, venant d'on ne sait où et déjà vêtu de noir. Il ne cessera plus d'y retourner jusqu'à sa propre disparition. On savait qu'il était en route vers le sommet quand on le voyait galoper sur son cheval qu'il montait à cru, ayant dételé sa charrette sur une inspiration subite pour l'abandonner au bord de quelque chemin du plateau. Elle attendait son retour, les brancards en l'air. Cependant, sur le passage du cavalier noir enfourchant sa bête couleur de nuit, les femmes se hâtaient de ramasser leurs enfants à l'intérieur des maisons. Autant que l'on sache, il n'a jamais fait de mal à personne.

A l'école, j'étais le meilleur ami de son fils Maître Ma, le meilleur parce que le seul qu'il avait. A ceux qui seraient surpris d'apprendre que nous avions déjà une école à Villejoie, ce qui était rare en ce temps-là dans la contrée, je dois dire qu'elle était payée par un bienfaiteur inconnu à l'intention duquel nous devions dire une prière dans la classe matin et soir sans faute. Ce bienfaiteur, nous n'avons pas su qui il était jusqu'au jour où un nouveau notaire, le père de Louis Riwall qui est ici, est venu s'installer dans notre bourg. C'était le Notaire Noir qui payait. Entendez ce que vous voulez, moi je m'entends.

Maître Ma était un garçon ordinaire si l'on met à part deux choses : il n'avait jamais aucun mal à faire ses devoirs et il ne parlait jamais que pour répondre, encore le faisait-il en trois mots quand il en aurait fallu au moins quatre pour que ce fût clair. Mais les trois mots étaient tels que l'interlocuteur trouvait tout seul le quatrième. Essayez de comprendre, moi j'y ai renoncé. Maître Ma, cependant, qui fut toujours mon voisin aux bancs d'école, m'a souvent tiré d'affaire en poussant de mon côté son cahier d'exercices. Son père et sa mère parlaient bien le breton, mais le français encore mieux et lui-même était aussi à l'aise qu'eux dans les deux langues. Moi, pauvre petit paysan, j'avais bien du mal à bâtir, dans la langue des bourgeois, une phrase qui tînt debout. Et lui, pendant qu'il écrivait dans son cahier de la main droite, il corrigeait le mien avec un second porte-plume qu'il tenait dans la main gauche. Le maître d'école regardait toujours d'un autre côté. Plus tard, il m'a dit qu'il nous laissait faire, Maître Ma et moi, parce qu'après tout nous étions le premier et le second de la classe, aucun des autres n'était donc lésé, au contraire, puisque, Maître Ma s'occupant de moi, lui-même pouvait mieux s'occuper d'eux. C'est sans doute vrai, mais ce qu'il n'a pas dit c'est qu'il était frappé de timidité devant le fils du Notaire Noir. Maintenant je tiens à préciser que j'ai passé le certificat d'études tout seul. Maître Ma était déjà parti pour le lycée depuis deux ans et je ne l'avais plus revu que deux ou trois fois, comme je l'ai dit, dans la calèche du notaire, quand il m'avait parlé avec son coude. Or, il revenait, à chaque vacance, dans la maison de ses parents. Mais il ne sortait guère que pour monter tout seul au sommet de la colline, vers le Manoir du Vif. Et moi, je n'étais pas capable d'y monter, je n'avais aucune envie de le faire. Ce n'est que plus tard, quand le Roi Yann sera le maître ici, qu'il me fera quérir en charrette pour que je vienne conter, devant ce feu, les vieilles histoires du plateau. Quand Maître Ma y venait, c'était dans les temps qui suivirent l'arrivée du Roi d'Après, de la Belle et d'Yvias. On vous a dit ce qu'il en était.

Encore quelques années et je le reverrai à l'enterrement de sa mère. La notairesse maigrelette et maladive avait fini par rendre le peu de souffle dont elle usait pour appeler Ma. Toute la paroisse, avec une partie du canton, attendit le corps sur la place de l'église, mais il n'y avait eu personne pour aller le veiller dans la maison du notaire pour la raison que personne n'avait jamais été admis à y mettre les pieds, les affaires se faisant dans un petit pavillon qui s'ouvrait sur la route. On disait bien qu'il y avait une servante avec eux mais les plus renseignés n'en avaient cru voir qu'une silhouette qui n'était jamais la même, tantôt grande et forte, tantôt recroquevillée et presque bossue. C'était la notairesse qui venait aux provisions dans le bourg. Elle désignait du doigt les marchandises qu'elle désirait, toujours les mêmes, en disait le poids et le nombre d'une voix sèche qui semblait émaner de derrière son dos. Quand elle était servie, elle demandait combien, payait et se tirait dehors sans au revoir.

Son corps fut amené au bourg dans la calèche tirée par Diable, lequel me parut encore plus noir que d'habitude. Mais ce n'était peut-être pas le même. En tout cas, lui non plus n'avait pas besoin de rênes pour se conduire. Sur la banquette siégeait le notaire impassible, habillé, ganté, chapeauté de noir, le regard au loin. À côté de lui, impassible aussi, son fils Maître Ma dont nous savions qu'il était dans les grandes écoles à Paris. Et Maître Ma était la réplique de son père en plus jeune. Quand la messe fut terminée, le cercueil descendu dans la fosse, les deux hommes remontèrent dans la calèche sans attendre rien ni personne et Diable se mit en route de son propre chef. Lorsque l'équipage roula devant moi, je crus voir passer, dans le regard immobile de Maître Ma, comme une étincelle de chaleur. Mais c'est peut-être parce que j'aurais aimé savoir qu'il m'avait reconnu. Je n'avais pas eu d'autre ami que lui.

Et il disparut pour de longues années. De loin en loin on avait de ses nouvelles par des garçons du pays qui couraient le monde en passant par Paris où tout se sait. De très vagues nouvelles. Il occupait une haute charge quelque part où il fallait avoir beaucoup de choses dans la tête. Rien de plus. Il ne revint jamais jusqu'au jour où son père mourut. Depuis longtemps déjà le Notaire Noir avait fermé son pavillon, laissant ses paquets de papiers à un jeune confrère souriant et aussi bavard qu'il peut convenir à son état. Mais le vieux maître Maître hantait toujours les routes du canton dans le même accoutrement, dans la même calèche tirée par le troisième ou quatrième Diable, mais les vieilles gens s'entêtaient à soutenir que c'était le même animal. Seulement l'homme avait de plus en plus de mal à tenir son regard au loin car son corps s'était recroquevillé avec l'âge. Maintenant, c'était lui qui venait à l'épicerie. Et là, il avait recours, pour s'approvisionner, au même manège que sa défunte femme. Or, un jour, il ne vint plus. Une semaine se passa. On ne voyait plus, par les chemins, la couleur de l'équipage noir. On s'inquiétait bien, mais comment avoir l'audace d'aller voir ce qui se passait dans la maison notariale où personne n'avait jamais eu la moindre invitation d'entrer ? Et un soir, le soleil venait à peine de se coucher, on entendit un long hennissement de détresse. Le cheval Diable avait trouvé une voix pour pleurer son maître. Son maître ou son serviteur ? Alors les notables du bourg s'assemblèrent pour aller en reconnaissance.

Mais, quand ils arrivèrent dans la cour devant le perron, ils virent le fils du vieux, Maître Ma lui-même, debout sur la plus haute marche et ressemblant à son père plus que jamais. Comment avait-il été prévenu ? Il leur annonça brièvement que son père était mort, qu'il n'avait besoin de rien, sinon que l'on prévînt le menuisier d'avoir à construire le meilleur cercueil qu'il pourrait et de le lui livrer sur le perron, qu'il s'occuperait lui-même du reste et qu'il amènerait le corps devant l'église le surlendemain à trois heures après midi. Là-dessus, il rentra chez lui et ferma sa porte.

Les notables se retirèrent sans chercher à en savoir plus. Après tout, qu'avaient-ils à faire avec cet homme qui avait vécu son enfance au milieu d'eux sans cesser un moment de leur être étranger de corps et d'esprit ! Peut-être aurais-je pu lui parler, peut-être m'aurait-il répondu, à moi, puisque j'étais le seul auquel il s'était un peu intéressé autrefois. Mais je ne comptais pas au nombre des notables, j'étais seulement un pauvre tailleur qui faisait des journées dans les fermes pour rapetasser les hardes des familles, accommoder pour les petits frères les pourpoints et les braies déjà usés aux trois quarts par les grands. Qu'aurais-je pu faire de mieux, moi qui étais venu au monde avec des reins si faibles que je boitais bas des deux côtés ! Outre cela, mes pauvres parents n'avaient pas trouvé le moyen de m'acheter les deux yeux dans la même boutique. Pour le reste, je n'étais pas plus affligé qu'un autre sauf que, d'après l'instituteur, j'étais trop intelligent pour l'état qui serait le mien.

A l'heure dite, Maître Ma se présenta devant l'église avec le cercueil de son père qu'il avait chargé lui-même dans la calèche sans le secours de personne. Il était à pied, menant par la bride le Diable noir qui renâclait furieusement. Pour une raison inconnue de tous, sauf de Maître Ma peut-être, le cheval s'était si bien démené en route que la vieille calèche était toute démantibulée. Au grand scandale de tous les assistants, Maître Ma n'entra pas dans l'église derrière le cercueil. Il dételа sa bête, lui ôta sa bricole et bondit sur son dos à cru. C'était un fameux cavalier car Diable, la bave aux lèvres, le cuir inondé de sueur, eut beau se cabrer en chandelle et botter des postérieurs comme un dément, il ne put se débarrasser de lui. Ils finirent par disparaître au galop rouge, laissant la cérémonie se faire sans eux. Maître Ma, d'avance, avait tout payé largement et recommandé au charron de brûler le vieux véhicule jusqu'à la dernière cheville.

On pensait bien qu'il allait vider les lieux après cet esclandre et qu'on n'entendrait plus parler de lui ni de son cheval. Mais il resta définitivement dans le pays. Sans doute avait-il dompté Diable, car l'homme et la bête semblaient ne faire désormais qu'un seul corps. On les rencontrait dans les mêmes chemins où circulait naguère encore le Notaire Noir. Ils étaient au trot le plus souvent, mais je les ai vus aussi à l'arrêt, parfaitement immobiles tous les deux dans quelque carrefour comme s'ils assistaient à un spectacle invisible pour tout autre vivant qu'eux deux et qu'ils étaient chargés de surveiller. Puis Maître Ma se penchait sur l'encolure de Diable et se mettait à parler, dans une langue incompréhensible, à un ou plusieurs piétons qui n'existaient que pour lui, mais que j'étais tout disposé à voir, moi aussi, tant les regards et les gestes de Maître Ma supposaient des interlocuteurs autour de lui. Si je peux dire cela, c'est parce que j'ai été témoin, plus tard, de certaines choses d'épouvante qui se passent quelquefois entre les deux mondes et où Maître Ma tenait la partie belle jusqu'au moment... Si je n'avais pas vu ces choses de mes yeux mortels, j'aurais cru, comme les autres, que le pauvre homme s'était dérangé la tête avec tout ce qu'il avait mis dedans et que maintenant, pareil à ces vieilles personnes qui ne se commandent plus, il ne pouvait se retenir de parler tout seul en faisant aller ses mains et ses bras autour de lui. Après tout, cela ne fait de mal à personne et procure peut-être un peu de bien à celui qui s'abandonne ainsi sans mériter, pour si peu, d'être enfermé au cabanon. Le plus surprenant était de voir le cheval Diable trotter à travers le bourg et les chemins de campagne, les étriers croisés sur la selle tandis que son cavalier ordinaire, de son côté, vaguait à pied dans les endroits les plus inattendus. Maître Ma ne se souciait nullement de ceux qu'il rencontrait sur sa route. Il n'arrêtait pas de parler à mi-voix dans son langage étrange, souvent avec un bras levé à l'horizontale, comme s'il tenait par l'épaule quelqu'un qui marchait à ses côtés. Mais il n'y avait personne d'autre à voir. A son approche, les enfants allaient se cacher et les grandes personnes s'écartaient de sa route. De temps à autre, quand la nuit était noire, les gens du bourg, enfermés dans leurs maisons, entendaient retentir dehors le galop de son cheval qui s'arrêtait net devant le cimetière. Le galop reprenait environ une heure plus tard. Jamais personne n'avait osé sortir pour voir ce qui se passait. Le lendemain, on inspectait les tombes une par une, le prêtre faisait plusieurs fois le tour de son église, mais il ne manquait rien, il ne restait aucune trace du passage de Maître Ma. Cependant, ceux qui habitaient le plus près du cimetière et de l'église soutenaient avoir entendu des bruits de voix dont certaines leur étaient familières. C'étaient celles de parents ou d'amis qui avaient rejoint les Trépassés depuis longtemps ou depuis peu. On ne les croyait pas tout à fait, mais petit à petit le bruit se répandit que Maître Ma ne s'appelait pas vraiment Matilin, mais bien Maro (1). Et il n'y eut personne dans le pays qui ne se sentît mal à l'aise dans sa chemise quand il le voyait apparaître, avec ou sans son cheval. Là-dessus, le maréchal-ferrant, qui ne recevait jamais Diable dans sa forge, s'avisa de repérer les traces de ses fers quand il l'avait vu passer au galop dans les chemins mous. Si fers il y avait, ils ne laissaient pas la moindre marque. Et s'il n'y en avait pas, les pieds non plus ne faisaient aucune empreinte dans la boue. Le galop, pourtant, était dur et sonore, alors quoi ?

Le plus inquiétant, peut-être, était de savoir que Maître Ma n'achetait jamais ni pain ni viande ni rien de ce qui sert à tenir un homme en vie. Mais était-il vraiment vivant ?

(1) Maro (la Mort) est masculin en breton.

C'est à moi qu'il revenait, non pas de savoir qui était cet être ni de quelle mission il était chargé parmi nous, mais de le voir accomplir son office sans rien y comprendre et de mettre fin, sans le vouloir, à son aventure terrestre. Si j'ai pu tenir ma langue jusqu'au jour où il n'a plus été possible de me traiter de menteur, c'est parce que j'étais sûr de ne pas être cru pour le quart de ce que je dirais, et cela d'autant moins que je suis tailleur de métier. Les tailleurs sont réputés pour imaginer des histoires extraordinaires dans le temps qu'il leur faut pour enfiler une aiguille sans mouiller le fil. Sans doute la plupart d'entre eux savent-ils le faire. Mais, quant à moi, je n'ai jamais bâti ni entendu d'invention qui vaille la vérité que voici.

Sachez d'abord que, lorsque j'ai à faire une pièce de vêtement pour des gens de la campagne, je vais chez eux avec mes aiguilles et j'y reste le temps nécessaire pour mener mon ouvrage à bien. Cela prend des semaines quand il s'agit de broder un grand habit de noces. Et pendant toutes ces semaines, je suis grassement nourri trois fois par jour par les femmes de la maison. Elles sont pleines d'égards pour moi, espérant que je broderai d'autant plus finement que j'aurai la panse bien garnie. Et il est bien sûr qu'elles n'y perdent jamais avec moi. Or, la nuit dont je vais vous parler, je revenais d'une ferme à l'écart du bourg où j'avais terminé un habit entier de deuil, brodé de vert à double plastron, dont on avait absolument besoin pour le lendemain. Comme on était satisfait de mon travail, et bien qu'il fût déjà tard, on avait préparé un dîner d'apparat auquel il me fallut prendre part après les protestations d'usage. Quand je dis qu'il me fallut, comprenez bien que je me fis prier juste autant qu'il fallait pour dissimuler le plaisir que j'attendais d'un bon repas et oublier que le lendemain était le jour de Tous les Saints. Mais quoi ! L'habit que je venais de finir à grande fatigue et le corps tout moulu à force d'attention, je le jure, cet habit n'était-il pas précisément destiné à honorer les Morts ? Nous fîmes donc de notre mieux pour honorer l'habit en honorant le talent de la cuisinière, si bien qu'il était tard dans la nuit quand je me mis en route pour regagner mon bout-de-maison au milieu du bourg. Je portais sous le bras un gros pain chaud que la ménagère, quand j'étais sur le point de partir, avait tiré pour moi du four où il achevait de cuire avec une demi-douzaine d'autres. Comme cela se faisait encore dans les fermes, le pain que l'on mangeait pendant les jours de Tous les Saints avait, sur sa croûte, deux profondes entailles en forme de croix. Ainsi, comme nous le savions dès l'âge tendre, le symbole des Morts y figurait d'avance. On ne risquait pas de les oublier pendant tout le temps qu'il durait, alors que pour le pain des autres jours, au moment de l'entamer, il suffisait d'y tracer au couteau, mais par-dessous, le signe de la croix. Oublier le signe, dans les premiers jours de novembre, eût été une offense à l'égard des Trépassés. Dieu nous en garde !

La nuit était noire comme un cul de chaudron. Je connaissais bien ma route, mais il avait plu à verse pendant toute la journée, les chemins de terre étaient coupés par des flaques d'eau qui m'obligeaient à des tours et des détours. Aucune lumière nulle part. J'avais beau battre le briquet de temps en temps pour me trouver des repères, je n'en finissais pas de tourner en rond, à croire que j'étais victime du lutin. Et soudain j'entendis hennir, assez loin sur ma droite, le cheval Diable dont la voix était presque humaine et je sus que Maître Ma se préparait à une chevauchée de nuit. Malgré la frayeur qui me saisit sur le coup, je gardai assez de sang-froid pour estimer que le cheval devait être encore dans la cour de la maison notariale, attendant d'être enfourché par son cavalier. Cela me donna une indication sur la direction à suivre et je m'y lançai éperdument. Quelques minutes plus tard, je sentis sous mes pieds des bogues de châtaignes et je sus que j'étais dans le vieux chemin qui mène au cimetière et ne débouche que sur lui.

Je ne suis pas moins courageux qu'un autre, mais passer par le cimetière la veille de Tous les Saints et alors que Maître Ma saute sur sa monture pour y venir faire quoi ! J'allais rebrousser chemin quand se leva une lumière blême et faible qui fit surgir de la nuit les plus hautes croix du Champ des Morts. Et cette lumière me tirait vers elle sans que je pusse lui résister, me tirait comme à force de bras derrière la nuque et les épaules. Mes jambes ont marché malgré moi, malgré moi j'ai franchi l'échalier et me voilà tout tremblant devant un spectacle que je n'oublierai pas tant qu'il me restera un souffle de vie pour animer mon argile.

Les tombes du cimetière étaient ouvertes presque toutes et au bord de chacune d'elles étaient assis ses occupants, non pas sous la forme des sacs d'os ou de pourriture qu'ils auraient dû être, mais tels qu'ils avaient été avant le dernier mal qui leur avait valu de descendre en terre. Si je peux dire cela, c'est parce que j'ai reconnu certains de ceux qui avaient été ensevelis récemment, des gens que j'avais fréquentés de près et dont certains étaient de ma parenté. Tout saisi que je fusse d'abord, l'émotion de les revoir me fit m'approcher d'eux dans l'intention de les appeler affectueusement par leurs noms. Mais, quand je faisais trois pas, ils s'éloignaient d'autant, la distance entre eux et moi ne diminuait pas d'un pouce et de ma bouche qui formait des paroles ne sortait aucun son. Tout en marchant sans paraître avancer d'un pas, je fouillais des yeux un coin du cimetière où reposaient mon père et ma mère. Ils étaient là, tous les deux, assis côte à côte sur la dalle de leur tombeau, mais nous étions séparés par tout un monde sans dimension connue. Ma mère avait les mains croisées sur son ventre, ce qui était sa façon à elle de se reposer quelques minutes entre deux corvées. Mon père faisait tourner doucement dans ses doigts sa pipe vide, ce qui était son habitude quand il manquait de tabac, le pauvre homme. L'eau me montait aux yeux en les regardant et je ne pouvais rien pour eux. Tout près de moi, à portée de ma main, il y avait le vieil homme qui venait autrefois, tirant une charrette à bras, vendre des pommes sur la place, le plus ancien mort de ma connaissance. Il avait pourtant l'air vivant puisque je le voyais manœuvrer dans sa bouche une chique de tabac et lancer un jet de salive entre ses sabots. Avec ses bras et ses mains, il faisait une série de gestes que j'ai retrouvés tout de suite après tant d'années, bien qu'il manquât la balance et les pommes : il continuait à peser sa marchandise, le vieux, et à donner le coup de pouce pour en avoir meilleur rapport. Ou peut-être pour compenser ses pertes car nous ne manquions pas de lui chiper, à l'occasion, une pomme ou deux, n'ayant pas souvent les deux sous qu'il fallait pour les acheter. J'ai tendu la main pour lui toucher l'épaule, mais c'est moi, sans doute, qui ai reculé sans le vouloir car je n'ai jamais pu l'atteindre. J'ai recommencé deux fois sans plus de succès. C'est alors que le galop du cheval Diable a retenti derrière le mur. Aussitôt après, j'ai entendu le bruit que faisaient, en touchant terre, les bottes ferrées de Maître Ma.

Je l'ai vu entrer dans le cimetière par la grille. Je ne sais pas pourquoi je me suis accroupi derrière le monument d'un ancien recteur de la paroisse, une énorme masse de pierre qui n'avait pas bougé, preuve que le prêtre en question était au Paradis ou en Enfer car j'avais entendu dire à des gens de sagesse, quand j'étais enfant, qu'il ne restait dans les cimetières que les Ames du Purgatoire. Il avait l'air inquiet, Maître Ma, le corps tendu, la tête aux aguets. Avait-il senti une présence non loin de lui comme l'ogre des contes sentait la chair fraîche ? Ou flairait-il l'odeur du pain ? Derrière le mur, j'entendais son cheval Diable gratter nerveusement la terre des sabots. Enfin, Maître Ma s'est décidé à jeter une phrase brève qui était sans doute un ordre ou une permission car une rumeur joyeuse s'éleva aussitôt, la plupart des personnages se mirent debout, quittèrent leur place, se rassemblèrent en petits groupes, certains même sortirent du cimetière, peut-être pour aller revoir leurs maisons et leurs champs à la faveur de cette étrange récréation surveillée par Maître Ma. Tout près de moi, le marchand de pommes s'était mis à bavarder avec deux vieilles femmes que je ne connaissais pas, qui avaient dû mourir avant ma naissance et qui me paraissaient être deux sœurs jumelles. Je faisais tous mes efforts pour comprendre ce qu'ils disaient et je m'étonnais de ne pas y arriver du tout car leurs paroles me semblaient familières. Et cependant je gardais un œil sur Maître Ma, persuadé que, s'il y avait danger pour moi, il viendrait de lui.

Il était comme un souverain débonnaire qui donne audience à ses modestes sujets. Quand les autres s'approchaient de lui, il levait les mains pour les accueillir, il les saisissait par l'épaule ou leur passait un bras autour du cou tout en parlant avec véhémence. Et je reconnaissais les gestes qu'il faisait dans la campagne ou dans le bourg et qui semblaient désordonnés parce que ceux auxquels ils s'adressaient n'étaient pas visibles, à ces moments-là, pour des yeux mortels. J'en avais la tête qui tournait. Se pouvait-il que tout un peuple de Trépassés pût revenir parmi les vivants sans que ceux-ci fussent capables de soupçonner sa présence autrement que par l'intermédiaire d'un être comme Maître Ma qui participait des deux mondes ? Mais comment et pourquoi ? Et moi, qu'allait-il m'arriver pour m'être introduit imprudemment dans un domaine interdit ? Il faisait froid. J'étais glacé jusqu'aux os et, s'il n'y avait pas eu le pain tiède sous mon bras, je crois bien que je me serais évanoui.

Je ne sais pas combien de temps dura la consultation de Maître Ma. Mais enfin il n'y eut plus personne autour de lui. Maintenant, les morts se rendaient visite entre eux. Le ton de leurs conversations, dans ce cimetière, malgré l'étrangeté de leur langage, n'était pas différent de celui dont ils avaient usé pendant leur temps de vie quand ils s'entretenaient autour des tombes de leurs familles. Et j'avais l'impression que les vrais morts étaient les habitants du bourg et des campagnes, endormis dans leurs maisons, et moi-même parmi eux, le tricheur éveillé malgré lui. Mais alors, il n'y avait que Maître Ma qui fût capable de me porter quelque secours puisqu'il était à la fois vivant et mort. Loin d'être une menace pour moi, c'était lui seul qui me tirerait de ce mauvais pas.

Mais il avait repris son air soucieux, Maître Ma. Il finit par se mettre en marche, non pas dans ma direction, mais apparemment pour faire le tour de l'église par-derrière. Quand il eut disparu de ma vue, je me levai péniblement car mes genoux avaient de la peine à me porter. A quelques pieds de moi s'ouvrait le porche béant des Apôtres. Je parvins à y entrer, serrant toujours le pain contre ma poitrine. En titubant, j'allai tremper mes doigts dans le bénitier à droite de la porte et je fis le signe de la croix qui me procura aussitôt quelque bien. Lentement, je revins m'asseoir au bord du porche, sous les douze statues des saints personnages que je voyais, vaguement éclairés, au-dessus de ma tête.

De l'autre côté de l'allée, le défunt marchand de pommes avait introduit un pouce dans l'entournure de son gilet et, de l'autre main, mettait de l'ordre dans son invisible marchandise en attendant d'improbables clients. Les deux sœurs jumelles, front contre front, échangeaient à voix basse les ragots misérables qui avaient mis quelque sel, autrefois, dans leur existence étriquée. Comment le savais-je, je ne saurais le dire, mais je le savais. Et soudain, les deux têtes s'écartèrent pour regarder fixement vers la droite, le marchand cracha vivement entre ses sabots et détacha son pouce du gilet pour s'essuyer la bouche avec soin. Quelqu'un arrivait par la droite et ce quelqu'un ne pouvait être que Maître Ma. Je hasardai un œil hors du porche. C'était lui. Il progressait à pas comptés, très droit, et il me parut très grand. Son visage avait une expression de souffrance, mais son regard était déterminé. Alors, sans réfléchir, je me mis debout, j'allai me planter au milieu de l'allée, tenant le pain en manière de bouclier devant ma poitrine, la croix braquée par précaution contre l'arrivant. Et de crier, d'une voix qui me secoua comme le tonnerre :

— Maître Ma, c'est moi, Louis-Marie au cul cassé !

Je n'avais pas fini de crier que Maître Ma s'écroulait d'un bloc, la face contre terre, avec un bruit terrible. Disparurent du coup le marchand de pommes, les deux sœurs et tous les autres êtres du cimetière, les tombes se remirent en place comme à l'accoutumée et refleurirent sur les dalles les bouquets du temps de Tous les Saints dans leurs vases fraîchement passés au blanc de zinc. Un instant de silence et retentit derrière le mur un hennissement sauvage, suivi d'une galopade rouge. C'était le cheval Diable qui disait adieu. A cet instant même, je fus pris de cette fièvre trembleuse qui ne m'a plus quitté pendant des jours et des jours.

Quand ma tête revint à moi, j'étais agenouillé devant le corps de Maître Ma et je m'efforçai, avec mille peines, de le retourner sur le dos. C'était une pièce de créature et je suis faible des bras autant que des reins. A force de m'évertuer, j'ai fini par en venir à bout. J'ai déboutonné sa veste pour passer ma main sous sa chemise. La chair était encore chaude, mais le cœur ne battait plus. Je l'ai appelé trois fois, penché sur son visage. Il avait les yeux fermés, sa bouche esquissait ce sourire qui est le signe d'un apaisement définitif. Maître Ma, le seul ami que j'aie eu en ce monde. Je me suis mis à verser des larmes sur ses joues, moi qui n'avais plus jamais pleuré depuis le jour où je m'étais aperçu qu'avec mes reins cassés et mes yeux dépareillés je n'avais aucune chance d'avoir le moindre bout de femme à mes côtés pour traverser la vie. Et j'avais tué, sans le vouloir, Maître Ma. Mais non ! Il s'était tué sur moi, n'est-ce pas ! Il m'avait choisi pour en finir avec sa destinée. Que pouvais-je faire d'autre que le pleurer avant d'aller plus loin avec la mienne !

J'ai entrepris de me relever difficilement à cause de cette fièvre qui me secouait le corps. Il y avait un grand tumulte par le bourg autour du cimetière rendu à son repos. Des portes et des fenêtres claquaient, des voix s'appelaient et se répondaient, les hommes juraient tandis que les femmes invoquaient la Vierge Marie. Et pas très loin sur ma gauche, une grande lueur rouge embrasait le ciel. J'ai su tout de suite que la maison notariale était en feu. Tous les gens du bourg pouvaient bien y courir, ils n'arriveraient pas à éteindre l'incendie avant qu'il ne s'éteigne de lui-même, ayant tout brûlé. Quelle importance, désormais ! J'ai donné un dernier regard à la dépouille de Maître Ma et je suis rentré dans mon bout-de-maison comme un homme ivre, avec le secours des murs et malgré l'envie de mourir. Pourtant, écrasé de misère comme j'étais, incapable de penser à autre chose qu'à grimper dans mon lit pour y perdre connaissance, je n'ai pas lâché le pain rond à la croix qui avait délivré Maître Ma.

J'ai déliré tout seul pendant trois jours. Quand je reprenais conscience, c'était pour enfoncer mes doigts dans le pain que je tenais sur ma poitrine et porter à ma bouche une boulette de mie ou un morceau de croûte. Personne n'est entré dans ma maison. Ils avaient tous autre chose à faire que de s'inquiéter d'un avorton mouilleur de fil qui allait d'une ferme à l'autre avec ses aiguilles. Au matin du quatrième jour, cependant, un de mes voisins s'est avisé que ma porte était restée entrouverte. Or, je ne manque jamais de la tirer soigneusement derrière moi quand je vais travailler dehors et de l'attacher par un bout de corde à un clou du mur. Ma porte n'a ni poignée ni serrure. A quoi bon ! Mais à l'intérieur, il y a une barre que je pousse dans un trou avant d'aller dormir pour empêcher l'huis de battre sous le vent de suroît. En revenant du cimetière dans l'état que j'ai dit, je n'avais pas eu la force de le faire. L'homme est entré, il m'a vu gisant dans mon lit, pareil à un cadavre, les débris de mon pain répandus sur ma couverture si imprégnée de ma sueur qu'elle avait, me dit-il plus tard, doublé de poids. Les pauvres gens sont toujours compatissants quand ils se trouvent devant une détresse qui dépasse de beaucoup la leur. Et puis, qu'aurait-on dit de mes voisins s'ils m'avaient laissé crever comme une bête à quelques pas de chez eux ! Il m'a fait apporter de la soupe chaude par sa femme. Ils ont alerté les autres. On m'a sorti de mon lit, étendu sur ma table et, pendant qu'on me changeait ma chemise, des commères presque muettes pour une fois, quel miracle ! allumaient du feu et mettaient des draps secs sur ma paillasse. Des gens sont arrivés, que je connaissais bien, mais qui ne s'étaient jamais souciés de moi que pour me faire tirer l'aiguille. Ils ont été surpris de voir comme mon bout-de-maison était propre et bien tenu, plus surpris encore de trouver tant de livres sur ma cheminée. Ils m'ont apporté à boire et à manger ce qu'ils avaient de meilleur chez eux. Moi, je me laissais faire. Depuis que ma mère était morte, je n'avais jamais été à pareille fête dans mon logis. C'est peut-être pourquoi je me suis guéri sans autre médicament que leur présence attentive autour de moi, les bonnes gens.

Or, quand ils ont vu que je pouvais de nouveau me lever tout seul et m'asseoir à ma table, ils sont retournés à leurs occupations, n'est-ce pas, ils avaient fait ce qu'il fallait. Ensuite, et jusqu'au jour où j'ai pu sortir pour faire mes provisions, ils envoyaient leurs enfants, le matin ou le soir, pour me demander si j'avais besoin de quelque chose. Cela m'a fait plaisir parce que j'ai toujours cru que les gens étaient plutôt bons que méchants.

Ils avaient fait de leur mieux aussi pour enterrer Maître Ma avec honneur. Le prêtre avait buté contre son corps devant le porche des Apôtres en allant dire sa messe du matin. Lui aussi, le prêtre, avait passé une partie de la nuit à manier des seaux d'eau pour essayer d'éteindre le feu qui dévorait la maison notariale. Et il avait eu bien du mal à convaincre les paroissiens qu'il s'agissait d'un incendie ordinaire. Tous ceux qui étaient là croyaient voir que plus on déversait de l'eau sur le brasier et plus les flammes prenaient de la force. Lorsque tout fut fini et qu'il ne resta de la grande demeure que des décombres fumants, on découvrit dans l'écurie les restes du cheval Diable que le maréchal-ferrant reconnut à ses sabots bien qu'il ne les eût jamais observés de près. Alors, les gens de la ferme voisine se décidèrent à raconter qu'ils avaient vu l'animal arriver du bourg au grand galop et sans cavalier. Il se découpait dans la nuit en rouge vif, comme s'il avait été lui-même en feu sous sa peau. Il s'était rué dans son écurie en défonçant du front la porte et l'écurie, aussitôt, avait flambé dans une sorte d'explosion qui avait libéré une gerbe d'étincelles. Il y avait, disaient-ils, de la sorcellerie là-dessous. Le prêtre n'avait pas cru au cheval brandon. Il avait expliqué que le feu devait couver depuis un certain temps et que l'ouverture de la porte avait produit un appel d'air qui l'avait fait éclater au-dehors. Mais personne ne l'avait cru, pas même ceux qui l'approuvaient pour se rassurer. Et c'était à lui qu'était réservée la surprise de heurter le corps de Maître Ma étendu dans le cimetière, comme pour lui prouver que ses explications ne valaient rien. Il aura beau dire que le cheval, pris de folie, avait désarçonné son cavalier — un si bon cavalier — la voix du peuple demandera ce qu'ils allaient faire, l'un sur l'autre, cette nuit-là et à cet endroit. Il répondra encore que Maître Ma avait pu être jeté à bas de sa monture sur le vieux chemin ou sur la place et qu'il s'était traîné vers le Champ des Morts pour rendre l'âme dans un lieu consacré. Quel exemple, n'est-ce pas ! Mais il n'empêchera pas les cerveaux de s'échauffer ni les imaginations de bâtir, autour de l'événement et de ce qui viendra par la suite, une râtelée d'histoires extraordinaires qui prendraient naissance dans une rencontre, vraie ou fausse, que l'un ou l'autre avait faite de Maître Ma, de son père, du cheval Diable et même de la pauvre notairesse qui n'avait jamais eu autant d'importance de son vivant. Mais, à ces légendes qui fleuriront de veillée en veillée, il manquera toujours une voix : la mienne. Car je n'ai rien dit jusqu'à présent. Et vous savez ce qu'il en coûte à un tailleur de se taire. J'aurais pourtant parlé, au risque de me faire traiter de menteur par des gens qui mentaient mieux que moi, si l'histoire de Maître Ma s'était terminée avec son enterrement à côté de son père, dans le cimetière de la paroisse. Mais il vous reste à entendre le plus étonnant, après quoi je vous laisserai croire ce qui vous plaira. Il sera inutile de m'en demander plus, je ne desserrerai plus les dents que pour des histoires de fil et d'aiguille. C'est juré. Alors, écoutez bien !

On était à peine entré en décembre que les journaux imprimèrent une nouvelle qui fit se frotter les yeux même à ceux qui ne savaient pas lire. L'ingénieur Mathurin Maître venait de mourir la veille à Paris. Vous avez bien entendu : la veille. Il était fort réputé pour des inventions qu'il avait faites sur les plus petits éléments de la matière, du diable si je sais de quoi il s'agit. On parlait de lui donner la plus haute récompense qui existe dans le monde pour les savants de sa sorte. Sur le journal, il y avait aussi son portrait. Il apparaissait tout à fait tel que je l'avais vu pour la dernière fois près du porche des Apôtres. Mais quoi donc ! Nous l'avions pourtant porté en terre plus d'un mois auparavant. Je n'y étais pas, mais toute la paroisse y était. Et maintenant son corps, accompagné à grand honneur par d'illustres personnages, allait arriver le lendemain au lieu de sa naissance où il avait voulu être ramené pour son dernier repos. Il y avait de quoi se cogner la tête contre les murs.

Et le lendemain, ses reliques étaient là, portées sur une voiture automobile que suivaient dix ou douze autres carrosses pétaradants. En descendirent des messieurs graves, en grand manteau de drap, des cols durs autour du cou et, sur la tête, des chapeaux-cheminée. Maître Ma, c'était sûr, avait dû être un homme de haut rang. On n'avait jamais vu un tel concours de peuple dans le pays. De tout le canton, les gens étaient accourus à pied, à cheval, en vélocipède et en chars-à-bancs. Ils connaissaient tous Maître Ma. Beaucoup avaient connu son père. Sur ces deux êtres-là couraient des histoires incroyables et d'autant plus merveilleuses que les conteurs étaient plus éloignés de l'endroit où ils vivaient, ce qui autorisait, et même recommandait, toutes les déformations. Ils savaient tous, par la rumeur de bouche en bouche, que l'on avait descendu Maître Ma en terre le mois précédent. Certains d'entre eux étaient déjà venus de leurs paroisses lointaines pour assister à la cérémonie, pour être sûrs que son voyage parmi nous était terminé, qu'on pouvait le faire entrer définitivement dans la légende. Et voilà qu'ils avaient vu, marqué sur le journal, qu'on allait l'enterrer une seconde fois. Ils tenaient à être là, ils y seraient venus même en pleine moisson et, s'il y avait un troisième, un quatrième enterrement, ils y viendraient encore en amenant leurs enfants. Bientôt, sous le manteau des cheminées, ils écouteraient les conteurs narrer les prodiges survenus lors des obsèques de Maître Ma. Et, même s'ils n'avaient pas vu ces prodiges, ils confirmeraient en avoir été les témoins puisqu'ils étaient là. Alors, il n'en manquait pas un seul. Il fallut ouvrir trois champs autour du bourg pour dételer les bêtes et remiser les véhicules, plus nombreux qu'au jour du grand pardon de Notre-Dame.

Quand les étrangers et les notables de chez nous furent entrés dans l'église derrière le cercueil, il ne restait plus de place pour la foule des pauvres bougres. Mais ceux-ci, et j'étais parmi eux, ne tenaient pas tellement à suivre l'office. Ils avaient envahi le cimetière et jouaient des bras et des épaules pour approcher de la tombe ouverte d'où l'on avait sorti le cercueil de Maître Ma enseveli depuis plus de quatre semaines. J'entendais dire, autour de moi, que le maire était allé la veille au chef-lieu et que, parmi les messieurs descendus des automobiles, il y avait des hommes de police et des hommes de loi.

Enfin, les cloches sonnèrent pour la sortie du corps. On vit s'avancer le cercueil sur les épaules de six porteurs, précédé d'autant de prêtres et de quelques gars en képi qui nous obligèrent, d'une voix rude, à nous écarter de la tombe. Il y eut des protestations, des cris, des coups, une bousculade énorme qui me valut à moi, pauvre infirme, de me trouver projeté sur la terre fraîche, au bord du trou béant. Et enfin, ce fut le silence. On déposa le second cercueil de Maître Ma auprès du premier. Sur un ordre venu de je ne sais qui, des hommes s'approchèrent et ouvrirent les deux caisses. Alors, je vis les deux corps et les deux visages. On aurait dit des frères tellement jumeaux qu'ils semblaient calqués l'un sur l'autre. Mais moi, à genoux dans la terre grasse tout près d'eux, je les ai reconnus sans faute. Je ne sais pas ce qui m'a pris. J'ai levé les yeux vers les messieurs debout au pied de la tombe et dont je voyais bien qu'ils étaient en plein désarroi. Et j'ai dit, de la plus ferme voix que j'aie pu sortir de ma gorge :

— Le corps qui vient d'arriver aujourd'hui, c'est bien Maître Ma. Et celui du mois dernier est son père.

A peine avais-je fini de parler qu'il s'est élevé autour de moi un tumulte qui a gagné de proche en proche toute la foule massée dans le cimetière. Les gars en képi avaient beau jeter des ordres brefs, ils n'y pouvaient rien. Les messieurs se criaient des choses de bouche à oreille, je voyais bien qu'ils ne savaient plus quoi faire. Le maire s'est penché sur moi, il m'a pris par l'épaule pour me secouer fortement :

— Louis ! Louis ! Vous êtes sûr ? Mais le Notaire Noir est déjà là depuis longtemps, dans le fond, près de sa femme.

Alors, j'ai répondu, sans réfléchir et sans rien savoir de plus :

— Non. Faites ouvrir le troisième cercueil. N'ayez pas peur. Il n'y a pas de reliques dedans.

Ils ne l'auraient pas fait, les messieurs. Les messieurs ne font jamais rien sans avoir des ordres ou des papiers avec des cachets dessus. Mais la foule s'excitait de plus en plus et ne voulait pas se disperser. On a extrait le cercueil du fond de la tombe. Il était de ce chêne qui dure toujours plus longtemps que ce qu'il contient. Quand on l'a ouvert, on a trouvé dedans trois petits sacs de chanvre à mettre les oignons pour les vendre au marché. Dans les sacs, il n'y avait que du gros sable.

Depuis ce jour-là, il y a toujours des fleurs fraîches sur la tombe de Maître Ma. Et il y en a qui viennent prier dessus pour demander la guérison de leurs maux ou autre chose, je ne sais pas quoi. J'y vais aussi porter des fleurs et débiter des prières. Mais je suis toujours infirme et mes deux yeux fâchés l'un avec l'autre. Si Maître Ma y peut quelque chose et qu'il ne fait rien, c'est sans doute qu'il me préfère comme je suis.

J'ai dit ce que je sais et ce que je crois savoir, Josias. Le bâton est à qui veut le prendre.

Et il dresse le bâton devant lui comme un cierge. Il y a un silence, seulement rompu par les craquements discrets des bancs et des chaises où les assistants changent de position. Les femmes ont arrêté leurs crochets. Quant au docteur, il n'ose pas bouger sur son tabouret bien qu'il se sente perclus de partout. On attend que Josias invite quelqu'un d'autre à poursuivre le récit des annales du Royaume. Mais il se lève sans sonner mot. Derrière son trône, il y a une provision de bois. Il prend quelques bûches, les dispose sur le feu dont les flammes se font de plus en plus courtes et qu'il se met en devoir de ranimer par un jeu adroit et précis de ses mains ouvertes.

Alors, s'élève, derrière son dos, la voix rogue de Stéphanie.

— C'est à vous de parler, Josias. Vous avez fait honneur à Louis Riwall, le notaire, et à Ronan Gourlay, le Mâchefil, cela leur était dû. A votre tour maintenant. Personne d'autre n'osera parler après eux et avant vous. Décidez-vous donc. Vous avez pris leçon auprès du Roi Yann, vous savez manier la parole presque aussi bien que lui. D'ailleurs, vous êtes le seul à connaître tout du long l'histoire du rémouleur et de la fille à l'œil d'argent. Nous ne l'avons jamais entendue de votre bouche.

Stéphanie est approuvée par des chuchotements divers sur les bancs des femmes. Les hommes opinent du chapeau. Josias se retourne lentement vers la salle juste au moment où

Stéphanie sort de l'ombre, le pas décidé. Elle va prendre le bâton des mains du Mâchefil et le présente d'autorité à l'ancien. Il n'a plus qu'à s'exécuter. Il parle debout en jouant avec le bâton. On dirait bien que c'est à lui qu'il s'adresse.

XV

Elle était née, cette fille, avec un cercle brillant autour du bleu de son œil, le gauche. Le droit était violet avec de petits points dorés qui tournaient dedans. Mais rares étaient ceux qui pouvaient en dire la couleur tellement l'autre œil, avec son anneau d'argent, fixait les regards à son bénéfice et ne les lâchait plus. La fille, on l'appelait Argentine et jamais elle n'eut d'autre nom sur la langue des gens.

Tant qu'elle fut au berceau, petits et grands venaient la voir sous mille prétextes, les uns fascinés, sans trop savoir pourquoi, par cet anneau de clarté qui faisait presque disparaître le demeurant du visage, les autres persuadés par les dires des anciens de Villejoie que la créature porteuse d'un tel œil avait le pouvoir de détourner le mauvais sort. Et certains laissaient discrètement derrière eux une pièce de la même couleur que la couronne qui cernait l'iris gauche d'Argentine. On ne sait pas, quelquefois. Sans jamais aventurer le moindre mot au sujet de sa fille, la mère étouffait la pièce dans la poche de sa robe.

Elles en avaient bien besoin toutes les deux. Le père était allé au diable avant la naissance de l'enfant. Il est vrai qu'il avait promis de revenir avec le chant du coucou. Mais au printemps de quelle année ? Il ne l'avait pas dit. Le coucou chantait au fond du courtil quand Argentine avait jeté son premier cri. Et ensuite, à chaque anniversaire de la petite, il revenait chanter sans faute au même endroit. Mais du père point de nouvelle. La mère disait tranquillement : le prochain coucou le ramènera peut-être.

Quand elle eut entendu six coucous, Argentine fut mise à

l'école des Sœurs à Villejoie. Et là, comme elle était importunée par les autres fillettes qui voulaient se mirer dans son œil clair, elle prit l'habitude de le couvrir avec la paume de sa main. Au bout de quelques mois, l'œil demeura mi-clos, ne laissant filtrer qu'un regard étroit : Argentine a fermé ses volets ! se moquaient les petites. Et cependant l'autre œil, le violet aux points d'or, semblait s'être agrandi de moitié pour mieux faire tourner ses constellations dans son ciel de nuit. C'était lui qui mettait tout le monde mal à l'aise, même la maîtresse. Et les petites venaient cajoler Argentine : « Vous plairait-il de nous montrer votre anneau d'argent ? » Elle y consentait quand elle était bien lunée, mais pour mieux écarquiller l'œil gauche, elle devait fermer le droit. Quand c'était fait, l'anneau montait à la surface du globe de l'œil, comme surgi des profondeurs d'une mer laiteuse, et il brillait presque aussitôt d'un vif éclat. Les fillettes le regardaient bouche bée, partagées entre l'étonnement et la crainte jusqu'au moment où la plus pimbêche les délivrait toutes en susurrant, entre haut et bas : « Regardez donc ! C'est l'anneau que son père n'a pas voulu mettre au doigt de sa mère. » Alors l'œil se fermait lentement et l'on entendait la voix douce d'Argentine : « C'est l'anneau du tour du monde que mon père est obligé de faire avant de revenir avec le coucou. Il est parti un soir sur la mer de l'ouest, nous le verrons arriver un matin dans le soleil levant. Il reprendra l'anneau dans mon œil et c'est ma mère qui l'aura. » Elle disait cela pendant que son œil droit s'agrandissait jusqu'à lui manger toute la figure « Qu'est-ce que les points brillants que vous avez dans cet œil, Argentine ? interrogeait la plus innocente qui le savait presque autant que les autres. Ce ne sont pas les mêmes que l'an dernier. » Et Argentine répondait patiemment : « Les étoiles sous lesquelles marche mon père. Elles changent avec le pays où il se trouve. Quand il reviendra, elles seront les mêmes que celles que vous verrez au-dessus de vos têtes — C'est une sorcière », criait la pimbêche en s'enfuyant à toutes jambes. Mais les autres n'ont jamais voulu la croire. Argentine n'avait rien fait ni rien dit de mal alors que chacune d'elles pouvait se reprocher quelques petites méchancetés. Et puis, il n'y avait qu'une seule sorcière dans le pays, c'était Dél-au-Sifflet.

Argentine répétait mot à mot les paroles de sa mère et y croyait ferme. La mère était alors une jeune femme du nom d'Anna qui venait de chez nous, d'un village de la « face bleue » dont il ne reste que quelques pans de murs sous les broussailles. On l'avait mise en condition, dès son jeune âge, dans un manoir de Villejoie où elle s'occupait du linge et fort bien. Elle n'avait pas sa pareille, disait-on, pour repasser les chemises. Jamais on ne la voyait sourire, elle était avare de ses mots, elle n'avait pas d'amis et quand les jeunes gens venaient la chercher pour aller à quelque fête, elle disait non. On avait fini par la laisser seule, cette Anna, mais on ne lui en voulait pas car il n'y avait pas d'autre reproche à lui faire que sa sauvagerie. Elle ne sortait du manoir que le dimanche, pour aller à la première messe du matin, la plus courte. Quand elle avait fini son travail, elle montait dans sa mansarde, ouvrait la fenêtre et regardait dehors en attendant de reprendre. D'en bas, on la voyait, immobile dans l'embrasure, encadrée comme une statue dans sa niche. Quand on l'appelait de la cour, elle sursautait violemment et se couvrait le visage de ses deux mains comme si elle revenait sur terre de quelque part qu'on ne savait pas. Mais on a bien le droit de s'absenter de soi-même, n'est-ce pas !

Un jour, on vit arriver sur la place du bourg un grand gaillard aux yeux très clairs, habillé à l'ancienne mode sous un grand manteau qui lui descendait presque aux chevilles. Il tirait derrière lui une charrette à bras d'où il sortit de quoi monter un tour de rémouleur. Quand le tour fut monté, l'homme sourit aux enfants qui se pressaient autour de lui et déposa son manteau. Il retroussa ses manches, se frotta les mains nues comme pour les laver et soudain apparut entre ses doigts une belle bombarde incrustée d'étain, équipée de son anche. L'ayant portée à ses lèvres, il frappa trois fois le sol du pied avant de faire éclater des sons qui firent jaillir sur les seuils, la bouche ouverte, autant de têtes baptisées qu'il y en avait dans les maisons. Les chiens n'osèrent pas aboyer avant qu'il n'eût fini. Et lui les laissa faire à leur tour tout leur soûl.

Après quoi il proclama, d'une voix puissante, qu'il savait aiguiser mieux que personne les couteaux, les ciseaux, les rasoirs, tout ce qui devait servir à couper et qui ne coupait plus. Un quart d'heure après, il avait de quoi s'occuper toute la journée. Quand le soir fut venu, il s'enveloppa de son manteau et, laissant son attirail sur la place, il se mit en marche par les chemins en tirant de sa bombarde des mélodies si émouvantes que les vieillards les plus secs, qui l'entendaient de leur lit, s'attendrissaient au souvenir de leur jeunesse ou dans l'espoir de leur prochaine mort.

On s'attendait à le voir repartir le lendemain, comme font ses congénères, mais il resta une semaine et puis une autre et puis deux mois entiers. Dès les premiers jours, il avait entendu parler du Manoir du Vif et du Roi d'Après qui ne semblait vivre que pour jouer du piano. Il ne put résister au désir de monter vers la tour ronde quand l'envie l'en prenait et c'était presque tous les jours. Etait-ce le Vif qui l'attirait là-haut ou seulement les sons de ce piano qui répondait à sa bombarde ? Toujours est-il que mon père, Yvias, a entendu plusieurs fois les deux instruments jouer ensemble dans la chambre haute. Et les gens de Villejoie ont assuré que la bombarde du rémouleur, dès la première fois qu'il redescendit de la colline, n'avait plus le même son. Elle ne cessera plus d'en changer, mais dans tout ce qui en sortait, il y avait une force et une inquiétude, une sorte d'insatisfaction qui frappait les plus grossiers d'entre eux.

C'était le temps des moissons. Pour un homme de sa force et qui ne marchandait pas sa peine, l'ouvrage ne manquait pas dans le pays. Et joyeux compagnon avec ça, toujours prêt à raconter, lors des repas de fin de battage, quelque histoire extraordinaire qu'il avait glanée sur sa route ou à emboucher sa bombarde pour faire danser les jeunes et les vieux sur les cours dès qu'elles avaient été balayées par les femmes après la dernière gerbe. Il allait d'une ferme à l'autre sans jamais vouloir coucher dans un lit quand on lui en proposait un, ni même dans un lieu fermé. De peur, disait-il en riant, que les étoiles n'en profitent pour disparaître du ciel. Cependant, il acceptait de dormir quelquefois dans un hangar ouvert, enveloppé de son grand manteau qui ne le quittait jamais. Mais le plus souvent, il s'en allait passer la nuit dans les champs. Et ceux qui avaient le sommeil léger entendaient au loin sa bombarde qui chantait à désespérer les saints du Paradis. Le lendemain, il était au travail avant tout le monde, mais il avait encore de la brume dans les yeux.

Un dimanche où il était allé au cabaret avec les autres jeunes hommes, il leur dit qu'il n'était jamais resté aussi longtemps nulle part depuis qu'il marchait tout seul par le monde. Il ajouta que, cette fois-ci, il aurait bien du mal à partir. Les autres crurent comprendre qu'il se plaisait avec eux et ils en furent contents, ils l'engagèrent de leur mieux à demeurer dans leur pays. Mais le lendemain, la charrette à bras qui était restée sur la place depuis le premier jour n'était plus là. Elle roulait de nouveau vers l'aventure, le rémouleur entre ses brancards.

Quelques mois plus tard, Anna fut chassée honteusement du manoir par sa maîtresse. On voyait bien qu'elle portait un enfant et elle ne faisait rien pour le cacher. Alors Dél-au-Sifflet, la méchante langue, se mit à raconter partout qu'elle l'avait vue en compagnie du rémouleur dans les chemins de nuit. On pouvait bien lui faire confiance car elle-même, la laide créature, n'avait pas cessé de tourner autour de l'homme bien qu'il ne fît jamais attention à elle. Ce qui était sûr, c'est qu'Anna la Sauvageonne avait dormi dans son manteau. Elle s'était prise au piège de sa bombarde comme ces papillons de nuit qui se brûlent les ailes à la flamme et finissent dans l'éblouissement. Mais au lieu de finir, elle ne faisait que commencer. D'ailleurs elle déclara tout de suite, et sans se faire prier, qu'il était le père de son enfant. Et elle montrait avec orgueil sa bombarde aux incrustations d'étain qu'il lui avait laissée en partant. Il va revenir, disait-elle, avec le coucou.

Elle n'eut aucune peine à trouver un bout de maison à

louer, avec un assez grand champ pas très loin du bourg et un carré de prairie. De quoi vivre, comme font les petites gens, du produit d'une vache, de deux cochons et de quelques poules. Chacun se mit en quatre pour elle à cause de cette hauteur de caractère dont elle ne se départit jamais alors que les autres filles qui se trouvaient dans son cas sombraient habituellement dans l'humilité quand elles ne s'en allaient pas au diable. Et puis, après tout, le père de son enfant ne s'était pas noyé dans le ruisseau du moulin à vent, comme on dit, on savait qui il était. Il avait été appelé ailleurs avant d'avoir réglé ses affaires, cela peut arriver, n'est-ce pas ! Elle-même n'avait pas de famille à qui faire honte et la bombarde qu'elle tenait en gage n'était pas loin de valoir une bague au doigt. Enfin le rémouleur avait produit grande impression pendant les quatre ou cinq semaines où il avait vécu parmi eux. On n'était pas près d'oublier ces journées de moisson, si harassantes de la prime aube à la nuit tombée, et dont il faisait presque des parties de plaisir tant il était serviable et de bonne humeur. Quant à ses nuits sous les étoiles... Si seulement il pouvait revenir ! Et s'il revenait, ce serait à cause d'Anna et de son fruit. Il fallait donc veiller sur eux car on savait, au surplus, que l'homme aux yeux clairs était capable de demander des comptes.

Quand la fillette fut née et que l'anneau d'argent brilla dans son œil gauche, il fut évident pour tout le monde que le rémouleur était un homme extraordinaire et peut-être un peu plus qu'un homme. Le désir de le revoir fut encore plus fort et l'on se mit à guetter le premier chant du coucou. Mais, à mesure que passaient les années sans qu'apparût dans le bourg la charrette à bras tirée par le rémouleur au grand manteau, on se prit à espérer, au contraire, qu'il ne reviendrait plus. On ne manquait pas de parler de lui, tout au long des veillées d'hiver, de remémorer ses paroles et ses moindres actes que chaque narrateur accommodait à sa manière en renchérissant sur le précédent.

D'abord, on lui prêta des exploits dont il ne pouvait pas être l'auteur, des formules bien senties qui n'étaient jamais sorties de sa bouche mais qui, une fois mises au nom de l'Homme au Manteau, passaient pour des vérités d'expérience. Dans bien des maisons, on conservait un couteau aiguisé par lui et dont on assurait que le fil ne s'émoussait pas. Comment l'aurait-il fait puisqu'on se gardait bien de s'en servir ? Enfin, les conteurs des veillées s'emparèrent de lui. Ils firent sortir des poches du fameux manteau des objets magiques qui avaient le pouvoir de rendre le gars invisible ou de transformer les autres à sa volonté. Et la charrette à bras devenait carrosse ou char de l'Ankou quand il tirait un certain air de sa bombarde. La bombarde, elle était debout sur le vaisselier de la maison d'Anna et de sa fille Argentine. On allait lui jeter un coup d'œil à travers les rideaux de la fenêtre quand les deux femmes étaient aux champs. Mais Grand-Manteau était le seul à connaître l'air et d'ailleurs il avait emporté l'anche. Pour les enfants qui ne l'avaient pas connu, il était de taille gigantesque et encore plus fort que l'Homme-au-Bâton-de-Fer qui aurait pourtant pu être le roi du monde s'il avait voulu. Mais ils avaient du mal à croire qu'il était le père de la jeune fille Argentine qui faisait paître sa vache au bord des chemins de terre, le mari d'Anna la Sauvageonne qui ne parlait jamais que pour dire quelquefois oui et le plus souvent non.

Or, maintenant, le rémouleur au grand manteau ne pouvait plus reparaître sans passer pour un imposteur, quelque chemineau sans feu ni lieu aux trousses duquel on détacherait sans vergogne tous les chiens du pays. Même en retrouvant sa bombarde, il ne pourrait pas égaler sa légende, lutter avec cet être surhumain que l'on avait fait de lui et qui l'obligeait à s'effacer comme la graine dans l'arbre qu'elle a nourri. On ne le reconnaîtrait pas, on ne pourrait pas le reconnaître. D'ailleurs, il ne reviendra pas, disait-on, il sait qu'il ne doit pas revenir, surtout après que dix-huit coucous ont chanté au fond du courtil. Il n'y a plus à l'attendre qu'Argentine et Anna. Pour tous les autres, Grand-Manteau est un héros du temps d'autrefois auquel on ne croit que pendant la durée d'un conte, ce qui n'empêche pas d'y rêver la nuit. On s'est même si bien habitué à l'anneau d'argent dans l'œil de la jeune fille qu'on ne le voit presque plus. Et

Dél-au-Sifflet, la mauvaise, la jalouse, a beau jeu d'aller raconter partout qu'elle louche sans qu'on puisse bien savoir de quel côté.

A quoi servirait-il de vous dire comment vécurent les deux femmes pendant ces dix-huit ans ! Comme les autres. Les vaches, les cochons, les poules, le champ, le bout de prairie et le courtil aux coucous les occupèrent avec le bout de maison, toujours aussi net que s'il attendait un visiteur de marque qui ne venait jamais. Des paroles qu'elles échangèrent entre elles, peut-être seulement pour se mettre la poitrine à l'aise, il n'y a pas un seul témoin. Elles n'avaient pas besoin de paroles pour se comprendre. Mais tandis qu'Anna ne fréquentait personne, plus farouche d'une année à l'autre, Argentine parlait volontiers avec les uns et les autres de la pluie et du beau temps. Quelquefois même, elle riait à pleines dents et alors on aurait juré que ses deux yeux allaient parfaitement l'un avec l'autre. Les yeux clairs de son père, assuraient ceux qui avaient connu le rémouleur. Et ils avaient un peu honte, reconnaissant aussi son rire dans la gorge de sa fille, de s'en être débarrassés lâchement au profit de Grand-Manteau.

Ils étaient encore plus gênés quand ils rencontraient Anna au détour de quelque chemin. La Sauvageonne était restée telle qu'elle était quand l'étranger l'avait prise au piège de sa bombarde dialoguant avec les étoiles. Malgré son dur travail aux champs, elle n'avait pas vieilli d'une ride ni d'un cheveu gris tant elle était habitée par lui, occupée à l'attendre en arrêtant le temps. Aux approches de chaque printemps, on la voyait debout, toute droite et immobile derrière sa fenêtre ouverte, une statue dans sa niche comme au temps où elle servait au manoir. Mais enfin, quand le dix-huitième coucou eut sonné en vain l'heure du retour promis, elle prit congé de sa fille et partit à la recherche de Grand-Manteau qui se trouvait sûrement, comme dans les contes, prisonnier quelque part d'une puissance plus forte que la sienne. Il n'est pas loin, dit-elle en s'en allant, le monde est plus petit que sa tête.

Et leur fille à l'œil d'argent, sans s'émouvoir autrement de ce départ dont elle savait que sa mère luttait à chaque printemps contre son appel, se mit à les attendre tous les deux. Se mit à attendre pour elle et sa mère qui lui avait laissé sa part d'attente. A attendre son tour de ne plus attendre.

Anna, quelques jours avant son départ et pour laisser quelque argent à sa fille au moment de prendre la route, avait vendu les deux cochons à l'engrais dans l'étable où ils faisaient bon ménage avec la vache. Si bon ménage qu'on les surprenait parfois à lui téter le pis, ce que voyant les deux femmes éclataient de rire et s'en allaient tirer de l'eau du puits pour se faire une soupe à l'oignon. Le prix de ces deux messieurs vêtus de soies constituait le plus clair des ressources de la maison en monnaie fraîche. Argentine et sa mère se passaient fort bien de viande. Ne recevant guère de visites, elles n'avaient pas besoin de tenir du lard en charnier, ce qui leur évitait de mettre à mort, un an sur deux, un porc gras à partager, moitié-moitié, avec quelque voisin aussi pauvre qu'elles-mêmes qui leur rendait la pareille l'année suivante. En raison de cet arrangement qui était courant dans le pays entre pauvres diables, on entendait parler, sans le moindre sourire, de tuer un demi-cochon. Il n'y avait pas de demi-cochon pour Anna et Argentine. Mais, quand la vache faisait son veau, le boucher qui venait le prendre ne manquait jamais, selon l'usage, de rapporter aux deux femmes un morceau de sa viande douce dont elles se faisaient fête pour marquer l'événement avant de revenir à leurs laitages et à leurs légumes avec un soupir de soulagement.

Cependant, en prévision du retour de Grand-Manteau qui arriverait sûrement à l'improviste, et pour se fortifier elles-mêmes après quelques jours de faiblesse ou de maladie, elles avaient une dizaine de poules sur lesquelles régnait le plus arrogant des coqs du pays, un animal superbe qui n'aurait jamais souffert de laisser un autre coq saluer avant lui le lever du soleil. Il s'appelait Roi et aucun autre nom ne lui aurait mieux convenu. Elles avaient enfin, venu un jour on ne sait d'où, et qui s'était aussitôt installé dans une barrique vide au fond du clos, un chien de garde qui paraissait ne rien garder du tout, qui n'aboyait jamais contre personne, mais que personne, curieusement, n'aurait osé brusquer ni caresser. Dès le premier jour, Anna et Argentine, sans se consulter, l'avaient appelé Lui. Devant cet animal, elles éprouvaient une telle timidité qu'elles ne lui parlaient jamais qu'à la troisième personne. Elles le nourrissaient de leur mieux, n'arrêtaient pas de le chercher quand par hasard il n'était pas là, se gardaient bien de le toucher et lui (ou Lui), de son côté, ne leur faisait jamais la moindre avance. Quant à le mettre à la chaîne, il n'en avait pas été question. Il faisait en toute chose comme si elles n'existaient pas, comme si rien de vivant n'existait autour de lui sinon le coq. Quand celui-ci saluait le soleil, le chien accourait aussitôt près de lui avec des jappements brefs qui duraient le temps du cocorico. Après quoi les deux bêtes reprenaient leurs occupations. Mais quelquefois, le soir, les femmes s'étonnaient de voir le coq debout, immobile, au bord de la barrique où était couché Lui, les yeux mi-clos. Que pouvaient-ils se dire, ces deux-là ? Et c'était tout.

Les deux porcs gras vendus, Argentine devait les remplacer par deux cochons de lait à engraisser comme les précédents. C'était sa mère, jusque-là, qui profitait du char-à-bancs d'une ferme voisine pour se rendre à Villechant et choisir, sur la grand-place, deux nourrissons de bon aspect. Et elle s'y connaissait, la mère. Les deux gorets élus, quelques autres et ceux du fermier lui-même étaient ramenés en grande pompe dans le char-à-bancs pendant que leurs propriétaires suivaient à pied, les jeunes animaux étant plus à ménager que les jambes des humains. Argentine, et la faute en était à sa mère qui prenait tout sur elle, n'avait jamais été à la foire. Il lui fallait s'y mettre maintenant et tout de suite pour ne pas perdre de temps.

La grande foire de Villechant n'étant pas encore en vue, le mieux était d'aller en quête au chef-lieu où l'on disait que le choix n'était pas mauvais. Et justement, depuis quelques semaines, il y avait un auto-car tout neuf qui s'y rendait tous les samedis. De cet auto-car on disait des merveilles. Il ne mettait même pas deux heures pour arriver dans la ville, distante de plus de cinq lieues, en s'arrêtant à tous les carrefours pour embarquer des cages de bois pleines d'animaux à vendre et de femmes chargées de paniers plats en osier garnis de mottes de beurre. Naturellement, il fallait s'habituer au bruit du moteur qui vous étourdissait la tête à tel point que l'on sortait du véhicule avec la coiffe de travers. S'habituer aussi aux dangers de la route car l'engin descendait les côtes à si grand fracas et si forts cahots que le cœur manquait à quelques-uns. Mais Argentine avait tant de sérénité en elle que cette aventure à courir ne lui faisait pas peur. Ce fut donc en toute tranquillité qu'ayant garni sa bourse et revêtu son costume des dimanches, elle se rendit au bourg, le dernier jour d'octobre, pour grimper dans le nouveau monstre qu'on appelait, respect et ironie mêlés, le char-à-feu.

Le char en question était une sorte de roulotte de romanichel hoquetant sur quatre roues bandées de caoutchouc au rythme d'un moteur qui occupait la place du cheval limonier. Sur le toit, il y avait une galerie destinée à recevoir le surplus des bagages, des animaux encagés et même des hommes qui ne pourraient pas tenir à l'intérieur. Et pour faire définitivement pièce aux chars-à-bancs, on avait attelé derrière ce carrosse un charreton à deux roues capable de transporter à leur aise une bonne dizaine de cochonnets ou bien encore une vache entière avec son pis et ses cornes à condition cependant, disaient les plaisantins, qu'elle voulût bien laisser sa queue dehors. L'homme de l'auto allait jusqu'à prétendre que le charreton, acheté par lui d'occasion, avait véhiculé autrefois des chevaux de sang qui avaient gagné des courses. Il le disait d'ailleurs pour la gloriole, sans plus, parce que personne n'avait le moindre souci de ces chevaux-là dont les propriétaires lointains ne pouvaient se recommander d'aucun cousin dans le canton.

Argentine monta dans le char-à-feu d'un pied leste et sans la moindre appréhension malgré le tremblement du plancher sous ses semelles. Le moteur tournait déjà, avec des accès de toux qui secouaient toute la caisse. L'intérieur était éclairé par deux fenestrons de part et d'autre de l'allée centrale, les voyageuses — il n'y avait pas un seul homme, voyez-vous ça, les pleutres ! — étant assises à droite et à gauche, sur des bancs de bois appliqués contre les cloisons. Il ne restait plus de place, sauf devant les fenestrons, là où personne n'avait voulu se mettre, de peur d'attraper le vertige en regardant dehors quand le char se mettrait à dévorer la route. Et l'on voyait bien, à la contenance de certaines femmes, qu'elles avaient du mal à faire descendre leur salive. Aucune d'elles ne soufflait mot. Mais, quand elles virent apparaître Argentine, il y eut des sourires et des soupirs d'aise. La fille à l'œil d'argent passait pour porter chance en toute occasion. Et les commères maigres de se percher à peine d'un demi-fessier sur le bord des bancs, les grasses de ramasser à deux mains leurs jupons monumentaux.

— Venez donc par ici, Argentine. Il y a de la place autant qu'on veut.

— Ne vous dérangez pas pour moi, dit la jeune fille pendant que son œil clair s'agrandissait de confusion. Je me mettrai auprès d'une fenêtre aussi bien.

— Non non ! protestaient les autres. Il y a de mauvais courants d'air par là. On y attrape facilement des orgelets, comme c'est arrivé à...

Et voilà toute la caisse de résonner des sept cents on-dit et qu'en-dira-t-on récoltés entre les sorties de messes et les grandes heures du lavoir. Elles parlaient les unes sur les autres pour tenter de rattraper le temps qu'elles avaient perdu à se taire sous l'empire d'une vague inquiétude avant l'arrivée d'Argentine. Celle-ci dut se caser, bon gré mal gré, sur la moitié d'une chaise rajoutée dans le fond, entre les deux plus riches fermières de la paroisse qui lui surent un gré infini de les séparer l'une de l'autre mieux que ne faisaient leurs sacoches, établies sur les deux quarts opposés de la chaise en question. Une place d'honneur, tout de même, bien que les courants d'air, par là, fussent encore plus sournois que partout ailleurs. Il est vrai qu'ils se manifestaient seulement à la hauteur des chevilles. Argentine se crut obligée de remercier toutes les femmes en les regardant, l'une après l'autre, de son œil magique qu'elle tenait ouvert le plus grand possible. Et tous les visages se rassérénèrent progressivement jusqu'à devenir agréables à voir tandis que toutes les langues se mettaient au repos.

L'homme de l'auto décrocha la manivelle qui pendait à l'avant du moteur depuis qu'il l'avait mis en marche. Il monta dans le char et, avant de prendre sa place derrière le volant, il donna un coup de trompe pour avertir les retardataires, s'il y en avait, qu'il n'attendrait plus personne, fût-ce le maire ou le recteur. Il était déjà en retard sur l'horloge de la mairie et l'angélus de l'église. Résolument, il se mit à peser sur des pédales, à manœuvrer des tiges et des poignées. Le moteur haussa le ton, des miaulements aigus et des grincements graves se firent entendre à l'avant et tout le car entra en transe. Allons ! cria l'automédon pour s'encourager lui-même. Et une voix de femme lui fit un écho strident : la voilà ! Aussitôt toute la charretée de commères fut debout à l'exception d'Argentine qui ne bougea pas d'un cil. Elles se bousculaient pour hasarder aux fenestrons le quart d'un œil, au risque de déranger leurs coiffes. On les entendait respirer fort, mais pas une parole ne fut dite.

Au bas de la place était apparue Dél-au-Sifflet, plus rechignée que jamais et attentive à prendre son temps car elle se savait redoutable. A son habitude, elle était vêtue de guenilles sans couleur, toujours les mêmes, qu'on lui voyait depuis le temps de sa jeunesse et sur lesquelles l'usure n'avait plus de prise. Elle était, disait-on, comme le chien, lequel n'a qu'un seul habit, mais qui dure autant que l'animal. A son sujet couraient toutes sortes de bruits. Elle habitait dans trois ou quatre bâtiments en ruine, établis autour d'une cour boueuse où se vautraient d'étranges cochons noirs qui ressemblaient plus à des sangliers qu'à d'honnêtes animaux domestiques. Quand vivaient ses parents, il y avait là une ferme prospère. Et elle-même, jeune fille, aimait à venir parader au bourg sous ses coiffes de dentelles, vêtue d'un habit de velours brodé de fleurs d'or et d'argent. Les vieux moururent et au bout de peu d'années les champs étaient retournés en friche, la maison, l'écurie, l'étable et la soue tombées en déconfiture tandis que l'élégante héritière se complaisait dans les haillons qu'elle ne devait plus quitter. Nul n'a jamais pu dire ce qui lui était arrivé. On sait seulement qu'elle devint gardeuse de cochons noirs au service d'un personnage dont il vaut mieux ne pas chercher à savoir le nom. Une fois par an, quand tombait la première nuit de novembre, on entendait crier l'essieu d'une charrette sur d'anciens chemins où ne passait plus personne. Et bientôt il s'élevait un charivari de cris et de grognements horribles dans la cour boueuse, le domaine des cochons noirs. Le lendemain, elle était vide, ils avaient été livrés à leur maître. Et au cours des mois suivants, petit à petit, elle se repeuplait à nouveau. Il y avait quelquefois un paysan plus hardi que les autres qui se risquait à épier Dél de près quand elle circulait parmi les bêtes, les mains nues. Quand l'un des cochons faisait la mauvaise tête, allait jusqu'à lui montrer ses crocs, la femme émettait entre ses dents un sifflement impossible à reproduire et qui avait pour effet de faire se coucher l'animal devant elle, aussi doux qu'un agneau de lait. L'espion en avait le cœur glacé. Il ne retrouvait ses jambes qu'avec peine pour s'enfuir de sa cachette. Mais la dompteuse de cochons noirs savait encore siffler aux serpents. Quelqu'un l'avait vue, un soir, dans une lande, qui tirait derrière elle un train de vipères et de couleuvres mêlées, simplement en faisant vibrer de son souffle une herbe qu'elle avait en travers des lèvres. Mieux encore quand elle était en chemin et qu'elle voyait venir vers elle d'autres marcheurs, elle donnait un coup de sifflet qui les faisait s'enfuir à travers la campagne. Et cependant, quelquefois, elle savait être courtoise et de bonne humeur, elle bavardait aussi longtemps qu'on voulait bien l'écouter, les plus vieux lui retrouvaient sa voix de jeune fille. Mais chacun se tenait sur ses gardes, soucieux de ne pas la contrarier le moindrement sous peine de l'entendre changer de ton pour proférer des menaces.

Arrivée au milieu de la place, Dél s'arrêta pour bien se faire voir. Elle s'était peint le visage en blanc de craie et noir de suie. Ce masque de carnaval était plus inquiétant que risible. Elle porta deux doigts à sa bouche d'où elle sortit un coup de sifflet strident. Point n'était besoin de savoir le latin pour comprendre l'avertissement à l'adresse de l'automédon : attendez-moi le temps qu'il me plaira de tarder si vous ne voulez pas que je vous sème dans la tête une graine de lune qui vous ferait demander l'aumône sur les seuils avec des yeux d'innocent. C'était sa menace ordinaire et l'on disait qu'elle l'avait mise à exécution plusieurs fois.

En tumulte, toutes les voyageuses regagnèrent leurs places et n'en bougèrent plus. Argentine s'était retirée en elle-même, indifférente à ce qui l'entourait. Dehors, tous les badauds qui béaient de la bouche autour du char-à-feu disparurent derrière toutes les portes qu'ils purent trouver.

— Et voilà ce qu'on gagne à partir après l'heure, grommela l'homme de l'auto pour faire le fanfaron devant les femmes. Mais il n'avait pas fini de parler que sa voix s'étranglait déjà dans sa gorge.

— Taisez-vous donc, souffla la fermière assise à la gauche d'Argentine. Elle est capable de jeter un sort sur votre moteur et nous ne bougerons pas d'ici avant le Jugement Dernier.

— Ou bien roulez sur elle en fermant les yeux, écrasez-la sous vos roues, cette vipère, insinua la fermière de droite. Mais faites vite. Elle a paralysé tout un côté de mon mari qui voulait la tuer parce qu'elle ne cessait pas de nous faire des misères. Il la tenait au bout de son fusil, mais il n'a pas pressé la gâchette assez vite. Elle a sifflé avant.

L'homme de l'auto jurait encore entre ses dents, mais il avait perdu toute couleur. Puis il se mit à suer si fort que son visage ruisselait de rosée lorsque Dél-au-Sifflet, qui ne s'était pas le moindrement pressée, entreprit de monter dans le véhicule. Elle dut s'arrêter à chacune des trois marches pour reprendre son souffle. A la première, elle regarda fixement le chauffeur qui crut s'évanouir. A la seconde, elle embrassa tout l'auto-car d'un œil cruel jusqu'à découvrir Argentine dans le fond entre les deux autres. Alors, elle fit voir ses dents de louve, il n'en manquait pas une, et elle monta la dernière marche. La cargaison humaine n'était plus qu'un musée de cire.

Dél-au-Sifflet fit trois pas sur le plancher tremblant du halètement de la machine. Elle vit qu'il n'y avait pas de place pour s'asseoir autre part que sous l'un ou l'autre fenestron. De son masque de suie et de craie s'éleva une voix aigre :

— Il y a ici de jeunes personnes qui savent se mettre à l'abri et qui auraient le courage de laisser une vieille femme percluse de douleurs exposée au vertige de la route derrière une vitre branlante, avec des courants d'air dans le dos.

Argentine se leva aussitôt. Elle n'avait pas levé les yeux, mais elle savait que ce discours s'adressait à elle seule.

— Prenez ma place, dit-elle. Je n'ai le vertige devant rien ni personne.

— A la bonne heure, grinça l'autre. Mais vous n'auriez pas dû attendre que je vous fasse honte devant tout le monde.

— Je n'ai pas honte non plus, dit la jeune fille en passant devant la sorcière, les yeux toujours baissés.

Et pendant que Dél-au-Sifflet allait poser son fondement entre les deux riches fermières figées derrière le rempart de leurs sacoches, elle s'approcha de l'automédon qui n'en finissait pas de suer une obscure angoisse. Elle ouvrit tout grand sur lui son œil bleu à l'anneau d'argent et l'autre, le violet aux points d'or. L'homme poussa un soupir. Toute appréhension l'avait quitté. Il se sentit plein de force et d'allégresse. La sorcière était conjurée, rendue à l'état de croque-mitaine pour enfants crédules. Il sourit à la jeune fille Argentine qui ne souriait pas, qui n'avait pas besoin de sourire avec des yeux pareils.

— Allons-y maintenant, dit-elle.

Et on y alla.

Quand Argentine descendit de l'auto-car sur la grand-place du chef-lieu, elle n'eut pas le mal de demander sa route pour monter au Champ de Foire. Au moins la moitié des femmes lui firent cortège par les rues étroites dans un grand tapage de rires et de quolibets à l'adresse de Dél-au-Sifflet qui avait disparu à peine sortie la première du véhicule, et personne n'aurait su dire quelle direction elle avait prise. Argentine, dans ses vêtements de pauvresse bien tenue, les yeux baissés, avançait timidement entre les deux riches fermières, d'autant plus épanouies qu'elles s'étaient raidies en statues de pierre pendant tout le temps que la sorcière avait siégé contre leurs sacoches. Elles contaient, se relayant l'une l'autre, comment Dél n'avait pas cessé de ronger son frein, de grogner des malédictions et des paroles obscènes. Heureusement, le bruit de l'auto-car leur évitait de bien comprendre, sans quoi elles n'auraient eu que la ressource de se précipiter dans le premier confessionnal venu. Et de rire. Les boutiquiers sortaient sur leur seuil pour s'éberluer devant cette fête qui passait sous leurs yeux et dont la reine était une jeune fille en toute humilité. « Pourquoi ne pas l'avoir montée sur un cheval, dit quelqu'un, et revêtue d'un manteau d'or, avec la couronne en tête ! » Il se moquait sans doute, mais une voix qui n'appartenait à personne lui glissa dans l'oreille : « Avec toutes les vanités du monde, elle ne vaudrait pas un liard de plus. »

Là-haut, sur le foirail, tout du long des vieux murs de la ville, il y avait grande presse autour des étals des boisseliers et des vanniers, des marchands de quincaillerie et d'outils à main. La place elle-même retentissait du meuglement des vaches et du hennissement des chevaux parqués entre les charrettes vides, les brancards en l'air. Quelques tentes étaient dressées, sous lesquelles on pouvait manger et boire. Une foule de paysannes en coiffes et d'hommes en chapeaux à guides circulaient de leur mieux à travers cette exposition d'animaux à vendre. Ici et là on marchandait ferme, on demandait à faire trotter une pouliche, on tâtait le pis d'une laitière, on s'en allait plus loin pour se donner le temps de réfléchir avant de revenir peut-être, on verrait bien, quand on aurait tout vu ce qu'il y avait à voir. Une grosse femme, assise dans un charreton auquel étaient attelés deux énormes chiens, débobinait d'une voix nasillarde les couplets d'une complainte, ne s'arrêtant que pour la vendre aux badauds sur feuilles volantes. Il aurait fallu plusieurs paires d'yeux pour ne rien perdre du spectacle.

Argentine était seule quand elle arriva devant la place. Les autres femmes avaient leurs affaires à traiter aux halles. Elles l'avaient quittée dès qu'on avait entendu les rumeurs du foirail. Les deux riches fermières lui avaient seulement fait promettre de redescendre vers l'auto-car à temps pour aller avec elles manger une portion de ragoût dans une hôtellerie pour voyageurs de commerce. Un luxe qui n'était pas permis aux gens de sa condition. Mais la fille à l'œil d'argent, outre qu'elle avait eu raison pour un temps de Dél-au-Sifflet, n'avait-elle pas dissipé d'un regard les anciens griefs qui les obligeaient, assises côte à côte, à se barricader derrière leurs sacoches pour éviter de se toucher ! Voilà maintenant qu'elles se prenaient par le bras pour aller aux halles. Argentine avait dit oui pour le ragoût. Il ne lui restait plus qu'à trouver les deux plus vifs cochonnets du monde à engraisser dans sa soue.

Mais elle eut beau chercher sur toute l'étendue du foirail, il n'y avait pas le moindre cochonnet pour elle. Et pourtant il n'en manquait pas dans les caisses à claire-voie derrière lesquelles se tenait un homme ou une femme très mal à l'aise dès qu'elle s'approchait. Tous les animaux étaient vendus, regardez sur eux la marque de l'acheteur, il va venir les chercher sans tarder, quel dommage ! Mais une fois elle vit le vendeur faire lui-même, en toute hâte, la marque au ciseau dans les crins sans avoir d'acheteur devant lui. Ou alors il n'y avait pas de marque du tout mais quelqu'un avait acheté tout le lot un quart d'heure avant, six ou huit cochonnets, il fallait les lui livrer à tel ou tel endroit, on y allait justement, à la prochaine foire sans doute ferait-on affaire avec elle. Et l'homme ou la femme, en bredouillant son discours, le regard au sol, avait l'air de lui demander pardon.

Elle comprit assez vite, car elle était finette et savait observer de près les attitudes, entendre ce qui n'était pas dit. Cette peur que trahissaient les marchands de porcelets, c'était la même qui avait gagné les femmes de l'autocar quand la sorcière avait paru ce matin. Dél-au-Sifflet avait fait le tour du foirail avant elle pour avertir les paysans que s'ils s'avisaient de vendre une seule bête à une jeune fille à l'œil d'argent, elle leur sèmerait dans la tête une telle graine de lune qu'il ne leur resterait qu'à demander l'aumône sur les seuils avec des yeux d'innocents. Certains la connaissaient déjà, les autres avaient encore moins bien tenu devant elle.

Impressionnante était sa face de carême, plus impressionnant encore le sifflement de reptile qui était sa respiration même. Il aurait fallu être bien assuré de son âme pour désobéir à pareille créature du démon. Et le pouvoir de l'œil d'argent n'avait pas été assez fort pour prévaloir contre le sifflement. La soue d'Argentine resterait vide au moins jusqu'à la prochaine foire de Villechant. Alors on verrait bien. La fille de Grand-Manteau trouverait un moyen de mettre la sorcière en échec.

Argentine redescendit vers l'auto-car qui l'avait amenée tandis que le foirail bourdonnait tout entier de l'étonnante nouvelle : on avait vu passer, dans la même journée, une image de l'Enfer et une autre du Paradis qui la suivait de près. Le Paradis avait perdu comme il fait et fera toujours tant que nous serons sur la terre. Mais son reflet dans le regard clair d'une jeune fille avait consolé les paysans à porcelets de leurs mensonges au profit de la diablesse incarnée. En les quittant après leur refus embarrassé, Argentine leur avait souri. Ils étaient pardonnés. Après son passage, tous ceux qui vinrent acheter leurs animaux furent tout surpris de les payer moins cher que le cours.

Surprises aussi les deux fermières quand Argentine leur raconta son tour de foire sans résultat. Pour ne pas les inquiéter, elle se garda de leur dire qu'elle soupçonnait Dél-au-Sifflet d'avoir intimidé les marchands. Mais elle vit bien qu'elles y pensaient aussi. Et cependant elles lui promirent de l'accompagner sans faute à la prochaine foire de Villechant. Ces deux-là semblaient décidées à mener la vie dure à la sorcière. Il est vrai que la sorcière n'était pas encore là. Le ragoût de l'hôtellerie était si bon qu'on regrettait presque d'avoir à se servir d'une fourchette. On y aurait bien mis la main pour le plaisir de se lécher le bout des doigts. Pour finir, et malgré les protestations d'Argentine, elles tinrent absolument à lui faire boire la première tasse de café de sa vie. Elle réussit à l'avaler sans grimace. Cette fille avait du savoir-vivre.

Elles regagnèrent l'auto-car qui s'apprêtait à reprendre la route. La plupart des voyageuses étaient déjà installées aux mêmes places que pour venir. L'homme de l'auto était grimpé sur le toit. Il faisait son possible pour disposer à l'intérieur de la galerie des grands sacs de toile bourrés jusqu'au nœud de la corde que lui tendaient d'en bas de jeunes matelots à galons rouges, des permissionnaires qui parlaient fort et ne se privaient pas de plaisanter le gars sur son carrosse d'avant le déluge. Et lui renchérissait sur eux, ajoutant qu'il était assez bon pour des quartiers-maîtres. Il en achèterait un autre quand ils auraient des manches dorées. Dans la remorque, on entendait crier les gorets. Là-dessus arriva un char-à-bancs conduit par l'un des paysans qui avait assuré le matin même à Argentine que toutes ses bêtes étaient vendues. A côté de lui, une femme éleva la voix pour s'excuser : Je suis un peu en retard, mais je viens seulement d'acheter les deux derniers.

Le paysan sauta à terre, aida sa cliente à descendre. Du fond du char-à-bancs il sortit par une oreille et la queue un premier goret qui criaillait vigoureusement pour témoigner de sa bonne santé. Un instant plus tard, il avait rejoint ses congénères dans la remorque. Un second goret subit le même sort. Le paysan remonta sur son siège et salua du fouet la compagnie avant de partir. C'est alors qu'il vit Argentine. Il leva les deux bras en signe d'impuissance et le cheval reçut durement la mèche du fouet entre les oreilles.

Manquait toujours Dél-au-Sifflet. L'auto-car étant trop plein pour les recevoir, les matelots étaient montés sur le toit et s'étaient établis au milieu de leurs sacs. Ils avaient sorti leurs provisions et buvaient des rasades de vin rouge au goulot pour faire descendre le solide. A l'intérieur, Argentine était assise de nouveau sous le fenestron à courants d'air. En face d'elle, les deux riches fermières avaient trouvé le moyen, en faisant se serrer les autres, de s'installer sous le fenestron opposé comme deux sœurs siamoises. Au fond, la chaise vide attendait la sorcière dont on ne voyait toujours pas la couleur. Le chauffeur pestait contre elle sans retenue, rassuré qu'il était par la garnison de matelots qu'il avait sur son toit. Les femmes se racontaient leur journée, le verbe claironnant. Elles aussi se sentaient protégées par ces jeunes gens à pompons rouges qui commençaient à chanter au-dessus de leur tête. La marine de guerre ne baisserait pas son pavillon devant Dél-au-Sifflet.

Elle parut enfin et l'homme de l'auto lâcha trois coups de trompe qui déchaînèrent sur le toit les clameurs des matelots. La vieille mégère semblait à bout de forces, elle avait du mal à mettre un pied devant l'autre. Sur sa poitrine, à pleins bras, elle tenait un porcelet qui ne cessait de se débattre, un porcelet aux poils hérissés qui avait une tache noire autour de l'œil gauche et ne lâchait pas le moindre cri. Personne ne se dérangea pour aider Dél. Qu'elle se débrouille avec ses diableries ! On entendit seulement, là-haut, quelques coups de sifflet diversement modulés. Les matelots l'avaient reconnue. Mais elle-même n'avait plus assez d'haleine pour siffler. A grand-peine, elle parvint jusqu'au charreton et y jeta le porcelet au milieu des autres qui se turent du coup. Puis elle se traîna vers la porte de l'auto-car, suant et soufflant, mit un temps infini à monter les trois marches, se dirigea en aveugle vers la chaise vide et s'y écroula en tas. Tous les yeux étaient tournés vers elle dont on ne voyait pas le visage de carême enfoui dans son giron. Et le car démarra, le bruit du moteur couvert par les cris de triomphe de la marine, là-haut sur le pont.

Au début du voyage tout alla bien. A l'intérieur, c'était le silence. La nuit était presque tombée, on n'y voyait plus guère. Sur le toit, les cris et les chants décrurent peu à peu pour cesser tout à fait quand on eut laissé les faubourgs derrière. Le bercement du car avait assoupi la marine. Et soudain une révolution se fit dans la remorque. Les porcelets criaient comme ils le feraient dans quelques mois sous le couteau. Ils devaient se battre furieusement dans leur cage roulante car elle tanguait si fort que l'auto-car lui-même en était secoué. Le conducteur se demandait s'il n'allait pas s'arrêter et descendre pour mettre de l'ordre dans le troupeau à coups de bâton quand soudain il y eut un grand bruit de bois brisé. La remorque éclatait en morceaux sous l'action des combattants. Le charreton avait peut-être résisté aux ruades des chevaux de sang, mais une douzaine de porcelets déchaînés en avait eu raison. L'homme au volant freina si brusquement que le moteur s'en étouffa net. Les gars aux pompons rouges, là-haut, partagés entre l'émotion et le rire, donnaient l'alerte à pleine gorge. Voilà les cochons qui fichent le camp !

Dél-au-Sifflet fut la première à se ruer dehors. Elle avait retrouvé ses jambes. Toutes les femmes la suivirent à l'exception d'Argentine qui ne bougea pas d'un cil. Les matelots, ravis de l'incident, dégringolaient du toit. Il y avait bien assez de monde pour rattraper des animaux qui ne sont pas doués pour la course. Quand le car fut parfaitement vide, elle entendit à la hauteur de ses genoux une voix grave qui disait :

— Laissez-les s'occuper et suivez-moi. Ne perdons pas de temps.

Devant elle, planté sur son train arrière, presque debout, il y avait le porcelet à la tache noire autour de l'œil gauche. C'était lui qui avait parlé. La fille de Grand-Manteau n'allait pas s'étonner devant ce prodige, pas plus qu'elle n'avait eu peur de la sorcière au sifflet. Depuis qu'elle était au monde, sa mère l'avait bercée de toutes les merveilles qu'elle avait en mémoire ou qui naissaient dans sa tête au spectacle des êtres et des choses dans la comédie des jours. Elle se leva aussitôt.

— Où allons-nous ? dit-elle.

— Vous verrez bien.

Déjà le porcelet s'était remis à quatre pattes et se laissait glisser au bas des trois marches. Argentine le suivit prestement. La nuit n'était pas trop sombre à cause d'une lune à son premier quartier, mais des bancs de brume dérivaient à travers la campagne en s'effilochant. Autour de l'auto-car il n'y avait personne. Les gens s'étaient répandus dans les environs à la recherche des animaux fugitifs. Des silhouettes imprécises, celles des femmes reconnaissables à la tache pâle de leurs coiffes, sortaient par moments de cette fumée pour y rentrer aussitôt. Dans les limbes peuplés de vivants on entendait les tac'h, tac'h, tac'h par lesquels on appelle les cochons à la pâtée. Celui qui avait parlé trottina vers un chemin creux qui s'ouvrait vaguement à trois pas. Au moment de s'y enfoncer derrière lui, Argentine ne put s'empêcher de lui poser une autre question.

— Qui êtes-vous ? Avec une voix pareille, vous devriez avoir un corps d'homme.

— Vous le saurez, fut la réponse, quand j'aurai retrouvé ce corps-là si j'y arrive jamais. Il faut m'aider jusqu'au bout.

— Je vous aiderais volontiers, dit la fille à l'œil d'argent, si je savais comment faire.

— Je l'ignore moi-même. Ne me quittez pas.

Il n'y avait plus qu'à se taire. Elle marcha derrière lui pendant un temps qui lui sembla très long, mais sans doute n'avait-elle pas les bonnes mesures pour ces lieux et cette nuit. En tout cas, elle n'éprouvait aucune fatigue, elle se sentait aussi légère de cœur que de corps. De sa tête seulement elle n'était plus maîtresse. Elle se laissait aller, elle se laisserait aller ainsi pendant l'éternité si son guide voulait bien trottiner devant elle sans fin, petite masse blanchâtre et active dont les crins luisaient faiblement sous le quart de lune. Mais soudain elle entendit un bruit sourd, suivi d'un silence, après quoi s'éleva un concert de cris et de lamentations à voix de femmes. Devant elle le porcelet à la voix grave avançait toujours à la même allure, comme s'il n'avait rien entendu. Ou comme si ce qu'il venait d'entendre était dans l'ordre des choses.

Et ils arrivèrent sur la route que l'auto-car avait parcourue le matin. Argentine la reconnut à un fût de granit érigé sur une assise à trois marches et qui avait perdu sa croix. L'auto-car était là, ses lanternes allumées, mais son avant s'était écrasé contre le monument de pierre. En sortaient de leur mieux des femmes aux vêtements en désordre, aux coiffes de travers, les unes se répandant en jérémiades, les autres accablant d'injures les gars de la marine. Elles les accusaient d'avoir mené une telle vie sur le toit que le conducteur avait perdu le contrôle de son véhicule. Le conducteur, d'une voix rude, les fit taire quand parurent à la portière deux ou trois gars à pompons rouges qui portaient entre eux, avec précaution, une longue forme noire à la semblance d'un cadavre. Et c'en était peut-être un. Ils déposèrent leur fardeau sur l'herbe et se penchèrent pour le regarder de près.

— Serait-ce Dél-au-Sifflet ? dit Argentine à son compagnon.

— C'est elle. Allons nous assurer qu'elle est bien morte pour savoir ce qu'il me reste à faire.

— Mais que vont dire les gens quand ils nous verront revenus ?

— Ils ne peuvent pas nous voir. Nous sommes *dehors*. Argentine et le porcelet s'approchèrent du corps allongé au bord du fossé au moment où les matelots se relevaient. Les femmes se tenaient à distance, muettes et sur leurs gardes comme si elles redoutaient un dernier tour de la sorcière. Mais elle ne sifflerait plus jamais. Plus jamais elle ne menacerait quiconque de lui semer dans la tête une telle graine de lune qu'il ne lui resterait qu'à demander l'aumône sur les seuils avec des yeux d'innocent. Dans le choc de l'auto-car contre le fût de pierre, l'un des fenestrons avait éclaté, un morceau de vitre avait tranché la gorge de Dél où il était resté fiché. Le plus étonnant était que le visage revêche présentait dans la mort une expression de sérénité qui touchait presque à la grâce malgré le blanc de craie et le noir de suie. Argentine crut y deviner aussi un soulagement définitif comme si, en achevant sa destinée terrestre, la femme au sifflet s'était libérée d'une possession démoniaque. Au pouvoir de qui était tombée, et pour quelle imprudence, la jeune héritière aux coiffes de dentelles, aux robes de velours brodées d'or et d'argent ? Il se passe tant de choses étranges en ce monde-ci quand s'ouvrent ses frontières avec l'Autre Monde pour des raisons qui nous demeurent inconnues et c'est tant mieux pour nous. Mais le maître des cochons noirs, cette première nuit de novembre, attendrait vainement sa servante.

Soudain, Argentine entendit, tout près d'elle, un chien qui hurlait longuement à la mort. Quand elle se retourna, elle vit que le porcelet à la tache noire autour de l'œil gauche avait disparu. A sa place, exactement à sa place, il y avait le chien que sa mère et elle avaient appelé Lui et qui n'avait jamais aboyé de sa vie. Et de Lui sortit la même voix grave qui avait servi à l'autre animal pour donner ses ordres.

— Il est temps de rentrer, Argentine. Il nous reste du chemin à faire mais je sais par où il faut aller.

— Qui êtes-vous, Lui ? dit-elle encore.

— Un chien. Seulement un chien. Demandez plutôt qui habite en moi. Mais si je vous le disais maintenant, je resterais chien, ce qui ne ferait pas mon affairc ni la vôtre. Allons, en route !

Ils repartirent tous les deux par les chemins profonds et les taillis effeuillés par l'automne. La route empierrée de l'autocar, apparemment, n'était pas celle qui leur convenait. Lui allait devant, du même trottinement que le porcelet auparavant, et ses poils luisaient pareillement sous le quart de lune pour la guider. A force de marcher, Argentine sentait la fatigue l'envahir quand ils sortirent du couvert. Devant eux s'ouvrait une sorte de marais nu, avec des zones de vase pâle séparées par des étangs morts et des canaux qui n'allaient nulle part.

Sans la moindre hésitation, le chien s'engagea sur un terrain mouvant, sans piste ni chemin. Il semblait y être à son aise et savoir parfaitement comment traverser ce purgatoire sans s'y enliser. Mais, à mesure qu'elle avançait, Argentine avait de plus en plus de mal à sortir ses pieds de la vase. Et puis elle y enfonça jusqu'à mi-jambes sans qu'il lui vînt à l'idée de rebrousser chemin. Il est temps de rentrer, Argentine, avait dit Lui. Il fallait donc rentrer coûte que coûte. Mais le chien, maintenant, était assez loin devant elle. Si elle arrivait encore à l'apercevoir par moments, c'était parce qu'il n'y avait que lui en mouvement dans ce paysage immobile. Et il vint un moment où elle fut incapable de sortir sa jambe gauche de la boue qui l'aspirait inexorablement. Tous les efforts qu'elle faisait n'avaient pour résultat que d'enfoncer sa jambe droite. Son ventre fut avalé par la vasière, puis sa poitrine et ses épaules. Elle ne jeta pas un cri. Elle allait fermer les yeux pour disparaître quand elle vit le museau de Lui contre son visage. Le chien lui parut énorme. Il se mit à travailler de ses pattes de devant pour la dégager un peu, puis il planta ses dents dans son corselet, s'arc-bouta sur ses pattes de derrière et, lentement, l'arracha aux profondeurs pendant qu'elle perdait conscience. Quand elle reprit ses sens, elle était étendue à l'orée d'un bois, il n'y avait plus trace de marais autour d'elle. Elle appela Lui. La voix grave lui répondit.

— Il a fait ce qu'il avait à faire. A nous maintenant d'aller jusqu'au bout.

Quand elle se fut levée, elle trouva devant elle son coq, celui qui n'aurait jamais souffert de laisser un autre emplumé saluer le soleil avant lui.

— Peut-être me direz-vous enfin qui vous êtes.

— C'est encore un peu trop tôt. Il faut attendre que le soleil se lève et vous devez être chez vous quand il se lèvera. Marchons.

Ils repartirent tous les deux par le bois, le coq devant. Sous le quart de lune, ses plumes brillaient comme de l'or rouge. Le chemin était facile à faire et ils ne mirent qu'un rien de temps pour se trouver devant la maison d'Argentine. Sans un mot, le coq gagna sa place habituelle pour guetter le soleil. Argentine avait froid et faim. Ses trois étapes avec le porcelet, le chien et le coq auraient suffi à épuiser un homme en pleine force, même sans l'aventure du marais qui n'avait, d'ailleurs, chose étrange, laissé aucune trace sur sa personne. Elle alluma du feu dans la cheminée, se fit chauffer une écuellée de soupe qu'elle avala au plus vite pour ne pas s'endormir dessus. Et elle alla s'étendre sur son lit à tâtons sans avoir le courage de se déshabiller.

Elle fut sortie du sommeil par des coups secs frappés à sa fenêtre. A moitié endormie encore, elle y alla. C'était le coq, tout ébouriffé, qui donnait furieusement du bec sur la vitre. La cour était éclairée par des reflets d'incendie. Le toit de la chaumière brûlait en crépitant. Quelque étincelle du feu qu'elle n'avait pas couvert s'était-elle échappée par la cheminée ? Ou Dél-au-Sifflet poursuivait-elle une obscure vengeance par-delà sa mort ? Des flammes couraient déjà le long des poutres du plafond. Argentine n'avait plus qu'à se jeter dehors, ce qu'elle fit en emportant avec elle son bien le plus précieux : la bombarde aux incrustations d'étain que son père avait laissée en partant.

Pendant le temps qu'il fallut à la chaumière pour tomber en cendres, et ce ne fut pas long, la fille à l'œil d'argent se tint debout contre la margelle du puits. Elle attendait patiemment ce qui allait arriver. Le coq était perché sur la barrière de la cour, l'œil tourné vers l'est. La dernière braise éteinte, il battit des ailes et lança un cocorico de triomphe. Puis il se gonfla dans ses plumes qui devinrent éblouissantes sous l'éclat d'un soleil impatient de se lever. L'instant d'après, le coq s'était dissous dans la lumière. A sa place apparut un grand gaillard aux yeux très clairs, habillé à l'ancienne mode sous un grand manteau qui lui descendait presque aux chevilles. Il avait l'air à la fois incrédule et ravi de quelqu'un qui vient de remporter une victoire à laquelle il ne croyait plus. La voix grave s'éleva de nouveau :

— Maintenant, je peux vous dire qui je suis.

Mais elle avait déjà reconnu son père, Grand-Manteau. Cent et cent fois sa mère Anna lui avait décrit son apparence dans les moindres détails. A vrai dire, dès qu'elle avait vu le porcelet à la tache noire sur l'œil gauche dans les bras de Dél-au-Sifflet, elle savait obscurément qu'il était en train de revenir. Mais elle avait eu peur de l'appeler par son nom pour ne pas contrarier son retour et risquer de le faire disparaître à jamais.

— J'ai voulu revenir, dit-il, dès que j'ai connu votre naissance par un autre batteur de chemins qui était passé par ici. Mais Dél-au-Sifflet — ou son maître tout-puissant — mettait toujours sur ma route quelqu'un de sa confession qui m'arrêtait pour un temps par divers sortilèges que je vous conterai. Pour un temps seulement car les charmes finissaient par céder à certains tours que j'ai appris à faire pour m'en défendre. Et à chaque fois je me rapprochais de ce pays. Hier, j'étais aux portes du chef-lieu quand j'ai vu se dresser devant moi Dél-au-Sifflet. Comment a-t-elle su que j'allais arriver ? Sans doute les mauvais esprits sont-ils capables de s'entendre à distance, à moins que leur Grand Maître ne les avertisse lui-même. Elle a sifflé comme elle sait le faire et je suis devenu animal de soue pendant qu'elle débitait une formule que j'ai pu garder dans ma tête pour régler ma conduite à venir.

Deviens goret
Tant qu'il me plaît
Chien qui aboie
Te rende à toi
Sera coq d'or
Ton pauvre corps
Fini le jeu
Par eau et feu
Homme à nouveau
Par feu et eau.

« J'ai passé les trois épreuves. Je vous ai sauvée trois fois : de l'éclat de vitre qui était pour vous et qui a égorgé Dél, de l'enlisement dans le marais et de l'incendie de votre maison. Nous en avons fini avec les mauvais enchantements. Où est votre mère ?

— Partie à courir après vous par le monde. Il ne faut pas lui en vouloir. Elle a entendu dix-huit coucous.

— C'est donc à notre tour de courir après elle. Le monde est petit, nous la retrouverons. Etes-vous prête ?

— Je suis prête. Et voilà votre bombarde pour appeler ma mère à tous les échos. Elle vous entendra par-dessus les mers et les montagnes. Allons !

Sans plus attendre, Grand-Manteau se mit dans les brancards de sa charrette à bras qui l'attendait dans le chemin. Il y fit monter sa fille à l'œil d'argent et les voilà partis. Seulement, il s'arrêta sur la place de Villejoie où il avait autrefois aiguisé ses couteaux. De son gousset, il sortit une anche, la mit à sa bombarde et en tira une mélodie que ceux qui l'entendirent ne devaient plus jamais oublier. C'était pour dire adieu à Villejoie. Mais ensuite, le père et la fille ont grimpé la colline, tirant et poussant leur charreton avec des éclats de rire qui s'entendaient au loin. Ils sont venus trouver Yann Strullu et ici même, dans cette forge, ils lui ont raconté tout ce que je viens de dire et que je tiens du Roi Yann lui-même. Cela leur a pris une nuit entière parce qu'ils ont parlé d'autres sujets qui ne les concernaient pas de près. Mais ils tenaient à ce que rien ne se perdît de l'histoire du Royaume. Puis ils sont redescendus en chantant par la « face bleue ». On ne les a jamais revus par ici.

Mais un nommé Thomas Ilinec de Villejoie, parti courir les mers sur un coup de tête, a prétendu les avoir rencontrés à Marseille, dans une grande foire qui se faisait là-bas. Il a reconnu Grand-Manteau au son de sa bombarbe malgré les oripeaux brillants dont il était vêtu, et les anneaux d'or qu'il avait aux oreilles. Il sonnait devant une grande tente empanachée, il invitait les badauds à y entrer pour se faire rappeler le passé à gauche et prédire l'avenir à droite. Thomas Ilinec, dans les pays lointains, avait vu des sorciers qui charmaient des serpents en soufflant dans une flûte. La bombarde de Grand-Manteau, a-t-il dit, produisait le même effet sur ceux qui s'arrêtaient pour l'écouter. Il est entré lui-même à gauche. Assise derrière une table, il y avait là une femme au visage peint, enveloppée de grands voiles multicolores et les doigts chargés de bagues. Bonjour à vous, Thomas Ilinec, a-t-elle dit à son entrée. C'était Anna, les deux autres l'avaient retrouvée. Elle a soulevé une tenture et fait passer Thomas à droite où Argentine, tout habillée de blanc brillant, se tenait debout devant un grand miroir où elle devait lire l'avenir de ses consultants. Dans son œil gauche, l'anneau d'argent avait de quoi intimider les plus affronteurs.

A en croire Thomas, ils ont été contents de le voir. Ils ont fermé la tente et ils ont emmené l'homme de Villejoie dans leur belle roulotte automobile. Le père et la fille, en tout cas, lui ont répété exactement ce qu'ils avaient dit au Roi Yann avant de partir d'ici et que Thomas, en ce temps-là, ne pouvait savoir que par eux. Je l'ai entendu moi-même raconter son histoire, il n'a pas menti d'un seul mot. Mais quand il les a quittés, ils lui ont dit adieu sans au revoir. Et surtout qu'il ne s'attende pas à les retrouver plus tard sous les mêmes apparences. Ils changeaient de vie presque à chaque saison sans pouvoir satisfaire leur curiosité du monde. En sortant de la roulotte, il s'est retourné et il a vu leur nom qui était peint en grandes lettres sur les flancs de la voiture. Ils se faisaient appeler alors *Les Sarrasins.*

— Qu'avez-vous, Strullu-Fils ? Vous ne vous sentez pas bien ?

Depuis quelques minutes, sans rester en suspens ni modifier le ton de son récit, Josias observait attentivement le docteur. Ce dernier changeait de plus en plus souvent de position sur son escabeau en se passant la main sur le front.

— Ce n'est rien. Je n'ai plus l'habitude d'écouter si longtemps. Et surtout de telles... choses.

— Nous non plus. Il y a trop d'années que nous n'avons pas veillé ensemble. Seulement ces choses-là nous travaillent la tête nuit et jour, comprenez-vous ! Nous n'avons pas besoin de les dire pour les entendre. Cette nuit, nous les disons à voix haute parce que vous êtes là.

— Je sais. Mais toute cette histoire à travers les siècles, ces événements extraordinaires, ces personnages hors du commun... La tête me tourne.

— A la bonne heure. Je ne connais rien à votre science. Mais quand vous cherchez la guérison de certaines maladies qui vous tiennent en échec, je suppose que la tête vous tourne aussi.

— C'est juste.

— Et il vous arrive de réussir.

— Quelquefois. Oubliez ce que j'ai dit et poursuivez.

— J'ai fini pour ma part. Peut-être aimeriez-vous sortir dans votre cour pour vous dégourdir les jambes ?

Le docteur regarda l'assistance. Ceux qui étaient assis sur les bancs, hommes et femmes, immobiles et muets, tenaient les yeux fixés sur lui. Dans son charreton, le Mâchefil avait fermé les siens. Le maquignon et le facteur, la tête penchée sur la poitrine, semblaient se recueillir comme des pénitents avant le confessionnal. Le notaire avait ramené son chapeau encore plus bas sur son visage. A première vue, on aurait dit qu'il dormait, mais ses mains crispées sur le dossier de sa chaise trahissaient la tension de tout son corps. L'homme était sur le qui-vive.

— Plus tard peut-être, dit le docteur. Il faut finir ce qui est commencé.

Alors Josias alla vers le maquignon et lui mit le bâton de houx contre l'épaule. Puis, lentement, il revint vers son trône de bois pour s'y asseoir. Un peu hésitant d'abord, mais vite raffermie, s'éleva la voix de René Le Roux.

— Ecoutez l'histoire de Joachim, le sacristain de Saint-Chêne le Disparu, et de Philippa, l'héritière de Bodilio.

XVI

Quand je suis né, il y avait encore en bas, sur le plateau, une paroisse du nom de Saint-Chêne et si je mens je veux bien être traité de menteur. Il y avait, bonnes gens, il n'y a plus. J'ai été le dernier enfant baptisé dans son église et depuis qu'elle s'est écroulée, je ne suis plus de nulle part. Saint-Chêne s'étendait petitement entre Villejoie et Villechant, si petitement qu'elle a fini par être étouffée, je vous dirai comment avant que ce comment-là ne se perde à force de sauter d'une langue à l'autre et quelquefois, vous le savez bien, on rate le saut.

De Saint-Chêne, aujourd'hui, ne reste qu'une étrange volée de cloches qui se fait entendre quelquefois dans le désert, à mi-chemin entre Villejoie et Villechant, alors que les cloches des deux endroits sont immobiles dans leurs tours. Et à entendre cette volée, il n'y a que les époux qui ne s'arrangent pas entre eux. Vous n'en êtes pas, moi non plus. Mais j'ai rencontré un homme et une femme qui les entendaient aussi clairement que vous m'entendez. Et tous les deux, elle et lui, ils m'ont raconté la même histoire. Ou presque, car la vérité d'Adam ne peut pas être tout à fait celle d'Eve, sans quoi nous n'aurions ni père ni mère pour nous mettre au monde. Et cette histoire que répètent les cloches invisibles de Saint-Chêne dans leur langage est la seule nouvelle qui nous parvienne encore de la paroisse morte entre Villejoie et Villechant, deux endroits où vous pouvez vous rendre sans rien demander à d'autres qu'à vous-même. Mais n'allez pas vous enquérir, par là-bas, de Saint-Chêne le Disparu, on vous accuserait de vouloir faire offense. Saint-

Chêne est comme la Croix de la Kében de Locronan, personne n'en veut sur son territoire. Ecoutez-moi ! Un jour que je rêvais debout dans mes sabots, j'ai failli croire pour de bon, oubliant mon baptême, que la paroisse de Saint-Chêne avait été imaginée de toutes pièces par les gens de Villejoie et de Villechant pour donner asile à un Joachim de chez les uns et une Philippa de chez les autres. Ces deux-là, il vaudra mieux les oublier dès que j'aurai fini de vous conter ce que j'en sais. Et je n'oserais pas le faire si le Joachim en question n'avait pas été le sacristain qui montait à la tour ronde des Keinmarc'h pour demander le secours du Roi d'Après ou peut-être du Vif lui-même.

Je dois commencer par Joachim parce qu'il a été la cause de tout. Joachim ne désirait qu'une chose depuis la première année de son catéchisme : être parmi les gros bonnets de sa paroisse, avec de la terre à lui, un tas d'écus dans son armoire, une chaise à son nom dans l'église et une femme du plus haut rang qu'il était possible pour lui faire honneur. La même ambition avait tracassé d'autres que lui, à Saint-Chêne et aux alentours. Mais ceux-là, depuis toujours, avaient pris la besace et le bâton, s'en étaient allés chercher fortune à travers le monde, les ânes cornus. De la plupart d'entre eux, personne ne pouvait dire, après leur départ, s'ils étaient morts ou vivants. Quand par hasard on en revoyait la couleur au pays, ils étaient si vieux et si misérables qu'ils n'osaient plus se faire reconnaître de leurs petits-cousins pour ne pas les humilier. Ils revenaient seulement, après des années d'épreuves inutiles, pour revoir leur clocher et laisser leur sac d'os dans son ombre. Et les petits-cousins, qui faisaient semblant, par discrétion, de ne plus les reconnaître, se contentaient de les enterrer décemment pour l'honneur de la famille. On entendait bien dire, de temps à autre, que tel ou tel avait atteint une haute fortune, mais il l'avait trouvée dans un pays si éloigné de son berceau que personne ne pouvait y aller voir à pied ni même en char-à-bancs. Alors, à quoi lui servait sa prospérité si aucune tête baptisée de sa paroisse ne pouvait en porter le témoignage !

C'est pourquoi Joachim s'était juré de devenir un personnage d'importance sans quitter le pays pendant un mois ni même une semaine autrement que pour son temps de soldat. Le tour n'était pas facile à jouer pour le septième enfant d'un pauvre homme qui n'avait que ses bras pour gagner sa pitance en condition de journalier. Les six frères et sœurs étaient allés quelque part au diable, fatigués d'entendre leurs ventres creux. Là où ils tiraient maintenant leur souffle, leur lot n'était peut-être pas plus enviable que celui de leur père, mais de l'un ou de l'autre, de loin en loin, arrivait une ou deux pièces de vingt réaux (1) contre une signature sur le cahier du facteur. Cela suffisait pour garder le petit frère Joachim d'une faim trop cruelle si bien qu'aux approches de ses douze ans, c'était déjà un fort gaillard, avantagé au surplus par une figure très avenante et une masse de cheveux bouclés. Mais surtout, la vue de ces pièces d'argent, si rares fussent-elles, et à cause de leur rareté même, fit se lever en lui le désir d'en avoir tant de piles qu'une seule armoire ne suffirait pas à les contenir ni une seule vie entière à les dépenser. Et voici comment il s'y prit pour mener son projet à bien.

Dès qu'il avait été capable de pousser convenablement un rabot sur une planche, il s'était fait mettre en apprentissage, au bourg, chez le seul menuisier du pays, Fanch Huédé de son nom. L'homme allait déjà sur l'âge et n'avait pas de descendance. Il aimait tellement l'ouvrage bien fait qu'il ne laissait sortir de son atelier aucune pièce de meuble qui ne fût irréprochable, allant jusqu'à refuser de travailler un bois qu'il n'avait pas choisi lui-même quand il était un arbre en terre avec des oiseaux qui chantaient dedans. Et il donnait encore plus de soins aux cercueils des morts afin de les faire entrer glorieusement dans la vie éternelle. Telle était sa réputation que certaines grosses têtes venaient d'assez loin lui commander de leur vivant la caisse sans défaut qui devait conserver leurs reliques. En outre, c'était un homme de foi qui n'aimait rien tant que chanter à l'église où il était aussi sacristain et sonneur de cloches. Il chantait si bien et d'une voix si

(1) Le *réal* est le quart du franc.

merveilleuse qu'il obligeait la statue de saint Chêne, accolée au premier pilier de la nef en face du Sauveur sur sa croix, à tourner la tête pour mieux l'écouter. Du moins si l'on voulait en croire le fabricien du saint qui ne le quittait guère des yeux pendant les offices et qui n'était rien de moins que Philibert de Bodilio, le plus grand propriétaire de la paroisse. Il prétendait même, ce Philibert, que lorsque la voix du menuisier reprenait sur celle de monsieur le recteur, pendant l'adoration du Saint Sacrement, il avait vu deux ou trois fois saint Chêne fermer les yeux de contentement. Qui donc aurait osé mettre en doute la parole de Philibert de Bodilio qui était maître sur quarante hectares de terre grasse ! Il fut entendu pour tout le monde que Fanch Huédé, s'il n'avait pas été aussi humble de cœur, aurait pu monter directement au Paradis accroché à sa voix et sans passer par la mort. A moins qu'il n'eût préféré s'y envoler avec le son de ses cloches qu'il faisait chanter de telle sorte que les pécheurs les plus endurcis tombaient en contrition pendant le temps de leur volée. Ils avaient mal à l'âme, ceux-là, que voulez-vous !

Et Fanch Huédé chantait aussi dans son atelier en parant le bois. Il chantait en latin et en breton d'église car il ne connaissait pas la moindre chanson profane. En sculptant le Saint Sacrement ou le monogramme du Christ sur les armoires de mariage, il chantait des cantiques d'allégresse, il chantait la messe d'enterrement quand il polissait un cercueil avec le recueillement qui convient à cette tâche. Il disait qu'il n'y avait pas de meilleure façon pour lui de faire aller sa main et son outil sans faute. Et quand il s'arrêtait de chanter, pas souvent, c'était parce qu'il hésitait entre le bien et le mieux ou parce qu'il découvrait un défaut caché dans sa planche, une cicatrice mal digérée dans la croissance de l'arbre. Il lui arrivait assez souvent d'aller dans les fermes avec tout son attirail dans une charrette à bras et d'y rester pendant des semaines et même des mois sans revenir chez lui quand on lui commandait le grand mobilier complet, le lit, l'armoire, le dressoir et le banc à dossier. Et pendant qu'il tirait tout cela du chêne ou châtaignier sous les yeux admiratifs de la famille, il ne cessait pas de chanter son répertoire d'église. Il y gagnait le respect en plus. Cet homme, en vérité, n'était pas meilleur chrétien qu'un autre, mais il vivait naturellement entre terre et ciel.

Avec lui, Joachim apprit un métier pour lequel ne suffit pas la seule adresse. Il faut y engager d'abord les cinq sens jusqu'à s'en faire mal avant d'aborder les plus grands secrets dont je ne saurais vous révéler autre chose sinon qu'ils sont au nombre de trois et que trois ans de peine sont nécessaires à n'importe qui pour pénétrer chacun d'entre eux. On appelle cela *jouer le Neuf*, après quoi, personne ne peut plus rien vous apprendre. Or, même doué comme il était et avec Fanch Huédé pour maître, Joachim ne put y arriver plus tôt qu'un autre. Il est vrai que le garçon s'était mis en tête de se faire aussi sacristain et sonneur de cloches, autrement dit de recueillir l'héritage entier du vieux Fanch quand celui-ci dirait adieu. Le menuisier d'ailleurs était ravi de voir avec quelle aisance l'apprenti avalait le latin et le breton d'église pour les restituer fidèlement en musique avec les mêmes intonations que lui. Ils en vinrent tous deux bientôt, sans interrompre leur travail sur le bois, à chanter par cœur tout le livre de messe et une bonne douzaine de cantiques en guise de délassement. A peine si deux ou trois copeaux s'enroulèrent de travers dans le rabot de Joachim quand sa voix se mit à muer. Son maître était si content de lui qu'il ne rechigna pas à lui enseigner le branle des cloches, un art dont il était tellement jaloux qu'il avait construit une sorte de guérite en bois autour des cordes pour qu'on ne vît pas comment il s'y prenait. L'apprenti fut admis dans la guérite à chaque fois que l'inspiration s'emparait de Fanch Huédé entre un tenon et une mortaise. Ce n'était pas toujours aux moments d'angélus ou d'appels de messe ni aux jours de baptême, de mariage ou d'enterrement. Et les gens s'ébahissaient, dans les campagnes, à entendre les cloches de Saint-Chêne délivrer vers le ciel des messages dont la signification leur échappait. Mais c'était si beau qu'après ces concerts inattendus ils se remettaient au travail avec plus de courage et sans songer un instant à se plaindre d'avoir été dérangés par les sonneries.

Joachim était presque venu à bout de ses trois apprentissages quand vint pour lui le moment d'aller tirer le billet au risque d'endosser la tenue de soldat pour une durée de sept ans. Tout autre que lui aurait mouillé son cuir d'angoisse à l'idée que ses projets pouvaient être compromis par une telle pénitence. Mais il avait une telle confiance dans sa planète qu'il ne fut pas du tout surpris de sortir le meilleur billet possible. Et le voilà dispensé du service. Plus d'un riche bourgeois vint lui proposer une belle poignée d'argent pour remplacer son fils à l'armée, mais il fut fidèle au serment qu'il s'était prêté à lui-même : faire fortune sans sortir de son pays. Et l'événement, une fois de plus, lui fut favorable car Fanch Huédé, peu de temps après, se mit à décliner si rapidement que c'était une pitié de le voir. Il dut d'abord abandonner ses cloches et ce fut Joachim qui en devint le maître. Puis la force lui manqua pour chanter les offices et Joachim tint sa partie à l'église. Il la tint de son mieux mais pas aussi bien que le vieux sacristain car la statue de saint Chêne, au dire de Philibert de Bodilio, ne ferma jamais les yeux de contentement à l'entendre et ne daigna même pas tourner la tête vers lui. Mais Philibert de Bodilio, on ne sait pas pourquoi, n'aimait pas Joachim. Se doutait-il que l'autre menait un jeu sournois et attendait le bon moment pour abattre un atout maître ? Enfin Fanch Huédé devint incapable d'utiliser le moindre outil sans tomber en faiblesse au bout d'un moment. Joachim le soigna comme ne l'aurait fait aucun des enfants que le vieux n'avait pas eus. Tous les matins, il l'aidait à se lever et l'installait joliment sur le banc du foyer avant d'aller à son travail dans l'atelier à côté. Dix fois par jour il venait voir s'il avait besoin de quelque chose, il lui cuisait sa soupe, lui coupait son lard, lui bourrait délicatement sa pipe tant que Fanch eut assez de force pour tirer dessus. Et le soir, il le mettait dans son lit en lui chantant les grands airs de l'église, y compris ceux de l'enterrement que le sacristain aimait par-dessus tous les autres. Quand il devait aller travailler à la campagne, il lui arrivait de faire plus d'une lieue deux fois par jour sur ses pieds nus pour s'occuper du moribond qui ne mourait pas. Et pourtant il savait que toute la boutique de son maître, après son trépas, devait tomber entre les mains de neveux et de nièces qui se gardaient bien d'approcher de Fanch Huédé ou de le prendre en charge, mais qui se trouveraient tous présents par miracle dans l'heure qui suivrait son dernier soupir.

Si je vous dis cela, c'est pour que vous n'alliez pas croire, quand vous saurez comment il se comporta par la suite, que Joachim était un mauvais homme. Il n'était pas plus mauvais que vous ou moi et peut-être meilleur que les trois quarts des autres. Quoi qu'il en soit, Fanch Huédé finit par mourir, un matin d'avril, de l'effort qu'il fit pour chanter l'angélus du temps de Pâques et Joachim eut à peine assez de tous les écus qu'il avait épargnés depuis dix ans pour racheter à ses héritiers tout ce qu'il avait laissé derrière lui. Absolument tout, jusqu'aux rogatons inutiles et aux hardes rapiécées dont le plus misérable mendiant n'aurait pas voulu. Il fit cela par reconnaissance pour celui qui lui apprit les trois secrets que l'on n'acquiert qu'au bout de neuf ans. Ces trois secrets, il les utilisa sans doute pour tirer du chêne le cercueil de Fanch Huédé. Il était si parfait, ce cercueil, que c'était une pitié d'avoir à le mettre en terre. Et Joachim, le nouveau sacristain, pendant la messe d'enterrement, fit entendre une voix si émouvante que les cœurs les plus durs s'attendrirent dans les poitrines et que Philibert de Bodilio lui-même fut sur le point de déclarer publiquement qu'il avait vu la statue de saint Chêne tourner la tête et fermer les yeux. S'il ne le fit pas, ce fut parce que le dernier glas sonné par Joachim pour son maître mort déchaîna une telle douleur dans le cimetière que personne n'était plus en état d'écouter une voix humaine. Quand les paroissiens de Saint-Chêne (il n'en manquait pas un seul) reprirent leurs esprits, Philibert de Bodilio avait aussi repris les siens et il aimait Joachim de moins en moins. Joachim, quant à lui, n'avait plus de dette envers quiconque. D'avance, il avait racheté toutes ses fautes à venir. Il attendrait maintenant l'occasion favorable pour réaliser le projet qu'il n'avait cessé de mûrir depuis son premier catéchisme. Il était sûr qu'il n'aurait pas à l'attendre trop longtemps.

Il n'y avait pas une seule femme à Saint-Chêne qui pût regarder Joachim sans intérêt. Toutes les fillettes désiraient être prises dans ses bras pour jouer avec les boucles de ses cheveux pareils aux copeaux qu'il tirait de son rabot, mais plus souples et plus dorés. Les grand-mères n'arrêtaient pas de louer un jeune homme si obligeant qu'il n'hésitait jamais à prendre sur son temps pour pousser leur brouettée de linge humide au retour du lavoir ou endosser leur faix d'aiguilles de pin. Pour celles qui avaient des filles à marier, pauvres ou riches, il était le modèle même du gendre qu'elles auraient voulu avoir, travailleur magnifique, toujours sage dans sa conduite, honnête en son langage et se gardant de fréquenter les débits de boissons plus qu'il ne le fallait pour le savoir-vivre. Quant aux jeunes filles, est-il besoin de dire qu'elles tournaient autour de lui comme des papillons autour d'une lampe, mais d'une lampe dont la flamme ne brûlait pas et elles le savaient. Car jamais il n'eut la moindre amourette avec aucune d'entre elles, jamais on ne le vit distinguer l'une ou l'autre et cependant il ne manquait jamais une noce, une aire neuve, une veillée, un pardon, toutes occasions qui permettent aux jeunes gens de faire connaissance. Qu'avait-il dans la tête, celui-là, sous ses cheveux-copeaux à la couleur de l'or, derrière le masque de ses traits d'archange ? Les hommes, y compris ceux de son âge, n'étaient jamais tout à fait à l'aise avec lui. C'était un menuisier hors pair et même beaucoup mieux qu'un menuisier, ils étaient prêts à le jurer sur leur salut éternel. Mais justement il avait trop de dons, c'en était inquiétant. Sans être allé au séminaire, il était plus à l'aise pour chanter le latin ou le breton d'église que monsieur le recteur lui-même qui était pourtant allé à Rome. Et avant d'avoir attrapé ses vingt-cinq ans, il savait faire parler les cloches de Saint-Chêne presque aussi bien que Fanch Huédé à la fin de sa vie de sonneur. Il n'y avait aucun reproche à lui faire, sinon de n'être pas pareil aux autres jeunes gens. Il était invité cordialement aux noces de ses amis, si l'on pouvait parler d'amitié quand il était question de lui, mais jamais dans le rôle de garçon d'honneur. Et quand naissait un enfant, le père ne lui demandait jamais d'être parrain. Philibert de Bodilio ne l'aimait pas du tout.

Ce qu'il avait dans la tête ? Toujours le même projet que je vous ai dit en commençant et je ne le répéterai pas, j'ai déjà gaspillé assez de temps à vous expliquer comment il s'y était pris pour le mener à bien. A vous de savoir qu'à force de faire son service d'église pour les baptêmes, les mariages et les enterrements, à force de bâtir des cercueils surtout, il savait parfaitement où en était chaque famille avec ses biens en terres et en écus. Et quand il allait menuiser des meubles neufs dans les fermes, ses oreilles délicates retenaient toutes les paroles qui pouvaient lui être utiles pour évaluer l'exacte fortune de ses hôtes. C'est ainsi qu'il avait jeté son dévolu sur trois ou quatre héritières susceptibles de lui apporter ce qu'il ambitionnait d'avoir. Naturellement il n'était pas question de les demander en mariage. Malgré la considération qu'on avait pour lui, il aurait attrapé son sac avec les lacets (1). A Saint-Chêne comme ailleurs, en ce temps-là, chacun devait rester à son rang. Mais il peut se produire des situations où le plus orgueilleux se trouve pris de si court qu'il doit mettre les pouces pour se tirer d'affaire. Il suffit d'être patient.

Et la bonne chance de Joachim fut la mort de Philibert de Bodilio lui-même, le fabricien de Saint-Chêne, celui qui ne l'aimait pas. Il mourut subitement un soir devant sa soupe après avoir entendu l'angélus et assuré une fois de plus à toute sa tablée de valets et de journaliers que le nouveau sonneur ne valait pas l'ancien. Il laissait une héritière de vingt ans à laquelle il avait donné le curieux nom de Philippa, faute d'avoir eu un fils qu'il aurait nommé Philibert. Cette jeune fille était désormais la souveraine maîtresse de Bodilio et de ses quarante hectares de terre grasse. Sans frère ni sœur devant ou derrière elle pour mettre l'héritage en pièces. Il lui restait seulement une mère qui n'avait jamais compté beau-

(1) Il aurait essuyé un refus.

coup et compterait encore moins dans l'avenir. Bien entendu, les amoureux ne lui avaient pas manqué, d'autant plus que la chevrette avait reçu de son père un esprit aiguisé qui lui permettait, sans aucun mal, de tenir conversation avec les plus fins. Au reste, malgré un grand air qu'elle avait naturellement, elle savait mettre à l'aise les pauvres et les timides comme elle n'hésitait pas, en dépit du plaisir qu'elle prenait en voyant leur manège, à moucher le nez des farauds les plus entreprenants. A Saint-Chêne, aucun jeune homme ne s'était risqué à la demander en mariage et ils avaient bien fait. Mais les entremetteurs étaient venus de Villejoie, de Villechant et même du chef-lieu, là où habitent les grands bourgeois. Le père, Philibert de Bodilio, n'avait dit ni sans doute ni peut-être, il avait dit sèchement non. Il attendait un notaire ou, à la rigueur, un personnage de la marine ou de l'armée avec des galons d'or autour de ses manches et non pas en travers. Philippa, personne ne savait ce qu'elle voulait ou ne voulait pas. Elle avait le front carré qui est la marque, selon Herri Bruno, de ceux qui ne remettent à nul autre le soin de décider pour eux. La vraie fille de son père, et allez donc !

Avec tous ces avantages, est-ce la peine de vous dire qu'elle était la première des trois ou quatre que Joachim avait choisies pour s'élever au-dessus de sa condition ! Aussi, quand il la vit entrer dans son atelier pour commander le cercueil de son père, lui déclara-t-il tout net qu'il ne voulait pas s'en charger. Philippa, stupéfaite, lui demanda pourquoi. Mais lui, la tête sombre, n'alla même pas chercher le moindre prétexte. Il ne voulait pas, c'était tout. N'importe quel menuisier, à Villejoie ou Villechant, serait capable de fabriquer une caisse pour le mort. Qu'elle s'adresse à l'un ou l'autre, quelques planches peuvent toujours se trouver ici ou là, de bois sec ou de bois vert, et le maréchal-ferrant fournirait bien une poignée de clous. Et adieu, je n'ai pas de temps à perdre avec vous !

Furieuse et humiliée, la jeune fille vida les lieux et proclama par tout le bourg l'incroyable nouvelle : le meilleur artisan du canton refusait un cercueil au plus gros bonnet de la paroisse, fabricien de Saint-Chêne lui-même, le patron céleste. Quel coup de vent fou lui avait soufflé dans la tête, à cet homme dont il n'y avait à dire que du bien ? Et voilà tout le bourg en émoi, les commères aussitôt en route à travers la campagne pour raconter à leur manière, devant autant de bols de café que de fermes, l'entrevue de Joachim et Philippa. Et toute la population de Saint-Chêne, hormis les poupons nourris au sein et encore, se mit à méditer sur ce qu'il convenait de faire en cette circonstance navrante où l'honneur de la paroisse était compromis. Que de réflexions désobligeantes devraient-ils supporter de la part des voisins de Villejoie ou Villechant s'ils devaient envoyer quelqu'un mendier un cercueil pour le maître de Bodilio ! Quoi, dirait-on, jusqu'à votre propre menuisier qui refuse de vous habiller de chêne pour aller en terre ! Vous devez être de bien vilaines gens. Et pourtant vous vous êtes assez vantés d'avoir chez vous l'homme qui fait les plus beaux cercueils du pays. Maintenant vous voilà réduits à venir chercher les nôtres dont vous avez dit qu'ils étaient tout juste bons pour transporter des gorets à la foire. La honte sur vous ! Non, ce n'était pas possible. D'abord aucun d'entre eux ne se serait permis de comparer un mort à une portée de gorets à moins de s'être chauffé les oreilles à force de boire du fort jusqu'à ne plus entendre le bruit de sa bouche. Ce qui était vrai, c'est qu'ils répugnaient à faire descendre dans la terre de Saint-Chêne un cercueil qui ne serait pas irréprochable, ils pouvaient bien le dire sans offenser les voisins. Les autres morts seraient capables de s'insurger dans leurs tombes et de bouleverser tout le cimetière en voyant arriver au milieu d'eux une caisse tout juste bonne à transporter... Non, ce n'était pas ce qu'ils voulaient dire. Mais qu'est-ce qu'il lui avait pris, à ce Joachim ! S'il se mettait ainsi à faire sa mauvaise tête sans crier gare, aucun d'entre eux ne serait plus assuré de se faire enterrer convenablement. Il fallait le faire revenir sur sa décision et jurer devant saint Chêne qu'il ne recommencerait pas.

Il n'y avait pas encore deux heures que Philippa était rentrée chez elle en pleurs pour presque la moitié, en fureur pour le reste, et déjà le maire entouré du recteur et de tous ses conseillers sauf un qui était le mort se présentait dans l'atelier de Joachim. En raison de la gravité de l'affaire, il demanda l'autorisation de fermer la porte car il y avait déjà une foule dehors, des femmes en majorité, et avec les femmes on ne sait jamais comment peuvent tourner les choses. Joachim les pria de s'asseoir comme il faut le faire pour les conversations graves. Est-il vrai, demanda d'abord le maire au menuisier, que vous avez refusé de faire le cercueil de Philibert de Bodilio ? Il lui fut répondu que oui. Alors, expliquez-nous vos raisons. Si elles ne valent rien, vous n'aurez plus qu'à débarrasser la place avec vos outils pour aller au diable, assez loin pour qu'on ne puisse plus jamais voir votre couleur par ici ni avoir la moindre nouvelle de vous car vous ne pouvez plus vivre dans ce pays. Si elles sont de poids, nous verrons ce qu'il conviendra de poser sur l'autre plateau pour remettre le fléau d'aplomb. Mais dites-nous d'abord si vous êtes fâché avec toute la paroisse ou seulement avec le défunt Philibert de Bodilio, Dieu lui pardonne. Tranquillement, Joachim répondit qu'il n'était fâché avec personne mais que Philibert de Bodilio ayant toujours proclamé à son sujet qu'il ne valait pas son maître Fanch Huédé ni pour chanter à l'église ni pour sonner les cloches, il ne voulait pas fabriquer le cercueil d'un homme qui ne lui avait jamais fait confiance, cela pour ne pas troubler son repos dans l'autre monde. Rien de plus. Là-dessus on se mit à argumenter de part et d'autre jusqu'au moment où le menuisier déclara nettement qu'il n'y avait qu'un seul moyen de le décider à prendre ses outils : qu'il plaise à la fille du défunt de se marier avec lui, qu'elle en donne sa parole au conseil. Ainsi admis dans la famille, il n'aurait plus de scrupules à s'occuper du mort et le cercueil qui sortirait de ses mains serait le plus parfait que l'on ait jamais vu dans le pays. C'était là son dernier mot.

Les autres en eurent le souffle coupé net, mais quoi faire ! Ils se levèrent tous ensemble sauf le vieux recteur qui souffrait de rhumatismes et que l'on dut aider un peu. Mais ce fut lui qui sortit le premier, les bras levés pour rassurer les paroissiens qui s'agitaient devant l'atelier. Attendez encore, dit-il, nous allons voir un peu plus loin. Puisqu'on se rendait à la maison d'un mort, on le laissa ouvrir le chemin vers Bodilio. Derrière lui, le maire et les conseillers se mettaient d'accord sur la meilleure façon de faire pour emporter l'assentiment de Philippa. Mais aucun d'entre eux n'était à l'aise dans sa chemise.

A Bodilio on avait dressé la chapelle blanche et le maître défunt était étendu sur son lit, revêtu de ses habits du dimanche. Sur les bancs et les chaises de la grand-salle se relayaient les amis et les voisins dans un bourdonnement ininterrompu de prières et de litanies. On attendait la diseuse de grâces. Ce fut le recteur qui entra, ne sachant trop quelle contenance prendre. Après avoir aspergé le corps avec une branche de laurier trempé dans une assiette d'eau bénite, il se recueillit un moment, puis se tourna vers Philippa et sa mère, assises au chevet du lit. Il y eut un bref chuchotis entre eux. Les deux femmes se levèrent et quittèrent la pièce, le recteur sur leurs talons. Tout abîmés qu'ils fussent dans le respect dû à la mort, les débiteurs de patenôtres les suivirent avec autant de paires d'yeux qu'ils étaient de chrétiens.

De l'autre côté du couloir, le maire et le conseil étaient debout autour d'une table portant les nourritures et les boissons prévues à l'intention de ceux qui veilleraient le cadavre. Peut-être vaudrait-il mieux s'asseoir, hasarda le maire. Quoi que vous ayez à dire, répondit Philippa, cela ne sera pas long. Alors, sans chercher de détours, il lui fit part de la prétention de Joachim. Il ajouta que le garçon semblait calme et dans son bon sens, tel qu'on l'avait toujours connu depuis qu'il avait hissé ses premières braies. On ne l'a jamais vu faire la cour ni à vous ni à personne d'autre, Philippa. Mais peut-être vous a-t-il demandée en mariage à votre père et s'est-il fait jeter dehors.

La mère s'arrêta de gémir des mon dieu, mon dieu, mon dieu, pour assurer qu'on n'avait jamais vu Joachim à Bodilio. La fille ne desserrait pas les lèvres. Elle était allée se planter devant la fenêtre aux volets fermés et se frottait pensivement les mains comme si elle ne s'intéressait pas à la conversation. Il faut tout de même se pourvoir d'un cercueil, dit la voix grêle du vieux prêtre. Alors Philippa se tourna lentement vers eux. Elle était plus pâle que son père sur son lit de mort dans la salle à côté. « Je l'épouserai, dit-elle, je le jure devant vous. Il sera le maître de Bodilio, mais non pas le mien. Et il n'aura pas assez de toute sa vie pour se repentir de ce qu'il a fait aujourd'hui. Mangez et buvez. Moi je retourne où je dois être. » Et elle s'en fut, suivie de sa mère qui semait des mon dieu, mon dieu, mon dieu, derrière elle. Il ne restait aux ambassadeurs qu'à s'attabler pour se fortifier le corps et l'esprit qui avaient été mis à rude épreuve. Ce qu'ils firent si bien que, sur le chemin du retour, monsicur le recteur eut mille peines à les empêcher de chanter des gaudrioles.

L'enterrement de Philibert de Bodilio fut une fête comme on n'en avait jamais vu à Saint-Chêne et comme on n'en verra plus nulle part ailleurs. Tout le monde se réjouissait d'avoir conservé au pays un menuisier-sacristain-sonneur de cloches qui lui faisait amplement honneur. Pendant quelques heures on avait tremblé de le voir s'en aller avec ses outils dans sa charrette à bras, vers Villejoie ou Villechant, ce qui aurait allumé la guerre civile pour des années. Quelques-uns parmi les plus excités avaient même proposé, s'il ne voulait pas rester avec eux, de mettre le feu à son atelier après l'avoir enfermé dedans. Mais tout s'était arrangé heureusement, le maire était sûr d'être réélu et la voix du vieux recteur lui-même s'était beaucoup raffermie. On aurait désormais du goût à vivre pour les temps à venir qui verraient se dérouler une lutte sans merci entre Joachim et Philippa. Celle-ci n'était pas femme à lui pardonner de sitôt le piège qu'il lui avait tendu. Si elle y était tombée d'ailleurs c'était parce qu'elle l'avait bien voulu. Elle aurait pu dire non et c'était lui qui aurait été le dindon de la farce. Elle avait dit oui parce qu'elle aimait la bagarre. On en verrait de belles.

Quant au mort, il n'avait d'autre rôle à jouer dans ce jeu que de lester de ses reliques l'admirable cercueil bâti pour lui par le menuisier. Pour lui ou pour quelqu'un d'autre. Car lorsqu'on vit le monument que c'était, on ne put douter qu'il avait été achevé d'avance. Il fallut doubler les porteurs pour le soulever. Il était plus lourd et plus massif que les assises qui supportent les gisants de pierre des évêques dans les cathédrales majeures et plus superbement décoré que les stalles des chanoines dans le chœur. Le bruit de ce chef-d'œuvre merveilleux ayant couru, de Villejoie et de Villechant on accourut à l'enterrement pour le voir. La messe fut chantée par le futur gendre mieux que pour les plus grands rois de la terre. Pour la première fois depuis qu'il était en charge de la paroisse, le vieux recteur chantait juste. Mais le *Libera* sortit de la gorge de Joachim avec les accents du *Magnificat*. Les deux cloches de la tour, Corentine et Dorothée, quand il empoigna les cordes pour les faire chanter, déchaînèrent un tel carillon qu'on aurait juré qu'elles étaient douze. Toute l'assistance en eut les entrailles remuées, les femmes éclatèrent en sanglots, les hommes se mouchèrent à grand bruit. Il n'y eut que Philippa, au premier rang, à garder les yeux secs.

Quand les mois de deuil furent passés, on maria l'héritière et le menuisier. A cette occasion, de Villejoie et de Villechant vinrent les sonneurs de cloches et les sacristains puisque le nouvel époux ne pouvait pas remplir ses offices d'église. Malgré tout leur savoir-faire et la vigueur qu'ils mirent à s'acquitter de leur tâche, ils ne purent faire que la cérémonie sortît de l'ordinaire. L'église ne rendait pas le son habituel. Sur son socle, saint Chêne avait l'air de bouder. Corentine et Dorothée obéissaient mal aux sollicitations des cordes. Les fidèles gardaient les yeux fixés sur les nouveaux mariés, cherchant à deviner leurs sentiments sur leurs visages froids. En vérité, ces épousailles étaient le coup d'envoi d'une lutte dont personne n'osait prédire comment elle finirait. Les sonneurs à danser eux-mêmes avaient mille peines à trouver leur souffle. Ils n'eurent d'ailleurs pas longtemps à souffrir car le soir était à peine tombé que tous les invités étaient rentrés chez eux. On n'avait jamais vu pareille chose à Saint-Chêne où les gens étaient ordinairement portés au plaisir et faisaient durer chaque noce plus près d'une semaine que de deux jours et demi. Accompagnée de sa mère, Philippa reprit le chemin de Bodilio tandis que Joachim regagnait tout seul son atelier.

Dès le lendemain, on le vit parcourir son nouveau domaine, s'informant avec soin de tout ce qui concernait les bâtiments, les champs, les animaux et le reste, mais recommandant à chacun de faire comme avant. Il lui suffisait d'être le possesseur de Bodilio, ce jouet merveilleux auquel il se gardait de toucher pour ne pas détraquer les mécanismes subtils mis au point par l'ancien maître. Il fit seulement transporter ses affaires dans une petite maison au fond du jardin où la mère de Philippa désirait prendre sa réservation, maintenant que sa fille était mariée. Et les deux femmes continuèrent d'habiter ensemble dans le manoir, car Bodilio en était un. Cependant, il prenait ses repas avec elles deux, les valets, les servantes et les journaliers, au haut bout de la table où siégeait naguère Philibert de Bodilio. Il était maintenant Joachim de Bodilio et son plus grand plaisir était de s'entendre appeler de ce nom. Rien de changé pour le reste. Comme avant, il s'acquittait de son travail à l'atelier et à l'église. Philippa vaquait à ses occupations sans jamais lui adresser la parole ni le regarder dans les yeux. Et lui, de son côté, faisait comme si elle n'existait pas. Les gens de Saint-Chêne ne cessaient pas de les épier, attendant de savoir comment tournerait ce singulier mariage. Mais les plus fins n'étaient pas sans s'apercevoir que les époux, sous couleur de s'ignorer, se surveillaient de très près, chacun d'entre eux cherchant l'occasion de prendre l'adversaire en défaut.

Ce manège dura quelques mois selon les plus impatients, sept semaines exactement diront plus tard ceux qui comptaient froidement les jours. Et puis, un dimanche après la messe, on vit Joachim se présenter dans tous les débits de boisson de Saint-Chêne, même dans celui où les buveurs honnêtes ne mettaient jamais les pieds à cause de sa mauvaise réputation. Il y but tellement, tout seul et sans un mot, que les vêpres se passèrent sans lui. Le soir n'était pas encore tombé que le nouveau maître de Bodilio s'affalait en sac de chiffons dans le fossé de la mairie au grand scandale de toute la paroisse, lui que l'on n'avait jamais vu dérangé le moindrement. On dut le charger dans une brouette pour le ramener dans son atelier où il cuva son ivresse sur un lit de copeaux. La plus redoutable cancanière du bourg se risqua le lendemain de bonne heure jusqu'à Bodilio pour porter la nouvelle sous prétexte de rendre service, brûlant en vérité de savoir quelle tête ferait Philippa. Celle-ci haussa les épaules et disparut aussitôt, mais trop tard cependant pour dissimuler un demi-sourire. Et ce fut tout pour cette fois-là. Mais de l'avis du maire, qui avait été sergent-major dans les armées de l'empereur, l'héritière allait déclencher l'offensive sous peu.

Après cette première saoulerie, Joachim fit la tournée des débits à toute heure du jour et tous les jours de la semaine. Toujours seul et muet. Mais il luttait courageusement contre la faiblesse car jamais plus on ne le trouva dans le fossé de la mairie ni dans aucun autre. Quand l'ivresse commençait à le gagner, il rentrait dans son atelier sans le secours de personne et reprenait son travail. Mais sa main était de moins en moins sûre, son rabot allait de travers, son ciseau de sculpteur écorchait le bois là où il ne fallait pas, les cloches de Saint-Chêne, Corentine et Dorothée, commencèrent à déraisonner un peu et la voix du sacristain, à la grand-messe du dimanche, s'éraillait de temps en temps. Chose étonnante, pourtant, quand elle chantait juste, les fidèles étaient plus émus par cette voix qu'ils ne l'avaient jamais été. Tous les fidèles sauf Philippa, impassible au premier rang des femmes, et qui ne voyait son mari qu'à l'église car il n'avait pas remis les pieds à Bodilio depuis sa première ivrognerie.

D'autres mois passèrent, peut-être seulement d'autres semaines. Le mal de Joachim s'aggrava tellement qu'il lui arriva de rater l'angélus quand il n'avait pas pris ses précautions. Et un jour, à midi juste, comme il gisait, assez hébété, sur ses copeaux, il entendit Corentine et Dorothée qui sonnaient sans lui, qui sonnaient presque aussi bien qu'avec lui. Il se mit debout et se rendit à l'église en se dissimulant de son mieux. Et là, que vit-il ? Philippa de Bodilio, sa propre femme, manœuvrant les cordes comme si elle n'avait jamais eu d'autre métier. La fine mouche l'avait bien regardé faire, et elle se montrait aussi douée que lui. Le pauvre garçon s'enfuit vers ses copeaux et y resta jusqu'à l'angélus du soir qui valut celui de midi et fut sonné par les mêmes bras. Du coup, il ne dessoûla pas pendant quelques jours, ayant fait provision de vin pour ne pas avoir à se montrer. Quand il reparut dans le bourg, tous ceux qu'il rencontra lui chantèrent les louanges de sa femme qui le remplaçait si bien aux cloches. Hypocrites étaient leurs sourires au point qu'il crut en crever de honte plus d'une fois. Dès lors, il laissa l'angélus à Philippa. Il n'avait qu'une peur, c'était de ne pas être en état de sonner les messes, baptêmes, mariages et enterrements. Il était sûr que s'il avait une défaillance, un jour, pour avoir trop bu, elle serait là pour le remplacer et dès lors il n'oserait plus toucher aux rênes de Corentine et Dorothée. C'est pourquoi il restait soigneusement à jeun quand il devait officier. Il ne lui céderait pas plus que l'angélus, c'était juré. Mais il n'avait pas encore subi le quart de ses malheurs. Il s'en doutait bien et c'est alors qu'on le vit monter sur la colline d'ici et finir par entrer dans la haute salle de la tour ronde. Allait-il prendre conseil du Roi d'Après ? Voulait-il, dans son désespoir, mettre la main sur le livre de toutes les puissances, le Vif ?

Peu de temps avant que Joachim ne vînt bouleverser son destin, Philippa de Bodilio avait été recherchée en mariage par deux jeunes gens de son rang. Elle n'avait pas eu à choisir entre eux, son père l'ayant refusée à l'un et à l'autre. Or, quand le menuisier se fut mis à boire et alors qu'elle-même ne faisait pratiquement plus entendre sa voix, on la vit causer familièrement avec ces deux-là qui d'ailleurs ne pouvaient pas s'endurer. Si elle venait au bourg, il y en avait toujours un qui s'arrangeait pour la rencontrer à moins qu'il ne fût surveillé par son rival qu'il tenait lui-même à l'œil, auquel cas elle ne voyait aucun d'eux tout en sachant qu'ils étaient quelque part autour d'elle. A Bodilio, si elle sortait dans sa cour ou paraissait seulement à sa fenêtre, aussitôt une tête surgissait derrière un talus et une autre tête plus loin débordait du tronc d'un orme ou d'un châtaignier. Pourquoi l'un ou l'autre aurait-il abandonné la poursuite d'une héritière qui deviendrait veuve avant longtemps si son mari continuait à s'assommer de boisson. Et peut-être l'aimaient-ils, après tout, ces deux-là.

Quand elle se fut mise à sonner les cloches de l'angélus, il vint à Philippa une idée extraordinaire comme il n'en peut se lever que dans la tête d'une femme éperdue d'un désir de vengeance. Elle se mit d'accord avec l'un de ses courtisans sur ceci : quand elle finirait la sonnerie sur deux coups pressés de Corentine et un coup long de Dorothée, il pourrait venir la voir sans crainte sous le porche de l'église, il n'y aurait personne à les épier. Et elle fit avec l'autre la même convention, sinon que l'appel serait fait par deux coups longs de Dorothée et un coup bref de Corentine, la plus claire des deux cloches.

Or Joachim, dans son atelier, ne manquait jamais d'écouter de toutes ses oreilles l'angélus de Philippa. La première fois qu'il entendit cette fin de branle inhabituelle, il crut qu'elle s'était empêtrée dans ses cordes ou que lui-même avait bu jusqu'à s'en faire sonner la tête. Mais la fois suivante un soupçon naquit en lui : c'était un langage convenu à l'intention de quelqu'un. Il courut à l'église, traversa la nef en tapinois. Passant devant le Porche du Baptême, il entendit le rire de sa femme et la voix d'un homme qui lui tenait des propos doucereux derrière la porte. Ayant mis son œil au trou de la clé, il reconnut l'homme. Mais de quoi se serait-il mêlé, lui qui n'était que le mari en titre ! Il eût été incapable même de supporter le regard de sa femme occupée à briser son anneau de mariage ! Malade de crève-cœur, il se traîna jusqu'à son atelier pour chercher refuge dans la bouteille.

Mais il ne pouvait s'empêcher d'écouter l'angélus et les trois coups qui le suivaient de plus en plus souvent. Et un soir, Dorothée sonna les deux premiers coups à la place de Corentine qui dut se contenter du troisième. Tiens ! Joachim retourna mettre son oreille contre la porte du porche et son œil au trou de la serrure. C'était le même rire de Philippa et à peu près les mêmes paroles qu'elle écoutait, mais l'homme n'était pas le même et il le connaissait aussi. C'en était trop pour lui, cette fois. Après avoir réfléchi longuement, il trouva le moyen de mettre fin aux désordres de Philippa. Sans plus attendre, le lendemain soir, il se rendit à l'église un quart d'heure avant le moment de l'angélus. Il le sonna exactement comme le faisait sa femme car elle avait d'autres finesses que les siennes, et il termina par les deux appels, l'un à la suite de l'autre. Puis il alla se cacher dans le confessionnal qui est, comme chacun sait, le meilleur endroit pour éviter d'être vu dans une église. Après quelques minutes d'attente, il entendit le bruit d'une altercation sous le porche du baptême, puis de fortes injures et enfin des coups, des chocs de corps contre la porte. C'étaient les deux jeunes hommes qui étaient accourus, chacun à son appel convenu, au rendez-vous sous le porche et qui avaient vite compris que Philippa s'était jouée de l'un et l'autre. Mais ils n'en étaient pas moins rivaux. Noirs de colère et de dépit, ils se battirent si longtemps et à si fortes clameurs sous les yeux des douze apôtres de pierre que tout le bourg fut bientôt là, comptant les coups, encourageant les combattants et se gardant bien de les séparer avant l'épuisement de leurs forces. Car tout le bourg, bien entendu, avait suivi par le menu les intrigues de l'héritière et de ses deux soupirants. Mais de Philippa point de nouvelle. Elle était en route vers l'église quand elle avait entendu les cloches qui sonnaient sans elle. Il n'y avait que son mari qui fût assez habile pour les mener ainsi. C'est pourquoi elle ne fut pas surprise quand retentirent les deux appels de la fin. Joachim savait tout et c'était bien ce qu'elle espérait. Il y aurait sans doute une belle empoignade sous le Porche du Baptême quand les deux galants se trouveraient face à face. Chacun voudrait effacer son humiliation sur le cuir de l'autre. Et puis, ils iraient publier partout quelle mauvaise femme elle était, sans parole et sans vertu. Mais à cela aussi elle s'attendait. Quant à Joachim, il avait cru la livrer à l'opprobre public en clamant son inconduite à coups de cloches. Mais on verrait comment lui-même se trouverait de son nouvel état de mari trompé ou qui croit l'être. Le monde était ainsi fait, à Saint-Chêne et ailleurs, que les gens se montraient indulgents pour l'ivrogne mais ne ménageraient pas leurs railleries au cornard, même supposé. Philippa rebroussa chemin vers Bodilio. Elle avait le pied léger en pensant au plaisir qu'elle éprouverait le lendemain, lorsque les commères, trois par trois, viendraient lui conter sur le chaud, et avec tous les détails vrais ou inventés, la fin de ce jour mémorable entre tous, celui qui avait vu l'avancement décisif du projet mûri dans sa tête depuis cet autre jour où le menuisier avait eu l'impudence d'exiger sa main pour le prix d'un cercueil à son père. Il se traînerait à terre, jusqu'à ses genoux, il baiserait l'ourlet de sa robe. Ensuite, il serait temps de voir.

Et tout se passa d'abord comme elle l'avait prévu. Les gens de Saint-Chêne prirent son parti alors qu'auparavant ils avaient tendance à blâmer sa dureté à l'égard de Joachim, surtout depuis qu'il s'était mis à boire, ce qui est une façon de s'avouer vaincu. Elle avait fait de lui un idiot de village comme elle avait su le faire de ses deux soupirants sans perdre un fil de son jupon car ni l'un ni l'autre n'avaient rien obtenu d'elle que des éclats de rire. Même les plus mauvaises langues de la paroisse n'avaient aucun doute à ce sujet. Aussi ne fut-on pas étonné quand elle offrit aux bonnes sœurs de s'occuper du chant dans leur école où elles avaient déjà trop à faire. Philibert de Bodilio lui avait fait apprendre la musique. Elle touchait convenablement de l'harmonium, en tout cas mieux que le maire qui le martyrisait tous les dimanches et ne fit aucune difficulté pour le lui laisser. C'est ainsi que le sacristain-chantre Joachim eut le déplaisir de la voir devant lui à tous les offices. Pis encore, il fut obligé de régler sa voix sur l'harmonium alors que jusque-là il s'en souciait si peu que le malheureux organiste devait garder le plus souvent ses mains sur les genoux. Gêné comme il était par l'instrument et d'abord par le visage impassible de celle qui le tenait, il sentit que sa voix s'égarait de plus en plus. Maintenant les fidèles écoutaient l'harmonium, ce qu'ils n'avaient plus fait depuis le temps de Fanch Huédé. Et, pour déconcerter encore plus Joachim, les filles des sœurs, sur la tribune, répondaient si clair et si juste que bien des yeux de la nef se retournaient vers elles quand ils se détachaient de Philippa. Il était en train, à cause d'elle, de perdre son dernier prestige.

Depuis le coup du Porche du Baptême, le gars avait cessé de boire. Ses mains de menuisier avaient repris leur assurance. Il ne tremblait plus. Il entendait de nouveau des éloges sur son savoir-faire. Il avait repris à Philippa les cloches de l'angélus qu'il sonnait toujours sans faute et au bon moment. Et voilà que cette diablesse trouvait le moyen de l'attaquer sur le chant d'église, son plus grand triomphe. Décidément, elle avait résolu de le faire plier jusqu'à terre et plus bas encore. Qu'y pouvait-il ! Les gens de Saint-Chêne, c'était facile à voir, étaient pour elle, contre lui. Le dimanche, il venait même des observateurs de Villejoie et de Villechant pour assister à la lutte entre les deux adversaires. Dans tout le canton, il n'était question que de cela. Pourquoi diable avait-il voulu, dès son jeune âge, devenir un gros bonnet dans son pays ? Ce n'était pas par ambition ni désir de richesse. Seulement pour ne pas avoir à quitter ce pays par trop de pauvreté. Et peut-être aussi, peut-être avant tout, à cause de cette fillette qui s'appelait Philippa, de cette jeune fille qui était l'héritière de Bodilio, devenue sa femme par sa volonté, pour son plus grand malheur sur la terre. Mais cela, il ne l'avouerait jamais à elle ni à personne d'autre, pas même à lui.

Le dernier coup lui fut porté le dimanche de Pâques, à la grand-messe, quand la joueuse d'harmonium se mit à chanter elle-même. Dès que l'on entendit s'élever sa voix, la plus pure qui eût jamais retenti sous les voûtes de la vieille église, toute l'assistance fut stupéfaite. Si Philibert de Bodilio avait été là, il aurait sûrement vu la statue de saint Chêne fermer les yeux de contentement. Les fidèles, le souffle coupé, pouvaient à peine répondre amen. Joachim, dans le chœur, se mit à trembler de tout son corps. Il faillit s'enfuir par la porte de la sacristie et puis, ayant atteint le fond du désespoir, il sentit ses jambes se raffermir et sa voix, quand ce fut son tour, sortit de sa gorge comme elle ne l'avait jamais fait, large et puissante à ébranler l'air jusqu'au fond de la nef.

Peut-être entendait-il, sur l'harmonium, le piano du Roi d'Après qui pouvait traduire à ses heures tous les bonheurs et les détresses du monde, peut-être la voix mystérieuse de la Belle couvrait-elle, pour son exaltation à lui, le chant de Philippa ? Yvias et le Roi Yann n'ont-ils pas déclaré les avoir écoutés se répondre merveilleusement tous les trois dans la chambre haute, Mathieu Keinmarc'h, sa fille et le sacristain de Saint-Chêne ! Et pareil concert, ont-ils dit, a remué en eux des fibres inconnues.

Dès lors, le latin ou le breton d'église n'eurent plus aucun sens pour personne. On entendait s'exprimer une douleur aussi vieille que l'exil du Paradis Terrestre. On vit monter le sang dans les joues pâles de Philippa. Elle eut un moment de désarroi. Quand elle reprit son chant, il n'y eut pas le cœur assez sec pour ne pas éprouver qu'il se passait quelque chose d'extraordinaire, ni l'esprit assez épais pour ne pas comprendre qu'il s'agissait, entre elle et lui, d'un dialogue auquel nul autre, homme ou dieu, n'avait de part. Et chacun se demandait ce qu'ils pouvaient avoir à se dire, ces deux-là. Or, à mesure que se déroulait l'office, Philippa faiblissait de plus en plus. A la fin, on avait du mal à l'entendre et son visage faisait peine à voir. Joachim, cependant, demeurait maître de tout son registre mais, dans son chant, le crève-cœur, peu à peu, le cédait à la sérénité. Quand ils sortirent sur la place, les fidèles furent unanimes à déclarer qu'il l'avait emporté sur sa femme.

C'était fini. Joachim rentra dans son atelier. Il rangea soigneusement ses affaires et se lava les mains. Il ouvrit la fenêtre de devant et la porte de derrière, prit une corde et se pendit. Le premier qui passa par là vit le corps qui se balançait doucement dans le courant d'air.

On attendit le lendemain pour annoncer la nouvelle à Philippa. Trois femmes en deuil taillèrent la route en hâte vers Bodilio sans même avoir le courage de bavarder en chemin. Elles racontèrent plus tard qu'en apprenant la fin de Joachim, la jeune femme était restée complètement figée, les yeux sans regard, une main crispée sur sa gorge. Autour d'elle, et déjà au courant, trois valets, deux servantes, un journalier, un petit pâtre et sa vieille mère qui ne trouvait plus assez de souffle pour débiter ses mon dieu, mon dieu, mon dieu ! Et quarante hectares de terre grasse. Que c'était malheureux d'avoir tant de bien et si peu de chance. Elle avait seulement prononcé deux mots : et voilà ! Avant de monter dans sa chambre en priant de la laisser en paix jusqu'au lendemain.

Et la nuit était à peine tombée, les gens au lit, qu'on avait entendu un appel terrifiant dans la cour : Joachim ! Toutes les têtes baptisées de Bodilio se précipitèrent dehors. Il n'y avait personne à voir. Elle s'était jetée dans le puits. Quand on l'en remonta ce n'était plus qu'un cadavre en habits de noces.

On les enterra ensemble, Joachim et Philippa, et ce fut la première fois où ils dormirent côte à côte. Pendant la messe mortuaire, qui fut la même pour tous les deux, on dit que les cloches de Saint-Chêne sonnèrent le glas sans que personne de vivant ne vînt empoigner les cordes. Elles sonnèrent longtemps, longtemps, Corentine avec la voix de Philippa, Dorothée avec celle de Joachim, jusqu'à ce que la dernière pelletée de terre fût tombée sur les deux cercueils.

Et depuis, en prêtant bien l'oreille, vers le temps de Pâques, entre Villejoie et Villechant, on peut les entendre encore bien qu'elles aient disparu depuis près de cinquante ans. Car après la mort des deux époux, Saint-Chêne, en quelques années, se vida de ses habitants. Les jeunes gens et les jeunes filles s'en allèrent courir leur chance au loin, tant ils redoutaient de rester dans un pays où il était si difficile d'être heureux. Les vieilles gens se retirèrent les uns à Villejoie, les autres à Villechant selon les parentés qu'ils avaient ici ou là. Les maisons tombèrent en ruine. De l'église abandonnée, il ne resta bientôt plus que la tour. Et la tour elle-même s'abattit peu après que Corentine et Dorothée eurent disparu de leur chambre de pierre là-haut, sans que personne puisse dire comment. Mais il y a encore des gens pour raconter que si l'on savait où est la double tombe et si l'on avait le courage de l'ouvrir, on trouverait la cloche claire entre les bras de Philippa et la cloche grave entre ceux de Joachim. C'est par les deux cloches qu'au temps de Pâques ils se parlent entre eux.

La double tombe, sans plus, est ce qui reste aujourd'hui de Saint-Chêne, même si personne ne saurait dire où elle est. Mais elle est Saint-Chêne à elle seule désormais, elle ne saurait appartenir à Villejoie ni à Villechant qui se sont partagé le territoire de la paroisse disparue. Et c'est sans doute ce que signifie le dicton qui demeure encore dans certaines mémoires et qui a trait à la largeur des deux cercueils :

De Villejoie à Villechant
Il n'y a plus que sept empans.

XVII

Le docteur a besoin de reprendre ses esprits. Oublieux de l'endroit où il est, il se lève brusquement. Ainsi faisait-il dans son cabinet de travail, certaines nuits, quand il se trouvait embourbé dans quelque ouvrage de médecine apparemment simplet et dépassé, mais sous lequel il soupçonnait l'amorce d'une révélation. Il allait faire un tour dans le jardin, sous les étoiles, non pas pour découvrir l'explication qui le fuyait, mais pour chasser son pressentiment, repousser le problème à plus tard car il ne doutait pas qu'il y serait confronté à nouveau. Et il rentrait pour se remettre à sa table de travail, tranquillisé, libre d'aller au-delà de l'obstacle avec la satisfaction de l'avoir décelé. Il en viendrait à bout une autre fois.

Mais, à peine debout, il se rassoit lentement, promenant son regard autour de lui. Depuis que le maquignon s'est tu, l'assistance n'est plus qu'un musée de cire aux personnages tournés vers lui en attente, certains avec des gestes inachevés. Que va-t-il faire, cet héritier du Royaume pour lequel est organisée cette séance d'initiation ? Va-t-il abandonner la place, signifiant ainsi qu'il ne l'intéresse pas d'en savoir davantage ? Par bonheur, il s'est souvenu à temps que tout à l'heure il les a invités à continuer jusqu'au bout. Il ne peut pas faiblir. Il pressent que la chance de ce soir ne lui sera plus accordée une seconde fois. Mais pourquoi donner tant d'importance à la chronique obscure de héros qui, bien qu'étant du Royaume, n'appartiennent pas à la colline elle-même qui en est le cœur ? Leur seule illustration est d'avoir eu leurs entrées, quelquefois, dans la chambre haute.

— On les appelait, nous les appelons toujours, les Quêteurs du Vif. Il n'y avait aucun compagnonnage entre eux. Ils ne voulaient pas se connaître, ils n'avaient pas les mêmes désirs tout en cherchant le même talisman pour les satisfaire. Nous ne savons pas ce qu'ils ont trouvé. Nous ne pouvons que dire ce qu'il leur est advenu.

Le vieux Josias a répondu à la question que le docteur n'a pas formulée. Bien. Mais pourquoi laisse-t-on dans l'ombre, jusqu'ici, le maréchal Yann Strullu, le mari de la Belle, le gendre du Roi d'Après ? N'était-il pas, lui aussi, un Quêteur du Vif, probablement celui qui a détenu le plus grand nombre de secrets, approché de plus près les mystères si mystères il y a ? Et soudain, le docteur est frappé d'une illumination qui le cherche en vain depuis qu'il s'interroge sur la signification de ce qu'il entend : tous ceux qui ont parlé, sans excepter le notaire lui-même, n'ont fait que poursuivre à plusieurs voix le même récit. Le ton, le vocabulaire, la respiration des phrases, la conduite de la narration présentaient de telles ressemblances qu'il fallait bien penser à une source commune. A croire que chaque interprète avait appris par cœur sa partie. La vérité devait être que chacun d'eux ne faisait que répéter les paroles du Roi Yann. Sur lui-même, il convenait de ne rien ajouter avant qu'il en ait fini avec les autres Quêteurs du Vif.

— Il y avait aussi une quêteuse, dit doucement Josias. La jeune fille Sula. Quel a été son destin à elle, Hervé Lucas le sait mieux que nous tous.

C'est reparti. Des mains du maquignon, le facteur a déjà pris le bâton de houx. Le cérémonial est bien réglé.

Vous savez comment mourut le Roi d'Après dans l'orage qui fendit en deux la tour des Keinmarc'h et comment Yvias fit brûler tous les livres de la chambre haute à l'exception d'un seul qui ne craignait pas le feu. Dès lors, on ne vit plus monter la Maigre-Echine par la « face bleue ». Ce qu'elle venait y chercher en vain lui avait définitivement échappé.

Plus de raison d'envoyer Sula surveiller le Manoir du Vif, désormais en ruines ouvertes. Mais on apprit bientôt que la terrible femme se vengeait de sa déception sur la chair et les os de la pauvre fille. Il ne se passait pas de jour sans qu'on l'entendît l'agonir d'injures et la martyriser de cent façons. Sula se réfugiait près de la chèvre aux longs poils et aux belles cornes. La chèvre lui léchait si bien ses plaies et ses meurtrissures qu'il n'y paraissait bientôt plus. Mais la mauvaise femme, la maudite sorcière, ne s'approchait jamais de la bête. On aurait dit qu'elle en avait peur.

Et un jour, la Maigre-Echine fut trouvée morte dans sa maison, saignant de nombreuses blessures sur tout le corps et la gorge écrasée. Les gendarmes et les juges ont cru à une vengeance de Sula, poussée à bout par la mégère. Sula n'a pas ouvert la bouche pour se défendre ou s'accuser. Pas un mot. On l'a emprisonnée pour quelques années seulement car elle n'était connue qu'en bien alors que la victime l'était en mal. Or, Yann Strullu, qui n'était pas encore le Roi Yann, accompagné de la Belle encore en vie pour peu de temps, était descendu voir le cadavre, l'avait examiné de près. Il ne pouvait pas croire que Sula était capable de violence. Il a dit aux gens de justice que c'était la chèvre, enragée par les mauvais traitements subis par Sula, qui avait massacré la vieille. A coups de cornes, à coups de sabots. Il suffisait de regarder le cadavre de près pour en être convaincu. Et Sula n'avait pas voulu dénoncer la bête, sa seule amie. Ils n'ont pas voulu croire Yann Strullu, les gens de justice. Ils n'ont pas la tête faite comme la nôtre. Pour eux, les gens de la colline, et le premier d'entre eux, le maréchal, se nourrissaient de superstitions, c'était bien connu, ils se plaisaient à toutes les inventions pour les entretenir.

Sula fut conduite à la grande prison des femmes, dans une ville si lointaine qu'on ne sait pas très bien, sur la colline, où elle est. Mais les nouvelles vont vite sur la langue des gens. On a fait dire à Yann Strullu que là-bas, pendant tout le temps que la jeune fille fut prisonnière, on entendait parfois des bêlements de détresse autour des hauts murs d'enceinte. Et quand Sula fut libérée avant la fin de sa peine, une chèvre aux longs poils et aux belles cornes l'attendait devant la porte.

Elles sont revenues toutes les deux vers le Royaume. Et d'abord, elles sont montées sur la colline pour saluer le maréchal. La Belle n'était plus de ce monde. Il a dit à Sula que si elle avait besoin de quelque chose... Elle n'avait besoin de rien ni de personne, sa chèvre lui tenait suffisante compagnie. Elle s'appelait Beki, la chèvre. Mais il n'a jamais été possible de savoir laquelle des deux obéissait à l'autre. La femme ne disait jamais *ma* chèvre, mais *celle-qui-est-avec-moi*. Elles ont encore vécu près de cinquante ans dans le pays.

Il se trouvera des gens pour prétendre qu'aucune chèvre n'a jamais vécu même cinquante ans. Cela est vrai pour les chèvres communes, mais Beki n'était pas tout à fait de leur race. Si elle l'avait été, pourquoi entreprendrais-je de vous conter son histoire comme on l'a entendue de la bouche d'un homme de bonne foi, le Roi Yann lui-même, et comme j'en ai été le témoin dans les dernières années ? Les esprits forts qui s'empressent de tout expliquer par la naïveté du prochain avanceront que Sula n'a pas eu seulement une chèvre autour d'elle, mais plusieurs, l'une après l'autre, que chaque bête morte était aussitôt remplacée par une de ses pareilles qui lui ressemblait comme une sœur jumelle. A mon tour de leur demander où elle pouvait se procurer de telles remplaçantes. Il n'y avait, dans le canton, qu'une seule chèvre qui était Beki et Sula ne sortait jamais du canton. D'ailleurs nous, les paysans, nous sommes capables de reconnaître les animaux domestiques les uns des autres aussi facilement que nous reconnaissons les hommes, n'est-ce pas ! Comment Sula aurait-elle pu remplacer la première Beki par une seconde et ainsi de suite ? Le plus simple de nos enfants de chœur à Villechant ne s'y serait pas trompé. Sachez enfin que j'ai vécu mes quinze premières années tout près de Sula et de Beki. Et une fois, je me suis enhardi jusqu'à demander à la femme :

— Combien de temps peut vivre une chèvre, tante Sula ?

— Une chèvre, a-t-elle répondu sans sourire, vit aussi longtemps qu'il lui plaît.

Quand elle a reparu sur la colline, Sula était une jeune

femme d'environ vingt-cinq ans. Et la chèvre, à ses côtés, quel âge avait-elle, qui le dira ? Elle était habillée d'une étoffe brune, très grossière, taillée à la paysanne, et elle avait sur la tête une petite coiffe plate et unie. Elle a changé de guise par la suite pour reprendre celle d'ici. Mais, pendant qu'elle la portait encore, il est passé dans le pays un ancien soldat qui faisait le mercier ambulant. Ces gens-là travaillent beaucoup de la langue pour vendre un peigne ou un ruban. Imprudemment, il s'est étonné de la présence, dans un pays d'honnêtes gens, d'une femme portant l'uniforme des condamnées dans les prisons. Il a été surpris de ne rien vendre du tout.

A l'autre bout de la paroisse, dans les collines, là où la lande et les cailloux étouffent quelques empans de bonne terre, il y avait un misérable hameau, le Gorré, dont la dernière âme vivante était partie depuis longtemps, emportant avec elle ce qui restait de son corps pour tenter de lui trouver ailleurs de quoi tenir debout. Au milieu des ruines s'élevait encore une masure sous un toit crevé, au coin d'un clos où prospéraient les ronces et les orties. C'est là que s'établit la femme à la chèvre et il n'y eut personne pour lui disputer ce manoir d'indigence. Sous les ronces, elle découvrit d'abord une brouette disjointe et quelques outils mangés de rouille. Ailleurs, il y avait des poutres et des planches qui pouvaient servir. Et assez d'ardoises intactes, dans les décombres, pour recouvrir un toit. Faut-il croire qu'on apprend à tout faire dans les prisons de femmes ? Elle se mit au travail, déployant une force et une adresse qui laissaient bouche bée ceux qui passaient par là. Et il passait de plus en plus de monde. Tant de monde en sabots de bois que l'ancien chemin de terre qui menait au Gorré et qui avait été conquis par les herbes sauvages redevint presque aussi nu que la paume de ma main. On allait voir cette Sula travailler comme un homme, sans trop s'approcher de son chantier, cependant, car elle intimidait les plus hardis. Certains lui demandaient si elle avait besoin d'aide et, du haut de son toit, elle faisait signe que non. Le plus extraordinaire, peut-être, était de voir la chèvre à côté d'elle, perchée sur la cheminée.

De ses années de prison, Sula avait rapporté un peu

d'argent qu'elle gardait dans une bourse de chanvre attachée sous sa robe par un gros lacet et qu'elle pouvait atteindre par la poche. Il lui suffit pour assurer sa subsistance et ses petits achats pendant les premiers mois de son séjour dans le hameau abandonné. Et jamais elle n'accepta d'aumône ni de cadeau d'aucune sorte. Elle descendait au bourg en poussant sa brouette pour se pourvoir de nourriture et de semences à mettre dans son clos qu'elle avait défriché tambour battant. La chèvre trottinait à côté d'elle, tout à côté, la tête contre sa robe. Elle entrait dans toutes les maisons où son amie avait à faire. Seulement, quelquefois, attirée par des effluves irrésistibles, ou curieuse comme le sont ses congénères, elle s'écartait pour reconnaître la boutique. Alors, on entendait la voix douce de Sula qui appelait une seule fois : Beki ! Et la chèvre, aussitôt, revenait contre la robe à laquelle, régulièrement, elle donnait de petits coups de tête, comme pour s'assurer que la bourse était toujours là.

Tous les dimanches, sans faute, la femme venait entendre la messe à l'église paroissiale, la première messe. Elle entrait par la porte du fond et restait debout contre le bénitier du mur. A deux pas d'elle, mais dehors, la chèvre était couchée pendant l'office sans bouger queue ni cornes. Quand c'était fini, Sula sortait avant les autres et remontait vers sa masure du Gorré, Beki contre sa robe, sans s'attarder avec personne. Et personne, d'autre part, ne cherchait à lui adresser des paroles inutiles. Au bout de peu de temps, elle fut entourée d'un étrange respect, la femme à la chèvre. On serait même allé jusqu'à l'accepter pour bru dans d'assez riches fermes, on l'avouait volontiers, si l'un des fils s'en était épris. Mais, sans jamais manquer à la politesse, elle n'avait de sourire pour personne, elle se montrait si indifférente qu'aucun jeune homme n'eut l'audace de la regarder dans les yeux. En fait, elle désarmait toute passion, de quelque nature qu'elle fût. De ses devoirs religieux, elle ne pratiquait que le strict nécessaire et froidement. On finit tout de même par l'appeler la bonne sœur du Gorré.

Elle était arrivée au début d'un automne. Six mois plus tard, la masure avait retrouvé l'aspect qui était le sien, disaient les gens, au temps du dernier chef de ménage dont la femme s'y entendait pour tenir en bon état le dehors et le dedans. Quant au clos, il avait été nettoyé, bêché, semé, sarclé, débarrassé de ses arbres morts et replanté. Il fleurissait déjà. Sula fit ses comptes. Avec les sous qui lui restaient, et le lait de la chèvre aidant, elle pouvait tenir le coup jusqu'au temps de la moisson. Alors, elle se reposa en prévision des fatigues futures. Quand approcha le temps des foins, elle entreprit le tour des fermes, la chèvre contre sa robe, pour se proposer comme femme de journée. Elle n'eut pas à aller plus loin que la première. On l'y cngagea pour tout l'été, nourrie et logée avec sa chèvre dans un réduit à elle seule et pourvu d'un bon lit. Elle accepta tout de suite. Il n'y avait pas encore de lit dans sa maison.

Pendant près de trois mois, infatigable, elle se donna aux travaux les plus pénibles sans jamais rechigner, allant jusqu'à charger les gerbes dans les charrettes à la fourche et à monter des échelles de grenier avec un sac plein sur le dos quand il n'y avait pas assez d'hommes. Et jamais on n'avait besoin de lui montrer comment faire. Où avait-elle appris à aiguiser la faux ? La sienne coupait toujours mieux que les autres. Mais elle ne parlait guère, ne souriait jamais, se trouvait toujours à la place où l'on avait besoin d'elle et se retirait derrière sa porte quand elle avait fini sa journée. La chèvre se tenait toujours à l'écart pour ne déranger personne, mais à des endroits où la femme pouvait la voir. Tous les dimanches, après la messe du matin, Sula remontait au Gorré, Beki contre sa robe, pour travailler dans son clos.

Les moissons terminées, le patron de la ferme lui demanda timidement si elle voulait rester toute l'année. Elle dit non, ajoutant qu'elle reviendrait volontiers pour un jour ou deux si le travail pressait trop. Elle prit l'argent qu'on lui devait et, avant de partir, elle fit cadeau à la maîtresse, pour son fils de quatre ans, d'un collet de dentelle qu'elle avait fait de ses mains pendant ses heures de repos. Elle avait hâte de rentrer au hameau avec sa chèvre et personne d'autre autour d'elles deux. Avait-elle peur de s'attacher à cette ferme où elle était si bien à l'aise avec les choses et les gens ? Beki, de son côté, avait dû souffrir d'avoir à partager sa compagne avec tant de monde car, malgré les bonnes choses dont elle était gavée par les petits et les grands, elle avait maigri. Avec son argent frais, Sula s'acheta un lit et toute sa garniture. Encore un peu de temps et elle n'aurait plus à quitter sa maison.

La fermière n'eut de cesse avant d'avoir promené partout son fils qui arborait fièrement le collet de la femme à la chèvre. Où avait-elle appris à travailler aussi finement, celle-là, sinon en prison ? L'épicière-boulangère fut chargée de lui demander si elle voulait bien faire de la dentelle pour d'autres personnes. Elle voulut bien, à condition de n'obéir qu'à sa tête, ce qui lui fut accordé sans discussion. Elle tira l'aiguille tout l'hiver et de ses mains sortirent deux douzaines de coiffes à la mode du pays, mais beaucoup plus belles, avec des motifs inconnus jusque-là. Elles furent vendues à la boulangerie aux riches héritières qui étaient prêtes à se battre pour les avoir. Il n'y en eut jamais assez. Quand vinrent les beaux jours, la femme abandonna sa robe rousse qui, à la vérité, n'en pouvait plus d'usure. Elle avait gagné de quoi se faire, pour elle-même, un bel habit des dimanches et un autre de tous les jours. Mais elle n'avait gardé que la plus simple de ses coiffes.

Et les années passèrent sans lui faire changer quoi que ce fût à sa façon de vivre, sinon qu'elle vivait maintenant aussi libre qu'on peut l'être. Elle ne s'engagea plus jamais pour les moissons et personne, d'ailleurs, n'osa venir la chercher. Elle était devenue une sorte de bourgeoise et pour un peu on l'aurait appelée madame. Mais, au moment des battages, quand il manquait des bras quelque part, on la voyait arriver dans ses vieilles hardes, toujours sur la réserve et les yeux sans expression, la chèvre contre sa robe. Et pendant tout un jour, quelquefois deux, elle faisait le travail d'un homme avant de retourner à sa dentelle et à son clos sans demander un sou pour sa peine. Elle ne demandait rien à personne, ne faisait pas de prix. Mais l'épicière-boulangère s'entendait à lui vendre ses coiffes à leur juste valeur.

Elle n'avait pas fini d'étonner les gens, cette Sula. Une fois, elle était descendue au bourg pour acheter du fil. On préparait une grande noce qui devait se faire la semaine suivante. Or, voilà que la vieille Isidora, la cuisinière attitrée du pays pour cette sorte d'événements, était tenue au lit par de cruels rhumatismes. Comment faire ? N'importe qui n'est pas capable de nourrir avec honneur six ou sept cents personnes autour d'une ferme et pendant deux jours. Je vais y aller, dit simplement Sula qui entendait les femmes se lamenter en prenant leur pain. Et elle s'en fut sans parler davantage. La veille de la noce, elle était sur les lieux avec sa chèvre, entourée d'une dizaine de commères qui en avalaient leur langue à voir comment, de sa voix douce, elle répartissait les tâches et organisait toute chose. Quand la cuisine fut en train dans d'énormes marmites à l'abri des talus, elle alla de l'une à l'autre pour ajouter ceci, qui était habituel, et cela, qui ne l'était pas, goûter les sauces et surveiller la cuisson. La chère fut si bonne que, depuis, ceux qui veulent passer pour des gourmets ne manquent pas de dire : « Moi qui suis devant vous, j'ai savouré la cuisine de la Sula. » Quand les marmites furent vides, les gens rassasiés, la femme à la chèvre s'en retourna tranquillement au Gorré, ayant dit aux parents de la mariée : « Vous aurez à payer Isidora, s'il vous plaît. C'est elle la cuisinière, non pas moi. » On ne la revit plus autour d'une seule marmite.

Elle vécut désormais de son aiguille et de son potager. Un autre étonnement pour les gens fut de s'apercevoir que le temps glissait sur elle sans lui laisser de marques. Elle avait plus de soixante ans quand elle vit arriver au Gorré, devant sa maison, une jeune femme très pauvrement vêtue qui portait un bébé dans un vieux châle. C'était ma mère et moi. Ma mère Marguerite, descendue de la colline, avait épousé un homme de Villejoie. Le métier de mon père était de creuser des puits. A peine étais-je né qu'il se faisait ensevelir au fond d'un trou dont il ne se doutait pas, le pauvre homme, qu'il lui servirait de tombe. Et ma pauvresse de mère allait d'une ferme à l'autre pour louer ses bras. Mais avec un enfant en bas âge, elle avait du mal à se placer. Elle avait fait la moisson pendant quelques jours avec Sula, et les deux femmes n'avaient pas échangé une seule parole. Que se passa-t-il dans la tête de Sula, si jalouse de sa liberté dans la solitude ? Marguerite fut la première créature admise à entrer chez elle. Plus tard, elle me racontera qu'elle osait à peine fouler la terre battue avec ses sabots boueux, tellement tout était propre à l'intérieur. La femme lui arrangea un coin pour dormir près de la cheminée. Elle tressa de ses mains — où avait-elle appris à tresser ? — une grande manne d'osier pour son enfant qui ne marchait pas encore et dont la chèvre Beki se fit la nourrice. Moi-même.

Mais Sula était incapable de supporter quelqu'un dans sa maison. Alors elle choisit, parmi les ruines du Gorré, un bout de maison dont les quatre murs étaient encore debout. Depuis longtemps déjà, patiemment, elle avait racheté tout ce qui restait du hameau. Un charpentier et un couvreur eurent tôt fait de mettre un toit neuf sur le nouveau logis. Ma mère en prit possession avec moi et Sula retrouva sa solitude avec soulagement.

Or, dix ou quinze ans plus tard, allez donc savoir, on la vit vieillir très vite, presque d'une semaine à l'autre, cette femme imperturbable dont pas un trait du visage, pas un comportement du corps n'avait changé depuis qu'elle était apparue sur la place, un demi-siècle plus tôt. Les anciens du bourg, qui l'avaient vue venir, hasardaient à voix basse qu'elle échapperait peut-être à la mort. Comme sa chèvre Beki. Mais bientôt, ce fut en vain qu'on l'attendit à la première messe du dimanche. Elle prit un bâton, puis un second pour aider l'autre qui ne l'aidait plus assez. C'était ma mère, maintenant, qui descendait au bourg pour livrer les coiffes et les dentelles à la fille de la boulangère défunte. Et ma mère ne parlait pas plus que Sula. Quand on lui demandait des nouvelles de la femme à la chèvre, on s'entendait répondre : elle va bien. Et si l'on insistait : laissez-la tranquille ! Encore un peu de temps et ma mère elle-même ne vint plus. Ce fut moi qui descendis faire les commissions. Et le petit sauvage que j'étais parlait encore moins que sa mère. La nouvelle génération de la paroisse ne montait plus guère au Gorré, trop éloigné dans les terres hautes de la « face bleue », les vieux n'en avaient plus la force. Lentement, les herbes sauvages reprenaient possession du sentier.

Là-bas, depuis que la jeune femme et son enfant vivaient à vingt pas d'elle, Sula l'impassible avait fait comme si elle était seule. Les vingt pas valaient mille lieues. Au début, elle avait laissé ma mère venir dans sa maison pour apprendre, en la regardant, comment elle faisait sa dentelle. Et même, elle avait corrigé ses premiers travaux avec quelques paroles d'explication quand l'autre désespérait d'en venir à bout. Mais, dès que sa voisine, qui n'était pas malhabile, fut parvenue à se tirer d'affaire avec son fil, elle lui avait dit de sa voix égale : si vous avez besoin… Et elle avait fermé sa porte. Quand elle me rencontrait, entre les deux maisons, elle tendait le bras comme pour me caresser la tête, mais elle ne pouvait jamais se résoudre à me toucher. Et moi, je m'écartais instinctivement, les yeux au loin. Durant mes premières années, j'avais joué avec la chèvre et Beki se laissait faire sans manifester le moindre intérêt pour moi. Et puis j'avais dû me rendre à l'école, le maître était venu me chercher au Gorré. Je descendais de bon matin vers le bourg, un morceau de pain dans ma musette avec quelque chose de gras pour l'aider à passer la gorge. Les autres enfants se seraient bien moqués de moi, ce sauvageon d'un hameau perdu qui ne jouait pas, ne parlait jamais que pour répondre à l'instituteur, et ses réponses étaient toujours brèves et justes. Comment se moquer du meilleur élève de la classe ! Au certificat d'études, je fus reçu parmi les premiers. Alors j'ai jeté mes livres et mes cahiers aux orties pour ne plus m'occuper que du Gorré, des deux femmes et de la chèvre, mon univers entier. Or, je l'ai dit bien souvent depuis, lorsque j'étais à l'école et que je tardais à rentrer à cause de la pluie ou de l'orage, je trouvais toujours Beki à m'attendre, perchée sur la plus haute ruine, et la lampe de Sula, derrière sa petite fenêtre, ne s'éteignait qu'à mon arrivée.

C'est moi que l'on vit accourir un jour, tremblant et hors d'haleine, à la boulangerie-épicerie, devenue presque un grand magasin : Tante Sula est malade à mourir, haletai-je. Nous ne savons plus quoi lui faire.

Et je m'évanouis.

Aussitôt, ce fut le branle-bas dans la boutique. Quelqu'un courut avertir le médecin récemment installé dans le bourg et qui possédait une automobile. La nouvelle se répandit de maison en maison : la femme à la chèvre allait dire adieu. Alors, les anciens connurent que leur temps était passé. Les enfants, sans jamais avoir vu Sula, savaient qu'il y avait quelque part, sur la « face bleue » de la colline, une femme extraordinaire, une sorte de vieille fée dont leurs parents contaient merveilles, contaient dix fois plus qu'elle n'avait jamais fait. Les plus audacieux s'étaient aventurés jusqu'aux abords du Gorré sans oser y entrer tout à fait. Mais ils avaient vu la chèvre immortelle, dressée à son habitude sur un pignon et qui se détachait toute blanche, immobile, sur le ciel. Ne disait-on pas qu'elle avait plus de cent ans ! Que celui qui pourrait lui prendre les cornes dans ses deux mains était assuré de faire fortune ! Et que c'était un présage de mort, au contraire, quand on la rencontrait la nuit dans les sentiers ! Et voilà que la vieille fée devait disparaître. Que deviendrait la chèvre sans elle ? Pour les enfants aussi, quelque chose allait finir.

Le jeune docteur, cependant, montait vers le Gorré dans son automobile. Moi, j'avais repris des forces, je courais devant lui pour lui montrer la route dont plus aucune charrette n'avait marqué les ornières depuis beau temps. Et derrière nous montait la moitié des gens du bourg, tandis que par d'autres chemins-de-loups, ceux des fermes, prévenus on ne sait comment, se hâtaient vers la maison de Sula pour l'assister dans ses derniers instants. Si elle devait vraiment mourir, la femme à la chèvre aurait une agonie comparable à celle des grands de ce monde.

Lorsque nous entrâmes, le médecin et moi, Marguerite, ma mère, était assise sur une chaise au chevet de Sula étendue dans son lit, le visage bleui, les lèvres pincées, le souffle faible et rauque. Elle n'avait plus la force de soulever ses paupières sur ses yeux impassibles. De l'autre côté du lit, la chèvre Beki, dressée sur ses pattes de derrière, avait posé ses pattes de devant sur le drap. Marguerite réussit à l'écarter un peu pour permettre au médecin de découvrir la vieille femme. Après quelques minutes d'auscultation, il hésita un moment avant de dire : On pourrait peut-être la tirer de là, mais il faudrait la transporter à l'hôpital pour l'opérer. Il le disait sans conviction. A part soi, il pensait sans doute que c'était bien du tracas et de la dépense pour une pareille pauvresse, au point où elle en était rendue. Mais ma mère répondit aussitôt : Faites tout ce qu'il y a à faire. J'ai de l'argent assez.

Dehors, les premiers arrivés s'assemblaient dans la courette. Quand le médecin sortit, une camionnette s'arrêtait devant la barrière. C'était celle du boulanger, la seule du bourg, chargée de vieilles gens qui avaient voulu venir à toute force. On les fit descendre, on arrangea une civière avec des planches, Marguerite ramassa dans un sac les vêtements de Sula, ceux des dimanches, sans oublier la coiffe. Mais, quand les hommes se mirent en devoir de mettre la malade sur la civière pour la transporter dans la camionnette, la chèvre éclata en bêlements furieux et les assaillit à coups de cornes. Ils durent se mettre à plusieurs pour la maîtriser tant elle avait de force. Pour la première fois de sa vie, Beki sentit une corde autour de son cou et fut attachée court au pied de l'armoire. Croyez-moi si vous voulez, mais celui qui l'avait prise par les deux cornes devint, en peu d'années, le plus riche de la paroisse.

A l'hôpital de la ville, qui est seulement à quatre lieues, on fit ce qu'il y avait à faire. Moins d'un mois plus tard, le jeune médecin annonça que Sula, quoique faible encore, était à nouveau debout. Il y gagna sa réputation dans le canton. En ce temps-là, on n'opérait pas encore beaucoup. Les gens de la campagne redoutaient l'hôpital. Ils tenaient à mourir chez eux, au milieu de leur famille et avec le cérémonial d'usage autour d'eux. Mais Sula n'avait aucun lien en ce monde. Un jour, cependant, nous allâmes tous les deux la voir à pied pour lui donner des nouvelles de Beki. Les meilleures nouvelles que nous pûmes inventer. Elle n'ouvrit la bouche que pour nous dire, de sa voix douce, qu'elle ne nous croyait pas.

Si nous n'avions pas amené la chèvre avec nous, c'est que

celle-ci dépérissait à vue d'œil. Nous lui avions enlevé sa corde, arrangé un lit de paille dans la maison de Sula dont la porte était ouverte nuit et jour. Mais Beki demeurait étendue sur le côté, touchant à peine aux nourritures. Et soudain, elle bondissait sur ses pattes et se plantait sur le seuil, tout le corps aux aguets, avant de revenir s'abattre sur sa litière. Ma mère et moi nous ne savions plus à quel saint nous vouer.

Une nuit, c'était juste une semaine après notre visite à l'hôpital, nous fûmes réveillés par un bêlement déchirant. Et nous de nous précipiter vers la maison de Sula. La chèvre était partie. On l'entendait bêler dans le sentier en s'éloignant à toutes pattes. Allez donc rattraper une chèvre ! Il ne nous restait plus qu'à nous asseoir devant la porte pour attendre quoi ? Nous ne savions pas. Mais, à peine le soleil levé, nous vîmes revenir Beki au petit trot. Elle vint droit sur nous. Dans sa bouche, elle tenait la coiffe que Marguerite avait jointe aux affaires de Sula quand elle était allée à l'hôpital. Et Beki repartit au trot par le sentier, ma mère et moi derrière elle. A un quart de lieue du bourg, elle entra dans un petit bois de pins et là nous trouvâmes Sula morte, la face contre terre. A peu près à la même heure, on téléphonait de l'hôpital au jeune médecin pour le prévenir que sa malade s'était enfuie. Elle avait voulu revenir vers la chèvre, mais ses forces l'avaient trahie alors qu'elle touchait presque au but. Comment la chèvre avait-elle senti que son amie s'approchait d'elle et comment l'avait-elle retrouvée dans ce bois à l'écart de la route ? C'est là un mystère de la vie des animaux et de certains êtres humains.

L'enterrement de Sula fut célébré dans l'église de Villejoie, trop petite pour recevoir tous les fidèles. Il vint des gens de tout le canton et des inconnus d'encore plus loin. Des habitants de la colline il ne manquait pas un seul, ceux qui sont ici peuvent en témoigner. Le corps fut amené du Gorré sur un char-à-bancs. La chèvre menait le deuil. On n'osa pas l'empêcher d'entrer dans le lieu saint où elle resta debout près du catafalque pendant tout l'office. Quand Sula fut descendue dans la fosse et recouverte de terre, elle se coucha sur elle et personne n'eut le courage de la tirer de là. Nous deux, nous restâmes à la veiller.

Elle mourut dans la nuit. Le lendemain, le fossoyeur s'aperçut que la terre, sur la tombe, avait été remuée et que ses outils n'étaient plus tout à fait à leur place. Ma mère et moi nous avions fait ce qu'il fallait. Tout le monde le sut et personne, jamais, n'en souffla mot en dehors de moi-même qui ai gagné le droit de le faire quand il me plaît.

Après la disparition de Sula et de Beki, nous avons quitté le Gorré pour descendre à Villechant. Rien ne nous retenait plus au désert. Les ronces et les orties se hâtèrent de reprendre possession du hameau comme si elles voulaient se venger d'avoir été tenues en respect si longtemps. Les hivers se firent plus durs pour ruiner plus vite les deux habitations abandonnées comme tant d'autres l'étaient déjà sur la colline. Si vous passez aujourd'hui par là, vous n'y verrez plus que des monticules de décombres qui achèvent de s'enterrer. Cela ne s'appelle plus le Gorré mais *Ti-Sula,* la maison de Sula. Et peu de gens pourront vous dire ce que c'était.

Or, comme cela se voit sur les tombes des Keinmarc'h là-haut, de Maître Ma à Villejoie et du Roi Yann lui-même à Villechant, il y a souvent des fleurs fraîches sur la sépulture de Sula et de Beki. Des fleurs sauvages de la « face bleue » comme on n'en trouve nulle part ailleurs. Et ce n'est pas toujours moi qui les ai cueillies.

Je n'ai plus rien à dire.

Hervé Lucas regarde le docteur, humblement ! Il a l'air de s'excuser de son manque de confiance à son égard. Peut-être aurait-il dû, avant cette nuit, mieux l'aider à entrer dans le Royaume et dans la mentalité de ses habitants, le préparer en somme aux étranges récits qu'on vient de lui assener sans ménagements au risque de le déconcerter. Mais il lui aurait fallu se découvrir lui-même au-delà de son personnage quotidien de facteur de village poussant son vélo d'une maison à l'autre, agent de liaison et diplomate à la fois. Au lieu de cela, il s'est montré circonspect, prudent jusqu'à la méfiance. Le docteur a-t-il soupçonné cette énorme complicité tacite qui l'unit aux gens de la colline depuis qu'il a vécu quinze ans sur la « face bleue » ? Mais après tout, ne devait-il pas rester solidaire de tous les autres jusqu'à la confession générale de cette nuit dont les porte-parole, avant lui, ont été le notaire, le Mâchefil, Josias et le maquignon ? Solidaires chacun de son côté, Quêteurs du Vif à leur manière à l'instar des étranges figures disparues ? Il ébauche timidement un sourire au docteur qui lui sourit en retour avec un hochement de tête pour approbation. C'est bien, Hervé Lucas.

Maintenant, des murmures s'élèvent dans l'assistance, deviennent conversations à mi-voix. Les femmes ont repris leurs tricots et tiennent des propos de pluie et de beau temps. Les hommes s'ébrouent avec des soupirs. Il voit les frères Simon, suivis d'Henri Morvan, qui se dirigent vers la porte pour satisfaire de petits besoins en prenant l'air de la nuit. Le cordonnier et la couturière se concertent avec le Mâchefil à voix basse. Colloque de boiteux. Josias, pensif, recharge le feu. Le maquignon est descendu au fond de l'écurie. Il est dans la stalle de Lug. On l'entend qui parle au cheval à voix haute. Hervé Lucas se frotte les genoux en revoyant pour lui-même, dans sa tête, l'aventure de Sula et Beki. Le notaire n'a pas bougé.

Le docteur regarde, écoute intensément. Il croit comprendre qu'ils en ont tous fini, du moins pour cette fois, de se remettre en mémoire, et à son intention, les personnages et les faits les plus marquants de l'histoire du Royaume. Il les sent heureux de s'être retrouvés, par la grâce des narrateurs, dans cet état d'esprit qui était le ciment de leur ancienne communauté. Heureux et libérés des reproches qu'ils pouvaient se faire, chacun de son côté, pour s'être détachés les uns des autres. Et cependant, à l'expression des visages, à la tenue des corps, au ton des paroles, à il ne sait quoi d'indéfinissable dans l'atmosphère de la forge, le docteur éprouve le sentiment que pour eux, ce passé qui vient de revivre est définitivement révolu. Les émotions qu'ils ont pu ressentir encore à l'évocation de l'Ancien Testament du Royaume ne sont plus que le solde de tout compte avec un passif. Mais peut-être se trompe-t-il. Il faut attendre demain et les jours qui suivront pour en avoir le cœur net.

— Il est temps que je redescende à Villejoie. Avant une heure d'ici, le temps aura fraîchi beaucoup.

Le notaire Louis Riwall se tient debout entre le docteur et Josias. C'est à ce dernier qu'il s'adresse.

— Vous pourriez rester avec nous, dit Josias sans détourner la tête ni cesser d'arranger son feu. Pour une fois. On peut vous trouver un bon lit. Vous n'avez plus d'affaire qui vous presse.

— Plus d'affaire, non. Seulement des habitudes. Vous savez bien que je ne suis jamais resté. Cette veillée avec vous m'a fait beaucoup de bien, mais elle m'a aussi fatigué plus que je ne l'aurais cru. Maintenant, j'ai envie d'être seul pour ruminer ce qui a été dit. On n'en finit jamais, vous le savez.

— Mais tout cela vous était déjà connu, Louis Riwall. Et même beaucoup plus.

— Peut-être. Ce n'est pas sûr. Ce que l'on garde en soi arrive à s'estomper à la longue, à se fausser si bien qu'on ne sait plus si l'on se trahit sans le vouloir. Autre chose est de l'entendre évoquer par des gens qu'on ne peut suspecter comme on se suspecte soi-même. C'est rassurant.

Josias se retourne enfin pour le regarder dans les yeux.

— Une autre fois, peut-être, nous aurons à parler du maréchal, de Bella de Keinmarc'h et de sa fille. Ensuite, ce sera le tour du docteur.

— Comme vous voudrez. Mais il faudra laisser passer un peu de temps. Attendre, Josias, c'est ce que nous savons faire le mieux.

— Strullu-Fils, dit brusquement Josias, demandez-lui donc de rester avec nous jusqu'à demain matin. Il est bien tard pour descendre la colline.

Rien ne ferait plus plaisir au docteur que d'avoir le notaire sous son toit. Il se dresse dans le dos de Louis Riwall.

— Maître, vous êtes le bienvenu dans ma maison. Vous la connaissez bien puisque c'est grâce à vous que j'ai pu la remettre en état. A l'étage, il y a l'ancienne chambre de ma mère qui est équipée comme il faut. Et je vous ferai du feu dans la cheminée.

La dernière phrase a été dite parce que le notaire a eu un frisson. De son geste habituel, il ramène son chapeau sur ses yeux.

— Je vous remercie, mais il faut que je m'en aille. Comme je me suis toujours en allé. Je ne suis pas de la colline, moi. Bonne nuit à tous !

Et d'un pas ferme, il se dirige vers la porte charretière.

— Je crois bien que je l'ai fâché, Josias. Mais pourquoi ?

— Qui sait ! Mais c'est vrai qu'il n'a jamais été de la colline. C'est là où le bât le blesse. Allons le voir s'en aller.

Dans la cour, il fait clair de lune. Pas un souffle de vent. Les frères Simon ont déjà détaché le cheval rouan du notaire et s'occupent à le seller soigneusement pendant que lui caresse le chanfrein de la bête. Ils doivent aider Louis Riwall à enfourcher sa monture péniblement. Il est vraiment rendu, le vieil homme obstiné.

Pas un mot n'est prononcé. Une fois en selle, le cavalier rassemble les rênes et fait tourner son cheval sur lui-même pour promener son regard sur le domaine du maréchal. Henri Morvan est appuyé contre le coin de la maison. Josias et le docteur sont plantés au milieu de la cour, à quelques pas de lui. A l'entrée de la porte charretière, éclairés de dos par le feu de forge, il y a tous les autres à l'exception de l'infirme Mâchefil. Pas un ne bouge, mais ils sont aussi attentifs à ce qui se passe qu'ils l'ont été tout à l'heure à suivre les récits du Royaume. Que se passe-t-il ? Un homme prend congé, qui n'est pas de la colline mais la connaît si bien qu'il mériterait cent fois d'en être et dont ils savent qu'il est encore plus seul que le plus solitaire d'entre eux. Le notaire sort de la cour au pas. Dès qu'il est hors de vue, on l'entend mettre son cheval au petit trot.

Mais la veillée ne semble pas vouloir se terminer avec son départ. Il est seulement le signal d'un changement de ton. Le docteur, regagnant la forge aux côtés de Josias silencieux et préoccupé, s'étonne d'y entendre chanter. Deux voix de femmes, hautes et un peu nasillardes, se cherchent avec des ritournelles avant que l'une d'elles n'attaque sur des paroles intelligibles :

Chante bellement, Killoré !

Et l'autre voix, à peine plus grave, répond :

Jolig, que me faut-il chanter ?

La première annonce alors ce qu'elle désire :

Le plus beau des riens que tu sais

Et aussitôt elle est satisfaite :

Un anneau d'argent à Marie.

Ce n'est qu'un commencement. Jolig demande ensuite les deux plus beaux riens, et les trois plus beaux, et les quatre, et ainsi de suite jusqu'à douze. Et Killoré les lui révèle imperturbablement : deux anneaux d'argent, trois reines dans un palais, quatre clercs chanteurs d'*exaudi,* cinq vaches noires, six frères et autant de sœurs, sept jours et le même nombre de lunes, huit batteurs de grains sur l'aire, neuf prêtres sous les armes, dix navires chargés de vin, onze truies avec chacune son pourceau et douze épées fracassant un mur aussi menu que son. A chaque fois qu'elle avance d'un chiffre, la chanteuse reprend ses réponses précédentes dans l'ordre décroissant jusqu'à l'unité. Bel exercice pour se délier la langue comme celui qui consiste à plumer en chanson le merle, l'alouette ou le roitelet, mais qui semble aller au-delà de la virtuosité.

— Qu'est-ce que c'est, Josias ?

— Je ne sais pas. Nous appelons cela les Litanies de Saint-Chêne. Ailleurs, on parle de Vêpres des Grenouilles. Vêpres peut-être. Mais il faudrait d'abord avoir entendu la grand-messe.

Les chanteuses sont Marie-Ange et Mélanie. De temps à autre, Clémentine s'y met aussi quand elle sait ou croit savoir. Elles font face à leur public, se tenant par l'épaule et marquant le rythme du pied. Autour du feu, il ne reste plus que le Mâchefil dans son charreton, battant la mesure des deux mains sur ses jambes invisibles. Enfin, les douze riens arrivent à leur terme, Jolig n'en entendra pas plus de Killoré.

Dis au clerc de venir souper
Il aura fini de bâiller.

Elles s'en sont tirées sans faute, les deux femmes. On excuse la troisième, ne faut-il pas qu'elle apprenne ! L'auditoire s'exclame avec des rires, complimente surtout Mélanie qui s'est acquittée du plus dur de la tâche. Mais Mélanie, qui fait face à la porte charretière, tend soudain le bras en criant : regardez !

A l'entrée de la forge, fantomatique et pourtant bien réel entre la lune dehors et le feu dedans, est apparu le cheval rouan du notaire sans cavalier sur son dos. Une plaque de sang brille sur le genou gauche et coule en filets sur le paturon jusqu'au sabot. La stupeur paralyse les assistants, mais Josias se reprend très vite.

— Louis Riwall est tombé. Il faut aller le chercher. Il n'est pas très loin. Venez !

Les femmes se répandent en lamentations. Les hommes se bousculent pour décrocher les lanternes-tempête. Le Mâchefil appelle :

— Les Simon ! Descendez-moi par terre et emmenez le charreton. Vous en aurez besoin.

Josias et le docteur gagnent déjà la sortie de la cour en direction de la route qui descend vers Villejoie. Les autres se pressent derrière eux, les rattrapent sans oser dépasser Josias par appréhension du spectacle à venir. Des rumeurs confuses accompagnent la sabotée. Les lanternes sont presque de trop tant la lune est claire. Froide et cruelle aussi, cette lune. Les voilà engagés dans la pente caillouteuse. A peine deux cents mètres plus bas, il y a un corps étendu sur le bord de la route, la face contre terre et tête nue, la nuque ensanglantée. Le docteur le retourne avec précaution, lui saisit le poignet, déboutonne la veste et plaque son oreille contre la poitrine. Les autres ont fait le cercle autour de lui.

— Il est mort, dit-il.

L'ancien du village s'agenouille avec difficulté auprès du cadavre de celui qui n'était pas de la colline. Le docteur, un genou en terre lui aussi, ne peut détacher ses yeux du visage tourné vers la lune, les paupières entrouvertes. Ce visage, le notaire le lui a toujours dérobé autant qu'il a pu, mais ce qu'il en voyait fugitivement de face lui causait toujours une certaine gêne dont la raison lui échappait. Maintenant, les traits se livrent à nu. Aucun d'entre eux n'est particulièrement remarquable, mais leur ensemble est tel qu'il croirait avoir devant lui son propre masque mortuaire, n'était ce menton qui manque un peu de fermeté. Ses condisciples, dans sa jeunesse, peut-être avec un soupçon de raillerie à l'égard de ce rejeton d'une femme de ménage qui les surpassait dans les études, aimaient à dire que le sien avait la marque impériale. Et il revoit le geste habituel de Louis Riwall ramenant son chapeau sur ses yeux.

Josias se penche vers lui jusqu'à le toucher presque de sa joue.

— Oui, dit-il. C'est bien votre père.

Il n'a même pas baissé la voix pour cette révélation qu'il ne lui est plus possible de différer. D'un geste circulaire, il désigne ceux qui les entourent.

— Ils le savent tous. Ils l'ont toujours su.

III

L'ÉVASION

La réserve apparente des peuples celtiques, qu'on prend souvent pour de la froideur, tient à cette timidité intérieure qui leur fait croire qu'un sentiment perd la moitié de sa valeur quand il est exprimé et que le cœur ne doit avoir d'autre spectateur que lui-même.

Ernest RENAN

XVIII

Un matin, au lever du jour, on le vit sortir sans bruit de la cour du maréchal. Il portait son vieux costume de velours à côtes qu'il habitait maintenant avec la même aisance que n'importe quel paysan du plateau. Des souliers de marche et un sac à dos. Seulement il avait la tête nue alors qu'il s'était conformé auparavant à l'usage constant du couvre-chef jusqu'à l'intérieur même de sa maison. C'était là un signe de dignité auquel se reconnaissait, dans les campagnes, l'ancienne génération. Les nouveaux bourgeois eux-mêmes avaient de la peine à y renoncer. Et voilà que le soleil tout fraîchement surgi faisait briller les cheveux blancs du docteur.

Il s'engagea sans hésitation dans le sentier rocailleux qui dévalait durement vers la Noire Epine, celui qui n'avait pas d'autre utilité que de faciliter les désertions clandestines, qui avait été tracé pour cela. Les survivants de la colline l'avaient chassé de leur mémoire. Ceux qui s'étaient évadés par là au temps de leur jeunesse, et auxquels il arrivait de revenir, avaient décidé de l'ignorer, sans doute, car ils n'empruntaient jamais que la grand-route à mi-pente, récemment goudronnée. Il est vrai qu'ils avaient presque tous une voiture et qu'un service de cars reliait désormais Villejoie à Villechant par la colline, devenue lieu de visite « à ne pas manquer » et presque de pèlerinage. Le dur sentier de la Noire Epine, interrompu à certains endroits par l'envahissement végétal, ne voyait plus passer que quelques chasseurs en braconnage ou amateurs de champignons et de jeunes marcheurs en quête de raccourcis, alléchés d'autre part d'avoir entendu parler, à Villechant ou Villejoie ou peut-être plus loin, d'un étrange Royaume qui ne figurait pas dans leurs livres d'histoire, parfaitement muets au demeurant sur les épopées des anciens fiefs tombés dans l'oubli. Et comment auraient-ils fait, ces nouveaux passionnés, pour réveiller les mémoires engourdies dans l'enchantement des idiomes en voie de disparition ? Le défunt notaire Louis Riwall, au prix d'une longue patience, en avait appris un peu plus, le docteur lui-même beaucoup moins.

A le voir descendre, ce matin-là, palier par palier, vers la Noire Epine, il n'y avait que deux couvreurs qui s'apprêtaient à monter sur le toit d'une maison en construction. Ils avaient travaillé, ces deux-là, pour refaire la maison du maréchal au temps où ils étaient employés par un entrepreneur de Villejoie. Maintenant, ils avaient assez d'occupation sur la colline pierreuse pour vouloir s'y installer à leur compte. Il y a des déserts qui se repeuplent au mépris de toutes les fatalités. La maison neuve appartenait à l'un des deux hommes.

— Tiens, dit celui-ci, voilà le docteur à pied. C'est drôle. A cette heure-ci, je ne l'ai jamais vu qu'à cheval. Et ce sac qu'il a sur le dos ! Où peut-il bien aller par là ?

Les couvreurs, ayant dressé leurs échelles, grimpèrent sur le toit de bois pour mieux suivre le manège du marcheur avant de se mettre à l'ouvrage. Tant ils étaient intrigués qu'ils oublièrent de monter leurs ardoises.

— On dit, répondit l'autre, que l'écurie de la forge est vide depuis quelques jours. Et le maquignon Le Roux a été vu chevauchant Lug dans les environs. Le docteur lui a peut-être vendu son cheval. Ce qui est sûr, c'est qu'il a commandé une auto neuve chez le garagiste de Villejoie. Elle est peut-être arrivée.

— Une auto ? Qu'a-t-il à faire d'une auto ? Il n'y a que le haut de la colline qui l'intéresse et aucune auto ne peut y monter par défaut de route. Quand il sort de chez lui, c'est pour aller rôder à pied ou à cheval autour des ruines du sommet. Voilà bien longtemps qu'il n'est pas descendu sur le plateau, sûrement plus de deux ans. Une auto ! C'est inquiétant. Est-ce qu'il aurait décidé de s'en aller d'ici ? Ce serait un mauvais coup pour la colline et pour tout le pays. C'est surtout à cause de lui que l'on a parlé de nous dans les journaux. Et quand les journaux s'en mêlent, cela fait venir des gens qui nous laissent leurs sous, d'autres qui relèvent des ruines comme il a fait pour la maison de son grand-père le maréchal, d'autres encore qui font bâtir pour habiter auprès de l'un des plus grands médecins connus. Une vanité pour eux et un peu de prospérité pour nous. Mais s'il s'en va...

— Il y a maintenant trop de monde par ici, soupira l'autre, et il en vient toujours. Le docteur a cru trouver la paix au pays de ses pères qu'il savait abandonné et il a suffi de son retour pour détruire cette paix. Il a voulu fuir le monde et le monde l'assiège dans sa maréchalerie. Il a beau s'enfermer chez lui, refuser de recevoir les plus puissants et les plus illustres, se dérober de toutes les manières, il n'en est pas moins prisonnier et sa prison ne cesse de se rétrécir autour de lui. Il devait arriver un moment où il ne lui resterait plus qu'à s'évader. C'est peut-être aujourd'hui.

— Mais qu'aurions-nous pu faire pour le garder parmi nous ?

— Rien, dit l'autre. C'est lui qui est responsable de tout. Il aurait dû rester où il était.

Telles étaient les réflexions qu'échangeaient les deux hommes sur le faîte du toit pendant que le docteur se laissait aller vers le bas de la pente avec l'impression d'abandonner un terrain qu'il avait pourtant conquis de haute lutte. Mais son jeu était fait. Il n'y avait rien à remettre en cause. Descendant la pente à son pied, avec seulement quelque difficulté aux endroits où le sentier avait disparu dans les buissons pour réapparaître plus bas dans une direction inattendue, il se félicitait d'avoir les mains et les bras libres. Ce n'était pas seulement pour l'aisance de maintenir son équilibre dans les passages délicats. Depuis qu'il se connaissait, il avait toujours répugné à porter quelque objet dans les mains quand il était en route, même dans les rues ou dans les transports. La moindre mallette l'aurait mis mal à l'aise. Le docteur-bandoulière disait-on de lui. Il lui fallait les mains inoccupées pour observer le monde qu'il avait devant les yeux, immobile ou mouvant, les hommes, les animaux et les choses, pour en saisir les détails significatifs sans en excepter aucun si possible. Et peut-être sa force d'homme et de praticien venait-elle de cette puissance d'observation. Aujourd'hui, plus que jamais, il avait besoin de se charger la tête de toutes les images variables qui se présentaient devant lui et se fondaient insensiblement les unes dans les autres à chaque pas qu'il faisait. Il savait déjà qu'il ne reverrait plus le Royaume que dans son souvenir. Encore n'était-il pas sûr d'avoir envie, plus tard, de l'y ressusciter. D'ailleurs, à mesure qu'il perdait de la hauteur, ce Royaume se rétrécissait à sa vue comme s'il voulait aider le docteur à le quitter, à l'éliminer de sa vie, à reprendre en somme sa liberté. Quand il était entré dans le sentier, il pouvait embrasser des yeux non seulement tout le flanc de la colline, mais l'étendue du plateau jusqu'à l'horizon. Et puis les arrière-plans s'étaient effacés progressivement au profit des perspectives de plus en plus proches qui les masquaient. Quand il arriverait sur le plat, au débouché de la Noire Epine, il ne lui resterait plus qu'à se retourner pour un dernier regard à la colline, la citadelle du Royaume, dont il se serait exclu de sa propre volonté.

Là-haut, tapis sur la crête de leur toit de bois, les deux hommes ne se décidaient pas à le quitter du regard. Ils s'en voulaient de cette indiscrétion, ils se cherchaient des excuses, mais ils étaient dévorés d'une sourde inquiétude.

— Allons, dit l'un. Il est temps de nous y mettre, à ce travail.

— Oui. Ce n'est pas bien d'épier le docteur comme nous faisons.

— Mais comment ne pas le faire quand on est sur un toit.

— C'est difficile, je sais bien. On voit tout. On ne peut s'empêcher de regarder.

— Autrefois, il y avait des guetteurs au haut des tours.

— Il descend bien, le docteur. Il a le pied sûr. Il ne mettra pas longtemps à déboucher sur le plat.

— A propos de tour, on dit qu'il va falloir abattre celle des

Keinmarc'h, là-haut. La moitié qui en reste est crevassée de partout.

— Dommage. Elle fait bien là-haut. Elle est mentionnée dans tous les guides pour touristes. Elle figure partout en carte postale. Il faudrait qu'elle tienne encore quelque temps.

— Mais elle est dangereuse. On ne peut pas laisser les gens s'en approcher de trop près. Il y a des pierres qui en tombent. Quelquefois des blocs entiers.

— Cela n'empêche pas qu'on y monte par la « face bleue » pendant l'été. Il s'agit seulement de faire attention. J'y suis allé moi-même. Il y a de là-haut une vue extraordinaire dans tous les sens.

— Et puis il y a les sépultures de ceux qu'on appelle toujours les Rois. Du moins de quelques-uns d'entre eux. Les ancêtres du docteur.

— Est-ce que la tour est toujours à lui ? Et la grande façade vide ?

— Je crois que oui. Il a tout le haut de la colline.

— Justement. Il n'a rien à faire en bas.

— Le bas aussi est à lui. Du moins les pièces de terre qui entourent la Noire Epine. Et il ne veut pas vendre pour empêcher d'y bâtir.

— C'est son droit. Il reste bien assez de place autour.

— Attention ! Le voilà qui arrive sur le plat. S'il se retourne, il va nous voir.

— Descendons chercher nos ardoises. En espérant qu'il reviendra ce soir dans sa voiture neuve.

Trop tard. A peine parvenu à la Noire Epine, le docteur s'était déjà retourné. Il avait vu les deux têtes qui dépassaient de la crête du toit. Cela n'était pas pour le surprendre. Il y avait toujours quelqu'un à le surveiller, quelle que fût l'heure du jour. Et peut-être quand il sortait, par les nuits claires, de la maréchalerie pour patrouiller au hasard entre la mi-pente et le sommet. Mais la nuit, il ne voyait jamais apparaître que les survivants de la colline. Ils n'étaient plus que six. Aussitôt apparus, ils se détournaient de sa route. Il ne les rencontrait jamais plus et il préférait cela. Cinq ans déjà depuis qu'il était monté pour la première fois vers le village mort au départ de la Noire Epine. Il se préparait aujourd'hui à dire adieu au même endroit. Et les choses avaient bien changé en cinq ans. Ce n'était pas un homme de sentiment, le docteur, mais un homme d'intérêt si l'on entend par ce dernier mot tout ce qui vaut qu'on lui consacre tout ou partie de ses heures, de ses jours ou de sa vie entière, le sentiment n'étant pas exclu. Et précisément, au moment de quitter la Noire Epine pour rejoindre Villejoie et la voiture neuve, cette colline le laissait sur sa faim et ce n'étaient pas les deux couvreurs, tapis à l'affût sur leur toit, qui pouvaient rien y faire. Avec les très bons yeux qu'il avait, il entreprit de fouiller la pente encore un peu confuse mais que le soleil levant dénudait peu à peu. Et il finit par découvrir, au bas d'un éboulis de pierres sur le fond duquel se brisait sa silhouette comme les morceaux d'un puzzle, un cavalier immobile. Le maquignon René Le Roux chevauchant Lug. Le docteur eut un soupir de satisfaction. La colline répondait à son interrogation. Tout était dans l'ordre de ce qui pouvait encore être ordonné. Comment le cavalier sut-il qu'il était découvert ? Au moment où il le fut, il piqua sa bête et lui fit grimper un raidillon qui l'amena sur une éminence. Et là il se découpa nettement sur le ciel. Vous m'avez bien vu, docteur ? Je suis là. Le docteur, aussitôt, se mit en marche vers Villejoie, certain d'être suivi, protégé, encouragé, approuvé jusqu'à son but. Mais il ne put s'empêcher en cours de route, et à chaque fois que cette route faisait un coude, d'examiner de près le versant. A diverses altitudes, il y retrouvait toujours le maquignon au pas ou au trot de Lug. Or, sans qu'il voulût se l'avouer ni même prendre conscience de son désir, il lui manquait toujours le second cavalier tutélaire de loin, le tabellion Louis Riwall, l'auteur de ses jours.

— Mettez-le sur votre charrette à bras, les Simon, dit Josias. Nous allons le remonter jusqu'à la forge. Et là, nous le veillerons comme il faut avant de le ramener à son autre famille au lever du soleil. Ainsi aura-t-il passé au moins une nuit entière sur la colline. Et qu'il soit défendu à quiconque d'en parler comme d'un étranger.

Voyant que personne ne soufflait mot et que le docteur, encore abasourdi de la révélation, demeurait immobile, un genou en terre auprès du cadavre, l'ancien du village poursuivit :

— A moins que Strullu-Fils n'en décide autrement. C'est lui qui commande.

Le docteur revint à lui dans un frisson.

— Vous savez ce qu'il faut faire, dit-il. Moi, je ne le sais pas.

Aidés par Henri Morvan, les deux Simon soulevèrent la dépouille de Louis Riwall pour l'installer sur leur charrette à bras. Stéphanie avait déjà ôté son tablier. L'ayant roulé en traversin, elle le disposa sous la tête sanglante. Tout cela se fit dans le plus grand respect qu'il est possible d'éprouver à l'égard d'une sorte de martyr. Puis l'assistance attendit, immobile, les yeux tournés vers le docteur qui tardait à se relever. Josias reprit son rôle de maître de cérémonie.

— Mettez-vous derrière la charrette, dit-il. Nous allons partir.

Les Simon s'étaient d'eux-mêmes attelés aux brancards, non pas dedans, mais en dehors, l'un à droite et l'autre à gauche. Ils commencèrent à tirer l'étrange corbillard en évitant de leur mieux les ornières qui avaient fait chuter le vieux cheval. A voix basse et grondeuse, ils s'adjuraient mutuellement de faire en sorte que ne fût pas trop secoué le corps étendu dans la caisse. Et le docteur, qui suivait comme dans un rêve, les bras croisés, ne put s'empêcher de se faire la remarque, une fois de plus, que l'on prenait plus de précautions avec les cadavres insensibles qu'avec les vivants en lutte.

Quand le cortège entra dans la forge, le Mâchefil fit un effort pour se mettre debout mais ne put y parvenir. Il eut un geste fataliste et se signa lentement, en homme de religion qu'il était comme beaucoup sur le plateau.

— Seigneur, dit-il, le voilà maintenant devant votre face,

cet homme qui fut meilleur que bien d'autres. Nous implorons pour lui votre miséricorde.

— Amen, dit Stéphanie d'une voix forte.

Elle entrait la dernière. Elle avait fait un détour par chez elle, s'étant rappelée qu'il y avait encore, quelque part au fond d'un banc-coffre, un de ces draps funèbres de famille dont on couvrait naguère les cercueils des défunts. Elle l'avait retrouvé, l'apportait sous son bras. Aidée par Germaine Le Saout, elle le déplia devant le feu que Josias faisait reflamber. Sur toute la surface du tissu de lin, on put voir, brodés en bleu, la croix et les instruments de la Passion avec le coq. Stéphanie eut un soupir de soulagement.

— J'avais peur de le retrouver mangé par les petites bêtes, avoua-t-elle, malgré tout ce qu'il y a dessus.

Les autres femmes avaient lavé la tête et le visage du mort, remis de l'ordre dans ses vêtements de cavalier. Il reposait maintenant dans la charrette à bras, les mains croisées, le chapeau sur la poitrine comme il se doit. Stéphanie et Germaine eurent un coup d'œil interrogateur vers Josias.

— Allez ! dit-il.

Et elles étendirent le drap funèbre sur le gisant. Le docteur s'était assis sur le tabouret du maréchal, les coudes aux genoux et la tête baissée.

— Mais comment, Josias ? parvint-il à dire.

— Le temps n'est plus aux précautions, répondit brusquement le vieux. Je n'en prendrai donc pas pour vous dire que la jeune fille Brigitte Strullu, la fille du Roi Yann, était enceinte quand elle s'est enfuie de cette colline. Elle s'était fait faire un enfant pour s'obliger à s'enfuir sans espoir de retour et pour d'autres raisons moins faciles à trouver. Vous êtes né quelques mois plus tard. Le brave homme dont vous portez le nom n'a épousé votre mère que lorsque vous aviez déjà trois ans. Vous en aviez à peine cinq quand il est mort. C'est Louis Riwall qui a retrouvé vos traces et il ne lui a pas fallu beaucoup de temps pour y parvenir. Mais à quoi bon ! La décision de votre mère était irrévocable. Pendant un demi-siècle, il a veillé sur vous deux de loin sans jamais se manifester pour ne pas faillir à la promesse qu'elle avait obtenue de lui.

— Quelle promesse ?

— De ne jamais chercher à la revoir et surtout de ne rien tenter pour la faire revenir dans le Royaume.

— Mais pourquoi ?

— Ne vous offensez pas de ce que je vais dire, Strullu-Fils. Elle ne voulait pas de l'héritage qui était le sien ni du rôle qui devait lui revenir. Elle les trouvait trop lourds. Est-ce donc la première héritière qui ait renoncé à ses droits, la première princesse qui ait écarté la couronne de son front ? Peut-être dira-t-on que la couronne des Keinmarc'h est peu de chose auprès de celle des plus petits rois ordinaires, presque risible au regard du commun des mortels qui se fait une autre idée de la royauté. Il y a des royaumes de toutes sortes. Il y en a même d'invisibles. Ils n'existent que par des fidèles qui ne sont pas des sujets mais n'en réclament pas moins la présence, le dévouement et quelquefois le sacrifice du personnage investi par eux de la royauté sans qu'il se soit jamais porté prétendant. Ce n'est pas moi qui parle, je ne fais que répéter les paroles de votre grand-père le maréchal. Et les fidèles, disait-il, à cause de certains pouvoirs qu'ils prêtent à leur roi, de certains secrets dont ils le croient détenteur, ne sont jamais plus rassurés que lorsqu'il a un fils pour lui succéder dans leur choix ou une fille qui apporte au roi suivant l'héritage de son père. Et il arrive que le fils ou la fille ne veuille rien savoir. Votre mère n'a pas voulu.

Josias avait parlé à voix haute. Aucune de ses paroles n'avait pu se perdre pour aucun des assistants. Ils avaient repris leurs places autant que le permettait la présence du charreton-catafalque au milieu d'eux. On les sentait encore plus attentifs qu'ils ne l'avaient été au cours de la première partie de la veillée. Il ne s'agissait plus seulement d'écouter le rappel des grandes heures de la colline. Avant l'aube, le docteur allait tout savoir.

Et quelle serait sa décision par la suite ? Car il lui faudrait décider s'il prendrait, oui ou non, le Royaume à son compte avec ce qu'il restait de sa vieille garde réduite à eux-mêmes.

Lui, le docteur, les yeux fixés sur le catafalque sans le voir, il cherchait à détourner son esprit de l'inscription à la fois la plus célèbre et la plus dérisoire du monde : Jésus, Nazaréen, Roi des Juifs. Qu'elle ait pu seulement se lever en lui, il y avait là de quoi s'accuser de lèse-divinité bien que toute pratique religieuse lui fût étrangère. Quel rapport entre le crucifié et le corps qui gisait là devant lui sinon la broderie du drap funèbre qui valait pour tous les défunts ! Et pour mettre le comble à sa confusion, il venait seulement de s'aviser — c'était bien le moment — que les onze de la colline et lui-même faisaient le compte des Apôtres. Etait-ce donc à lui de jouer le Judas ? Il ne réussit à conjurer ces évocations qu'il qualifiait mentalement d'incongrues qu'en s'attachant au personnage de sa mère, cette femme dont il se doutait bien que l'apparente simplicité, le souci de s'en tenir au quotidien de sa condition, même après être entrée en bourgeoisie, la brusquerie qu'elle mettait à éluder certaines questions pourtant anodines de son fils, n'étaient qu'autant de défenses dressées par elle, une fois pour toutes, afin de protéger la part la plus intime de son destin. La femme de ménage qui en imposait tant à ses patronnes, la mère de patron qui, plus tard, savait si bien mettre en confiance ses propres domestiques, n'avait pas pu se départir des manières qui avaient été les siennes au temps de sa jeunesse et trahissaient ce qu'on ne peut appeler autrement qu'une aristocratie dans le vrai sens du terme. De lui-même, et en raison de son comportement qui les tenait à distance sans jamais manquer à la courtoisie, ses confrères parisiens ne disaient-ils pas qu'il avait « de la branche ». S'ils avaient pu connaître sa mère, ce qui n'avait été donné à aucun d'entre eux, ils auraient compris qu'il avait vraiment de qui tenir. L'histoire des Keinmarc'h racontée par Louis Riwall, sans répondre aux interrogations qui se faisaient confusément dans l'esprit du docteur, avait projeté certains traits de lumière pour l'aider à se reconnaître dans sa propre ascendance et dans le présent de la colline. Quant aux récits concernant la quête du Vif par des aventuriers du Royaume, il était sûr qu'ils avaient été faits dans le but bien précis d'éclairer mieux sa lanterne, même s'ils donnaient de la tablature à l'homme de réflexion qu'il était. Comment démêler le sens de tout ce qu'il avait entendu ? Et il sentait bien que tous les autres attendaient de lui quelques paroles, il ne savait lesquelles, un engagement peut-être, une promesse ou une simple question qui leur permettrait d'aller plus loin. Une simple question suggérée par les derniers mots sortis de la bouche de Josias : votre mère n'a pas voulu. Comme c'était facile.

— Et pourquoi n'a-t-elle pas voulu. Le savez-vous ?

Il ne s'adressait à personne en particulier, mais il pensait bien que Josias allait lui répondre au nom de tous. Il fut surpris de la véhémence que mit Stéphanie à intervenir sans attendre.

— Ce n'est pas de notre faute. Nous avons fait tout ce qu'il fallait pour la garder avec nous. Nous étions tous autour d'elle quand nous avons compris, à certains signes, qu'elle se détachait de nous. La reine des abeilles, comprenez-vous, la reine des abeilles ! Oh ! Elle a lutté longtemps, nous le savons bien. A mesure que passait le temps, elle nous témoignait son affection de plus en plus souvent. Il n'y a pas une seule d'entre nous, qui étions seulement des fillettes en ce temps-là, qu'elle n'ait serrée dans ses bras si fort, vers la fin, que nous en pleurions d'angoisse.

Quelque part dans l'ombre s'éleva faiblement la voix d'Anna Dréo :

— Un jour, elle m'a baisée sur les deux joues. Personne ne l'avait jamais fait. Le lendemain, elle est partie par la Noire Epine.

— C'était plus fort qu'elle, poursuivit Stéphanie. Comment pourrions-nous lui en vouloir ? Nous avons fait bien pire par la suite.

Le docteur ne put contenir son impatience :

— Qu'est-ce qui était plus fort qu'elle ?

— La tentation de mettre fin au Royaume, dit Josias, de détruire ce sortilège qui fait que nous sommes tenus par lui depuis des siècles, nous ne savons pas trop comment ni pourquoi. Ceux que nous appelons les Sarrasins ont-ils ramené avec eux de l'Orient quelque talisman de grande puissance qu'ils ont enfermé dans la tour ronde et dont ils n'ont pas cessé de subir le pouvoir maléfique avec l'illusion d'en rester les maîtres ? Ce talisman a-t-il revêtu l'apparence de ce livre qui a pour nom l'Agrippa ou le Vif ? Sa force s'exerce-t-elle seulement sur les êtres qui conservent dans leurs veines un peu du sang des Keinmarc'h ? A-t-il abandonné la colline sous la forme de cette boule de feu quand la moitié de la tour ronde s'est écroulée ? Peut-être votre mère pensait-elle qu'en s'en allant d'ici elle nous délivrerait de lui en se délivrant elle-même ? Car enfin les Keinmarc'h sont sous l'influence d'une mauvaise planète qui n'épargne ni leurs alliés ni leurs fidèles. Ils ont tenté d'y échapper, mais quelque force toujours les ramenait sur la colline, eux ou leurs descendants. Rappelez-vous. On ne sait pas grand-chose de la vie du Vieux Roi, mais il a connu de tels échecs qu'il lui a bien fallu regagner la prison de la tour ronde. Et qu'est-ce qui l'a fait échouer, croyez-vous, sinon la vieille malédiction ! Qu'est-ce qui a fait, sans qu'il s'en doute, que le Roi d'Après est revenu là-haut, ayant perdu sa femme Cynthia dans un accident qui n'est peut-être pas dû au seul hasard ? Lui-même n'a-t-il pas été tué dans sa tour par un orage tel qu'on n'en a jamais connu de pareil ! Et sa fille la Belle, votre grand-mère, s'est éteinte à bout de résistance. Il ne lui a servi à rien d'avoir épousé le maréchal qui allait devenir le Roi Yann.

— Tout cela, objecta le docteur, peut s'expliquer le plus simplement du monde.

— Ce qui est simple ailleurs ne l'est pas ici. Et puis vous-même, un Keinmarc'h, le dernier des Keinmarc'h, vous voilà revenu sur la colline des Keinmarc'h. Qu'est-ce qui vous a fait revenir ?

— Je pourrais donner plusieurs raisons de ce retour, mais ces raisons ne vaudraient rien contre vos certitudes et j'arriverais moi-même à en douter.

— Vous voyez bien, Strullu-Fils. Vous savez aussi que votre mère était une femme plus raisonnable d'apparence que la plupart de ceux qui se flattent volontiers d'avoir les deux pieds sur terre. Mais il y avait en elle une profonde inquiétude, un mal des Keinmarc'h qu'elle ne pouvait partager avec personne, qu'elle ne voulait pas partager, pas même avec son père le Roi Yann qui n'y pouvait rien. Et il y avait aussi, pour l'inquiéter plus encore, ces Quêteurs du Vif dont vous connaissez l'étrange destin, le fils du Notaire Noir, le sacristain de Saint-Chêne, la femme à la chèvre et l'homme au grand manteau. Eux aussi, sans être des Keinmarc'h, ont été pris au piège de la tour ronde. Un seul en a triomphé, mais en s'évadant définitivement du Royaume, emmenant les deux femmes qui croyaient en lui.

— Vous oubliez mon grand-père, le Roi Yann. N'était-il pas, lui aussi, un Quêteur du Vif ? Je ne l'ai pas connu, mais il me semble bien qu'il a tiré son épingle du jeu.

— Etait-il Quêteur du Vif ? Peut-être pas. Je croirais plutôt qu'il était de la même race d'hommes que mon père, Yvias. Mon père s'est dévoué toute sa vie aux Keinmarc'h, comme vous le savez, et jamais il n'a souffert le moindrement de leur mal. A croire que ce mal ne voulait pas de lui. Ici, sur la colline, nous avons un papillon, un petit papillon bleu-vert, très rare et qui n'a pas de nom. Nous l'avons vu passer dans la flamme de nos lampes impunément alors que les autres finissent toujours par s'y brûler les ailes. Si la Belle a épousé le fils du maréchal, c'est dans l'espoir qu'il la ferait échapper à la malédiction de la tour ronde. Mais il n'y pouvait rien. Maintenant, je vais me taire pour vous laisser vous reposer une heure ou deux, Strullu-Fils. Vous fermez les yeux. J'aurai bien le temps de vous dire le reste avant l'aurore.

Le docteur réagit vivement.

— Non, non, continuez ! Allez jusqu'au bout ! Si je ferme les yeux, c'est pour mieux vous écouter, pour mieux comprendre ce que vous dites. Ce qui m'étonne toujours, c'est de vous entendre parler comme vous faites, Josias ? Où avez-vous appris ce langage, vous qui n'avez jamais quitté la colline ?

— Je parle comme parlait votre grand-père qui parlait comme le Roi d'Après. Après sa mort, je l'ai écouté dans ma tête et d'autant mieux que les derniers habitants du village ne faisaient plus entendre leur voix. Rien de tel que la méditation dans le silence pour connaître la vraie valeur des mots et des phrases que vous gardez en vous. Et quand on ne sait pas se servir d'encre sur le papier, c'est dans la tête qu'on retient tout. Et puis un jour, il y a déjà longtemps, j'ai vu entrer dans ma maison quelqu'un devenu incapable de se taire sur certaines choses qui nous étaient communes. Le notaire Louis Riwall. Je l'ai écouté autant que j'ai pu.

— Il n'a pas encore été question de lui. Pourtant...

— Je sais. Il viendra à son heure. C'est d'abord mon tour bien que je ne compte pas beaucoup dans cette affaire. Mais c'est à moi, et à moi seul, que Brigitte Strullu est venue confier son désir d'abandonner la colline avant de connaître Louis Riwall. Nous avons été élevés ensemble autant que peuvent l'être une fille et un garçon qui ne sont pas frère et sœur. Mon père Yvias m'a confié de bonne heure au Roi Yann pour qu'il fasse de moi un maréchal-ferrant et forgeron à toutes mains. C'est ici, dans cette forge, que j'ai fait toutes mes études. Et mon maître m'a appris bien des secrets qui passeraient, à votre aune à vous, pour sorcellerie. Il affirmait, en particulier, que la colline possédait, en elle et sur elle, tout ce qu'il fallait pour soulager les maux de ses habitants sans aucun recours à un art de guérir venu d'ailleurs. Mais il n'a jamais voulu m'apprendre à lire comme avait fait pour lui le Roi d'Après. Plus tard, disait-il, plus tard, voyons d'abord le plus important. En vérité, il me formait pour être son successeur et le mari de sa fille unique. Sur la colline, tout le monde le savait, à commencer par elle et moi. Ni l'un ni l'autre n'auraient songé à un avenir différent tant celui-là paraissait être dans l'ordre des choses. Or, si l'un de nous deux avait dit non, je suis sûr que le Roi Yann l'aurait laissé faire à sa volonté. Il n'était pas de ceux qui imposent quoi que ce soit. Et voilà que, vers sa dix-huitième année, Brigitte Strullu, si tranquille jusque-là, si appliquée à ses tâches quotidiennes sans jamais manifester de trouble d'aucune sorte, s'est mise à errer seule à travers la colline, le visage soucieux et presque torturé à certains moments, allant même passer des journées entières sur la « face bleue » mais sans jamais monter jusqu'à la tour ronde. Jusqu'au jour où, en l'absence de son père, parti à cheval vers Villechant, je l'ai vue venir se planter devant moi, là où vous êtes. Et elle m'a dit, les yeux baissés : « Josias, je vais m'en aller d'ici. » Moi, j'ai laissé reposer mon marteau sur l'enclume. C'était une question qu'elle me posait. J'ai répondu : « Allez-vous-en ! » Et j'ai repris le marteau pour continuer mon travail.

Mais elle n'est pas partie tout de suite. Elle hésitait encore. Elle avait de la peine à mettre de l'ordre dans ses pensées, dans ses projets si elle en avait, je ne sais pas. Elle s'est mise à descendre plusieurs fois par semaine jusqu'à Villejoie. Sans donner la moindre explication ni chercher le moindre prétexte. Dites-nous donc, Mélanie, ce qu'elle allait y faire !

Et Josias, s'étant dessaisi de la parole, se mit en devoir de ranimer le feu en évitant de le faire flamber plus qu'il ne fallait par égard pour le mort. La seule lanterne-tempête allumée à la tête du charreton-catafalque laissait seulement deviner des silhouettes, assises à distance respectueuse et figées. Tous les personnages présents avaient écouté Josias avec plus d'attention encore qu'ils n'en avaient prêtée aux récits précédents. C'était la veillée qui continuait, devenue mortuaire sans doute mais sur un thème inchangé : l'histoire non écrite du Royaume depuis le premier Keinmarc'h légendaire jusqu'à cette nuit. Et le gisant, au centre de la forge, qui venait d'achever son aventure terrestre en même temps que son rôle dans cette histoire, apparaissait à chacun comme la dernière victime de la mystérieuse malédiction. Il restait à parler de lui, le prétendant malheureux à la couronne, et ce serait à Strullu-Fils de continuer la partie ou de sortir du jeu.

— J'avais passé mes quinze ans vers ce temps-là, dit Mélanie après s'être raclé plusieurs fois la gorge. On m'avait mise à servir chez le nouveau notaire de Villejoie, M. Riwall, celui qui avait pris la suite du Notaire Noir. Je me trouvais très bien dans cette maison, mais j'étais malheureuse d'avoir dû quitter la colline pour aider mes pauvres parents à nourrir mes deux sœurs. Je suis revenue dès que j'ai pu revenir. Alors, un samedi d'été — il faisait très sec cet été-là, je me souviens — j'étais en train de laver dans la buanderie derrière la maison quand j'ai vu entrer Brigitte Strullu, en sueur et presque hors d'haleine. « Mélanie, m'a-t-elle dit, est-ce vrai qu'il y a un piano chez monsieur Riwall ? — Il y en a un. Il est dans le salon. Il ne sert qu'au fils Louis quand il est en vacances. Vous savez qu'il finit ses études à Paris — Je ne savais pas. Est-ce que je peux voir le piano, Mélanie ? — Je suis toute seule dans la maison, mais je crois que je peux vous le montrer. S'ils étaient là, le père, la mère ou le fils, ils diraient sûrement oui. »

Je me suis essuyé les mains, je l'ai emmenée dans le salon, je lui ai montré le meuble. « Est-ce que je peux le toucher, Mélanie ? — Bien sûr. » Elle s'est mise à caresser le bois. Elle était très émue. Et moi je ne comprenais pas ce qui lui arrivait. J'ai ouvert le piano, toute fière de montrer à la fille du Roi Yann que je savais comment faire. Avec un doigt, j'ai appuyé sur une barrette blanche, puis sur une autre et une autre encore. Brigitte Strullu s'est mise à trembler. Je voyais bien qu'elle avait envie de toucher les barrettes, elle aussi, mais elle n'osait pas. Là-dessus la porte s'est ouverte et Louis Riwall est entré, revenant d'une promenade à cheval. Et nous voilà prises en faute toutes les deux, ne sachant que faire de notre corps « Qui est cette demoiselle ? demanda Louis en souriant — C'est Brigitte Strullu, la fille du Roi Yann de la colline. Ou Brigitte de Keinmarc'h si vous préférez. C'est ainsi qu'on l'appelle à Villejoie. — Je sais, a-t-il répondu. Mais à Villejoie on ne l'avait jamais vue. »

Elle a levé les yeux sur lui. Ils se sont regardés comme deux personnes qui cherchent à se reconnaître et n'y arrivent pas. Et puis Louis Riwall est venu s'asseoir devant le piano, entre nous deux, et s'est mis à jouer. Je ne connais rien à la musique, bien sûr, mais je ne l'avais jamais entendu jouer de cette façon. Et pourtant, bien des fois, j'avais dû arrêter mon travail quand sonnait le piano parce que je ne reconnaissais plus ma main droite de ma main gauche. C'était très lent. Brigitte Strullu avait reculé jusqu'au mur du salon et elle poussait dessus avec son dos comme si elle avait voulu entrer dedans. Louis s'est arrêté assez vite, il s'est levé pour retourner vers la porte sans regarder ni elle ni moi. Avant de sortir il a dit : « Vous pouvez revenir aussi souvent que vous voudrez. »

— Elle est revenue. Elle est revenue souvent, mais je n'avais plus besoin d'être là, je ne peux pas vous dire ce qui se passait entre eux. J'entendais le piano, c'est tout, et toujours très lent. Deux ou trois fois, elle s'est mise à chanter. J'ai collé mon oreille contre la porte pour essayer de comprendre les paroles. Il n'y avait pas de paroles. Elle ne connaissait que l'air, sans doute. Au bout de quelques semaines, on les a vus se promener longuement à travers la campagne de Villejoie. Sans chercher à éviter d'être vus. Ou bien c'était Louis Riwall qui gagnait au galop la barrière de la Noire Epine où l'attendait Brigitte, descendue du village par le raidillon. Et l'on a commencé à dire, dans le Royaume, que la fille de la colline allait épouser le bourgeois du plateau. Le notaire, M. Riwall, n'y trouvait rien à redire. Quant au Roi Yann, nul n'a jamais pu savoir ce que pensait le Roi Yann. Et il vint une nuit où Brigitte Strullu descendit pour la dernière fois vers la Noire Epine où elle savait bien que personne ne l'attendait. On ne l'a plus revue.

— Quelques jours ont passé, poursuivit Josias. Des jours difficiles à vivre pour nous tous. Dès le lendemain de son évasion, tout le village s'était senti abandonné. Peut-on parler de trahison ? Nous ne savons pas très bien le sens de ce mot-là. Ici personne ne doit rien à personne. Tout se fait par consentement mutuel. Mais de n'avoir pas eu le consentement de Brigitte Strullu nous était une plaie au plus profond de nous-mêmes. Et aucun de nous, surtout pas moi, son disciple, n'a pris sur lui de demander au Roi Yann des nouvelles de sa fille. Nous ne posons pas de ces questions-là. Lui, il se comportait comme si rien ne s'était passé. Mais il fallait bien que quelque chose se produisît. C'est Louis Riwall qui est arrivé au galop dans le village, ayant presque éreinté sa bête dans la montée. Il est entré dans cette forge où je travaillais avec le maréchal. Il était comme fou. « Qu'avez-vous fait de votre fille ? a-t-il crié — Ma fille n'a pas de comptes à me rendre et moi je n'ai rien à lui commander — Mais enfin où est-elle ? — Où il lui a plu d'aller — Pourquoi ne m'a-t-elle rien dit ? — Vous a-t-elle fait quelque promesse qu'elle n'aurait pas tenue ? — Allez au diable avec vos promesses ! Savez-vous qu'elle porte un enfant de moi ? — L'enfant reviendra peut-être, a conclu le maréchal, mais elle, nous n'avons aucune chance de la revoir. J'ai pourtant cru, a-t-il ajouté, que vous auriez pu nous la garder. »

C'est ainsi que cela s'est terminé pour nous. Il n'y a rien de plus à dire.

Il y eut quelques soupirs et des toussotements. Les silhouettes se mirent à bouger vaguement dans l'ombre. Stéphanie reprit conscience de son rôle.

— Pour ceux qui auraient faim et soif, dit-elle, il y a tout ce qu'il faut sur la table derrière.

Le docteur revit sa mère quand il l'accompagnait, tout enfant, dans les maisons bourgeoises où elle allait faire le ménage. Elle commençait par fermer le piano quand il était ouvert. Il aurait bien aimé faire de la musique, lui, mais il appréhendait un refus définitif s'il demandait qu'on lui achetât le plus modeste instrument à jouer, une flûte, un ocarina. Plus tard, il n'avait pas osé introduire un piano dans le salon de sa propriété. Il en était réduit à écouter des disques dans son cabinet de consultation, son laboratoire, à l'hôpital même entre deux opérations. A quelques rares exceptions près, des disques de piano. Et c'était un piano qui avait longtemps sonné dans la tour ronde sous les doigts du Roi d'Après, son aïeul. Etait-il l'appât qui attirait au sommet de la colline les Quêteurs du Vif ? Ou bien, au contraire, était-il capable de conjurer la malédiction des Keinmarc'h ? Sa mère ne l'avait pas entendu, bien sûr, mais il n'était question que de lui, sur la colline, quand on parlait du Roi d'Après et de sa fille, la Belle, qui chantait quelquefois en même temps que lui. Qui chantait des airs demeurés sans doute dans les mémoires tandis que les paroles s'étaient évanouies, à supposer qu'elles eussent jamais été comprises. Et Brigitte Strullu avait voulu entendre le son du piano pour y chercher sa délivrance, elle avait chanté comme sa mère pour aider le pianiste à la délivrer. Une fois libre, elle avait tout effacé derrière elle, la musique et le chant devenus inutiles et peut-être nuisibles parce qu'ils étaient un écho de sa captivité.

Mais le docteur n'arrivait pas à s'expliquer la conduite de sa mère à l'égard de Louis Riwall. Il comprenait bien qu'elle n'ait pas voulu épouser Josias qui l'aurait définitivement rivée à la colline. Mais le fils du notaire n'était pas de la colline, il n'était même pas du Royaume, il aurait pu emmener sa femme sous d'autres cieux. Et tout laissait croire que ces deux-là étaient fortement épris l'un de l'autre. Etait-ce sûr pour elle ? Dans l'histoire des Keinmarc'h, le sentiment ne semble pas compter pour beaucoup, à moins qu'il ne soit d'une nature que l'on a du mal à saisir. Mais elle s'est donnée à lui. Elle n'a pu le faire que sous l'effet d'une passion qui lui a semblé dangereuse et pour y échapper... Dangereuse pourquoi ? Parce qu'elle s'est aperçue que Louis Riwall, lui aussi, était un Quêteur du Vif, qu'il était attiré, happé par le sortilège de la colline et de sa tour ronde comme l'avaient été les autres avant lui. Toute sa conduite le prouvait depuis et surtout cet immense désir qu'il avait d'être reconnu comme un membre à part entière de la communauté. Il avait réussi puisqu'on le veillait maintenant à grand honneur dans la forge même du Roi Yann, le cœur du village. Peut-être parlerait-on plus tard du Roi Louis, le Roi sans couronne, qui avait patiemment fait en sorte que son fils revînt au bercail.

Que de peut-être et de sans doute, que d'incertitudes, que de questions ! Mais le docteur harcelait la vérité dans ses derniers retranchements quand il sentit une main qui lui secouait l'épaule. Il ouvrit les yeux, émergea de ses songes. Autour de lui, la forge s'éclairait des premières lueurs de l'aube. Il reconnut les veilleuses et les veilleurs, il vit bien qu'aucune ni aucun n'avait cédé au sommeil et il se reprocha de s'être engourdi lui-même. Le feu achevait de s'éteindre, la lampe-tempête brûlait toujours au chevet du défunt sous le charreton. Il entendait une sorte de mélopée confuse qui éclatait parfois dans des accents d'Apocalypse. C'était le

Mâchefil finissant de réciter les Grâces pour la dernière nuit sur terre du défunt.

— Allons ! dit doucement Josias. Il est temps de partir. Allez préparer Lug, Strullu-Fils, je vous prie. René Le Roux, voyez si le cheval de Louis est en état de descendre à Villejoie. Les femmes vont faire du café pour qui en veut et réchauffer de la soupe.

— Vous n'avez pas besoin de le dire, Josias, grogna Stéphanie. Nous savons bien faire ce qu'il faut.

D'un pas de somnambule, le docteur se dirigea vers la stalle de Lug. Il lui mesura son picotin d'avoine, lui passa l'étrille et la brosse avant de le seller, le tout avec le plus grand soin. Quand il lui parut prêt pour la cérémonie qui l'attendait, il le brida et le fit sortir dans la cour. En traversant la forge, il vit que chacun s'occupait à quelque tâche et que s'échangeaient des propos de franche banalité. La veillée mortuaire terminée et les devoirs rendus, on s'accordait une récréation avant la suite et sans oublier de se nourrir. Il fut surpris de la facilité avec laquelle ces gens-là pouvaient passer du recueillement et de la méditation la plus grave aux préoccupations les plus anodines et sans aucun rapport avec l'événement majeur de la nuit. Le corps du notaire, sous le linceul brodé de bleu aux symboles de la Passion, attendait de revenir au premier plan pour les honneurs prochains.

Dans la cour, le maquignon René Le Roux était déjà au garde-à-vous sur son cheval pansé comme pour la parade. Près de lui, Henri Morvan tenait le vieux rouan de Louis Riwall auquel on voyait une sorte d'emplâtre au bas de l'antérieur gauche. Le cheval était sellé. Indécis, le docteur se tourna vers la porte charretière. Il vit Josias qui lui faisait signe de se mettre en selle. A peine y était-il que le charreton-corbillard sortit lentement de la forge, tiré par les deux Simon. Ils avaient pris le temps de rentrer chez eux pour revêtir leur meilleure tenue. René Le Roux fit avancer sa bête vers la sortie de la cour et s'engagea dans le chemin. Sur un autre signe de l'ancien du village, maître de cérémonie, le docteur mit Lug au pas dans la même direction. Derrière lui, il entendait crisser les roues de la charrette à bras sur le gravier. Arrêtez ! lui cria Josias. Il obéit, tourna la tête pour attendre un nouvel ordre. Henri Morvan avait amené le cheval rouan tout contre l'arrière du véhicule et Josias attachait le chapeau du mort au pommeau de la selle. Louis Riwall serait suivi, pour son dernier voyage, par la monture de ses chevauchées à travers la colline. Comme pour les funérailles de rois ou de généraux en chef. Josias en avait fini. Il jeta un regard sur le petit cortège avant d'en prendre la tête. Il y aurait trois hommes devant, lui au milieu flanqué du cordonnier et du facteur. Six femmes derrière, conduites par Stéphanie. Manquait le Mâchefil, incapable de marcher et resté dans la forge où il devait continuer à débiter ses Grâces. La voiture-épicerie devait passer dans la journée. Elle le ramènerait chez lui. Allez ! cria Josias de nouveau. Et la pompe funèbre se mit en marche. Le docteur avait oublié son chapeau. Les autres hommes avaient le leur à la main.

René Le Roux attendait au départ de la route qui descendait au plateau. Dès qu'il vit apparaître le cortège à la sortie du village, il se remit en marche. Le docteur avait compris que le maquignon avait pour tâche de se tenir à une cinquantaine de mètres devant le convoi pour l'annoncer. Sa tête nue et l'allure de son cheval, dès que l'on serait sur le plat et que l'on rencontrerait des marcheurs ou des rouleurs matinaux, feraient assez comprendre de quoi il s'agissait. Strullu-Fils était déjà engagé lui-même dans la descente quand une intuition le fit se retourner une dernière fois. Le charreton-corbillard suivait à quelques pas, précautionneusement. Un seul des Simon était resté dans les brancards. Son frère était passé derrière et, à l'aide d'une corde, actionnant un frein de bois rudimentaire, il retenait le véhicule sur la pente, assez forte par endroits. Henri Morvan à pied, la main engagée dans le bridon près de la bouche du vieux cheval rouan, l'aidait à suivre de son mieux, son épaule contre la sienne. Et plus personne. Les habitants étaient restés aux limites du village. Ils étaient vieux, ils n'avaient plus confiance dans leurs jambes, il y avait longtemps qu'ils n'avaient plus fait pareille expédition, ils avaient rendu les honneurs à Louis Riwall comme il fallait, pour le reste ils faisaient confiance au docteur et à ses compagnons. Hervé Lucas, le facteur, était retourné à sa bicyclette. Il devait rentrer à Villechant.

Or, dans le dernier lacet de la route avant le plateau, là d'où l'on découvre toute l'encolure du cheval-colline des Keinmarc'h sommée de la tour ronde, le docteur les aperçut tous, groupés sur un petit promontoire, qui levaient le bras pour un dernier adieu à celui qui aurait tant voulu être des leurs.

Sur le plat, à cette première heure du jour, on ne rencontra que deux faucheurs qui s'en allaient vers quelque pré. Ayant vu passer le maquignon, ils cachèrent vivement leurs faux dans les broussailles du talus. Ils se tenaient droits debout, le chapeau plaqué contre la poitrine, quand l'équipage funèbre passa devant eux. A l'approche du gros bourg, une ramasseuse de bois mort se mit à genoux. Le maquignon prit le galop pour aller prévenir la famille du notaire.

Le docteur revit le grand toit à quatre pans et ses girouettes rouillées. Précédant le charreton-corbillard tiré de nouveau par les deux frères côte à côte, il franchit à cheval la grille délabrée. Devant la porte centrale qui était fermée, il y avait un homme jeune, aux tempes dégarnies et à la barbe clairsemée, qui tenait par le bras une jeune femme en robe claire, un châle serré contre sa poitrine. La fille et le gendre de Louis Riwall. Quand René Le Roux leur avait porté la nouvelle, à peine un quart d'heure plus tôt, ils avaient dû s'habiller à la hâte, accourir de leur maison à l'autre bout du jardin pour recevoir la dépouille. Et maintenant, ni elle ni lui ne savaient quoi faire devant le spectacle. Elle pleurait silencieusement, avec des hoquets et des frissons. Le docteur la regardait du haut de son cheval. Le front, les yeux et jusqu'aux pommettes, c'était lui-même au féminin. Sa presque sœur. Il ne savait quoi faire ni quoi dire lui non plus. Il mit pied à terre, prenant son temps. Les Simon avaient rangé leur véhicule devant la façade, ils décrochaient les béquilles pour l'équilibrer. Lâché par Henri Morvan, le vieux cheval était rentré tout seul dans son écurie.

Le docteur s'approcha de la jeune dame. Elle fixait sur lui un regard intense. Elle aussi devait savoir. Il n'y avait jamais eu de secret que pour lui.

— On vous a dit comment c'était arrivé. Ils ont tous fait de leur mieux.

— J'en suis sûre, dit-elle en essayant vainement de raffermir sa voix. Le père a eu la fin qu'il aurait aimé avoir. Là-haut sur votre colline. Nous savions que cela devait arriver.

Elle avait dit le père. Elle voulait bien partager. Il était de plus en plus désemparé. Il ne put trouver que la plus banale des formules, à peine corrigée.

— Tous ceux de la colline vous assurent de leur sympathie. Ils ont bien de la peine.

Il aurait voulu dire madame. Il ne pouvait pas. Une tentation le prenait de lui faire le baisemain comme il avait appris à le pratiquer avec ses clientes des beaux quartiers.

— Dites-leur toute notre reconnaissance. Le père les aimait beaucoup.

— Ils ne pourront pas venir aux obsèques. Ils regrettent bien.

— Mais vous, peut-être ?

— Moi non plus. Je dois rester avec eux. Je leur appartiens.

Le mari fit un pas en avant.

— Vous serez toujours le bienvenu dans notre maison, docteur.

Quelle inspiration subite lui fit répondre :

— Je m'appelle Jean-Louis. Je vous remercie tous les deux.

Il se mit en selle en répétant je vous remercie. Il rassembla les rênes, jetant un dernier regard sur la forme allongée sous le linceul brodé de bleu.

— C'est Stéphanie qui a prêté le drap funèbre. Il faudra le lui rendre.

— Ce sera fait, promit le mari.

La femme pleurait doucement sans quitter le docteur des

yeux. Il lui fit un semblant de sourire en s'inclinant sur l'encolure de Lug.

— C'était un bon père, dit-il.

Elle éclata en sanglots. Il fit volter son cheval, passa la grille et traversa Villejoie d'un train d'enfer. Il erra pendant tout le jour à travers le Royaume qui n'aurait plus d'existence que par lui. La nuit était venue quand il escalada la colline par la « face bleue » au risque de se rompre le cou. Il croyait entendre les cloches de la paroisse de Saint-Chêne sonner le glas du roi sans couronne, le Roi Louis.

XIX

Malgré sa fatigue, le lendemain, il était debout avant le signal de la Réveilleuse. C'était une grive de belle taille qui venait cogner sur la vitre de la salle au lever du soleil. Elle ne piquait pas le verre du bout du bec comme un oiseau fait du grain. Elle y donnait de la tête, durement, à plusieurs reprises. Et elle disparaissait avec un petit cri jusqu'à l'aube suivante. Drôle de volatile, curieux manège. Il l'appelait la Réveilleuse, du nom de cette femme que les marchands de Paris payaient pour les réveiller avant l'ouverture des halles. Les premiers temps, il avait cru que c'était l'un des solitaires qui frappait à la fenêtre et il s'était empressé d'aller ouvrir sa porte. Personne dehors. Et puis, il s'était tiré du lit avant le jour pour se mettre aux aguets, il avait vu l'oiseau. Depuis, il s'en remettait à la grive pour le faire sortir de ses toiles. Quelquefois, elle ne venait pas, elle devait avoir à faire ailleurs. Mais le docteur interprétait son absence comme une autorisation de faire la grasse matinée. Il lui arrivait d'en profiter sans vergogne.

S'il tournait en rond dans la salle obscure, avant l'aube et la Réveilleuse, le lendemain de la pompe funèbre de Louis Riwall, c'était parce qu'il était hanté par le remords d'avoir trop parlé la veille. Pourquoi s'être laissé aller à dire qu'il s'appelait Jean-Louis ? Les prénoms de son grand-père (1) et de son père. A lui donnés par sa mère qui n'avait pas pu se détacher tout à fait du Royaume, semblait-il. Sa presque sœur allait-elle prendre cet aveu pour une avance, un désir de

(1) Jean se dit Yann en breton.

nouer des liens que Brigitte Strullu avait refusés ? Il mesurait son imprudence. Déjà les gens de la colline s'étaient insensiblement emparés de lui sans qu'il y prît garde. Déjà il lui prenait envie d'aller voir le vieux Josias, il attendait avec impatience la venue du facteur ou du maquignon. C'était bien la peine d'avoir si farouchement défendu sa solitude au sein même de la société. Allait-il se livrer, pieds et poings liés, à ces représentants d'un autre âge, lui qui était à l'avant-garde de la science médicale — et peut-être de la philosophie — tant par son art d'opérer que par ses « Prolégomènes à toute intervention sur le cerveau humain ». Ou bien lui faudrait-il rentrer dans les hôpitaux après avoir cru solder son compte avec eux ? Il ressentait tout échec comme une offense, le docteur.

Une semaine se passa sans qu'il vît personne entrer dans sa cour. Il vaquait à ses occupations ordinaires sans parvenir à se mettre l'esprit en repos ni à débrouiller l'écheveau de ses pensées. Il entendit sonner le glas aux cloches bien réelles de Villejoie. Tous les jours, il sellait Lug et s'en allait errer sur le haut de la colline ou la « face bleue », évitant les lieux habités et les chemins qui auraient pu lui valoir des rencontres. De là-haut, pourtant, il voyait les onze mener leur vie quotidienne comme dans n'importe quel village sans histoire. Ils se hélaient d'un champ à l'autre, ils s'arrêtaient pour bavarder quand ils se croisaient en chemin, ils s'attroupaient sur la petite place et les rires des femmes éclataient dans l'air sec, ils se rendaient visite pour le café de quatre heures. Mais, à plusieurs reprises, sur le point de tomber sur les uns ou les autres malgré ses précautions, il les voyait disparaître pour lui laisser le chemin libre. Une fois, passant au pas devant la barrière du vieux Josias, il jeta un regard dans la cour. Le cheval de René Le Roux était attaché à un anneau de la façade et le vélo de Hervé Lucas appuyé contre la margelle. Il n'y avait pas d'erreur possible. S'il voulait être seul pour tenter de voir clair en lui-même, les autres, de leur côté, s'entendaient pour se tenir à l'écart. Lui faisaient-ils subir une sorte de quarantaine en attendant qu'il prît une décision pour l'avenir ? Ou bien estimaient-ils en avoir terminé avec les Keinmarc'h, réglé tout le passif au cours de la veillée dans la forge et gagné leur liberté après les derniers devoirs rendus à Louis Riwall ? Bien sûr, la dynastie des Keinmarc'h n'était pas éteinte puisque Strullu-Fils était là. Mais les temps avaient bien changé et l'on sait bien que le fils ne recueille pas toujours l'héritage du père, surtout quand le père n'a pas régné. Il se sentit mortifié.

Cependant, le boucher-épicier-ravitailleur était passé. Il s'était excusé d'avoir un jour de retard. Comme le docteur ne lui demandait aucun compte, il précisa de lui-même qu'il était allé à l'enterrement de l'ancien notaire décédé d'un accident sur la colline.

— Vous le savez bien, docteur, puisque vous l'avez ramené. Son cheval était vieux, bien sûr, mais votre route est à peine praticable. J'y laisserai ma camionnette un de ces jours. Vous qui êtes un grand monsieur, vous devriez pouvoir la faire remettre en état. Enfin ! Je n'aurais pas voulu manquer cet enterrement. Pour rien au monde. Tout le canton était là. C'est qu'il était estimé, cet homme, et il méritait de l'être. S'il y en avait beaucoup comme lui, le monde irait plus droit. Le sous-préfet lui-même est venu en uniforme. Je pensais peut-être que vous seriez descendu, vous aussi. Vous valez plus qu'un sous-préfet.

Le docteur eut un geste évasif. A l'homme de l'interpréter comme il voudrait. Il n'y manquerait pas et abondamment. D'ailleurs, ils seraient nombreux à lui poser des questions. Avec le maquignon, il était le seul citoyen de Villejoie à pouvoir approcher le petit-fils du maréchal. Il en tirait une vanité d'autant plus naïve qu'il n'était pas méchant, Strullu-Fils en était sûr, malgré ses sous-entendus.

Le matin même, revenant d'une courte randonnée avec Lug, il avait trouvé devant sa porte un paquet de courrier plus important qu'à l'accoutumée. Hervé Lucas avait profité de son absence pour le déposer là. Lui non plus n'avait rien à dire au docteur. Et peut-être avait-il peur de trahir les autres devant un verre de ce vin blanc moelleux qui les avait fait complices naguère. Cette désertion contraria le docteur plus qu'il n'aurait cru. Il était même près d'en être chagriné. Et René Le Roux qui ne donnait plus signe de vie, lui non plus.

Comme le boucher rentrait directement à Villejoie, il lui demanda de le prendre dans sa camionnette. Il avait à faire à la poste. Dès qu'il y fut et qu'il eut ses deux serviteurs au téléphone, il leur annonça sans ménagement qu'ils devaient prendre leurs dispositions pour venir le rejoindre dans le village. Et eux de pousser des cris de joie. Depuis le temps qu'ils attendaient cette invitation. Qu'ils amènent avec eux leur mobilier, continua-t-il quand il put se faire entendre de nouveau, et ce qu'il leur plairait de garder. Il allait mettre la propriété en vente avec tout ce qu'elle contenait. Sa bibliothèque irait à l'Ecole de Médecine. Qu'ils joignent seulement à leur déménagement un petit secrétaire qu'il avait dans sa chambre à coucher et deux ou trois menus objets qu'il leur indiqua tout en se maudissant intérieurement de sa faiblesse. Ne pouvait-il sacrifier tout pour mieux liquider son ancienne vie !

Là-dessus, Yves-Marie Mellec et Marianne Le Naour, se coupant mutuellement la parole comme à leur habitude, lui firent savoir qu'il était beaucoup question de lui dans les journaux, que son livre faisait une révolution, que la maison était assiégée par toutes sortes de gens, surtout des photographes, que le téléphone n'arrêtait pas de sonner et qu'ils se relayaient tous les deux pour répondre que le docteur K... était en voyage. Et quand reviendra-t-il ? A Pâques ou à la Trinité. Et de rire. « Seulement, ajoutèrent-ils, quand nous partirons d'ici, nous serons suivis jusqu'au village et adieu votre paix, Jean-Louis. On nous surveille nuit et jour. On nous a offert des sommes pour avoir une photo de vous. Nous n'avons eu aucun mal à résister. Il n'y en a pas une seule dans la maison. » Et de rire encore, ces deux-là, Marianne Le Naour et Yves-Marie Mellec.

— Nous verrons bien, dit le docteur. Allez vous préparer !

En remontant au village, il se préparait, lui aussi. Il y aurait sûrement un mauvais moment à passer. Les journalistes, les photographes, les confrères pour ou contre lui, les porteurs de propositions flatteuses, les curieux, les malades vrais ou faux. Mais sa décision était prise. Personne n'entrerait dans la maison forgeronne, il ne ferait aucune déclaration, ne répondrait à aucune attaque ni à aucun compliment. On finirait par se lasser, le public se désintéresserait vite sans pâture d'anecdotes ni déchaînement de controverses. Le sujet était humainement passionnant mais trop aride pour le grand public. Quelque chose ou quelqu'un d'autre, n'importe quoi ou qui, surgirait au premier plan de l'actualité, on oublierait le vieil ours dans sa tanière.

En rentrant dans la tanière en question, le vieil ours ouvrit les paquets de journaux, gardant les lettres pour plus tard ou jamais. C'était vrai, certes, les « Prolégomènes » ne remuaient pas encore la grande foule, mais les critiques spécialisés, praticiens eux-mêmes, étaient d'accord pour envisager l'éventuelle guérison de certaines affections incurables sur les données du petit livre où le docteur K... exposait ses recherches et ses expériences. Et très peu de lecteurs, on le sait, sont indifférents aux progrès de la médecine ou de la chirurgie. D'autre part, le docteur avait à son actif quelques réussites opératoires impressionnantes dans des cas réputés désespérés et les patients qui lui devaient la vie étaient toujours prêts à chanter ses louanges. Mais les échotiers des journaux à sensation avaient surtout noté qu'il avait disparu un peu avant la publication du livre qui pouvait passer pour son testament. Ils avaient flairé là-dessous quelque mystère dont la découverte ferait les choux gras des reporters à signature. Les limiers s'étaient mis en chasse pour nourrir une actualité creuse, sans aucun fait divers qui valût la peine de dramatiser. Quelques « papiers » avaient déjà paru, à travers lesquels le docteur apparaissait comme un personnage mystérieux et un peu inquiétant. Ils étaient appuyés par des photos de sa propriété de la région parisienne, défendue par des grilles toujours fermées. L'une d'entre elles montrait Yves-Marie Mellec s'opposant de ses deux mains ouvertes à l'entrée du photographe à l'intérieur. Un autre journal avait réussi à se procurer une image un peu voilée du docteur, extraite d'un portrait de groupe au temps où il était étudiant.

Voilà qui avait de quoi aiguiser l'appétit du lecteur friand de rebondissements inattendus. La suite au prochain numéro.

Il haussa les épaules. A ce compte, il se trouverait bientôt des détectives amateurs pour écrire à leur journal habituel qu'ils avaient reconnu le docteur K... dans une rue de Metz ou un café de Saint-Pourçain-sur-Sioule. Si seulement les plumitifs pouvaient se douter qu'il était engagé dans une expérience dont la nature défiait toutes les hypothèses qu'ils pouvaient échafauder ! Puis il se dit que Hervé Lucas et René Le Roux avaient pu lire les journaux qu'il avait en main et avertir les onze de faire le silence autour de lui pour le protéger. Possible aussi qu'ils fussent tous intimidés, effrayés de l'audace qu'ils avaient eue de pratiquer un tel personnage sans toute la révérence qui lui était due. N'écrivait-on pas que le docteur K... était d'un abord très difficile et qu'on ne lui connaissait d'autres relations que strictement professionnelles ! Enfin qu'allait-il leur arriver lorsque, après tant d'années de délaissement et d'anonymat, ils se trouveraient livrés soudain à l'indiscrétion générale. Et par sa faute à lui. Décidément, rien n'était simple.

Tout se passa pour lui-même comme il l'avait prévu mais plus vite qu'il ne l'aurait pensé. Alors qu'il croyait disposer encore de quelque répit, le correspondant local de Villejoie l'avait déjà dénoncé, tout heureux d'une information exceptionnelle qu'il n'avait pas souvent dans son lot. Accoururent les gens de presse et même de radio, mais seuls les photographes purent opérer, prendre la maison du maréchal sous tous les angles et saisir par surprise le cavalier impassible, indifférent, sur les pistes pierreuses autour du sommet de la colline. Quant à franchir sa porte, à tirer de lui une seule parole, toutes les ruses échouèrent. Il n'était pas homme à se laisser prendre sans vert.

Alors, les journalistes se répandirent dans Villejoie et Villechant, ils entreprirent les onze de la colline, très mal armés pour leur résister. Ceux qui cherchaient du sensationnel en furent pour leurs frais. Quelques-uns des autres, à bout d'informations concernant le docteur, s'avisèrent que ce village perdu et ses derniers habitants donnaient matière à un reportage exceptionnel. Ils s'y attachèrent, chacun selon son optique et la mesure de son talent. L'un d'eux surtout s'y mit sans repos ni cesse. Il était fils d'un père qui avait abandonné le village par la Noire Epine et il découvrait avec passion le monde extraordinaire dont il était issu. Edouard Bolzer était son nom, mais on l'appelait Ed le Joufflu, a-t-on besoin de vous dire pourquoi ! Toujours est-il qu'il trouva le moyen d'apprivoiser les onze, de les mettre en totale confiance. Ils avaient tous connu son père, certains d'entre eux lui étaient apparentés, mais surtout ils sentaient que son intérêt à leur égard n'était pas seulement dû à sa conscience de journaliste. Il cherchait à se reconnaître en eux, à s'identifier lui-même à travers leurs confidences. La série d'articles qu'il écrivit à leur propos eut un grand retentissement. Les lecteurs y reconnurent certains traits d'authenticité, certains accents insolites qui ne pouvaient s'expliquer que par une intimité presque totale avec l'objet de son enquête. Ed le Joufflu en était même venu à cerner la notion de Royaume telle qu'elle était comprise par les derniers sectateurs du cheval-colline, le fief presque millénaire des Keinmarc'h. Et au risque de se faire traiter d'affabulateur gratuit, il évoquait même les Rois, il n'hésitait pas à couronner le dernier d'entre eux, le docteur lui-même, le Roi Jean-Louis.

Les mois passant, se présentèrent les ethnologues, les anthropologues, les sociologues, les psychologues. Quelle aubaine, cette colline, si loin dans le temps, si proche dans le lieu ! Ils entreprirent, chacun selon sa spécialité et ses méthodes d'approche, de faire le bilan total de cet isolat qui leur offrait une chance inespérée de vérifier ou d'infirmer les théories en cours. Ils commirent quelques bévues à la suite de mauvaises traductions que leurs interprètes firent des confidences des onze. Et si quelques traits originaux leur échappèrent, ce fut précisément à cause des garde-fous qu'ils devaient à leur formation scientifique. Ed le Joufflu avait mieux décelé ces traits, mais les autres imputaient au lyrisme gratuit de sa plume certains aperçus déconcertants. C'était pourtant lui qui frôlait de plus près la vérité comme le romancier le fait quelquefois mieux que le meilleur historien.

Il n'empêche qu'en définitive les travaux des chercheurs furent très fructueux et que leur somme contribua sérieusement à la connaissance des comportements traditionnels dans ce qu'ils ont de plus exemplaire. Il ne vint à l'idée de personne d'interroger le docteur qui serait d'ailleurs demeuré muet. C'était un savant intellectuel, un praticien de haut vol qui n'avait guère vécu que dans les villes avant son arrivée sur la colline depuis quelques mois, trop peu de temps pour en faire un informateur valable, croyaient-ils, même s'il avait ses origines en ce lieu. C'était pourtant lui qui aurait pu les éclairer le mieux s'il l'avait voulu.

Chose étonnante, les onze ne se montrèrent pas avares de leurs réponses aux questions. La méfiance des premiers jours surmontée, ils se décrivirent eux-mêmes avec complaisance, renchérissant volontiers les uns sur les autres. Non seulement ils voulurent bien recevoir les chercheurs chez eux, mais ils les invitèrent à y venir aussi souvent qu'ils le voudraient et même à partager leurs repas. On les sentait flattés d'être les objets d'une aussi fervente attention et la considération qu'on leur témoignait fit disparaître bien vite les réticences qu'ils pouvaient encore avoir. Ils en vinrent même à traiter d'un peu haut ces gens des villes qui n'avaient pas toujours l'air de comprendre très bien leur comportement. L'étonnement — quelquefois feint — manifesté par leurs visiteurs devant certaines de leurs paroles ou certains de leurs actes leur faisait ressentir comme une sorte de supériorité. Ainsi donc, ils étaient détenteurs d'une science particulière, inconnue d'interlocuteurs qui avaient étudié dans les collèges pendant des années. Cela leur donnait une telle confiance en eux qu'incapables de répondre à certaines questions, ils n'hésitaient pas à inventer avec une remarquable aisance. Mais dès que la conversation touchait accidentellement au docteur, ils s'empressaient de la faire dévier.

Dans le village, la maison du maréchal et ses occupants formaient un îlot protégé ou plutôt laissé pour compte dès qu'il fut avéré qu'il n'y avait rien à en tirer. Yves-Marie Mellec et Marianne Le Naour étaient arrivés moins de trois semaines après le coup de téléphone du docteur, tellement heureux de se trouver enfin là qu'ils faillirent embrasser Jean-Louis en sortant du camion de déménagement. Un moment, il avait projeté de faire remettre en état pour eux une maisonnette contiguë au mur de la cour et qui lui appartenait. Puis il s'était ravisé. Se réservant le rez-de-chaussée, il leur avait arrangé lui-même le premier étage de son logis qui donnait sur le jardin par un degré de pierre. Marianne Le Naour était aux anges et Yves-Marie Mellec se démenait comme un beau diable pour remettre en état tout ce qui n'était pas la maison même. Le docteur devait s'avouer, en le voyant faire, que ce qu'il avait bricolé de ses propres mains se ressentait de son inexpérience. Il n'en continua pas moins son activité brouillonne dans le jardin suivant les inspirations qu'il avait. Retourner la terre, planter ou transplanter des arbustes, pour lui c'était une source inépuisable de contentement. Yves-Marie réparait ses erreurs ou ses maladresses les plus flagrantes tout en l'encourageant à continuer ses apprentissages.

Quant aux relations avec le village, le couple domestique avait toute latitude pour agir à son gré. Mais ni l'homme ni la femme n'étaient portés à se lier avec un entourage. Si longtemps ils avaient vécu dans la seule compagnie du docteur et de sa mère qu'ils n'avaient nulle envie de fréquenter qui que ce fût. Mais pour autant, quand ils étaient dehors, ils ne se faisaient pas faute de saluer cordialement ceux qu'ils rencontraient et même d'échanger quelques mots au passage. On leur répondait volontiers. Le boucher-ravitailleur assurait à qui voulait l'entendre que Marianne était une femme plaisante et agréable à tous égards. Il ne voyait plus guère le docteur. Celui-ci continuait à s'interroger sur la conduite à son égard des onze, du facteur et du maquignon. Il en venait à conclure qu'il n'avait servi qu'à leur faire reprendre leur entière communauté tout en restant lui-même en dehors de celle-ci. Pareil à ces substances qu'on appelle des catalyseurs et qui rendent possibles des réactions entre d'autres corps sans subir de modification dans leurs propres caractéristiques. Mais peut-être l'étrange royauté qui était désormais la sienne nécessitait-elle cet écran, cette distance entre ses fidèles et lui. Quels pouvaient bien être exactement, naguère, les rapports entre le Roi Yann et le village ?

Le temps passait. Cependant, le bruit qui s'était fait, qui se faisait toujours autour de la colline amena la mairie de Villechant à s'intéresser à elle, à se rappeler qu'elle faisait partie de la commune. On fit valoir, auprès des instances supérieures, qu'il n'était pas possible, sans courte honte, de laisser sans route praticable un lieu qui soulevait un si grand intérêt au loin et faisait venir tant de visiteurs au bénéfice du commerce de tout le canton et au-delà. La route fut refaite et au goudron s'il vous plaît. A tort, le mérite en fut attribué à l'influence du docteur qui n'avait pas levé le petit doigt. A la suite d'un très bel été, le gendre de Louis Riwall vit arriver, dans son étude de Villejoie, des citadins un peu fortunés et désireux de se porter acheteurs de maisonnettes à jardinets sur la colline, en assez mauvais état sans doute mais qu'ils arrangeraient en résidences secondaires. Des enfants et petits-enfants s'avisèrent soudain que leurs parents ou grands-parents qui avaient déserté par la Noire Epine leur avaient laissé, dans le célèbre village, quatre murs et quelques arpents dont ils n'avaient fait jusqu'alors aucun cas. Et de restaurer leur bien, d'y revenir aussi souvent et aussi longtemps que possible pour la gloire de se dire propriétaires dans un tel lieu. À Villechant et Villejoie, c'était la prospérité dans le bâtiment. Tant et si bien que quelques commerces s'installèrent d'abord pour la saison d'été autour de la petite place du village, des artisans ouvrirent boutique. Et le mouvement s'accéléra encore lorsque des géologues, prospectant la « face bleue », y découvrirent des filons de métaux rares. Là-dessus, des fouilleurs d'archives mirent la main sur d'anciennes gravures représentant cette chapelle dont il ne restait plus que le clocheton. Des débroussaillages et des déblaiements sommaires autour de l'enclos permirent de retrouver presque toutes les pierres sculptées et l'essentiel de la maçonnerie. Des équipes de jeunes volontaires, sous la direction d'un homme de l'art, entreprirent de remonter l'édifice avec la bénédiction et quelques subsides du ministère intéressé.

C'est alors que mourut Josias. Après lui décéda la couturière, suivie à quelques semaines de son frère le cordonnier. L'aînée des trois sœurs ne tarda pas à les rejoindre au cimetière de Villechant, dans la section où reposait déjà le Roi Yann. Et Stéphanie Bijer, la maîtresse femme, fut trouvée morte, un matin d'hiver, dans son champ. C'était elle qui avait réapparu la première dans la cour pour avertir le docteur que Josias demandait à le voir. Il est sur sa fin, dit-elle. Tellement sur sa fin qu'il était déjà fini quand Strullu-Fils, accourant les coudes au corps, déboula dans sa maison. Il ne saurait jamais ce que l'ancien voulait lui dire. Au moins Stéphanie l'informa-t-elle aussitôt que Josias avait émis le vœu d'être transporté dans la forge du maréchal pour sa dernière nuit. Cela fut fait en présence de tous les autres qui le veillèrent comme ils l'avaient fait pour Louis Riwall mais sans un mot. Le docteur occupait le trône de bois. Il manquait seulement le Mâchefil, trépassé quelque temps auparavant. C'était Marianne Le Naour qui disait les Grâces de sa voix chantante. A l'entrée de la cour, Yves-Marie Mellec, la face méchante et un fouet à la main, empêchait les curieux de venir troubler cette cérémonie strictement privée. Au matin, on vit arriver le corbillard tout neuf de Villechant avec le menuisier qui apportait le cercueil. René Le Roux s'approcha du docteur.

—. Strullu-Fils, dit-il, nous allons monter à cheval.

C'est ainsi que Josias rejoignit sa dernière demeure à la droite du Roi Yann. A cinquante mètres précédant le convoi, René Le Roux, le chapeau à la main, tenait les rênes serrées à sa monture. Et devant le corbillard automobile roulant au pas, tête nue lui aussi, chevauchait le Roi Jean-Louis.

Cette pompe ne sera pas renouvelée pour les funérailles suivantes. Le docteur apprendra du maquignon qu'elle était réservée aux Keinmarc'h. Si Louis Riwall et Josias en avaient eu l'honneur, c'était parce qu'à des titres différents ils tenaient à la famille. Mais surtout il avait été choqué par la présence, tout au long du trajet, de très nombreux badauds qui ne se trouvaient pas là par déférence à l'égard du mort mais pour le spectacle d'un apparat insolite sur lequel se braquaient des appareils photographiques. Par la suite, à chaque fois qu'il montera à cheval pour des randonnées solitaires à travers les zones désertes de la colline — il en restait — il aura l'impression de jouer un rôle. Et c'est pourquoi il finira par vendre Lug à René Le Roux. Celui-ci avait déjà racheté la maison de Josias pour y finir sa vie. Lui aussi, le paroissien de Saint-Chêne le Disparu, brûlait du désir d'être de la colline. Il en était maintenant. Tout laissait croire qu'il serait le dernier fidèle avec Hervé Lucas, devenu invisible. Le facteur avait pris sa retraite. Veuf, ses enfants casés, il s'était mis en tête de rebâtir la maison de Sula sur la « face bleue ». A eux deux, l'un au nord, l'autre au sud, ils tiendraient le Royaume.

Car les survivants des onze, toute réserve abolie, se laissaient gagner par la griserie des temps nouveaux. D'abord surpris de l'intérêt qu'ils suscitaient chez les arrivants, chercheurs professionnels, descendants d'indigènes en quête de leurs racines ou simples passagers en mal de couleur locale, ils n'avaient pas tardé à se prêter au jeu. Ils en vinrent rapidement à réfléchir sur eux-mêmes, à saisir leur différence, à en évaluer assez bien la signification, à vouloir surprendre à leur tour sans négliger aucun moyen de le faire. L'hiver, ils se rendaient visite les uns aux autres, ils s'excitaient mutuellement à retrouver les belles heures de leur jeunesse pour les faire revivre, pendant l'été, devant des auditoires subjugués. Patiemment, Marie-Ange et Clémentine rassemblaient les éléments épars des vieux contes, arrivaient souvent à les reconstituer, vaille que vaille, pour la plus grande joie des collecteurs. Les six se remirent en mémoire les anciennes chansons de plaisir et de peine. Ils retrouvèrent, dans leurs vieux corps, les rythmes des gavottes de montagne entraînées par un chanteur et un déchanteur dévidant sans faiblir d'interminables couplets. Les frères Simon se révélèrent de remarquables animateurs dans ce dernier rôle tandis qu'Henri Morvan et Anna Dréo, par leur ardeur à la danse, enthousiasmaient un public accouru de toutes parts dès que courait la nouvelle, deux fois par an, d'une fête de nuit sur la colline. Deux fois par an, pas une de plus et au plus fort de l'été, ainsi en avait décidé Strullu-Fils.

La fête de nuit, en effet, ne pouvait avoir lieu que dans la forge du maréchal, au cœur même du domaine, habituellement interdit aux étrangers, où vivait ce personnage étonnant, à la fois docteur fameux et l'héritier d'anciens seigneurs légendaires, le Roi Jean-Louis comme l'appelait quelquefois Clémentine, cette étourdie. Et alors les autres lui faisaient les gros yeux. Ils voulaient bien danser, chanter, conter, bavarder avec ceux qui pouvaient les comprendre, mais ils se taisaient d'un seul coup dès qu'on les questionnait par hasard sur ce Royaume et ce Roi. A se demander si les six ne se livraient pas si complaisamment à cette comédie, s'ils ne rassasiaient pas si largement les amateurs de cette culture populaire devenue à la mode, dans le seul but de garder pour eux, derrière cet écran de folklore, l'unique secret à ne jamais partager avec quiconque n'était pas de la colline. Halte-là ! Vous n'irez pas plus loin.

Le docteur avait accepté d'ouvrir la forge à la foule deux fois par été. Il l'avait fait à la demande du maire de Villechant qui voyait là un moyen de promouvoir sa commune. Aucun des six n'avait voulu accompagner le maire dans sa démarche. Ne se sentaient-ils pas à l'aise dans leurs chemises ? Se reprochaient-ils une sorte de trahison à l'égard de Strullu-Fils ou désiraient-ils, au contraire, ne pas le compromettre dans cette ouverture au monde, le laisser en dehors de toute cette agitation pour détourner de sa personne les vaines curiosités ? Quelles que fussent leurs raisons, cette conduite lui agréait tout à fait. La veille de chaque fête de nuit, il emmenait son cheval dans une écurie de fortune, aménagée sous un hangar derrière la maison, libérant ainsi la forge. Mais, quand la fête battait son plein, il pouvait de chez lui, sans se montrer, la suivre par une petite ouverture en forme de meurtrière pratiquée dans le mur de la salle, à gauche de la grande cheminée. Elle donnait sur la stalle de Lug. Devant cette stalle était dressée une petite estrade d'où les frères Simon faisaient danser l'assistance. Il voyait leurs visages à moins de deux mètres de lui. Quand ils se reposaient, entre deux gavottes, ils regardaient la foule des danseurs avec une indifférence qui se muait parfois en ironie. Ils ne faisaient pas de concession, ils n'allaient pas au monde, c'était le monde qui venait à eux. A lui de saisir pourquoi, ce n'était pas leur affaire. Or, dès qu'ils se remettaient à chanter, talonnant du pied pour tenir le rythme et fermant quelquefois les yeux, ils se croyaient revenus aux temps de gloire, quand la fête de nuit était la célébration d'un office communautaire. Et leurs traits rayonnaient d'inspiration.

C'était par Marianne Le Naour et Yves-Marie Mellec que le docteur était tenu au courant de ce qui se passait autour de lui. Ces deux-là ne rataient pas une fête, non seulement celles du village, mais d'autres qui s'organisaient dans les fermes et les hameaux du pays plat. Quand on venait chercher, en automobile s'il vous plaît, les chanteurs de la montagne pour mener la danse dans une salle de Villejoie, les deux époux s'y rendaient à pied et revenaient de même, une heure ou deux après minuit, les jarrets encore fermes et la tête étourdie par les éclats du chant-déchant. Après plus de quarante ans d'exil en service bourgeois, leur âme paysanne s'exaltait de nouveau en eux, les forçant à se purger de temps en temps avec une sorte de fureur. Ils déploraient seulement que la réputation des animateurs — c'était le nom qu'on leur donnait — s'étende si vite et si loin qu'on les invitait à se produire de plus en plus souvent dans des villes de plus en plus grandes et jusque dans les pays étrangers. Ils se faisaient entendre à la radio. Bientôt ils seraient requis par la télévision. On pressait déjà des disques avec leurs voix. Tout cela leur tournait un peu la tête, encore qu'elle fût solide. Protégés par leur âge des emballements, ils n'en subissaient pas moins une sorte d'érosion de leur caractère naturel. En partageant libéralement leur héritage, ils semblaient s'affaiblir, s'appauvrir eux-mêmes. Et il était visible qu'ils en souffraient.

Ecoutant ses familiers épiloguer sans fin sur le phénomène en cours, le docteur se faisait des reproches. Tout était de sa faute, le bon et le mauvais. Son retour avait mis fin à des années de mutisme et de solitude voulue sur la colline. Il avait fait renaître la conscience communautaire mais sans doute plus à son profit qu'à celui des onze. Et à cause de sa propre personnalité, le village perdu avait dû s'ouvrir à la contamination du monde. La fin qui lui était promise avait fait place à un nouveau destin au prix de renoncements essentiels. Peut-être eût-il mieux valu le laisser retourner au désert, ne pas demander aux survivants un tel sacrifice, consenti à l'origine pour lui seul. Il était venu jeter le trouble dans un refuge de moines et de moniales sans la foi qui avaient durement gagné leur isolement en eux-mêmes. Et cet isolement, il en connaissait personnellement la valeur pour l'avoir vécu volontairement dans le monde. En croyant le poursuivre ici, il l'avait détruit pour les autres. Et les autres protégeaient le sien. Un égoïste, voilà ce qu'il était, du même égoïsme cultivé par le Vieux Roi, le Roi d'Après et la Belle, le Roi Yann lui aussi, allez donc savoir ! Le temps des Rois était passé. S'il en restait quelque chose, c'était René Le Roux qui le détenait encore, le maquignon au regard impénétrable sous les épais sourcils, c'était aussi Hervé Lucas, le facteur à la bicyclette, repris par la « face bleue ». Ces deux-là s'étaient tirés du piège où il s'était lui-même enfermé. Pour échappatoire à toute responsabilité, il ne lui restait plus que l'abdication, l'évasion par la Noire Epine à l'exemple de sa mère qui avait au moins tenu bon dans l'exil. Et tout serait dit.

Voilà comment et pourquoi les deux couvreurs le suivirent des yeux un certain petit matin, tandis qu'il s'exilait lui-même avec le minimum de bagages, tous liens rompus. Il le perdirent de vue quand il eut parcouru un quart de lieue en direction de Villejoie, là où la route fait un coude pour contourner l'encolure du cheval-colline. Peu après, il découvrit sur sa droite l'autre route, celle qui descendait du village à flanc de coteau et sur laquelle il avait mené la pompe funèbre de Louis Riwall, son père. Elle était piquetée, à intervalles réguliers, de poteaux en ciment que ne reliait encore aucun fil. Travaux en cours. L'électricité montait à l'assaut du village. Il se força difficilement à ne pas regarder de ce côté. Il marchait les yeux à terre mais il ne put s'empêcher de les lever quand il jugea que devait apparaître, droit devant lui, couronnant la colline, la tour ronde des Keinmarc'h, du moins la moitié qui en restait. Elle était là, découpée sur le ciel clair du matin comme un décor d'opéra. Dès qu'il fut à sa hauteur et au moment de la laisser derrière lui, il jeta un dernier coup d'œil sur cette ruine qui avait gouverné si longtemps le destin des Keinmarc'h et peut-être contenu le Vif dans son ventre. Sur le petit promontoire d'où les onze avaient fait leurs adieux à Louis Riwall, il y avait une statue équestre qui le regardait prendre congé : le maquignon René Le Roux sur le cheval Lug. Un moment, il fut tenté de lever le bras pour les saluer une dernière fois. Il n'en fit rien.

Arrivé à Villejoie, il se rendit à l'étude du jeune notaire, un long pavillon situé au fond du petit parc où s'érigeait la maison carrée de Louis Riwall. L'étude, en raison de l'heure matinale, n'était pas encore ouverte comme il l'avait bien escompté. Dans la boîte aux lettres il jeta une lourde enveloppe. Il y avait à l'intérieur toutes les dispositions concernant ce qu'il laissait derrière lui avec les procurations nécessaires et le testament définitif. Mais aucune adresse où le toucher.

Cela fait, il entra dans le gros bourg, prit livraison de sa voiture chez le garagiste et disparut sans laisser d'autres traces. Il y avait donc un peu plus de cinq ans depuis qu'il s'était présenté pour la première fois à la barrière de la Noire Epine. C'était peu, cinq ans, pour les bouleversements qu'il avait connus. Les hommes étaient allés plus vite que le temps.

Et le temps continua de passer puisque c'est de cela seul qu'il s'agit pour lui. Ce fut Ed le Joufflu qui retrouva le dernier Keinmarc'h, quelques années plus tard, tout juste avant qu'il ne fût mis en terre dans une jungle d'Extrême-Orient. Ed le Joufflu qui n'avait peur de rien, surtout pas de mourir, était devenu correspondant de guerre. Il n'y avait pas de conflit armé par le monde qui ne le vît en première ligne et plutôt, il faut le dire, du côté des rebelles que des troupes régulières. Passant de batailles rangées en opérations de commandos et d'escarmouches en accrochages d'avant-gardes, il entendit parler, à plusieurs reprises, dans les territoires en révolution, d'un vieux médecin à cheveux blancs, large front bombé et pommettes saillantes, devenu presque légendaire chez les combattants sans jamais d'uniforme ni toujours de drapeau, les plus démunis et les moins secourus. Il se faisait appeler le docteur Leroy. Ce n'était sûrement pas son nom et il n'était peut-être pas docteur, quelle importance ! Mais c'était un remarquable chirurgien. Il n'avait pas son pareil pour réparer toutes les blessures qui laissaient au patient quelques chances de survivre. Et il le faisait dans les pires conditions sur les lieux mêmes des batailles, avançant avec les assauts, reculant avec les retraites, toujours impassible et d'une impressionnante froideur.

Un tel personnage avait de quoi soulever l'intérêt d'Ed le Joufflu, toujours en quête de reportages à sensation. Ce nom de Leroy et la description qu'on lui fit du docteur miracle éveillèrent-ils en lui l'obscure prescience qu'il pouvait s'agir du solitaire de la colline ? Toujours est-il qu'il se mit à sa recherche avec persévérance et entêtement. La chance finit par lui sourire. Alors qu'il était engagé lui-même sur un front instable où deux partis se livraient une lutte sans merci, il apprit que le docteur Leroy avait sa tente-hôpital de campagne à trois jours de marche de l'endroit où il se trouvait. A travers brousses et forêts, il atteignit ce lieu au moment où l'une des troupes en présence se repliait en désordre après un engagement sanglant. Il entendit une voix impérieuse qui criait : sauvez le docteur ! Devant lui passèrent quatre combattants dépenaillés transportant sur une civière un blessé dont on ne voyait que les longs cheveux blancs. Ed le Joufflu les suivit. A la première halte qu'ils firent, il s'approcha de la civière. C'était bien le vieil homme qu'il cherchait, mais il semblait à l'agonie. Vainement, Ed chercha à retrouver le vrai nom du docteur, un nom célèbre en médecine. Il se rappelait seulement que ce nom commençait par K. Et soudain lui revint en mémoire un autre nom qu'il avait entendu deux ou trois fois dans la bouche de l'un ou l'autre des onze. Il se pencha sur le visage exsangue et appela d'une voix forte.

— Strullu-Fils !

Le mourant ouvrit des yeux voilés.

— C'est vous, Josias ? Ecoutez !

— On n'entend rien, docteur.

— Le piano.

Et il laissa retomber sa tête.

Ainsi mourut le dernier Keinmarc'h. Ed le Joufflu aida les soldats à l'enfouir après avoir retourné ses poches. Il n'y avait rien dedans. Aucun papier non plus, aucun objet personnel dans la cantine qu'on lui montra le lendemain. Le comble de la solitude, n'est-ce pas l'anonymat !

Lorsque Ed le Joufflu retrouva la colline, il ne restait plus personne à qui parler du Roi Jean-Louis. Le Royaume avait bien pris fin. On lui dit qu'un peu avant la date où il avait vu mourir le docteur, ce qui restait de la tour ronde s'était écroulé d'un seul coup dans le ravin, entraînant dans sa chute la façade du grand logis. A leur emplacement, il était question de construire un relais de télévision.

TABLE

Achevé d'imprimer en décembre 1983
sur presse CAMERON
dans les ateliers de la S.E.P.C.
à Saint-Amand-Montrond (Cher)
pour Julliard,
éditeur à Paris

N° d'Édition : 4706. N° d'Impression : 2700-1915.
Dépôt légal : janvier 1984.

Imprimé en France